IL CACCIATORE DI SERIAL KILLER

1893.
Tenuta famiglia Loiret Dramanov a 100km da Lione...

Il signor Arnold Loiret Dramanov era il capo di una famiglia ebrea francese.
Molto potente.
Fu così potente, che suo padre Ludwigh Loiret Dramanov, decise la fine delle guerre Napoleoniche, smettendo di cofinanziare Napoleone, gli interessi di una delle più grandi famiglie massoniche presente al mondo intrecciò spassionatamente accordi diversi con l'impero Russo e si guadagnò l'estrema fiducia delle altre famiglie borghesi potenti nel mondo.
Arnold si svegliò scalciando un leggero calcetto ad uno dei cuscini, il suo colore paonazzo del viso stentava con i suoi lineamenti ferrei e i suoi buffi baffetti all'irlandese. Sciancato da una spalla malconcia, Arnold giocò con qualche esercizio per scacciare il tormentoso fastidio.
Non portava mai gli occhiali da vista nonostante le vicissitudini del medico personale, il signor Arnold, non portava il pendolo come tutti, non aveva ragione di sapere che ore sono, la qualità docile del suo tempo era allevare conigli, le razze più piccole e giocare con i fiori in giardino, amava accudire e crescere i fiori più belli e rari, tanto che fu un'impresa impossibile per i suoi assistenti prenderli da ogni angolo buio e inesplorato del pianeta e metterli a puntino nella sua stravagante e massiccia tenuta.
La sua stanza era grande quanto la casa di una famiglia media, la tenuta fu costruita in gran segreto dai migliori architetti del mondo nel lontano 1700, prima la famiglia risiedeva negli Stati Uniti, per motivi politici e d'affari i membri della dinastia soffrivano di mal di mare, ogni anno dovevano ritornare in Europa, così lasciarono definitivamente gli Stati Uniti e si spostarono nei luoghi d'origine...la Francia.
Negli Stati Uniti rimase soltanto la sorella del bisnonno di Ludwigh, attualmente risiedono in un grande palazzo a New York.
Ludwigh morì trent'anni fa, Arnold prese tutte le maglie di potere della famiglia Dramanov, seguendo le orme dei suoi predecessori.
Arnold si chiese se quella era la mattina buona, per essere di buon umore, bussò alla porta la servitù
<< Signore la colazione è pronta >> esclamò il cameriere con voce rauca nasale.
Arnold sbuffò costernato, si cambiò il pigiama, si diede una lavata di faccia nella vasca colma d'acqua e petali freschi di rose, presente a venti metri dal suo letto, aprì con la mano la finestra e diede un'occhiata fuori.
La carrozza di Levin stava arrivando rumorosa e audace, un'ingolfante nuvoletta di polvere all'orizzonte si stava alzando, Arnold la riconobbe dai cavalli.
Prese un asciugamano di seta purissima e si asciugò, poi indossato il mantello pantaloni di cashmere e una fresca camicia giallastra, sgattaiolò fuori dalla stanza.
La tenuta era nove piani, molti saloni erano vuoti, non spogli però di quadri preziosi sculture e tappeti da ogni parte del mondo. Arnold aveva due figli.
Jean e Danille, rispettivamente 24 e 35 anni avuti dalla prima moglie, una duchessa belga,

Yvonne, che lasciò la sua famiglia, chiese e ottenne devozione assoluta da Arnold, in cambio il grande massone potente non la portò mai nell'alta aristocrazia giudicata da Yvonne troppo noiosa, né lei vantò mai dei titoli nobiliari a riguardo o scalate al potere.
<< Signore i suoi figli sono fuori, Jean è andato a caccia con l'istruttore, Danille è in partenza per Londra >>.
Arnold si mise il tovagliolo sulle gambe, era come se non stesse affatto ascoltando il suo referente.
<< Che diavolo va a fare a Londra? >> commentò acido Arnold
<< Ha preso molti soldi dal forziere, quello nello scantinato numero 3, mi ha detto solo di dirle che ha un'idea geniale e che la faccenda di Jack sarà risolta presto >>.
La mano sinistra di Arnold inforcò l'aria come una baionetta
<< Mio figlio che ha un'idea geniale, ci crederò solo quando vedrò nevicare in estate >> borbottò disgustato Arnold.
<< L'altro pivello perché continua ad andare a caccia...? non è una passione andare a caccia, ma bensì un passatempo...che ridicolo >>, Arnold scaraventò il tovagliolo in mezzo al tavolo, stizzito e con un chiodo di pessimismo nel cranio.
<< Lo sa signore questi giovani di oggi...>>
Arnold alzò lentamente lo sguardo falciando quello del suo assistente che si irrigidì tornando subito dritto e legnoso sull'attenti.
<< Mi scusi signore, volevo solo insinuare che i giovani cambiano e che portano sempre cose nuove >>
<< Non devi giustificarti Alan, siamo tutti liberi di parlare in questa casa...ho mai punito qualcuno o sono mai stato severo con qualcuno della mia servitù? >>.
<< No signore, lei è squisitamente gentile e giusto, e porta rispetto a tutti >> deglutì Alan, gli fu un po' difficoltoso elargire tali tenui parole accondiscendenti e bavose.
Entrò nell'enorme salone un altro assistente del signor Arnold Dramanov
<< Signore è arrivato Levin...lo faccio entrare? >>
<< Solo se ha buone notizie, altrimenti può andarsene subito >>.
Levin non entrò assolutamente nel salone, girò i tacchi capendo la situazione...e ritornò con la coda tra le gambe sulla carrozza, direzione ancora Londra.

Danille salpò su una nave privata al porto di Tolone, battente bandiera francese, di proprietà della sua famiglia.
A bordo dieci marinai, venti tra camerieri e cuochi e il signor Burns, membro della squadra presente a Londra.
Burns era un tipo decisamente simpatico, cicciotto, con una bella pipa sempre tra i denti, aveva un viso bello carnoso, sembrava una zucca, rasato con pochi capelli davanti, potremmo dire stempiato…
Era così buffo che nessuno poteva odiarlo o trattarlo male, infondeva calore sicurezza, infatti Danille ogni volta che lo incontrava gli tirava una guancia come gesto d'affetto.
<< Levin è tornato è al castello >>.
<< Ma che diavolo state facendo laggiù, io vado e lui viene >>.
<< In realtà signore Levin è sceso per far desistere suo padre dal continuare con questa impresa >>
<< Quando ci mettiamo in testa che una cosa è impossibile, poi lo diventa >>
<< Ma signore Scotland Yard ha tutte le risorse impegnate, se non lo catturano loro >> lo sguardo lacerante di Danille si alzò temporalesco... furibondo.
<< Mi scusi signore intendo dire che la cosa sta diventando molto complicata >>
<< Complicata è una cosa, impossibile un'altra. Siete giù da tre anni e settimana scorsa un altro omicidio, noi abbiamo i migliori al mondo, psicologi, detective criminologi, nessuno che in tre anni ha trovato manco uno spillo >>.
<< Sono desolato signore...ma ora è al vaglio del sangue trovato su una sciarpa, si presume sia dell'assassino >>
<< L'ho letto sui giornali, hanno già un indiziato? >>.
<< Sì... >>
<< Pedinamenti? >>.
<< Sia la polizia che noi lo teniamo d'occhio...ma non ha cambiato abitudini >>.
Danille scosse il capo sospirando.
<< Se torno a mani vuote mio padre mi riterrà un povero mediocre. Voglio fare bella figura e penso anche voi, no? >>.
<<Precisament signore…>>.
Burns e Danille si accomodarono in una saletta privata, arrivò dello sherry.
Danille diede una grossa mancia al cameriere.
<< Grazie signore >>.
<< Vorrei che non fossimo disturbati almeno fino alle 20…>>
<< Sì signore...la cena capriolo con patate e tartufo e vino rosso Italiano >>
<< Perfetto, facciamo nella sala stiva >>.
<< Sarà fatto signore >>, il cameriere fece il gesto del cappello usato dagli ufficiali verso i superiori.
Burns cercò di scrutare un poco Danille, si massaggiò le guance nervosamente.
<< Ho un'idea, mettiamo sui giornali un annuncio, chi tiene informazioni su Jack lo squartatore è pregato di chiamare questo numero, massima riservatezza grande compenso >> disse Danille poggiandosi una crema costosissima tra le sue affusolate dita calde.
<< Non possiamo farlo, avremo addosso la stampa e Scotland Yard >> replicò Burns mascherando con riserva il suo disprezzo per l'idea.
<< Invece lo faremo, ci accorderemo con le autorità >>
<< Arriveranno milioni di segnalazioni, come facciamo a gestirle signore...sarà come scavare nel mare >>.

<< Il caos sarà gestito a puntino, tu non ti preoccupare Burns, dobbiamo affilare l'intelletto e l'astuzia >>.
Burns tirò fuori dalla sua borsa d'ufficio un memorandum.
<< Questi sono i profili, nostri e di Scotland Yard, tutto quello che stanno facendo...agenti sotto copertura, interrogatori...tutto insomma >>.
Danille diede una virulenta occhiata, scorrazzando una pagina dietro l'altra.
<< Dobbiamo prenderlo noi prima che lo catturi Scotland Yard >>.
Dopo quelle parole calò il silenzio più assoluto, si sentiva solo il mare e il suo profumo inconfondibile.

Il piccolo Jimmy, così era soprannominato, era un ragazzo di diciassette anni, magro, minuto, viso scarno, folte sopracciglia e occhi neri come il carbone...con tratti più mediterranei che inglesi...forse perché il padre di sua madre era portoghese.
Era il panettiere giovane del vicolo, lavorava al panificio in una delle tante viuzze popolari non lontano da Notting Hill, il mercato Portobello.
Quel giorno aveva il riposo...e la sua mente si attanagliava di pensieri distorti, teorie, indecisioni.
Era da dieci giorni che non dormiva...lavorava non nel pieno delle sue energie, il suo capo, il signor Mathew, padrone del panificio lo rimproverava spesso
<< Ehi ma non vedi che sono dieci ceste di ciabattine e non otto. Oggi sei lento, mi fai fare la coda ai clienti >>, Jimmy non rispose, il suo viso era cupo come la morte.
<< Cos'è ti sei innamorato...? anzi no, hai del cupo in viso, credo che hai combinato qualcosa...ti sei giocato tutto lo stipendio ai cavalli o ai dadi?. Vedi di darti una svegliata...come mai sei così pensieroso? >>.
Dopo quella notte Jimmy vide il vuoto.
Era così terrorizzato che sentiva la sua ombra minacciarlo...scoprì che lui e il sangue freddo sono due cose ben distinte.
Assaporò che cos'era la paura, la morte, la sua coscienza era frantumata da una miriade di pensieri dal più semplice al più folle.
Dopo giorni di agonia, perfino sua madre, un'operaia delle fabbriche di bottoni londinesi, chiese ampie spiegazioni, sulla sporcizia in stanza e un disinteresse totale della cura igienica personale.
<< Non giochi più con tua sorella come mai? >> chiese la madre di Jimmy
<< Insomma vuoi parlare Jimmy non ti riconosco più! Oggi è passato Tommy, il tuo migliore amico, mi hai detto di dirgli che non eri in casa, quando è da tre ore che stai fissando il soffitto sdraiato sul letto in camera tua... avete litigato? si può sapere che cos'hai amore? >>.
Sua madre già veniva a casa a pezzi per quel lavoraccio faticoso in fabbrica, non aveva neanche le forze per piangere, o le forze per preoccuparsi dello stato mentale fisico di suo figlio, ma questa volta tutti i campanelli d'allarme suonavano allarme.
<< Senti Jimmy, se ti sei messo in qualche guaio con la gang del quartiere, posso parlare con John >>, John era considerato il duro del quartiere, e sua madre in virtù di qualche scorribanda ogni tanto, se l'era fatto amico, insomma anche qualche cena, vestiti gratis, una bolletta da pagare, un amante che lei teneva buono anche per protezione contro eventuali nemici che la vita ti può scagliare addosso.

Giorno seguente

Jimmy seguì quell'uomo nascondendosi dietro un albero della stazione tube, nei pressi di Kensington High Street, le mattonelle arancioni e scure scintillavano di una pioggia fresca.
Si nascose per mangiucchiare del pane e del lardo, quell'uomo... non aveva ritirato la solita cesta quel giorno.
Osservò l'uomo con le valige e il cappello varcare l'uscio di un motel, vestito troppo pesante per una giornata del genere, il freddo era pungente sì, ma non a tal punto.
L' albergo era fatiscente, frequentato da turisti e viandanti con pochi soldi, forestieri, erano abituali solo i clienti così detti in fuga...debiti di gioco, malfattori, ricercati dagli sbirri, ladri che progettavano di tagliare la corda.
Era un albergo che bastava uno scellino in più e non chiedevano documenti firme... nulla.
Jimmy ritornò a casa prendendo una carrozza.
Jimmy fece a piedi il percorso da casa sua alla casa di quell'uomo.
Dieci minuti a piedi...era nervoso, cupo, si abbassò il cappello di lana quando passò davanti al negozio di pane dove lavorava, per non farsi riconoscere.
Ogni tanto si fermava e si girava per controllare di non essere seguito.
Il suo intuito gli diceva di non essere seguito, via libera, ma poi sgattaiolava in un vicolo e si nascondeva dietro l'immondizia contando fino a cento.
Poi come un piccione metteva la testolina fuori dal vicolo….
Non sono seguito… speriamo…pensò ad alta voce.
Incontrò due agenti passeggiare, una vocina gli diceva, vai fermali e raccontava tutto.
Gli agenti gli passarono di fianco maneggiando il manganello, Jimmy non ebbe sufficiente coraggio...e se poi gli agenti mi maltrattano in caserma?
Meglio andare di persona in qualche loro ufficio e parlare con qualche pezzo da novanta, magari non mi menano.
E se lo ricordava bene quel manganello Jimmy, due anni fa, lui Whisky e Tommy, i suoi amici più stretti furono fermati per un furto ai quartieri alti, i vestiti e la descrizione dei ladri corrispondeva alla loro…
Gli agenti, travestiti in borghese li avevano bloccati al parco, uno di loro era un ex pugile, le sue sberle facevano più male di un manganello.
No meglio di no...la polizia no.
E se ricatto quell'uomo…? e se gli chiedo dei soldi per il mio silenzio?.
E se invece ti fa fuori come quelle prostitute?. C'hai pensato, con il coltello mi fa a fettine e poi mi sotterra o butta i miei resti nelle fogne.
Jimmy finalmente girò l'angolo, lì si affacciavano le famose complesse villette della Union Street, erano tantissime ma Jimmy sapeva qual'era la casa di quell'uomo e come destreggiarsi dentro la struttura a padiglioni, dove si intersecavano porte su porte corridoi su corridoi, lui sapeva come arrivarci facilmente, perché Jimmy consegnava il pane in quell'abitazione.
Il ragazzo si nascose dietro la casa, c'era un'entrata secondaria, era una casa a schiera in un complesso di cento altre piccole abitazioni, disposte a tre, tutte collegate da corridoi, il giardino era presente solo nelle villette della prima fila.
Jimmy evitò le porte camminando sui tetti e infilandosi nel camino.
Entrò in quella casa.
Era tutta pulita, nei cassetti il nulla, niente, sembrava che non ci abitasse nessuno da anni.
C'era solo un giornale dentro un portaombrelli.

Jimmy prese lentamente il giornale, aveva paura di trovarsi quell'uomo alle spalle…ma era in quell'albergo, Jimmy sentiva i rumori degli altri inquilini…un violino suonato, lontanissimo quel suono…il pianto di un neonato…il fruscio chiassoso del traffico di gente…
Jack lo Squartatore colpisce ancora….
Jimmy rimase fermo toccando il giornale le sue mani sudavano freddo, il suo battito cardiaco una mina esplodere nel petto, sfiorò l'interruttore, la luce era staccata…si spostò piano piano verso la finestrella in cucina.
Sfogliando il giornale a pagina sette mancava un trafiletto…come se fosse stato strappato.
Jimmy uscì ripassando dal camino, senza farsi notare rimise le suole sulla strada come le persone civili, si precipitò correndo verso Albert, il giornalaio.
<< Ehi Jimmy che sorpresa…>>
<< Ciao Albert >>
<< Sembri di fretta, non ho nulla questa settimana, con sta storia di Jack il mostro, è più difficile far entrare gin di sottobanco dall'America >>
<< Mi interessava un giornale è di qualche giorno fa penso, London Daily Post. >>
Albert si strinse nelle spalle arricciando le sopracciglia.
<< Certo che tu sei strano ragazzo…che diavolo ti interessa? >>.
<< Hai ancora qualche copia? >>
Albert finendo di servire un cliente, se la prese calma nell'aiuto a Jimmy.
Aprì uno sgabuzzino dietro al suo baldacchino,
<< Qui sono i giornali invenduti, se c'è, è in questa scatola, domani vengono per il macero…>>.
Jimmy cercò nervosamente, l'immagine della prima pagina catturò la sua attenzione su un giornale identico, sembrava un rapace, senza meta senza un perché…non sapeva neanche lui quello che stava facendo.
<< Fai veloce Jimmy che tra cinque minuti chiudo >>
<< Ecco questo trafiletto…leggimelo >>, Jimmy accarezzò quella pagina porgendola ad Albert come una pergamena preziosa e antica.
Albert alquanto scocciato si mise la lente che portava nel taschino. Lesse ad alta voce, come si legge qualcosa ad un handicappato, e un filo di tono sornione.
<< Annuncio riservato in concomitanza con Scotland Yard. Agenzia Press. Investigazioni private.
Chi fosse in possesso di informazioni su Jack lo squartatore contatti questo indirizzo o in alternativa contatti telefonicamente questo numero.
Massima riservatezza
Se le informazioni dovessero essere valutate corrette, ampia riconoscenza economica, 100 sterline. >>.
Albert chiuse il giornale
<< Contento? >>
a Jimmy balenò l'idea di evitare di farsi notare.
<< Ah…pensavo che c'era scritto altro…be...il gin quando ti arriva? >>.
<<Settimana prossima…ed è il doppio del solito >>.
<< Posso tenere il giornale…? quanto viene? >>.
<< Ma prendilo e levati dalle scatole >>.
Albert scacciò con la mano Jimmy che ringraziò e se la filò dritto in centro verso l'indirizzo indicato dall'articolo, vicino ad un bidone dell'immondizia strappò il trafiletto che gli

interessava e buttò via il resto del giornale.

Fece un respiro profondo, le forze se ne stavano andando, la risolse con un hot dog bello caldo sulla strada, ma il senso di nausea e debolezza si facevano sentire.

Erano le 17...non poteva stare fuori a lungo, doveva fare veloce, 100 sterline erano un mucchio di soldi...speriamo che questi non mi menino come l'altra volta e che sia gente di parola e ragionevole, in fondo io devo solo andare a questo indirizzo, dire quello che so, consegnare la medaglietta, prendo i soldi e porto fuori mia mamma e mia sorella nel ristorante più buono e costoso di tutta Londra.

Voglio fare come fanno i signori, i ricchi, i grandi borghesi, schioccano le dita arriva il cameriere con il tovagliolo bianco e la bottiglia in fresco. A Jimmy un raggio di sole attraversò il suo viso in burrasca, il sognare di finire di pagare quella casa, un grande ristorante, vestiti nuovi belli, un bell'orologio al Coven Garden, un viaggio...chissà...

Forse stai solo sognando e ti stai ficcando in un guaio.

Hai poca fiducia in te stesso Jimmy, intanto le palle di seguirlo ed entrare abusivamente in casa sua le hai avute...quindi non sei proprio una merdaccia.

La carrozza tra le luci scintillanti di Londra lasciò Jimmy alla fermata desiderata.

Più o meno conosceva quella via, pochi minuti a piedi.

Era una giornata piovosa, anche se l'acqua fino a quel momento aveva dato una tregua, le nuvole scalpitavano nel cielo e coprivano poi andavano e poi ricoprivano il sole di nuovo, quel sole sempre più tenue, pallido...olivastro.

Davanti a quell'indirizzo Jimmy si rese conto che ormai era quasi buio, calò all'improvviso, si sentiva preso di petto dal clima, aveva anche paura del sole delle nuvole e della pioggia, ma più di tutti il buio.

A quell'indirizzo c'erano una trentina di persone fuori, chi fumava la sigaretta chi parlottava, chi camminava nervosamente in attesa del suo turno.

Jimmy cercò saltellando di vedere dentro.

C'era una calca non da ridere

<< Ci sono dodici sale d'aspetto, ci saranno dentro più di mille persone >> disse un giovanotto trasandato dall'aria beffarda.

Jimmy tacque.

<< Ehi ragazzo sei qui per the ripper...? giusto?.

So che è il mio vicino di casa, è un macellaio che ha un deposito fuori città... la notte dell'ultimo omicidio l'ho visto rincasare tutto pieno di sangue, lui mi ha visto è rimasto atterrito, non se l'aspettava alle cinque del mattino di vedermi sulle scale, ma io ho cambiato turno, ora in ferrovia comincio presto, mi fa... ho sgozzato gli ultimi due maiali...ma io non ci credo, è lui il killer >>.

Jimmy alzò i tacchi e si allontanò, stava pensando...e adesso?

Ritorni lì e ti metti in coda...o... tirò fuori dalle tasche il pezzo di giornale e osservò quel numero lunghissimo.

Entrò in una cabina, tutte le monetine che aveva in tasca le infilò, poi fece il numero, ma era muto, non c'era linea.

Fuori dalla cabina si grattò la nuca nervosamente, e dai Jimmy fatti venire un'idea....

Ma sì...

Ecco

Ecco, il signor Bennett, ha un negozio di orologi vicino a casa sua, ha un telegrafo a casa e un telefono a pagamento, alcuni ogni tanto nel quartiere lo usano per telefonare, ma si fa pagare molto.

Il signor Bennett era un uomo sui sessanta anni, altissimo, magro, viso ceruleo, si rallegrava quando vendeva a gente altolocata i suoi orologi o pipe, era anche dentista, era soprannominato il saggio del quartiere, leggeva molti libri, era diplomato in una prestigiosa scuola tecnica, in meccanica.

Aveva viaggiato mezzo mondo, quando gli chiedevo delle Filippine mi teneva in negozio tre ore.

Si vociferava nel quartiere che avesse lavorato tempo fa anche per Edison qui in uno studio a Londra, su qualche accidente che deve rimanere segreto, così gli disse Tommy tempo fa.

Mio padre fece amicizia con lui dopo la leva obbligatoria, Bennett da giovane era già tenente.

Diede una mano a mia madre per uno sfratto, mio padre era appena morto e c'erano dei debiti, Bennett coprì la differenza, mia madre mantenne la parola e in dieci anni gli versò un quarto dello stipendio. Quindi era diciamo di famiglia, un uomo buono affabile, ricco di sentimenti, e sicuramente non un fesso.

<< Cristo santo Jimmy è un numero internazionale, prende Lisbona.

Il telefono lo hanno solo i ricchi e soltanto i ricchi si possono permettere di fare un'interurbana così.

Costa tre sterline e venti più una sterlina al minuto >>.

Jimmy sbiancò in totale ripiego,

<< Ma è quello che guadagno io in sei mesi mesi di lavoro...non mi posso permettere una telefonata simile...>>

<< Appunto! perché non sei un ricco >> disse Bennett abbandonandosi ad una risata.

<< Anche solo chiamare da Londra a Liverpool non costa poco, almeno un quarto di sterlina il contatto, più un cent e cinque penny al secondo >>.

Jimmy abbassò la nuca …

<< Ma si può sapere chi diavolo devi chiamare? >>

<< Me la fai fare questa telefonata...? ti pagherò domani >>

Bennett scoppiò a ridere….

<< Se hai i soldi domani presentati domani >>

<< Volevo dire glieli ridò un po' alla volta >>

James Bennett mosse il capo in segno negativo.

<< Lei so che è un gran signore signor Bennett...la prego... mia madre le restituì il debito e lo farò anch'io! >> disse Jimmy con aria pura e malinconica.

<< Ero molto amico di tuo padre, ma se devo darti retta a quest'ora sarei in mezzo alla strada a chiedere l'elemosina, sono una montagna di soldi ragazzino...io allora prestai i soldi a tua madre per salvare la casa e non vedervi sotto un ponte. Tua madre è stata di parola, ha sgobbato in fabbrica e guadagnava anche nel cucire e fare centrini...si è rotta la schiena e mi ha ripagato...ma io l'ho fatto per una buona ragione, non mi sembra una telefonata una buona ragione "

<< Le do la mia parola signor Bennett >> sancì Jimmy con un velo di disperazione

Bennett scosse il capo sbuffando.

<< Dove posso trovare subito così tanti soldi? >>.

<< Senti Jimmy non ficcarti in qualche casino, non me la racconti tutta >> disse Bennett scrutando il ragazzo.

<< Non posso spiegarti...veramente ...ti chiedo James se non riesci a farmi telefonare, almeno dammi una dritta su come avere subito adesso un prestito di 5 sterline...devo fare quella telefonata! Ti scongiuro! >>.

Bennett si sedette sulla sua poltroncina cominciando a studiare Jimmy.
Calò il silenzio nel negozio, da fuori un signore fece saluto con il cappello a Bennett, che forzò un sorriso e salutò con la mano.
<< Conosci Nick Dumant?...>>
<< Questo è il suo indirizzo >> Bennett scrisse su un foglietto di carta lo strappò e lo porse a Jimmy.
<< Io lo chiamo, dico a lui di prestarti i soldi... hai 48 ore per ridarglieli...più gli interessi, quindi fai molta attenzione...non puoi sgarrare >>.
<< Ok...va bene...grazie James sei un amico >>, James portò le mani in faccia trasfigurando un senso di pentimento, quasi volesse, dopo ciò, confessarsi.
<< Che Dio te la mandi buona ragazzo...se fai sgarri …te lo ripeto e ficcatelo in zucca, quello non è uno che presta soldi come una banca...è uno strozzino...sai cosa vuol dire la parola strozzino? >>.
<< Come Greeve della seconda >>
<< Ma quello è un pezzente, presta quattro soldi ad alcolizzati e giocatori incalliti o donnaioli...è uno scappato di casa Greeve, se non lo paghi ti fa le carezze >>.
<< Ho saputo di gente che l'ha pagato tardi e gli ha rotto il pollice >>.
Bennett accolse le mani come un sacerdote, Jimmy si ritrovò il suo viso a un centimetro.
<<Dumant non ti spezza un pollice, se non lo paghi, la prima volta ti rompe tutte e due le braccia, poi raddoppia la cifra…e se non lo paghi ti puoi prenotare un funerale...hai capito che ti fa accomodare al cimitero? >> urlò quasi a squarciagola Bennett per essere sicuro che Jimmy avesse capito. Ormai Jimmy era già fuori dal negozio.
Dumant si accese un sigaro, era un tipo sui trent'anni, occhi scavati come una lince aggressiva, robusto, vestiva come un lord, sapevo poco di lui, ma Tommy un giorno mi confidò che veniva da una famiglia povera, suo padre era dentro per duplice omicidio, anche lui anni fa aveva assaggiato le galere, ricettazione e possesso illegale di arma da fuoco e forse percosse.
Aveva una sfilza di denunce per aggressioni e quant'altro ma aveva anche una sfilza di avvocati ben pagati per proteggerlo e fargli evitare la galera.
La sua casa era veramente di pregio, aveva anche il portinaio sull'uscio, giochicchiava con una specie di scettro di legno antico, scrutava Jimmy celando pensieri carenti di entusiasmo, ma molto sospettosi.
<< Va bene fringuello… ti presto 5 sterline, tra due giorni ne voglio 7. Se sgarri avrai un mese per ridarmele più altre 3 sterline. Capito tutto? >>.
<< Ok...signor Dumant. >>.
Dumant aprì un cassetto della sua scrivania e pose a Jimmy le preziose sterline che gli servivano, di gran fretta corse da Bennett come un ladro in fuga.
Bennett, fece accomodare Jimmy al secondo piano del suo negozio, la cabina telefonica era blindata e insonorizzata.
Feci il numero… i primi cinque squilli non rispose nessuno, poi una voce rauca e misteriosa.
<< Sì...chi parla >>, la voce era profonda
<< Mi chiamo Jimmy Cole, ho informazioni su the ripper >>
<< Quanti anni hai? >>
<< 17 >>
<< Che tipo di informazioni hai? >>
<< Credo di sapere chi sia >>

<< Credi o ne sei convinto? >>
<< Ne sono più che convinto >>
<< Da dove chiami? >>.
<< Sono al negozio dell'orologiaio Bennett, abito a due isolati a Rue Crow 299 Notting Hill >>.
<< Conosco la zona...vai alla locanda Stone ...e aspetta lì, delle persone tra dieci minuti ti verranno a prelevare...e se è tutto a posto avrai la tua ricompensa. Come sei vestito cosa indossi? >>
<< Jeans chiari e maglione azzurro >>
<< Vai ora >>
<< Grazie signore >>.
Jimmy salutò con garbo Bennett e corse alla locanda Stone.
Entrò, si sentiva forse meno impaurito e più sicuro, sentiva già il fruscio di cento sterline nelle sue mani.
Ordinò una birra, il locale era quasi vuoto, c'era poca luce, solitamente non veniva mai qui a bere con gli amici, costava troppo.
Dopo dieci minuti quattro uomini entrarono e si sedettero vicino a Jimmy.
<< Sono Danille...>>, diede la mano a Jimmy con fare affabile e un dolce sorriso.
Jimmy scolò d'un fiato la birra.
<< Tu sei Jimmy Cole? >>
<< Esatto signore >>
<< Vieni con noi >>.
Il tragitto in carrozza fu verso Piccadilly, Jimmy entrò in un edificio apparentemente abbandonato.
Scalini
Terzo piano
Era una stanza grande molto illuminata, completamente spoglia, c'era solo un tavolino e qualche sedia e ammassati in un angolo arredi d'ufficio e un panino mezzo mangiato.
C'erano altre cinque persone ad attenderli, tutti con cappotti di lana, vestiario lussuoso, scarpe su misura in pelle Italiana.
<< Questo è il signor Burns, allora dicci tutto >> disse Danille sedendosi.
Burns si tolse il cappello e il cappotto e li appoggiò sul tavolino, inquadrò Jimmy dritto negli occhi.
<< Dieci giorni fa, era sera tardi, vagavo per i vicoli, avevo quattro soldi in tasca e volevo farmi una ragazza. Però ero anche un po' sbronzo, io Tommy e altri miei amici avevamo passato la serata al pub. Quando sento un urlo, mi sembrava di una donna, poi un altro urlo più lacerante, d'impeto presi alla fuga, ma essendo sbronzo mi persi nei vicoli per almeno due minuti, fino a quando in uno di questi, per pura casualità, ho visto la donna a terra e un uomo che prendeva rapidamente una borsa e scappava, scappando ho udito qualcosa che cadeva, come il suono di una moneta. L'uomo era vestito di scuro con abiti lunghi, non l'ho visto in faccia, una volta scappato, camminai vicino al cadavere della donna, l'aveva squartata e c'era sangue ovunque, ero incappato in Jack lo squartatore, poco più avanti vidi brillare quella cosa che gli era caduta dalla tasca, mi colsi nel prenderla, un bellissimo medaglione >> Jimmy frugò nei sui jeans, lo prese tra le mani mostrandolo come un trofeo, poi lo porse al signor Burns.
A. Habbott
circolo Winston golf club

<< Ho preso il medaglione e sono scappato a casa…l'indomani mi sono ricordato che A. Habbott è uno dei clienti del fornaio dove lavoro, consegno a domicilio il pane e lardo una volta a settimana >>.
Gli sguardi di quegli uomini presenti nella stanza si incrociarono tutti con benevolenza e un sorriso celato.
<< Non sapevo che fare, insomma, avevo paura, i giorni passavano, vivevo nell'angoscia, non sapevo che fare >>
<< Hai raccontato a qualcuno questa cosa? >> chiese Burns
<< No signore >>
<< Sei andato alla polizia…? >> incalzò Burns
<< No signore >>.
Ci fu un raggelante silenzio. Gli sguardi di Burns e Danille si incanalarono.
<< Poi decisi di seguirlo…e proprio stamattina ha lasciato la sua abitazione, sono entrato dal camino, penso che abbia disdettato l'affitto, adesso alloggia all' hotel Black stile su Kensington >>.
<< Se è tutto vero…sarai profumatamente pagato…ora aspetta qui…muoviamoci andiamo >> elargì Danille con uno scatto fulmineo.

Dopo due ore lasciarono rincasare Jimmy…
L'indomani una carrozza passò a prendere Jimmy, lo portarono nello stesso posto della sera precedente. C'era anche un agente di Scotland Yard in divisa, l'aria era distesa, quasi euforica, molti abbracci strette di mano e bottiglie pregiate mezze vuote.
Quando Jimmy scese dalla carrozza sembrava arrivasse un regnante dopo una lunga attesa.
Fecero sedere Jimmy. Nella stanza c'erano una ventina di persone.
<< Ottimo lavoro ragazzo, abbiamo saputo che si è disfatto di alcuni coltelli forbici bisturi e mannaie da un ferramenta della zona, ma ci sono sicuramente prove organiche delle vittime sugli strumenti, nella sua stanza d'albergo conservava ancora un coltello, ci sono tracce di sangue minuscole, ora sono al vaglio. In più conservava ancora un foulard giallo di una delle vittime, è ricamato con nome e cognome. Con sé per giunta un taccuino con scritti tutti i suoi delitti, dei suoi pensieri le modalità, le imboscate alle prostitute e altro.
Quindi sicuramente è lui, stava programmando di lasciare l'Inghilterra, con se aveva un biglietto d'imbarco per New York, sarebbe partito domani.
Dove hai preso i soldi per la telefonata? >> chiese Danille con occhi sfavillanti di euforia.
<< Me li sono fatti prestare da uno strozzino >>
<< Come si chiama? >>
<< Nick Dumant, entro stasera devo dargli sette sterline >>
<< Ci pensiamo noi a chiuderti il debito…occupatene tu Carl >> accennò Danille con fare frettoloso.
Cinque uomini uscirono dalla stanza.
<< Sai di quanto è la tua paga? >> chiese Burns smangiucchiando del tabacco fresco.
<< Sì signore, cento sterline diceva l'annuncio >>.
Danille sorrise… e schioccò le dita.
Uno dei presenti mise sul tavolo una specie di borsone in cuoio e lo aprì.
<< Sono centomila sterline per te Jimmy >>.
A Jimmy mancò il fiato, gli si rivoltò lo stomaco e impallidì per poi arrancare, si contorse in un agglomerato di calore, il suo viso modificò di colore. Non riusciva neanche a parlare.
<< Allora Jimmy…queste sono le regole. Noi ti paghiamo questa immensa somma, proprio

per il tuo contributo essenziale ma anche per il tuo silenzio, che deve essere tombale.
Il denaro verrà portato a Zurigo, tu andrai ora con il signor Burns a firmare, la banca è di nostra fiducia, del denaro potrai farne quello che vuoi, l'importante è che tieni la bocca chiusa su questa storia e non compri beni immobili qui sul territorio del Regno Unito...>>
<< Sì signore ho capito >>.
<< Ci denuncerai? >> chiese uno presente nella stanza, sembrava un arabo dal viso tetro.
<< No signore >>
<< Benissimo >> disse l'arabo accendendosi una sigaretta, quelle finissime lunghe con il beccuccio in avorio.
<< Parlerai con qualcuno di questo? >> chiese Burns
<< No signore, lo giuro >>
<< Come giustificherai tutti i soldi? >> chiese di nuovo Burns.
<< Porto mia sorella e mia madre in America del sud, comprerò loro un'immensa casa e mi giustificherò dicendo che ho trovato un tesoro nascosto, pirati o roba simile e poi farò il viaggiatore >> concitò Jimmy sicuro e nel complesso calmo.
<< Ti ubriacherai e inconsciamente racconterai questa storia...? sai può capitare>> borbottò un altro dei presenti, il più lontano di tutti, un omone che stava guardando fuori dalla finestra, indossava un cappello, il capo era chino, non si vedeva nulla del suo viso, solo l'enorme mole.
<< No signore...>>.
<< Se non manterrai questo patto...>> disse Burns
<< Mi farete fuori...>> disse Jimmy anticipando Burns
<< Bè...direi che ha capito... direi che possiamo fidarci, ora andiamo >> si sfogò Danille gridando ….

Germania Neersen ...1949

Il collegio dei Van Mayer era quasi a dirupo su una collinetta che sovrastava il paese...

Il cupido nero dei corvi che svolazzavano intorno al collegio diramava un senso di estrema inquietudine, lo spettrale edificio fu epoca di tiranni fantasmi e leggende popolari che da decenni serpeggiavano in paese, luogo di culto del macabro e di satana molti vociferavano la presenza in questo collegio, altri solo banali superstizioni un po' ingrassate dagli amanti del mistero, anche in una qualunque giornata di sole, erano talmente alti e possenti gli alberi che, si dicesse il sole non battesse mai sul collegio, il verde aggressivo degli alberi secolari ne dava un tocco quasi imperiale e storico, non vi era quindi luce battente sul collegio, imprigionato da quella gigantesca coperta di rami ...

Brunner varcò la soglia della drogheria e bar, l'unica presente a Neersen.

<< Buongiorno >>, si tolse il cappello tenendolo fra le mani e si avvicinò al bancone, il signor Brest annuì al forestiero mentre puliva il bancone con uno straccio forte di alcol etilico.

<< Mi chiamo Brunner, sono un giornalista dell'Handelsblatt...sono qui a Neersen per un articolo che devo scrivere sul collegio dei Van Mayer, il collegio dei misteri...>>, un signore anziano seduto lì vicino mosse il capo lanciando un'occhiataccia al giornalista.

<< Se ne vada, non è il primo giornalista ficcanaso, non abbiamo bisogno di cattiva pubblicità >> rispose Brest con tono pacato

Il giornalista sorrise, si accese poi una sigaretta

<< Un caffè grazie...>>, il giornalista si girò sullo sgabello osservando l'altro bancone adiacente, due donne stavano ultimando la spesa.

Casa Wagner

<< Oslo è ora di andare a letto…lavati i denti…devono brillare >> urlò la madre di Oslo sul patibolo delle scale, dinnanzi al corridoio.

Sua madre vedeva un filo di luce provenire dal bagno ed estendersi sul corridoio, la osservò per qualche istante, poi sentì il fruscio dell'acqua del rubinetto e se ne andò al pian terreno.

Oslo ubbidì, si lavò i denti, uscì dal bagno e spense la luce.

Poi si chiuse nella sua stanza, due mandate di chiave, controllò con cura le due finestre della sua stanza, ben chiuse. Avevano entrambe la chiusura verticale, con aggancio ad uncino.

All'interno della stanza suo padre aveva fatto fare un ulteriore persiana in acciaio da un falegname di Neersen…le persiane avevano due chiusure, una a scatto, una a manovella, Non erano esterne, entrambe erano all'interno della stanza. Oslo tempo fa chiese al padre di fargli mettere fuori dalle sue due finestre delle sbarre in acciaio, suo padre rifiutò disgustato, *se do retta a quel ragazzino mi trasforma la casa in una prigione…delle grate in ferro…? ma siamo matti?*

Oslo non sentendosi ancora soddisfatto e al sicuro, spostò un pesante mobile della sua camera, dal piano di sotto suo padre udì ancora quello strascico sul pavimento *non è possibile, ci risiamo…gli avevo detto di non spostare più il mobile.*

Oslo con la solita fatica posizionò il mobile alla porta d'ingresso e scivolò nel suo lettone cercando il sonno…

Due di notte...

Oslo si svegliò sentendo dei passi provenire dal pian terreno.

Erano i passi di qualcuno che camminava piano...piano, per non farsi scoprire.

Oslo sapeva che la bambina cattiva ora si era fatta adulta, teneva sempre le sembianze di una bambina, stessa vestaglia notturna, stessa vocina, ma non era più piccina e malvagia, ma dal corpo d'adulto e ancor più vorace.

Oslo si alzò dal letto appoggiando l'orecchio al muro...

Udì un cigolio del parquet del corridoio.

Poi il silenzio.

Oslo ritornò nel lettone, era sicuro che nessuno potesse entrare nella sua stanza, avrebbe sicuramente fatto chiasso e lo avrebbe così svegliato.

Tre di notte

<< *Scappa scappa Oslo, la bambina cattiva ti sta inseguendo* >> *urlò l'insegnante, la signora Stuart.*

Dal terzo piano Oslo corse, era sudato in pigiama, l'immenso parquet le scale di frassino, la bambina stava inseguendo Olso in quei corridoi bui freddi, quadri tappeti piccole sculture Italiane del barocco affluirsi in statue e statuette, un'infinità di stanze, l'opaco odore mischiarsi con il buio, Olso correva, aveva il fiatone, dal terzo al secondo piano, fino al pian terreno.

<< *Lasciami stare vattene* >> *gridò Oslo*

<< *Aiuto, qualcuno mi aiuti, mamma papà! Il demonio mi sta inseguendo, la bambina demone mi sta inseguendo mi tortura non mi lascia stare* >>.

Al piano terra nell'immenso doppio salone, Oslo si nascose dietro una delle gigantesche finestre, proprio dietro la tenda. La luce filtrava dall'androne e dalla finestra, Oslo si rannicchiò nell'angolo, inerme e ferito da una coltellata lieve.

Si sentivano i passi della bambina, lenti, insieme al vento che fuori spostava un po' i rami degli alberi.

<< *Vieni fuori Oslo, voglio solo giocare* >> *disse la bambina demonio mostrando dei denti marci e neri.*

<< *Vai via, cosa vuoi da me, io ti ucciderò maledetta, ti ucciderò una volta per tutte* >> *urlò Oslo a squarciagola.*

Oslo con uno scatto uscì di balzo dalla tenda e aprì il portone con incredibile forza, corse nel giardino, passando di fianco a quella mostruosa creatura di ferro, quell'altalena sudicia di morte che chiamava soltanto sventure, Oslo era pedinato da quella bambina, sempre, sempre presente nei suoi incubi.

La bambina a volte assumeva sembianze adulte, rivedeva, negli occhi di Oslo come lo scemare protrarsi di un film, una sottile pellicola fatta di incubi ma anche ricordi reali, la bambina adulta che gli toccava il sedere e il pisello infilandoci dei pastelli, graffi e sberle all'ordine del giorno.

Una notte, sì era piena notte, la madre di Oslo svegliata dalle urla strazianti del figlio ancora nella culla, aprì la porta e sua madre vide del sangue nella culla e un pastello rotto.

Questo non era un brutto sogno, non lo era affatto.

Oslo correva schivando la boschiva alta, il vecchio giardiniere era sempre bello gonfio di alcool e lavorava male per questo il signor Van Mayer l'aveva licenziato, c'erano ortiche e cespugli spinosi, la terra fangosa fece rallentare la corsa di Oslo che stremato si gettò a terra tutto sporco di terra.

La paura di cadere nelle grinfie della bambina era altissima, Oslo cercò di arrampicarsi per un'insenatura, era una protuberanza misto roccia che si elevava da terra in una forma molto suggestiva

<< Dove sei Oslo, questa volta non mi scappi >> la voce della bambina assassina che veniva da lontano si fece drammaticamente rauca e profonda,

Oslo, grattando con le unghie nel tentativo di scavalcare quell' insenatura, sfiorò involontariamente un grosso e arrugginito lucchetto...un lucchetto misterioso.

Lo toccò, sentiva la consistenza del metallo, al tatto inconfondibile...

Oslo toccava il metallo

Il metallo toccava Oslo...

Il metallo

Il metallo

Una finestra urtò con violenza sulla persiana mezza scassinata, Oslo si svegliò di colpo urlando, i suoi occhi erano stati bendati, cercò di levarsi la benda, intravide quella bambina maledetta con in mano un cacciavite, i capelli lunghi sul davanti le ricoprivano quasi per intero il viso, la donna scappò dalla finestra, i genitori di Oslo balzarono dal letto, sua madre accese la luce

<< Mio Dio che sta succedendo >> disse Jenell

German prese dall'armadio un fucile, uno Spencer in piena funzionalità, uscì dalla stanza e si precipitò verso la camera del figlio.

<< Apri per la madonna Oslo >>

<< Vai in giardino sta scappando vai >> urlò Oslo mentre dalla finestra la stava vedendo scappare.

German si precipitò all'uscita, poi iniziò a correre nella sua proprietà con il fucile pronto a colpire.

Si guardò intorno...nulla...il buio non aiutava di certo.

Oslo spostò il mobile, poi aprì la porta della sua stanza.

<< Visto che non racconto frottole e non sono incubi...esiste veramente, ha rotto la finestra e ha forzato la persiana...visto? >>.

Jenell mise le mani in volto piangendo...German abbassò il fucile osservando meticolosamente la finestra.

Notò in terra un grosso cacciavite a stella.

<< L'hai rotta tu Oslo, con questo cacciavite >> German guardò pietosamente Oslo

<< Ce l'aveva lei in mano, quando mi sono svegliato era qui, qui nella mia stanza, mi stava toccando con il cacciavite, ne sono sicuro papà, lo giuro…>> supplicò Oslo

<< Per rompere la finestra e la serranda avrà fatto rumore, non è possibile che tu moccioso non abbia sentito nulla >>

<< Non lo so papà, io mi sono svegliato che era già nella stanza e con questo fazzoletto mi ha bendato agli occhi >>.

<< Questo è uno dei fazzoletti del tuo battesimo Oslo… ma…li tengo in un cassetto in sala >> disse disperata la madre

<< Infatti due ore fa ho sentito dei passi di sotto, proprio nei pressi del salone…la bambina assassina si è accorta che non dormivo, poi …>>

<< Poi un corno, sono stufo di svegliarmi nel cuore della notte, va avanti da troppo tempo questa menata, se succede un'altra volta, solo un'altra quant'è vero Dio che vengo qui e ti pesto di legnate con la frusta…maledetto >> urlò German furibondo

La moglie si avvicinò al marito per abbracciarlo

<< Caro stai calmo, stai calmo ti prego >>

<< Calmo un corno! >>

German uscì dalla stanza di suo figlio, sua madre abbracciò Oslo, forte…forte

<< Abbiamo visite caro...è la signora Prebb>> urlò la mamma di Oslo quasi a catturare l'attenzione di tutti.

<< Ti avevo detto di metterti l'abito scuro con la camicina bianca scozzese...e sei vestito con Jeans e t-shirt, vatti subito a cambiare Oslo, è la tua mamma che te lo dice, ubbidisci >>

<< Ma se devo giocare a calcio >> rispose Oslo con indigenza

Il campanello imboccò un'altra sonora e fastidiosa scampanellata...

<< Sembra che stia arrivando il Papa >> mormorò il padre di Oslo alquanto contrariato dalle visite pomeridiane di sua moglie.

<< Guarda quante briciole...pulisci >> bisbigliò la signora Wagner a suo marito.

<< Arrivo arrivo! >> gridava la signora Wagner come se parlasse con il campanello.

La signora Prebb era una donna di modica altezza, un fare molto genuino, grazioso sorriso e una vorace cultura indiana, per questo lei e la signora Wagner erano diventate amiche negli ultimi anni, alla signora Wagner occorreva la cultura spinosa di una donna intelligente, ma anche una spalla solida su cui appoggiarsi, confidarsi... e talvolta piangere.

Sull'uscio ci fu un memoriale di abbracci sorrisi e strette di mano.

<< Entri mia cara >> disse la signora Wagner

<< Dammi a me pure il soprabito...>>.

<< Il piccolo Oslo c'è? >> disse la signora Prebb con il sorriso ancora stampato in faccia.

<< Si sta cambiando il biricchino ma sarà tra noi in un minuto >> rispose la signora Wagner mentre mandava segnali di fumo con lo sguardo al marito per fargli servire il thè.

Il marito impietrito e malconcio dagli ultimi eventi successi in famiglia, era diventato lento e borbottone, spesso insicuro, la malattia presunta del figlio Oslo si scagliava a cascata sull'umore dei suoi genitori, che a sprazzi facevano finta che tutto fosse normale.

La signora Wagner nonostante il pimpante gioco vocale, fisicamente era cambiata veramente in peggio.

<<Ohhh che magnifico centrino, l'altra volta non c'era >> disse la signora Prebb sfiorandolo con le dita mentre da seduta sul divano spazientiva per un thè non ancora giunto.

<< L'ho preso mia cara in paese, al mercatino, l'ho trovato subito grazioso...non tanto il prezzo >>

<< Ah ma lì hanno cose anche di valore mia cara, e lo sai che si pagano...>> mormorò la signora Prebb sghignazzando.

Oslo arrivò in salotto correndo...

<< Signora Prebb, sono anch'io presente >>.

<< Tieni mio caro...è il giovane Holden...un libro un po' maturo per la tua età...ma provaci, ti farà bene...la lettura la troverai piacevole...e se non ti piace tienilo per un futuro, ti farà magari comodo >>

Oslo prese il libro e lo scaraventò come merda puzzolente sul divano di fronte alla signora Prebb.

<< Ma pensa un po' te, piccolo vigliacco, si tratta così un libro...? si tratta così una persona che fa un regalo...? ma che modi...scusami Clerr, sono desolata >>, la signora Prebb si racchiuse a scudo in una forviante risatina scandita da un ottimo inglese

<<These young people today! >>

Entrò in salotto come un maggiordomo il signor Wagner...

<< Ecco a voi...servitevi pure, qui c'è lo zucchero >>.

Si sentì bussare alla porta..

<< Oslo è Mattheus...dai Oslo esci vai a giocare, che altrimenti quello mi sfascia la porta se continua a bussare così >> disse Jenell, la mamma apprensiva di Oslo.

Mattheus continuò a bussare con rigore, poi si mise a suonare il campanello, Oslo si affacciò dalla finestra del pian terreno,

<< Arrivo arrivo, hai portato il pallone? >>

<< Siamo solo noi due Oslo, gli altri non escono, sono tutti in castigo, giochiamo a calcio in due? >> disse Mattheus

<< Perché no...io contro di te...>>

<< Ma come si fa a giocare in due ho portato gli scacchi una figata >>

Oslo fece la smorfia del vomito...

<< Arrivo dammi un minuto...e non bussare più...>>.

I tafferugli in casa Wagner non smisero, la signora pensava di avere tre figli, voleva sentire il calpestio e il chiasso di più gambette nella casa, ma aveva un solo figlio e molto malato.

<< Senti Clerr, ti ringrazio di essere qui, so che devi partire per la Norvegia, non voglio consumarti più del solito >>

<< Bazzecole Jenell, lo sai che per me è sempre un piacere >>.

German, il papà di Oslo si defilò via tanto che sua moglie Jenell era ormai rapita dalla presenza e dalla presunta cultura della signora Prebb.

Lo sguardo della signora Wagner si indebolì e scomparve ogni alone di spirito.

<< Ne uscirete non ti preoccupare Jenell, ti do la mia parola, è un momento difficile ma lo supererete, stai tranquilla, non faranno ad Oslo una terapia degenerativa, non finirà handicappato in qualche istituto, ti ho fissato un appuntamento con il Dottor Evander Merks...il numero uno in Germania, lui vi aiuterà e farà ritornare Oslo un bambino normale >>

Jenell circuì il collo verso il corridoio per assicurarsi che nessuno stesse origliando, soprattutto Oslo, che, dalla finestra eccolo sul muretto fuori che stava giocando a scacchi con il suo amico.

<< Mi consigli questo Merks...>>

<< Esatto >>, la signora Prebb protese un bigliettino in avanti, con coraggio la signora Wagner lo prese...

<< L'appuntamento è per settimana prossima...verrà lui qui da Bonn >>.

Oslo corse di scatto nel garage, prese un pallone mezzo sgonfio e rovinato.

<< Tu vai in porta ti faccio dei tiri...la porta è da quell'albero a quello...ti faccio qualche rigore >> impose Oslo dispiaciuto della partita di calcio evaporata...la verità è che nessuno di quei bambini voleva giocare con lui, i genitori avevano proibito a tutti di frequentarlo...

<< Come mai non è venuto nessuno...? tutti che non possono? >> chiese Oslo con un languido fastidio

<< Te l'ho detto...sono tutti in castigo, avranno fatto qualche cavolata, ah tranne Mark, che è dovuto andare con suo padre ad una visita medica...>>

Oslo calciò con forza il pallone, Mattheus si piegò per parare, il pallone prese il tronco d'albero e si rannicchiò lontano vicino all'erba alta e ad un cespuglio.

Oslo si avvicinò al pallone, di cui si intravvedeva solo uno spillo, camminò fino a trovarlo ai suoi piedi, prese da terra il pallone, notò luccicante e inconfondibile nel manto erboso qualcosa, un qualcosa di insolito, un lucchichio forviante...si chinò e rovistò nell'erba, era un enorme coltello insanguinato, Oslo nel prenderlo si tagliò in profondità la mano destra. Insieme al sangue coagulato già presente si unì il sangue fresco di Oslo.

<<Ahhhh!! >> urlò Oslo dal dolore, il coltello cadde dalla sua mano, che sprizzava a fontanella sangue copioso.

Mattheus corse a vedere il fattaccio, l'amico era di fianco a Oslo incredulo.

<< Guarda che coltello, è enorme, vado a chiamare i tuoi genitori...è pericoloso un coltello del genere >>

<< Invece no, vado al collegio a spaventare le bambine..>> rispose Oslo leccandosi il sangue che sgorgava tra le sue dita

<< Ma tu sei matto, devi subito farti medicare questa brutta ferita...>>Mattheus indietreggiò oltremodo schifato.

Oslo diede un'altra leccata alla mano come un lupo ferito che si lecca la zampa...

<< No tu non sei normale...sei fuori...allora è proprio vero che sei pazzo è proprio vero quello che dicono >>Mattheus corse via lasciando la scacchiera sul muretto. Oslo prese il coltello e se lo nascose nella tasca...poi una folle corsa al collegio, dieci minuti abbondanti a piedi, aveva il fiatone, scavalcò senza problemi il cancello...corse lungo il prato, si ravvide di non essere intercettato dal giardiniere.

Le sette bambine stavano giocando a pallavolo, Oslo le sorprese con grande destrezza, tirò fuori il coltello, << Vi ammazzo tutte maledette >>
le bambine urlarono e scapparono chi da un lato chi da un altro.

Oslo si mise ad inseguirne una, la bambina era diretta verso il laterale del collegio, Oslo stremato dalla fatica lanciò con tutta la forza che aveva il coltello, la lama prese la caviglia della bambina, ma la punta scheggiò il tacco della scarpa senza alcuna ferita.

Oslo intravide nella boschiva il giardiniere che stava raccogliendo in bustoni con la scopa gli aghi di pino. Oslo invertì la direzione verso l'uscita.

<< Maledetto bastardo levati di qui >>, il giardiniere azzardò ad una corsa, con scarsi risultati, l'enorme mole e il peso del grasso gli permisero solo qualche passo più rapido del solito.

La cena al collegio si svolse in normale e d'obbligo silenzio.

La signora Stuart portava i piatti alle sette bambine, che di consuetudine non cenavano mai con i coniugi Van Mayer,i signori Van Mayer cenavano sempre nel salone, le bambine in un locale con un grande tavolo adiacente alla cucina.

Quella sera toccava a Erwine fare da palo. Le bambine dopo cena avevano un'ora per stare in giro per il collegio, sia all'interno che nel giardino. Categorico alle 21 tutte dovevano andare nelle loro stanze, lavarsi i denti e vestirsi per la notte.

Ogni tanto le bambine, quando la signora Stuart andava a coricarsi in ritardo, a volte anche dopo la mezzanotte, si ritrovavano tutte in una stanza a giocare e ridere, una di loro a turno doveva accamparsi in fondo al corridoio, al primo piano, così che, quando la signora Stuart faceva i piani con il suo passo lento e pesante, il palo correva al secondo piano ad avvisare e tutte in un nano secondo d'orologio sgattaiolavano nelle loro stanze, perché la signora Stuart, prima di andare nella sua stanza per dormire, controllava sempre le bambine che dormissero nei loro alloggi.

<< Tocca a te stasera Erwine…vedi di non addormentarti >> disse Karolin

<< Voi cosa fate? …che giochi fate? >>

<< Dai Erwine vai, sono già le 21 passate >> disse Luithilde

Le sei bambine andarono tutte nella stanza di Nelda. Erwine a passo felpato andò al primo piano, accucciandosi in un angolino buio, pronta a svolgere il compito, un duro e noioso compito, il palo.

Il tempo passava lentissimo…

Il pendolo schioccò la mezzanotte, Erwine era stanca, non vedeva l'ora che la signora Stuart salisse al secondo piano, così che potesse abbracciare il letto perdersi in un sonno gustoso e lasciarsi alle spalle la stanchezza.

Stette per chiudere gli occhi quando sentì un leggero fruscio, una luce calda si mischiava con delle ombre, si alzò Erwine e scese le scale catturata dalla curiosità.

Sentiva un lontano parlottare, come se due o più persone parlassero piano per non farsi sentire.

La luce calda, erano nient'altro che delle candele…*che strano perché non accendono le luci…?*

Erwine continuò lentamente a scendere, era quasi ormai al piano terra, vide la signora Stuart togliersi la giacca e indossare una specie di vestito lungo con un cappuccio, di fianco a lei un'altra persona con il cappuccio proteso e una candela accesa tra le mani, poi di fianco il signor Van Mayer e la signora Van Mayer che avevano anche loro in dosso quella specie di vestito mantello, ma non avevano ancora messo il cappuccio, tre di quegli strani abiti erano di colore nero, la signora Stuart e i coniugi, quella quarta misteriosa persona invece, il suo era di colore rosso.

I coniugi Van Mayer e la signora Stuart presero delle candele e le accesero anche loro, poi tutti e quattro si diressero nella cucina.

Erwine senza farsi notare li seguì…era a ridosso della porta d'ingresso della cucina, non sapeva se sbirciare o no, aveva una paura folle…

Sentì un rumore strano, mai udito in vita sua, era come il suono di uno striscio di muro su un altro muro, o un muro sul pavimento, non capiva cosa fosse…poi il silenzio per pochi secondi, poi ancora quel suono, muro su muro, pietra su pietra…poi il silenzio assoluto.

Erwine entrò nella cucina, non c'era nessuno, fece qualche piccolo e timido passo, c'era il solito piccolo salotto che lei conosceva bene, era dove loro mangiavano a pranzo e cena…anch'esso vuoto, non c'era nessuno, come se quelle quattro persone si fossero dissolte nel nulla, Erwine accese le luci, non c'era più nessuno spariti, non c'era una porta che dal salotto o dalla stessa cucina dava in giardino…

Addosso alla bambina arrivò un piccolo spiffero d'aria fredda, Erwine si girò, la parete era leggermente spostata di un centimetro, vicino all'armadio delle posate e piatti alle sue spalle, c'era un passaggio segreto, Erwine sfiorò il muro dilatato, appoggiò l'orecchio, sentiva soltanto una specie di coro, ma con una tonalità molto più bassa di un canto da chiesa, come le vocali cantate, una alla volta *AAAAAA….EEEEEE….AAAAAA* e un'altra voce più acuta che sembrava cantare frasi in latino.

Erwine si girò ora nel lato della cucina che non aveva ancora catturato il suo occhio,

C'era un gatto scuoiato appeso con un gancio al lavello dei bicchieri sopra il lavandino,

Stette quasi per gridare ma da dietro Odine le chiuse la bocca con la mano.

Odine si mise davanti e fece un segno con l'indice sulla bocca *silenzio…silenzio…se gridi ci scoprono…*

<< Ora tolgo la mano…non fare un suono..ok? >> disse Odine a Erwine che tremava dalla paura.

Erwine fece un cenno con la testa

<< C'è un passaggio segreto Odine…sono qui sotto incappucciati e con delle candele, mamma mia ho una paura >>.

<< Lo so, sono messe nere, due mesi fa li ho scoperti quando ero di palo io …>>

<< E perché non hai detto nulla maledizione >>

<< Perché se parli,qualcuna lo dirà ai suoi genitori, e nessuna di noi tornerà a casa se non in una bara, non le sai le dicerie di paese su questo collegio? >>

Erwine cercò di riflettere.

<< Vuoi dire che ci uccidono? >>

<< Nessuno è mai morto, ma è meglio tenere la bocca chiusa…>>

<< Che cos'è una messa nera? >>

<< Non lo so, è una specie di messa come in chiesa, solo che fa un po' paura. Adesso torniamo su e vai a letto, non devi dire nulla alle altre, va bene...? me lo prometti? >>

<< Va bene Odine, ascolto te, sei la più saggia di tutte...quindi quello che diceva Oslo sulla signora Stuart i gatti scuoiati ...non erano panzane >>

<< Esattamente era tutto vero >>,

<< Noi l'abbiamo sempre preso in giro Oslo, lo abbiamo sempre trattato come un povero ritardato, gli abbiamo fatto tanti scherzi e dispetti >> disse Erwine dispiaciuta

<< Quando viene qui di nascosto a farci delle cose brutte, a sporcarci i vestiti o a tirarci i sassi ...? non credi che se lo merita? >> rispose Odine

<< Ma perché è arrabbiato con noi Oslo...? non l'ho mai capito, tu lo sai? >> chiese Erwine

<< Non lo so non lo so >>

<< Ma è tutto così strano >>

<< Vedi questo gatto, guarda osserva, non c'è una goccia di sangue >> disse Odine

<< E perché? >>

<< Perché se lo bevono...secondo me >>

Erwine mise la mano in bocca come a vomitare e si chinò a ginocchioni sul pavimento stremata.

<< Lo squartano e fanno scolare tutto il sangue in una bacinella >>

<< Ma queste cose le fanno le persone cattive >> disse Erwine presa dal panico

<< Andiamo su forza...e silenzio mi raccomando tirati su dai >>

<< Mi sento male, mi fa male la pancia >> disse Erwine piangendo.

<< Ti aiuto io, dai forza, dimenticati di tutto questo ci sono qui io...stai serena >>.

Odine aiutò l'amica a rialzarsi, spense le luci, Erwine si riprese subito, o meglio, quello che bastava per correre nella propria stanza evitando di vomitare.

Odine e Erwine corsero subito nelle loro stanze al secondo piano, si salutarono con la mano.

Le altre cinque bambine erano già nei loro rispettivi letti, tutte e cinque caddero in un profondo sonno, quella notte invece Odine e Erwine non chiusero occhio, le due bambine terrorizzate fissarono il soffitto fino all'alba.

Il dottor Merks si pose a disposizione della famiglia Wagner.

Dopo l'increscioso episodio di Oslo con il coltello trovato in giardino, le voci in paese si fecero più pesanti e la reputazione dei Wagner, già arida peggiorò a tal punto che quei pochissimi levarono il saluto alla signora Wagner, c'era solo un piccolissimo focolaio, quattro o cinque che davano la colpa al collegio, alle maledizioni che c'erano in quelle mura, Oslo era solo una vittima.

Il dottor Kell aveva lasciato nel suo studio tramite raccomandata degli appunti su Oslo Wagner.

Quel tramonto non lasciava molto spazio al buon pensiero, era insolito leggere rapporti di altri medici, ma le dicerie in paese serpeggiavano ad ogni porta, si vociferava che Oslo fosse un bambino malato, psicologicamente instabile. Merks apprese dal suo studio di Bonn, ogni voce circolante e le molte dicerie su questa storia.

Il bambino sognava di frequente una bambina che voleva ucciderlo. La bambina era così descritta nei sogni, un pigiama lungo bianco di pizzo, sempre scalza, ha gli occhi di carbone, denti marci, capelli grigi pochi e arruffati.

Nei suoi miserabili incubi, Oslo scappa da questa bambina killer che lo vuole uccidere, ma in taluni sogni, lo lega al suo letto per poi torturarlo con dei piccoli coltelli o dei punteruoli.

A volte usa anche dei pastelli e li mette nel pene di Oslo.

Il rendimento di Oslo a scuola stava sotto la media, la maestra Carla Vonnell era incredula, sottomessa, impotente.

Scrive Carla Vonnell: Il bambino è come se vivesse in un suo mondo, non interagisce con gli altri bambini della sua età, è impulsivo, ha paura di tutti e cerca con l'aggressività di allontanare chiunque voglia interagire con lui.

In un tema in classe Oslo descrive la sua governante, complice di quella bambina cattiva, e che in realtà le sette bambine presenti nel collegio di fianco alla tenuta Wagner, collegio di proprietà dei signori Van Mayer, fossero maledette, anche il collegio era maledetto e che quelle bambine unendosi…diventano una sola bambina, la bambina demonio.

Merks rilesse una delle molteplici dichiarazioni di Oslo Wagner…

Oslo scese le scale inciampando in un vaso, un dolore alla caviglia, la signora Stuart stava mangiando un gatto, aveva un coltello in mano

<< Vuoi Oslo assaggiare questo buon gatto? >>.

Vomitò e corse a nascondersi dietro una tenda, la bambina nascosta dietro l'orologio e in giardino le sette bambine che cantilenavano

<< Oslo vieni a giocare con noi...vieni a giocare con noi >>.

Merks sospirò un poco e si accarezzò la testa cercando ispirazione.

I protocolli erano chiari, Merks doveva curare il bambino ricucendolo a livello psicologico ed epurandolo da tutti questi pensieri incubi che lo stavano massacrando, impresa assai ardua, lo stato di stress post traumatico era molto avanzato, quasi irreversibile.

Merks ricordò sulla mensola del suo ufficio, sempre in bella vista uno dei libri di Freud...Freud direbbe sicuramente che in quegli incubi c'è una realtà reale parallela, di cui bisogna scoprirne la natura e indagare.

Merks si bagnò le labbra con la sua lingua secca, era pensieroso e preoccupato come in dieci anni di carriera non lo era mai stato.

Prese una matita e un foglio….

Forse c'è una presenza oscura… un demone che costeggia quella collina tra il collegio dei Van Mayer e la residenza dei Wagner...forse c'è un demone nascosto, perfido, e cocciutamente complicato da scovare.

Il dottore era stravolto da timori che gli attanagliavano la mente, in lui valicavano forti sospetti satanici.

Merks prima di visitare il bambino, fece visita alla maestra Carla Vonnel.

Una lussureggiante pineta costeggiava ambo i lati la strada, che poi si fece sterrata, in lontananza la casa della Vonnell, era un piccolo rudere con due vicini di casa, un piccolo borghetto.

Merks con prudenza girò fino a parcheggiare l'auto di fronte al civico 3.

Con rapidità scese dall'autovettura, il clima si stava irrigidendo, tirò su il bavero che sventolava impreciso.

Suonò il campanello...dopo pochi secondi Carla Vonnell aprì la porta. Carla Vonnell era una donna sui 25 anni di età, alta magra, capelli castani a caschetto che facevano risplendere un viso morbido, sicuramente una donna intelligente, leggeva molto, le piacevano le grandi camminate, aveva molti amici in paese e la sua reputazione era impeccabile.

<< Buongiorno dottor Merks...è un piacere >> ponendo la mano al dottore, sorrise con apprezzamento Merks cogliendo nella donna empatia.

<< Le ruberò solo pochi minuti >>.

<< Mi stavo versando una tazza di caffè, prego entri andiamo in salotto >>.

Non affrontarono subito l'argomento Oslo Wagner, anche se trepidava nell'aria come una lama arrugginita, essendo molto amanti di calcio, la Vonnell tifava Bayern, al contrario

Merks era tifoso del Colonia.

Quando l'argomento calcio affievolì del tutto, Carla Vonnell si alzò con aria greve e fare sgraziato, avvicinandosi alla finestra.

<< Oslo Wagner non deve andare in un istituto psichiatrico, sarebbe la fine...lei dottore deve evitare che succeda...>>

<< Quando il bambino ha iniziato a manifestare i primi sintomi? >>.

<< Direi due anni fa, in terza elementare...man mano è stato un progressivo peggioramento...>>.

Merks prese vibranti appunti sul suo grande taccuino.

<< Ha mai comparato il suo evidente stato in rapporto al mondo di oggi? >>.

La Vonnell non comprese bene la domanda, ma aggraziò comunque una tiepida risposta.

<< In alternanza, ovvero, c'erano momenti che sembrava un bambino normale, giocava con gli altri a pallone rideva scherzava...poi con il tempo da semplici e sporadici malesseri, visioni, sogni, non so bene che cosa raccontasse o descrivesse si sparse nella sua mente come una malattia degenerativa...>>

<< Il fatto di ricordare a otto anni e non a sette è molto anomalo e rarissimo, ma non impossibile >> puntualizzò Merks continuando a scrivere sul suo taccuino.

<< Le bambine mostro che diventano una, è una simbiosi retroattiva di un sogno o un fatto reale che scalpitando nella sua memoria ha trasformato con il tempo >> puntualizzò Merks.

<< Intende dire che un sogno o un fatto reale tenuto nei meandri nascosti della mente, può inconsciamente continuare a modificarsi per poi manifestarsi all'improvviso? >>.

<< Esattamente...lei signora Vonnell ha mai letto per caso di sfuggita Freud o Jung? >>.

<< Mi abbino certamente ad altro tipo di letture >>

<< Lei sicuramente adora Hemyngway>>

Vonnell si prese un attimo di imbarazzo...

<< E non crede nella superstizione? >>

<< Intende le voci che girano sul collegio? >>.

Merks tacque pensando subito ad altro.

<< Da una pochezza si è arrivati a dei veri castelli di terrore e leggende...credo che quel collegio sia stato vittima di qualcosa di brutto in passato, ma non credo collegabile ad Oslo...ma...questo lo dovrà appurare lei dottore, per quello ho preteso un professionista serio e capace, i genitori mi hanno dato campo libero, il preside della scuola pure...e consultandomi con la signora Prebb, un'amica di famiglia Wagner, abbiamo di comune accordo scelto lei dottor Merks>>

<< Mi lusinga...ma a volte è una grande intuizione e non un grande curriculum a fare la differenza >>, disse Merks accennando ad un minuscolo sorriso.

<< La cosa che non capisco signora Vonnell è come mai il sindaco invece si è opposto, non mi ha dato accesso però agli archivi cartacei del comune di Neersen, forse la risposta è lì... >>.

<< Ho parlato con il sindaco ma è più duro e cocciuto di chiunque altro abbia mai conosciuto in vita mia. Adesso poi lo hanno rieletto per altri sette anni, stiamo inguaiati, io non l'ho mai votato...ma devo fare buon viso a cattivo gioco, è l'autorità più importante >>.

Merks si alzò...camminando lentamente intorno al tavolo rotondo che dominava il salotto.

<< Ho letto attentamente i suoi rapporti signora Carla, ha fatto un ottimo lavoro, mi è veramente di grande utilità...>>, forse poteva diventare un'ottima psicologa e non una semplice insegnante di scuola media inferiore pensò Merks.

<< Mi fa piacere dottore che mi dice questo...io adoro tutti i miei bambini, e non voglio che neanche uno di loro per nostre sviste finisca male...intendo sviste di noi adulti. Perché abbiamo una responsabilità, come i suoi genitori...sa dopo la guerra, Neersen era stata quasi rasa al suolo, noi abbiamo superato una guerra infernale folle, ma ci siamo rimessi in piedi...la Germania sia est che ovest un giorno si ricompatteranno, grazie anche a chi è rimasto qui e non se n'è andato...>>.

<< Durante la seconda guerra mondiale io me ne sono andato in Spagna e poi Svizzera...ho lavorato lì in quei periodi, poi ho donato tutto il mio denaro per la ricostruzione della mia città...anch'io come lei, come tutti ho sofferto...>>.

Merks si avvicinò alla signora Vonnell, appoggiò la mano sulla sua spalla per un piccolo conforto, un piccolo calore.

Si udì il rintocco della campana del paese.

<< Mi scusi ho ancora qualche domanda signora...>>

Carla Vonnell annuì.

<< Oslo ha mai letto qualche libro di satanismo o streghe? >>

<< Che io sappia no...>>

<< Ha mai cambiato il suo viso...? mi spiego meglio, Oslo nella sua crisi peggiore ha assunto occhi demoniaci o cambiamento delle guance? >>.

<< No, al massimo urla e piange, scappa, corre, ma da quel punto di vista niente >>

<< Molto bene è un buon segno >> smorzò un lieve sorriso Merks.

Merks si chinò ad osservare il parquet scuro ...

<< Ha perso qualcosa dottore? >> chiese Carla Vonnell.

<< Mi scusi la domanda imbarazzante...ma lei fuma la pipa? >>.

Carla scoppiò a ridere...

<< Ma sta scherzando dottore, non ho mai fumato in vita mia, l'unico mio vizio è un liquorino ogni tanto la sera, liquorini che mi porta il signor Durst, il droghiere...dal paese >>

<< Ha avuto ospiti negli ultimi giorni? >> chiese Merks continuando a guardare il pavimento.

Carla grugnì nelle sopracciglia pensosa...

<<No... no...adesso che ci penso...no nessuno, Kristen e suo marito due miei cari amici, mi sono venuti a trovare per cena quasi un mese fa, ma di recente nessuno...ah sì settimana scorsa la signora Prebb... >>.

<< Strano, perché c'è della polvere da pipa qui per terra...è poca...ma la riconosco >>.

Carla Vonnell si chinò alquanto sorpresa e piuttosto scocciata.

Carla dal petto si mise gli occhiali da vista...

Il dottore mosse lentamente polpastrello e indice, le sue dita erano scure. La annusò per qualche secondo.

<< Sì è polvere da pipa, riconoscerei anche la marca, io adoro la pipa, la fumo spesso a casa la sera dopo cena >>

Carla scosse la testa...<< Non saprei che dire ...Io non fumo, la signora Prebb nemmeno >>

<< Va bene...allora per me è tutto...adesso vado subito a visitare Oslo, la terremo informata...è stata gentilissima e di enorme aiuto >>, Merks protese entrambe le mani stringendo la mano molliccia della signora Vonnell, che stiracchiò un sorriso verso il dottore.

<< Grazie dottore... a presto >>.

Merks uscì frettolosamente dall'abitazione e risalì in auto salutando di nuovo la donna con un cenno di mano...Merks prese dal cassetto della sua auto una pipa e se l'accese tirando una profonda boccata.

Merks rallentò allo stop, la strada sterrata si immetteva nella strada normale...ma non stavano venendo auto né da destra né da sinistra.

Merks sprofondò in ragionamenti e pensieri. Appoggiò la pipa vicino al posacenere.

<< Quella donna mi sta mentendo...mi ha mentito...quella donna nasconde qualcosa >>.

Merks suonò il campanello della residenza Wagner, notò il bambino che scostando la tenda del secondo piano lo guardava.

<< Signor Merks, si accomodi la stavamo aspettando...mi dia a me il cappotto >> disse la signora Wagner, la madre di Oslo, dietro in lontananza, il padre.

<<Brrr che freddo...>> disse il dottore varcando l'uscio di casa

<< Credo che una tazza di thè sia l'ideale >>

Merks si accomodò con tutti i convenevoli, strette di mano, e sorrisi stampati suoi volti terrorizzati dei genitori di Oslo.

I Wagner erano una delle famiglie più ricche e prestigiose della zona, non avevano problemi a pagare parcelle ai migliori specialisti della mente.

Merks dal canto suo sapeva di dover indagare su fatti e sogni che avvolgevano nelle tenebre questa casa e presumibilmente anche quella dei vicini di casa, il collegio dei Van Mayer.

Merks entrò nella stanza di Oslo, il bambino era seduto, intento ad osservare il camino nelle sue braci e fuoco, nei suoi colori accesi, prese il ferro e toccò la legna per smuoverla un po', il bambino non degnò di uno sguardo il dottore che continuava a fissarlo.

<< C'è il dottor Merks, vieni qui Oslo a salutare, non fare il capriccioso >>.

La madre di Oslo evidentemente apprensiva aveva cambiato i lineamenti del suo viso, esaurito, sprofondato nella disperazione, i tratti somatici non lasciavano dubbi, sua madre si stava imbruttendo, ma non di vecchiaia ma di sconforto e dolore, perché nel suo insieme di graziosità era un tempo magra e dolce dagli occhi profondi, invece ora si stava ingrassando sulle braccia e gambe, quasi le ossa ingigantite di volume, il portamento da miserabile, segni inconfondibili di un esaurimento nervoso.

Il padre era risoluto, i capelli bianchi avevano fatto assedio, qualche ruga di stress, anche lui fortemente scosso e sconsolato dei problemi che affliggevano Oslo Wagner.

<< Lasciateci soli >> mormorò a bassa voce il dottore.

Il dottore si mise dei guanti bianchi chirurgici, fece sdraiare sul letto Oslo e cominciò ad osservare le sue pupille con una piccola pila. Guardò poi nella cavità orale, sfiorando denti e gengive.

Fece sedere Oslo mantenendolo sempre sul letto, Merks prese una sedia e si mise abbastanza vicino al bambino.

<< Rilassati, ti farò poche semplici domande...>> disse Merks cercando di conquistare la piena ed immediata fiducia del bambino.

<< Oslo senti qualche presenza ora in questa stanza? >>.

<<No...ci siamo solo io e lei >>.

Merks cominciò a trafficare tra le carte dentro la sua valigetta personale.

<< Nei tuoi incubi tu dici che scappi dalla bambina cattiva, ma nelle descrizioni non ti trovi qui, in questa casa, bensì nella casa dei Van Mayer…è esatto? >>.

<< Capisco dove vuole arrivare…>>

<< Sappiamo che tu sei stato quattro o cinque volte nella casa dei Van Mayer, quando i tuoi genitori erano invitati a cena, tu eri presente e giocavi nel giardino all'altalena sia con le sette bambine che con altri bambini figli di genitori invitati…è corretto? >>.

Oslo annuì.

Ci fu una lunga pausa.

<< Nei tuoi incubi parli inoltre di un cimitero, e che vorresti uccidere tu le bambine così da eliminare l'altra bambina cattiva... ho qui il tema che hai consegnato alla tua maestra la signora Carla Vonnell.

Cara Maestra

Sono stufo, adesso basta, ucciderò le bambine, le attirerò fuori da quella casa con una scusa, poi le accoltello tutte e faccio sparire i corpi nel passaggio segreto, perché la bambina non possa più tornare a farmi del male, la bambina cattiva, sa anche lei che il bosco inghiottisce tutto e tutti, chi si allontana troppo è perso e sparirà per sempre >>.

Oslo distolse lo sguardo dal dottore…

Merks si mise a frugare di nuovo nella sua valigetta.

<< La bambina la vedi realmente? >>

<<No...è presente nei miei sogni >>.

<< Capisco...è sempre stato così? voglio dire Oslo, la bambina potrebbe essere invece un tuo lontanissimo ricordo passato, ma non un sogno, bensì un contatto reale...? avvenuto veramente?, quindi esiste, è esistita veramente?, è possibile? >> chiese Merks con una punta di fervore, scavando nei ricordi del bambino.

Il ragazzino si fece coraggio, sbiancò un poco, la situazione destava in lui un certo imbarazzo, quasi vergogna.

<< Avanti fai uno sforzo Oslo...dimmi qualcosa, è importante, quello che ti ricordi >>.

Oslo si rinchiuse in un colloso silenzio, voleva dimenticare, ed ora un dottore, uno dei tanti forse, voleva che ricordasse, che mettesse a fuoco quelle immagini.

<< Rievocare un brutto o brutti ricordi...sarà per te un buon filtro, sarò io a farti da spalla, con me puoi confidarti liberamente...non avere paura Oslo...tu sei più potente di quel demone, perché sei riuscito a respingerlo, non si è impossessato della tua anima, ma solo parzialmente della tua mente >>.

Il dottor Merks si mise vicino alla finestra sistemandosi il corpetto...aspettò alcuni minuti prima di parlare, poi si sedette sul letto, vicinissimo a Oslo.

Quando Merks stette per aprire bocca

<< Una volta, una notte, quella bambina è entrata nella mia stanza, avevo tre o quattro anni, mi ha denudato e mi ha infilato un chiodo nel buco del culo, facendomi un male incredibile, un grosso chiodo nel culo, poi nel mio letto tutto pieno di schizzi di sangue ho urlato più forte che potevo...un'altra notte invece mi ha imbavagliato per non permettermi di gridare e mi ha portato nel sotterraneo del collegio, una specie di vicoli sotto terra, con lanterne di candele, mura arancio opaco, c'erano topi ragni e serpenti, c'era anche un quadro appeso raffigurante Hitler...invece una notte, dopo che mia madre mi aveva cambiato la serratura della mia stanza, mi chiusi dentro, riuscì la bambina mostro ad entrare dalla finestra spaccando la maniglia e mi versò nel letto un secchio pieno di merda, quando urlai mio padre e mia madre corsero nella mia stanza io gli aprii, mi accusò mio padre di aver cagato nel letto di nascondere le feci nella mia stanza e di aver rotto di proposito la finestra...le dico solo questo...non mi chieda altro ...la prego >>.

Il viso del bambino imprecava, i suoi occhi erano lucidi, si scompose in una piccola fuga di un pianto stretto e silenzioso, quasi si vergognava di piangere di fronte al dottore.

<< Bravo...va bene...ora che ti sei liberato devi sentirti meglio >>.

Oslo cercò la mano del dottore, la presenza di quel medico lo stava aiutando mentalmente, iniziò a fidarsi, si sentì così a suo agio, non era un dottore come tutti gli altri.

Merks ricambiò affettuosamente quel gesto accarezzandogli la fronte e la guancia.

Merks in un connubio di pensieri e soluzioni che gli giravano nella testa trovò anch'esso la forza di fare quello che rarissimamente aveva compiuto nella sua carriera. Il dottore dalla sua borsa prese un piccolo unguento, una specie di crema con un intenso profumo di pino, oleosa ma molto densa, aveva un piccolo effetto afrodisiaco.

Merks si sedette di nuovo.

<< Ora sdraiati, stenditi completamente sul letto >>

Merks ripose alcuni suoi strumenti sul comodino adiacente al letto.

<< Adesso rilassati…rilassati >>

Oslo ubbidì annuendo con lo sguardo…

<< Rilassati, respira profondamente, ma non chiudere gli occhi...ripeto Oslo, non chiudere gli occhi ... >>.

Merks tolse un cuscino da sotto la testa di Oslo, ne serviva solo uno.

Merks passò l'unguento intorno al naso di Oslo, poi prese una pila, piccola…

<< Apri la bocca e tira fuori la lingua >>, Merks ritornò ad osservare con più cura il cavo orale di Oslo. La lingua non era color rosea ma gialla…

Merks slacciò il pantalone del bambino, quanto bastava per analizzare il pene.

Lo scarnò fino ad osservare meglio il glande, era troppo rosso e sulle estremità, corona e solco coronale gravavano piccoli filamenti bianchi simili a dei minuscoli vermi, un'infezione, una virulenta tubercolosi urinaria o un altro tipo d'infezione virale del pene, subito da intervenire con farmaci e un'operazione. Merks rivestì il bambino, rimise la pila nella borsa e tornò nuovamente a sedersi.

<< Rilassati, rilassati, ora ti chiedo di osservare il pendolo che farò muovere, cercherò di mandarti in ipnosi, nel frattempo ti tengo sempre la mano sinistra, per vedere cosa senti tu >>

L'ipnosi si stava compiendo, piano piano…

<< Pensa adesso a questo pendolo, e al tempo…>>

Il pendolo oscillava a destra e sinistra come le lancette di un orologio, un fluido e rapido movimento, destra sinistra, destra sinistra, fino a quando Oslo vide il pendolo immobile al centro, in realtà il pendolo stava continuando ad oscillare, sempre destra sinistra, destra sinistra.

<< Ora pensa al sonno, al sonno, soltanto al sonno >>

Passarono diversi minuti

<< Ora dormi >> bisbigliò Merks nell'orecchio di Oslo.

Oslo cadde in un profondo sonno…Un sonno incredibilmente profondo e meraviglioso. Oslo aveva sempre gli occhi aperti, Merks, invece chiuse le palpebre lentamente, la stretta di mano del dottore a Oslo si fece più serrata.

Il dottor Merks ora è in un mondo parallelo… gira nel convento dei Wagner, dei rumori, una porta aperta, entra nella stanza un vecchio giradischi con un ragno nero enorme una risata macabra provenire dal corridoio, il dottore esce dalla stanza e vede in giardino le bambine, le sette bambine correre… Oslo che grida alle bambine no, ritornate dentro così morirete, ascoltatemi bambine vi prego io vi voglio bene, correte dentro non uscite dal collegio.

Il dottore corre in corridoio, sente dei rumori provenire dalle fondamenta della casa, vede una sagoma, l'assassino vestito da donna, o forse una donna adulta vestita con pigiama bianco candido, come le bambine, scappa, ha una strana gobba è un essere mostruoso ma non fa vedere il suo viso, il dottore riesce a vederla solo per un soffio, la rincorre, la bambina adulta scappa veloce ridendo.

Il dottore scende al piano terra c'è una grande cena tantissimi invitati, gente che ride e balla, beve vino e mangia carni da selvaggina, capotavola Van Mayer padre alzare il bicchiere per un maestoso brindisi, uniforme rossa da maresciallo dell'esercito, alza il bicchiere per il brindisi

<< A noi che non abbiamo paura della morte >> Van Mayer tira fuori la spada ma è insanguinata.

In quell'attimo Oslo si sveglia e Merks ritorna a vedere nel reale, opaco appannato vede a malapena la sagoma del bambino di fronte a lui, Oslo è sudato, completamente bagnato dalla testa ai piedi, ha un'aria tramortita, sorpresa, Merks scatta all'indietro stropicciandosi gli occhi e corre verso il bagno per lavarsi la faccia con abbondante acqua.

Si riprende a poco a poco, Mio Dio…Mio Dio pensò Merks.

Non si asciugò il volto con un panno ma con le mani. Ritornò nella stanza di Oslo, Oslo si era sdraiato di nuovo.

<< Rimani qui, adesso dormi riposati…ho finito…stai tranquillo, è tutto finito, vedrai andrà tutto bene.

Quella bambina cattiva scomparirà a breve dalla tua mente, ritornerai a vivere come Gesù vuole che tu viva >>.

Il dottore prese le gambe di Oslo e le mise sotto le coperte, gli accarezzò la fronte poi con un fazzoletto gli asciugò il viso.

Merks ritornò di sotto, i genitori aspettavano impazienti.

Appena il dottore entrò nella sala ospiti i genitori di Oslo scattarono in piedi, la madre teneva tra le mani una collanina con il Cristo e la stringeva a tratti forte.

<< Ho fatto un'analisi, utilizzando l'ipnosi...ora mi serve solo un sopralluogo nel collegio dei Van Mayer, ma credo di aver trovato quello che cercavo e di aver capito il problema e come risolverlo. Sicuramente vostro figlio ha subito un trauma direi all'età di due o tre anni...e un demone ha cercato di entrare nella sua anima, ma è rimbalzato solo nella sua psiche, dovete assolutamente andarvene da qui, vendete la casa subito e trasferitevi il prima possibile, lontano da qui >>, le parole tenebrose del dottore scioccarono i genitori e tuonarono tra una parete all'altra.

<< Vi prego, non fatemi domande, vostro figlio ritornerà ad essere un bambino normale, ma dovete andarvene di qui >>.

<< Io non credo ai demoni o cose del genere >> disse il signor Wagner seccato

<< Esiste un oscuro, molto potente che fluttua nell'aria, il male è l'opposto del bene, le posso garantire signor Wagner che io ho assistito a sei esorcismi come collaboratore, quindi non sono qui per prendervi in giro o raccontare fandonie...la prego, mi ascolti, per il bene suo e della sua famiglia >>.

La madre di Oslo versò in un totale silenzio fissando il pavimento.

<< Non date più psicofarmaci a vostro figlio, quella terapia è chiusa, poi per queste notti che rimarrete ancora qui ad abitare dovete dormirci insieme, nel vostro letto matrimoniale, Oslo deve dormire con voi, non deve mai stare solo la notte. Quando vi trasferirete potrà ritornare a dormire da solo >>.

La signora Wagner prese dei soldi da un cassetto

<< La sua parcella dottore...la ringrazio >>.

Il signor Wagner incassò il colpo e sebbene non credesse ai fantasmi o ai demoni, insomma al surreale, si ravvide che nei libri, nella storia, la chiesa stessa, parlano del male, di vite parallele alle nostre.

<< Solitamente un demone è presente in un luogo, ove era vissuto nella realtà, a me è capitato di vedere una presenza quando ero piccolo, era mia nonna, che mi proteggeva mandandomi flussi positivi, quello era un demone positivo, buono. Vi sono alcuni demoni malvagi invece, che non trovano posto fisso e il ceppo si dirama toccando molte persone, ma affliggendone solo poche, e a volte trovando un punto d'unione con un altro demone si crea quello che noi dottori della psiche identifichiamo, come ceppo madre >>.

Merks si rimise il cappello e il cappotto.

<< Ah un'ultima cosa altrettanto importante... chiamate l'ospedale di Dussendorf, subito, prenotate una visita specialistica con un urologo, vi raccomando il dottor Schulze, è un mio vecchio amico, il bambino è affetto da una tubercolosi urinaria, niente di grave ma deve essere subito preso in cura da uno specialista, forse ci sarà bisogno anche del parere di un

dermatologo…ma questo non è il mio campo. Ok, mi sembra di avervi detto tutto…Signori Wagner vi saluto e vi auguro ogni bene buona giornata >>.

Merks in fretta e furia uscì dalla loro proprietà, accese il motore della sua auto e a tutto gas si mise nella direzione del collegio dei Van Mayer.

Sapeva che lì c'era un ceppo madre demoniaco.

Accostò l'auto frettolosamente vicino al cancello, si fiondò sul retro dell'auto e prese delle potenti macchine fotografiche di ultima generazione.

Suonò più volte ….

Da lontanissimo arrivò il giardiniere, lamentandosi mentre camminava goffamente.

<<Senta!cosa vuole, chi è, questa è proprietà privata >>

<< Voglio interloquire con i signori Van Mayer sono in casa…? sono il dottor Merks, un amico dei Wagner >>.

Il giardiniere cambiò passo, era piacevole spettegolare dei Wagner con i suoi amici di bicchiere, dopo una vivace corsetta il giardiniere aprì, da un piedistallo nascosto, un telefono posto sotto terra, Merks osservò la scena compiaciuto.

<< Ha un appuntamento? >>

<<No...sono costernato, ma è di vitale importanza >>

<< Chi devo annunciare? >>

<< Dottor Merks>>

<< Signora mi scusi se la disturbo, c'è qui il dottor Merks che vorrebbe interloquire con lei...lo faccio entrare? >>.

Il giardiniere annuì, la signora aveva dato il suo consenso.

Merks camminò fino all'ingresso del collegio, trascinato da una musica profonda, melodiosa Soffici violini e un imperante pianoforte, riconobbe Brahms.

<< Le piace la musica? >> chiese la signora Van Mayer porgendo la mano

<< Adoro Brahms >> disse Merks stringendo la mano della donna, nell'entrare la musica si ravvivò notevolmente, il dottor Merks riuscì a strappare un sorriso.

<< Prego si accomodi...mio marito arriverà a minuti >>.

<< Stop...>> disse la signora Stuart seccata

<< Ludmilla hai sbagliato, il passaggio dalla chiave sol a si bemolle, un po' più di grinta e audacia, si sentiva poco, anche se è in sedicesimi, stai leggermente anche più corta, però colpi più marcati, secchi >>

Ludmilla annuì...

<< Riprendiamo da capo del secondo movimento...bambine...attenzione, uno due tre >>, la signora Stuart rintoccò con la mano destra l'uno due tre, ripartì il pezzo.

La signora Van Mayer era una donna alta stupenda, una classe infinita, aveva capelli neri, bigodini curati, una pelle vellutata un sorriso giovane fresco, degli occhi di rubino marroni.

Il dottore prese posto in un grande salone, la porta in fondo era aperta e si potevano vedere le sette bambine suonare il violino, la signora Stuart al pianoforte.

Il dottore si accorse che nell'ipnosi a Oslo l'ingresso del collegio era identico a quello dove ora lui stava pazientemente aspettando.

Anche la scala gigante di quercia canadese che portava ai piani superiori era identica a quella dell'ipnosi.

<< Signor Merks è un piacere, la conosco di fama…se non sbaglio anni fa ci incrociammo, ad una riunione del Rotary club…si moriva dalla noia >> disse il signor Van Mayer tossendo una fragorosa risata.

Il dottor Merks contraccambiò divertito.

Il signor Van Mayer allungò il braccio anche da lontano come per catturare pienamente l'attenzione del dottore.

Merks si alzò e strinse la mano al signor Van Mayer… rimase quasi fulminato, sgranò gli occhi, quel viso quella persona era identica al maresciallo che nell'ipnosi alza il bicchiere per il brindisi.

<< Si sieda si sieda, le posso offrire un drink? mia moglie non beve, le va un goccio di rum cubano? >>, Merks annuì d'accomodamento.

La signora si sedette di fianco al dottore.

Merks cominciò a dare calcoli ai volti di lui e lei, ma non trovò nulla di sospetto o strano.

Il signor Van Mayer era un uomo sui cinquanta, baffoni neri, fisico atletico, occhi egocentrici, ma nel complesso gradevole quanto una donna come sua moglie possa desiderare e meritare.

<< Mi scusi se sono venuto qui senza preavviso, la mia rimbalzata qui dalla casa dei Wagner è solo una piccola routine, il bambino, Oslo, insomma, deve essere seguito…>>

<< Non è un problema signor Merks, un anno fa varcarono quella soglia proprio come lei due poliziotti…quindi io non ho problemi a dare il mio contributo per giuste cause…ah proposito come sta il bambino? >> chiese a bruciapelo il signor Van Mayer

<< Un po' meglio >>.

Entrambi sorseggiarono il rum…

<< Delizioso veramente >>.

Irruppe uno strano silenzio…mentre i violini e il pianoforte poggiavano sulla fine del pezzo.

<< Avrei qualche domanda da farvi… da quanto abitate qui? >>

<< Io ci sono nato, mia moglie da vent'anni… questa casa la costruì mio padre nel 1870…>>

<< Mi scusi se le faccio questa domanda…è mai successo qualcosa di strano o brutto qui…? intendo un fatto drammatico o macabro >>

La signora Van Mayer scosse la testa sorridendo, il signor Van Mayer scoppiò proprio a ridere.

<< Un fatto drammatico o macabro? che io sappia no, tranne quando cucina la signora Stuart >> disse il signor Van Mayer divertito

La moglie diede un piccolo buffetto sul ginocchio del marito. Merks non gradì per nulla la battuta.

<< Capisco >>

<< Ma cosa significa dottore...ci può rendere partecipi del suo pensiero? >>

Il dottore non si scompose ma continuava a guardarsi in giro.

<< Vede signora Van Mayer >>

<< Può chiamarmi Isabelle >>

<< Isabelle, io di lavoro faccio lo psicologo, e raramente mi sono sbagliato nella vita, o meglio nel mio lavoro...e ...sono cose che preferirei non spiegare, sono sensazioni...vi chiedo solo un pizzico di pazienza >>.

Il signor Van Mayer si alzò in piedi versandosi altro rum, la spassata euforica di avere un ospite era passata.

<< Mi dica dottore....io non capisco, mia moglie non capisce, è anni che in paese girano voci su questo bambino malato che dice di essere rapito o torturato da una bambina immaginaria e che questa bambina cattiva si trovi o si aggiri come un fantasma per i corridoi e le stanze di casa mia....è una cosa dottore inaudita, con tutto il rispetto per i mentalisti .....non siamo più in buoni rapporti con i Wagner, per queste scalciate che ledono l'immagine e la reputazione della mia famiglia....sarà grato almeno questo di comprenderlo, proprio settimana scorsa Oslo Wagner è entrato nella mia proprietà con un coltello di sedici centimetri, capisce la gravità in cui ci troviamo?. Non dettata certamente da noi >>

<< Ha ragione signor Van Mayer, queste storie rovinano sia la famiglia Wagner che la sua famiglia, e a me questo dispiace, ne sono mortificato...ora le dirò qualcosa in merito ai demoni >>

<< No no no no, la prego dottore è anni che sento di che e di ogni, ci manca solo il demone >> il signor Van Mayer alzò la mano sdegnato nel profondo.

<< Lo dica, avanti, il collegio è maledetto, ci sono creature bambine mostri in giro, c'è un demone cattivo tra queste mura, peccato che siano solo una manica di scemenze inventate, io ripeto, rispetto la sua professione, ma non vedo con che argomenti deve andare avanti la sua presenza qui oggi >>.

Il dottore si mise a posto il polsino e mosse il capo, trovandosi perfettamente pronto e a suo agio.

<< E se le do la prova che esiste qui un demone? >>.

<< Prova in che senso dottore, come si fa dimostrare la presenza di qualcosa di occulto >> obbiettò Isabelle

<< Posso scattare delle fotografie in giro per la sua casa? >>

Il signor Van Mayer nel suo forte doppio petto arricciò il naso e mise a fuoco la vista.

<< Solitamente i demoni spostano gli oggetti...è quello che intendo >>.

I signori Van Mayer si guardarono attoniti.

<< Faccia pure dottore >> scandì il signor Van Mayer con tono eloquente.

Merks sorrise con un volto sibillino e paonazzo.

<< Ah dimenticavo...ci sono nascondigli in questo collegio? passaggi segreti, non so, un tunnel sotto terra...o stanze sempre sotto terra...per magari eventuali terremoti attacchi nucleari, qualcosa di simile >>.

<< Nella maniera più assoluta... >> rispose fredda la signora Van Mayer, decisamente irritata dalla domanda del medico.

<< Deve scusare la mia insolenza signora Isabelle, purtroppo la mia professione arreca a volte disturbo o domande apparentemente malsane >>

Merks visitò e ispezionò con frenesia tutta la casa, chiese quali solitamente erano le stanze ... non frequentate, o quelle sempre chiuse, fece circa un centinaio di foto, alcune anche dalle finestre al giardino.

Il dottore lasciò poi il collegio rinnovando con veemenza grave, molte scuse con i signori Van Mayer per il disturbo arrecato.

Una settimana più tardi ritornò nel collegio e analizzò le foto in relazione ai posti.

Senza dirlo a loro aveva esattamente trovato quello che cercava.

Fece molte foto a quell'altalena, molto precise e accurate.

L'altalena era stata spostata.

L'altalena era stata spostata di un paio di centimetri, nonostante pesasse tantissimo e fosse interrata con bulloni ben saldi al terreno...aveva trovato conferma a quello che cercava, una prova dell'esistenza del ceppo madre, uno dei demoni più potenti e perfidi al mondo.

Ripassando vicino alla tenuta dei Wagner, notò il cartello vendesi, e tutte le finestre chiuse, i Wagner lo avevano ascoltato... un pensiero felice gli sfiorò la testa, Oslo mi auguro con il cuore che tu possa star bene e dimenticarti di tutto.

Oslo dovunque ora tu sia...la felicità la pace e l'amore sia con te.

Il dottor Merks ritornò soddisfatto a Bonn...nella sua città, nel suo studio.

IL MOSTRO DI FiRENZE DA GIOVANE
NOTTE FONDA...

<< Ehi c'è qualcuno...tra i cespugli >> mormorò Giuseppe a suo padre nell'orecchio
<< Potrebbe essere una volpe o un lupo >> rispose Gianni mentre posizionava il telescopio
<< Ma che volpe, era la sagoma di una persona...l'ho vista per un secondo papà >>.
Gianni si girò e accese una torcia
<< Ehi chi va là...? non è bello girare di notte nei boschi senza motivo, ci fa paura alla gente? no? >>
Calò un silenzio...Gianni aspettava che qualcuno parlasse o si facesse vedere.
Giuseppe si avvicinò a suo padre, poi scattò verso i cespugli e gli alberi.
<< Ehi Giuseppe dove vai? >>repentinamente Gianni cercò di afferrarlo per un braccio, poi scattò in avanti seguendo suo figlio
<< Sta qui nascosto papà l'ho visto...! >> urlò Giuseppe
<< Stai attento figliolo, aspettami non correre così >>.
Giuseppe e Gianni si imbatterono in una corsa folle, volta a smascherare quel tizio.
Giuseppe si fermò, un brivido gli colpì il cuore, nel riflesso della torcia per un secondo prese in pieno quella persona
<<Ahhhhh !>> urlò Giuseppe dallo spavento, cadde a terra, prese la torcia per ripuntarla nello stesso medesimo punto della selva, ma quella persona non c'era più.
Gianni arrivò in quell'istante
<< Figliolo che succede tirati su >>
<< L'ho visto papà...per un secondo, poi mi è scivolata la torcia e sono caduto dallo spavento >>
<< Chi era...? >>
<< Non lo so, sui vent'anni...mi sembrava un pantalone verde e una camicia a scacchi >>
Giuseppe prese inconsciamente la manica della giacca di suo padre, come a voler comunicare, lascia stare, non andare oltre, non inseguirlo più che è meglio.
<< Ehi chi tu sia, vattene e non farti più vedere, non ci piacciono questi scherzi >> urlò Gianni tirando fuori il coltello da pesca che aveva dimenticato dal mattino attaccato ai Jeans.
<< Noi veniamo qui a guardare le stelle, non a fare i vagabondi e a spaventare le persone! >>, Gianni usò tutto il suo fiato in gola ma aveva anch'egli paura, tremava come una trota fuori dall'acqua.
Al loro ritorno al telescopio...l'apparecchio era in terra completamente distrutto, forse a martellate...forse con un bastone o un fil di ferro...a fianco la carcassa di un gatto, ben scuoiato e con le interiora parzialmente strappate.

Lì per lì passò qualche giorno, Gianni e Giuseppe non parlarono più di quel fattaccio...era come se covasse ognuno per sé un qualcosa che dentro nelle loro anime si stava mescolando e all'insaputa loro ingrandendo.

Gianni sapeva soltanto che quella zona era frequentata nelle prime luci dell'alba da cacciatori di fagiani, forse la notte qualche ragazzo ubriaco dei paesi vicino poteva gironzolare per poi farsi qualche sonno in riva ai corsi d'acqua.

Giuseppe portò il telescopio distrutto ad uno specialista a Firenze, era convinto che si potesse in qualche modo riparare...ma non fu così.

Giovanna la moglie di Gianni, chiamò i suoi tre figli a tavola, tutti e tre lavoravano facendo i garzoni e raccogliendo olive nei campi, era una famiglia semplice, una delle tante.

Gli altri due figli si chiamavano Renato e Omar. In tavola il solito chiasso, la presenza del vino rosso la domenica non era proprio un'abitudine, quasi un lusso.

<< Servitevi ragazzi...coniglio e polenta a volontà >>.

Giovanna era di origine brianzola, quindi di tradizione dai genitori aveva appreso tutti i trucchi per fare una polenta non banale, ma saporita e bella morbida. Di tradizione c'era sempre una minestra povera di zampe di gallina.

<< C'è da tagliare la legna >> disquisì Omar cercando l'attenzione di tutti.

<< Non si parla di lavoro a tavola >> replicò Renato sorridendo.

<< Non voglio che la passi liscia papà >> disse Giuseppe molto serio e pacato.

Tutti si guardarono negli occhi, Renato Giovanna e Omar capirono subito che c'era qualcosa che non andava, di sfaccettatura negativa, visto il cupo nel viso di Giuseppe, la sua frase lacerò la serena aria armoniosa che si stava respirando.

<< Di che stai parlando? >> chiese Omar sorseggiando la minestra.

<< Hai capito papà, ho in mente un'idea >>.

Gianni continuava a mangiare come se niente fosse,

<< Ma si può sapere di che diavolo state parlando? >> chiese Giovanna con un filo di agitazione.

<< Il telescopio non mi è caduto da un dirupo, qualcuno ce l'ha rotto di proposito >>.

Renato strappando del pane, appoggiò un attimo i gomiti.

<< Qualcuno ti ha distrutto il telescopio? >> chiese la madre

<< C'è un figlio di puttana che gira di notte nei boschi... dobbiamo prenderlo e fargli la festa >> disse Giuseppe con aria grave

<< E come diavolo facciamo a prenderlo >> disse Gianni.

<< Noi tre più i ragazzi, ci dividiamo in tre gruppi da tre e ogni tanto battiamo la zona, se siamo fortunati lo becchiamo >>.

<< Sono d'accordo, dobbiamo fargliela pagare >> disse Renato

<< Se lo piglio tra le mani lo mando all'obitorio >> disse Omar, il più robusto dei tre fratelli e anche quello col sangue più avvelenato, le risse per lui erano all'ordine del giorno.

<< Spareremo un razzetto per chi lo individua o lo prende...chiama oggi i ragazzi del circolo, domani notte faremo la prima ronda >>.

<< Ragazzi frena frena, sono basse le probabilità di rincontrarlo, poi voi dovete lavorare, non sarete in energie se girate la notte nei boschi senza dormire >> osservò Gianni.

<< Papà verrai con noi, porta il fucile...voi armatevi tutti o di bastoni o coltelli, qualcosa per attaccarlo, poi ci servono delle corde, una volta immobilizzato due lo tengono fermo, l'altro gli lega i piedi e mani >> disse Giuseppe, che diede finalmente il primo morso al coniglio.

<< Piuttosto facciamo denuncia alla polizia, conosco il maresciallo del paese >> disse Gianni

<< Papà, secondo te si mettono a cercarlo, la tua denuncia finirà in un polveroso cassetto a prendere muffa, dai su…>> rispose Renato.

<< Mi è costato cento mila lire quel cannocchiale, ho messo da parte i soldi sudati dal lavoro per anni >>, Giuseppe si trattenne dal dolore, non era una semplice scocciatura o un incidente dove mettere una pietra sopra…qualcosa doveva fare in cuor suo.

<< Una volta preso…cosa gli farai fratello? >> chiese Renato

<< Lo riempiamo di botte e poi mi faccio restituire i soldi del cannocchiale più gli interessi >>.

La famiglia si strinse quasi in un cordoglio unanime per il povero Giuseppe.

<< Ma ragazzi, io non voglio che fate queste cose…potrebbe essere pericoloso, Gianni ti prego di qualcosa >>, Giovanna cercava comprensione e qualche appiglio nel desistere la sua famiglia in codesti violenti intenti.

<< S'ha da fare mamma, ok…? tu stanne fuori e stai serena, non siamo noi di certo in pericolo quanto quel figlio di troia che mi ha distrutto il telescopio >>.

<< Ma com'è che è andata…posso sapere? >> chiese Omar

<< Stavamo posizionando il telescopio…mentre cercavamo di metterlo a fuoco, abbiamo sentito dei passi, dei rumori dietro le nostre spalle, Giuseppe vede sto tizio, che poi si dilegua nel bosco scappando, lo abbiamo inseguito, io volevo insomma dirgli che non si gira di notte nei boschi senza motivo…poi ci è sfuggito, nel tornare abbiamo trovato il telescopio preso a mazzate >> disse Gianni deglutendo con impeto il boccone.

La famiglia Corradi organizzò diverse nottate e scorribande nei boschi, alcuni al di fuori della cerchia si unirono nella caccia, a volte imbottiti di alcool, alcuni portavano vere e proprie armi da taglio, ma nessuna delle crociate portò alcun frutto…niente…fino al passare dell'estate, i ragazzi erano ormai spenti dall'entusiasmo della caccia al figlio di puttana, così lo chiamavano tra di loro.

Contro suggerimento di Gianni e Renato, Giuseppe organizzò l'ultima crociata, era metà settembre, dopo sarebbe arrivato troppo freddo per girare di notte nei boschi.

<< Ehi …ascolta Beppe… devo fare la cacca >> disse Renato….

Era più o meno la mezzanotte.

<< Ascolta vai di là a cagare, non starmi vicino >> disse Giuseppe.

Cosimo un amico di Giuseppe sogghignò con un risolino.

<< Dove diavolo cago qui ci sono cespugli alti un metro…>>

<< Dovevi farla prima quando abbiamo fatto pausa e fumato la noce >> disse Cosimo

<< Non mi scappava prima idiota >> rispose Renato, che, con le mani sulla pancia, lasciò adagiare il forcone per terra,

<< Ho un attacco violento…aspettatemi qui, vado dietro quello strapiombo >>

<< Vedi di fare meno casino, vuoi farci scoprire? >> disse Giuseppe mentre teneva in pungo un coltellaccio enorme.

<< Se lo troviamo niente razzetto, niente botte, io lo faccio fuori e poi lo seppelliamo qui da qualche parte >> disse Cosimo.

<< Stai zitto anche tu…e tu muoviti idiota…ti aspettiamo qui >> ruggì furibondo Giuseppe.

Passò un minuto, più o meno, Renato si liberò del peso e cominciò a pulirsi con le foglie limitrofe.

Si accese intanto una sigaretta, cercando di rilassarsi un poco.

All'improvviso nel silenzio della notte, sentì un piccolo gemito…aaaaaaaaaaa, che veniva da lontano.

Si rimise i pantaloni, pensando al verso inizialmente di un gatto selvatico.

Camminò per all'incirca una cinquantina di metri….la torcia era spenta, ma il riflesso lunare gli permise di evidenziarsi un percorso agevole nella boschiva. Lo strapiombo roccioso a cui appoggiava inizialmente la mano finì. Si fermò per qualche secondo….

Non si sentì più nulla…

poi ancora quel suono, opaco, non si capiva che diavolo fosse, ma essendo ora più vicino apprese che era una voce umana.

Aaaa...aaa….

Renato continuò a camminare per ancora una ventina di metri, poi vide muoversi nella notte e nel buio qualcosa, accese la torcia, fece ancora due passi, era di spalle, un uomo si stava masturbando, l'uomo si girò all'improvviso Renato lo inquadrò nel viso << AHHHH...AHHH aiutoooo! >>, dalla paura cadde a terra stremato ma tenendosi ancora ritto nella schiena, il suo braccio scattò in alto, un riflesso di quello spavento, la torcia volò lontano.

<< Mio Dio aiutooo Giuseppe è qui! È qui!!! >> urlò paralizzato dalla paura.

Quel burbero individuo, aveva una faccia sfasciata dalla perversione e dal malvagio.

Renato sentì i suoi muscoli afflosciarsi, il corpo indolenzito dallo schock, i muscoli non rispondevano più ad alcun comando.

Giuseppe e Cosimo iniziarono a correre in avanti con tutta la loro forza, Cosimo dalla tasca estrasse il razzo illuminante ma gli cadde per terra.

Quell'uomo girato verso Renato, continuò per qualche secondo nella masturbazione e nell'esalare i suoi gemiti e spasimi, lo sperma cadeva copioso sull'erba, Renato prese un coltello da caccia che aveva nella tasca tremando come un'anguilla, l'uomo gli si avvicinò di qualche passo, il coltello gli cadde dalle mani di burro, il mostro di Firenze gli sferrò un calcio in faccia.

<< Stiamo arrivando Renato! >> gridò Giuseppe.

Giuseppe si fermò un secondo, sentiva che suo fratello era vicino, estrasse dalla tasca un altro razzetto e lo sparò in aria, gli altri gruppi videro il razzetto in cielo illuminare la notte, tutti si precipitarono immediatamente in quella direzione.

<<Aiutooo Giuseppe Cosimo! >> gridò a squarciagola Renato piangendo dalla voragine di angoscia.

Giuseppe e Cosimo balzarono sulla sinistra catturando la direzione delle grida sempre più ovattate di Renato.

<< Cristo Santo è un pervertito, mio Dio si stava facendo una sega...>> Renato si sdraiò completamente per terra stremato dalla paura e riluttanza. Giuseppe e Cosimo con la torcia illuminarono il volto di Renato che pareva avesse un tic continuo, aveva molta saliva che fuoriusciva dalla bocca e gli colava il naso, quell'immagine non diede loro la forza di inseguirlo.

Quell'uomo si era ormai dileguato nella boschiva, fatta di buio e mistero, il buio, quel tremendo e potente nero della notte.

ZODIAC DA GIOVANE

<< Posso esserle utile? >>
<< Ah la signorina dagli occhi azzurri veri >> disse Zodiac sorridendo
La ragazza si mostrò imbarazzata
<< Cercavo quel libro, sui movimenti astrali, quel libro indiano, no cinese cara >> disse Zodiac sfavillando tutta la sua bellezza e vigoria fisica, con tutta la sua sfacciataggine di bell'uomo di 24 anni.
<< Mi scusi non capisco di che libro stia parlando >>
<< Lavori da tanto qui...? Sai io mi sono appena trasferito, è la seconda volta che vengo in questa biblioteca, ma sicuramente mi vedrai molte altre volte >>.
La ragazza, sorrise.
<< So che non ti piace tanto questo lavoro, so che vieni da una famiglia molto semplice e cattolica, e che questo posto magari te lo ha procurato magari tuo zio perché è amico del sindaco, ma non ti preoccupare, perché quando c'è la luce vuol dire che esiste il buio cara Kate...anzi posso chiamarti piccola Kate?...è un vezzeggiativo che infondo pensava Dante nella Divina commedia, senza mai confidarlo ad alcuno però, a lui piaceva morbosamente il culo di Beatrice. ".
La ragazza che fino a un secondo fa scimmiottava tutti sorrisini e si toccava i capelli, quelle ultime parole erano come lava, poi una doccia ghiacciata.
<< Intende il libro Indiano sul karma >>
<< L'ho già letto anni fa quello...un capolavoro, ti stravolge l'anima lasciando un bel gusto in bocca e la pace assoluta dei sensi. Non ti ricordi giorni fa il nome del libro...? >>
<< Vedo un sacco di persone >> si scusò la ragazza
<< Ma io non sono un sacco di persone...io sono unico, nessuno potrà mai dimenticarmi o non ricordare quello che dico...>>
Kate ebbe un'incredibile folgorazione...le venne in mente il nome del libro.
<<Ehmm, il libro è rientrato due giorni fa, controllo se vuole >>.
Zodiac annuì compiaciuto
<< Posso chiederti Kate quando sei nata? e se sai anche l'ora meglio così posso redigere il tuo futuro e visualizzare meglio il tuo passato >>.
Kate ci pensò su per quasi una trentina di secondi, poi si rincuorò nel fatto che sapere la data di nascita non era come avere in mano un coltello insomma, anche se quell'individuo strano così carico di cultura ed energia, da timor suo, poteva trasformare una data di nascita in una lungimirante cantilena notturna, di corteggiamento o di offese o..la realtà.
<< A volte bisogna incantare o prevedere il futuro...il chiasso di questa vita non è eterno, conosci la materia e l'antimateria?.
Lo sai gli Egizi e i Babilonesi come facevano a predire il futuro...? non certo come gli zingari che ti leggono la mano per nove dollari...Dobbiamo cercare e trovare noi stessi per capire perché siamo qui al mondo e cosa ci aspetta dopo la morte >>. Zodiac schioccò le dita divertito, Kate lo era molto meno...

<< Mi va un cheeseburger...a che ora fai pausa pranzo Kate? >>
La ragazza era pronta ad una risposta netta e negativa, ma Zodiac la bruciò sul tempo.
<< Le 13...facile, l'ho chiesto al tuo collega Fred a che ora tu vai in pausa...ho dato un'occhiata al tuo squallido hamburger che ti sei portata da casa per poi mangiarlo freddo e sola là in quell'angolo pieno di spifferi d'aria in fondo alla biblioteca, dal colore del pane, direi che ha due giorni, poi il prosciutto cotto non va in un hamburger meglio porchetta o speck...e poi è impensabile mangiarlo freddo, non lo darei da mangiare neanche ai topi >>
Kate mostrò un evidente stato di disagio, svoltò la testa a destra e sinistra come per captare qualche minimo aiuto.
<< Ti aspetto fuori alle 13 piccola topina >>
<< Il libro è nello scaffale 11, corsia D >> disse Kate con voce tremolante e confusa.
<< La corsia D è la mia preferita, è piena di invertiti, non intendo in quel senso, professori, docenti che raffinano la loro Homo Sapiens, perdendosi l'olfatto mastino dell'uomo che non sa comprendere ed ammirare semplici ma immense cose intorno a loro, cercano la verità o qualcosa di simile da un libro...che zucche vuote, non hanno mai pensato a come gli antichi vedessero la notte.
La notte è stupenda, ma noi non la possiamo gustare, le tante luci artificiali dell'uomo moderno rovinano la solerzia perfezione del nero color notte... non possiamo noi vedere la notte come la osservavano gli antichi...eh no mia cara Kate, è un piacere che fu riservato solo agli antichi >>.
Kate sedette di fronte a Zodiac, il Mc Donald's era strapieno.
<< Che pena questo chiasso...cosa vuoi da mangiare? >>
<< Prendo quello che prendi tu >>.
Il pranzo si svolse nel più lugubre silenzio, Kate non parlava, Zodiac anche lui non parlava, accennava ad un sorrisino macabro di tanto in tanto. Il fatto che Kate fosse a disagio sembrava una piccola goduria per Zodiac...ma verso l'ultimo boccone…
<< Sei offesa? >>.
<< Come ti sentiresti tu se uno ti dà della merda >> Kate infranse la sua timidezza mostrando la sua vera forza di donna.
<< Dobbiamo essere forti ad ogni suggestione o magnanimo che le persone esprimono, io sono l'opposto del mio inconscio, sai cosa vuol dire? >>
<< Maledizione parli come un sacerdote, sei la persona più strana che abbia mai conosciuto >>
<< Ma sei giovane, diciotto anni >> replicò Zodiac gustando in pieno la conversazione
<< E sentiamo cosa vuol dire io sono l'opposto del mio inconscio >>.
<< L'opposto nel senso che prima viene il mio inconscio, poi io… e questo accade soltanto agli imperatori alle persone superiori >>.
Zodiac si pulì le labbra e succhiò un forte colpo alla coca cola.
<< Un giorno quello che farò io verrà ricordato per sempre...esattamente come Einstein, solo che io sono più affascinante >>, Zodiac fece l'occhiolino a Kate.
Kate si trattenne un attimo ma non riuscì a nascondere un lieve sorriso.
<< Sono nata il 13/11/ 1940 >>.
<< Potrei leggere i tuoi astri...l'ascendenza delle stelle per il tuo futuro e il passato in altre vite…perfino >>
Kate mostrò un evidente curiosità che Zodiac stroncò subito sul nascere.
<< Dimmelo, dato che sai tutto, dimmi il mio futuro >> chiese Kate con un pizzico di frenesia.

<< Potrei...certamente, potrei anche dirtelo subito in questo istante, ma, ogni cosa ha un prezzo...ricorda io sono il supremo, di conseguenza tutti voi siete dei possibili miei servitori nell'aldilà, e qui in questo mondo siete per ora miei sudditi >>.
Kate batté un colpo di spalla, come di riflesso
<< E quindi? >>.
<< E quindi voglio che adesso vai in bagno, ti spogli nuda completamente e ti chiudi dentro >>.
Kate si alzò disgustata, Zodiac la afferrò per un braccio
<< So che lo vuoi e lo puoi fare, liberati da tutte le catene e congetture di questo mondo, lasciati andare, non avere paura, e così facendo acquisterai la forza, quella forza che mi avvolge mi appartiene ma che ora non usi. Quella forza ti darà la magia per stare bene in questo mondo e affrontare le prossime sfide in altri mondi...se vuoi conoscere il tuo futuro fa quello che io ti ho ordinato di fare, vai alla toilette spogliati nuda >>... Zodiac lasciò il braccio della ragazza che si indirizzò verso l'uscita, ma a ridosso della porta, rallentò come pensierosa, cambiò così direzione e andò in bagno.
Zodiac ordinò in tanto il dolce, gustò con goduria quella panna cotta e limone, poi prese il dolce di Kate e si diresse verso il bagno delle donne.
Il bagno era vuoto, Kate era nell'ultima toilette in fondo.
Zodiac bussò alla porta.
<< Fammi entrare >>.
<< Ho fatto quello che mi hai chiesto >> rispose con aria beffarda la ragazza.
<< Non ancora tutto è stato compiuto Kate...apri la porta >>.
Kate aprì la porta, Zodiac entrò come se stesse varcando l'uscio di casa sua.
La ragazza era nuda infreddolita
<< Ora spargerò il tuo dolce sul mio pene, tu ti lascerai andare senza paure. >>
Kate gli succhio il pene profondamente, Zodiac la sbranò sessualmente facendo di ogni, ma riuscendo a far godere la ragazza. Quando qualche signora entrava in bagno, Zodiac si bloccava, il suo respiro onnipotente era struggente nell'aria, la ragazza era eccitata le piaceva ma era come distorta da una droga, una qualche droga che si chiama mente che domina.
Il fruscio del rubinetto, la porta che si chiude riprendeva il suo grande lavoro di scopatore, quasi sfondava il pannello di legno che separava un bagno dall'altro.
Il giorno dopo la ragazza si licenziò dalla biblioteca.

Tre settimane dopo ...
<< Finalmente sei tornata >> disse Zodiac ridendo
<< Vedi quei due la fuori, sono i miei fratelli, ora, se non mi lasci stare se non te ne vai li chiamo >>.
<< Ah quei bifolchi da due soldi...sì li vedo...sono agnellini, facili, teneri, ingenui come te >>
<< Insomma smettila vattene via, per colpa tua ho passato due settimane d'inferno >> urlò Kate catturando l'attenzione dei presenti
<< Io sono l'inferno, ti aspetto nei bagni del Mc Donald's...lo so che mi desideri puttana >>, Zodiac si allontanò canticchiando tra gli scaffali della biblioteca.

Nei pressi di Verona. 1968

Il cardinale Di Gregorio si sbottonò il cappotto, qualche bottone era più testardo del solito, prese mille lire e le diede ad un senzatetto che da sdraiato sulla panchina si rialzò con fatica, il Gesuita era vestito da civile, ma al suo collo un bellissimo Cristo d'argento.
La sera e il freddo avevano sorpreso il barbone, che non trovando nulla si era accasciato su una panchina di un parco giochi,
<< Se starai qui tutta la notte...non va bene...siamo a zero gradi, ma tra un'ora saremo a meno chissà quanto >> disse con voce melata il cardinale Iacopo Di Gregorio.
<< Buon uomo mi segua, le darò un posto caldo per questa brutta notte >>.
L'uomo sorrise al Gesuita mostrando pochi denti, si tolse il berretto di lana verde aggiustandosi il giaccone,
<< Ho un giaccone molto caldo, poi se voglio ho due coperte >> disse l'uomo indicando un borsone nascosto in un cespuglio.
Di Gregorio non distolse lo sguardo dall'uomo...
<< Ha una sigaretta? >>
<< No non fumo...affrettati coi soldi che ti ho dato, comprale prima che chiudono...spero che la tua mantella in quel borsone sia sufficiente per questa notte >> rispose Di Gregorio baciandosi la mano e facendo il segno della croce.
<< Lei è un Don...? un uomo di chiesa? >>
<< Sì...ora dimmi buon uomo, sei sicuro? posso andare e vieni con me o vuoi startene qui da solo, su questa panchina? >>.
Il senzatetto sembrò rifletterci un secondo.
<< Rimango padre, la ringrazio per la consistente mancia...sono felicissimo >>
Di Gregorio sorrise e si allontanò, il vento si alzò impetuoso, Di Gregorio si tenne il cappello per evitare che svolazzasse via, poi si chiuse ben saldo a sagoma il cappotto...la strada era deserta, quasi buia, colma di vento, nessun passante.
Di Gregorio rincasò, l'usciere del palazzo, Ambrogio gli consegnò le chiavi e il corriere della sera che non aveva ritirato in mattinata, Di Gregorio prese l'ascensore al quinto ed ultimo piano, stilava un broncio maleodorante dal suo viso, aprì la porta del suo appartamento, una finestra sbatteva prepotente nel salotto, la chiuse con forza sfidando il vento. Abbassò le tapparelle in tutta la casa. Si sfilò il giaccone e tutti i vestiti riponendoli con cura nell'armadio e nei cassetti della sua camera.
Si fece una doccia, calda, utilizzò più sapone del solito.
Si sfiorò il viso guardandosi allo specchio. Si asciugò con molta calma, immerso in altri pensieri.
Poi prese l'abito talare rosso da un armadio a muro di specchi, si abbottonò e tornò nel suo studio per la preghiera, si chinò di fronte a Cristo e si schiuse in una preghiera importante, all'alba il suo autista lo avrebbe aspettato per portarlo a Roma...il cardinale Di Gregorio era prossimo ad una missione, ad un compito difficile, drammatico, disperato...Di Gregorio chiese in questa sua ardente preghiera forza ed energie a Gesù Cristo, unico suo faro.

Antonio Giudici, braccio destro di Gabriele Pietro Amorth, ebbe notizia di una situazione ormai fuori controllo grazie a delle telefonate giunte al suo ufficio da parte di Padre Heiser, vescovo della diocesi di Dusseldorf, telefonate sempre snobbate, ma rese ora 9 gennaio 1968, ufficiali e protocollate dalla santa sede, che richiedeva al più presto la presenza del cardinale Di Gregorio, in un paesino chiamato Neersen, a venti chilometri da Dusseldorf, incaricato dal papa stesso, in un editto di tre anni prima Magnifico Angelus, nel compiere atto di esorcismo nella persona di Carla Vonnell.
Giudici lesse attentamente l'ordine supremo della santa sede, timbrato e firmato dal segretario del papa, per l'intervento urgentissimo nella persona di Carla Vonnell, gravemente malata e con forti attacchi di schizofrenia e in preda al raptus del demonio.
Si sentì bussare alla porta.
<< Avanti >>
<< Monsignore è arrivato, c'è sua eminenza Iacopo Di Gregorio in sala d'attesa >>
<< Lo faccia entrare >>
Dopo un minuto, Di Gregorio varcò l'uscio dell'ufficio di Giudici.
<< Si accomodi >>
<< Faccio onore di questo incontro >>
<< Tutto mio >>,
Di Gregorio attraversò l'ufficio fino alla scrivania con sicurezza e velocità, i due cardinali si strinsero la mano.
<< Padre Heiser le ha già inviato tutto...giusto? >>.
<< Esatto, ho esaminato ogni spigolo presente nei rapporti >> disse Di Gregorio con tono discendente.
<< Come sta padre Byronn? >> chiese Di Gregorio
<< Beve qualcosa? >> chiese il cardinale Giudici snobbando la domanda.
<< No grazie…>>
<< So che ha tra due ore l'aereo da Ciampino, non la trattengo più del dovuto, solo mi tenga informato di questa faccenda...Il suo curriculum è notevolissimo considerando la sua giovane età è già cardinale, come me...congratulazioni Di Gregorio...solo che io ho quarant'anni in più di lei >> Giudici ondeggiò il capo sorridendo come a far scivolare meglio la battuta...
Di Gregorio annuì compiaciuto mostrando simpatia e sintonia con il cardinale.
<< Non la biasimo se non riuscirà nell'impresa...leggo un caso disperato ai limiti di tempo convenuti >> convenne Giudici
<< Esatto signore, bisognava intervenire al meno un mese fa >>.
Giudici acchiappò la battuta di Di Gregorio come un piccolo rimprovero.
<< Lei sa Di Gregorio, che Neersen è un piccolo paesino di 4000 abitanti in Germania. È il posto in tutta la Germania con il più alto numero di suicidi, è il paese con il numero più alto di suicidi nel mondo, considerando il rapporto suicidi e numero abitanti. Negli anni sono arrivate segnalazioni di ogni tipo...e come lei sa i protocolli hanno una loro strada ben visibile e chiara, se la medicina e la giustizia terrena sono lente, non lo sarà certamente la giustizia divina..non ne conviene? >>.

<< Sono concorde...>>
<< Lei ritiene che Neersen sia un posto maledetto...? o quanto meno dimenticato da Dio? >> chiese Giudici con tono amaro.
La domanda vagheggiò nell'aria come una specie di sfida.
<< Nulla è dimenticato da Dio, solo che lì Dio... se è così io porterò Dio in quel paese e scaccerò il male...ma prima devo curare la signora Vonnell...questo ne conviene giusto? >>.
<< Lei ha campo libero padre Di Gregorio, lei ha pieni poteri conferite dalla Chiesa, dai vertici massimi della nostra Chiesa. Spero mi porti buone notizie...>> Giudici si schiarì la voce
<< Ha bisogno di un segretario...? mi dica...>>
<< La ringrazio sua eminenza, ho già la mia equipe, il dottor Merks, conoscitore de profundis del luogo per vicende passate, e il mio aiutante Mauro Schivari>>.
Di Gregorio osservò per un attimo fuori dalla finestra, il vaticano a due passi da un'angolazione mai vista e suggestiva, Giudici si accorse dell'interesse di padre Di Gregorio nel panorama antistante.
Prese il plico di fogli bollati dalla santa sede e mise un timbro, poi firmò diversi documenti...
Entrambi si alzarono e si diressero verso la porta.
Di Gregorio prese la mano di Giudici molto lentamente, si chinò e baciò l'anello.
Giudici mise una mano sulla testa di padre Di Gregorio
<< Che Dio sia con te >>.
Di Gregorio atterrò all'aeroporto di Bonn, l'aeroporto di Dussendorf era momentaneamente chiuso per burocrazie tra occidentali, comunisti, stato centrale.
Le autorità di Mosca avevano acconsentito che il cardinale Di Gregorio potesse atterrare tranquillamente, ma poi la santa sede ha optato per Bonn, non volendo rivelare la natura della visita ai russi, ma soltanto agli americani.
Il suo segretario Don Mauro Schivari indicò un bar per rinfrescarsi e bere un thè.
Di Gregorio annuì, il suo volto era indubbiamente teso...e questa sarebbe stata forse la sua prova del nove, come tra i più esperti e capaci esorcisti al mondo.
Fuori dall'aeroporto, un'auto scura, una mercedes aspettava i due uomini, che salirono riponendo le valige nell'ampio bagagliaio.
<<Merks sta rientrando dal Belgio, ha avuto urgenze...stasera vi incontrerete a cena, vi consiglio di riposare. Domani mattina alle 6.00 siete attesi a questo indirizzo >> l'autista porse il bigliettino a Di Gregorio...
<< Hanno spostato la donna...? da casa sua? Perché? >>
<< Mi hanno detto che la signora Carla faceva troppo chiasso, botte sui muri, intendo pugni urla, spaccava le finestre, i vicini si sono lamentati con il sindaco, l'ha firmata il sindaco di Neersen l'ordinanza... ora è in una casa isolata in mezzo a boschi, lontano da centri abitati >> disse l'autista.
<< Perché non l'hanno sedata...? non bisogna mai spostare il paziente >>.
<< Padre Di Gregorio purtroppo neanche i più potenti sedativi la facevano stare innocua, è qualcosa di mostruoso mi ha detto il dottor Merks, o almeno mi ha detto di riferirle così, e ha già ferito un poliziotto il dottore del paese e un collaboratore del dottor Merks, che ora è all'ospedale grave sotto intervento chirurgico... la donna gli ha morsicato una guancia strappandogliela e deglutendola, la sua faccia sarà segnata per sempre da una grossa cicatrice >>
<< Capisco >> disse Don Schivari mettendo una mano sulla spalla dell'autista.

<< Come è la situazione adesso in quella casa? >> chiese Di Gregorio segnando alcuni appunti sul suo diario personale.

<< La signora Vonnell è in una stanza grande vuota, ben illuminata, grate di ferro da nove pollici, è incatenata al muro con delle catene, veramente enormi...quelle normali le aveva rotte, le abbiamo prese da uno zoo di Dortmund in disuso, sono introvabili...sono catene per elefanti >>.

L'autista mise in moto abbassando il cappello… e partì…

Di Gregorio accettò con gusto una sigaretta protesa dal suo segretario, poi aprì la sua borsa da lavoro ed estrasse il dossier Carla Vonnell dando un'altra veloce occhiata con un velo di preoccupazione che stava trascendendo quasi nella disperazione.

Cartella Clinica firmata in calce dal Dottor Merks e il dottor Ulich.

Forma di allucinazioni...esito positivo
Crede di essere una bambina killer...esito positivo
Fenomeni parapsichici...esito positivo
Elettroencefalogramma...esito negativo, la paziente non riporta alcun miglioramento
Perdita di coscienza primaria...esito positivo
Sustaghen 10 mml...esito negativo
La paziente dice parolacce...esito positivo
La paziente esprime parole d'ingratitudine verso Dio...esito positivo
Sonnambulismo demoniaco...esito positivo
Lo spirito maligno dentro la paziente sta cercando di uccidere il suo personale spirito...esito positivo
Assassini rituali nella sua mente...esito positivo
Trattato della stregoneria, la paziente afferma di aver bevuto il sangue di Oslo Wagner, recidendo un poco il polso del bambino...fatto accaduto a dir della Vonnell molti anni fa...esito positivo.
Ipnosi terapia...esito negativo
Isterismo... esito positivo
Ossessione...il ricordo del collegio dei Van Mayer...esito positivo
Demone o spirito di una persona morta...esito incerto
La paziente si masturba di continuo...esito positivo
Paranoia, scissione della personalità...esito positivo
La paziente è mai venuta a contatto con libri satanici esoterici...esito negativo
400 mml di Librium...esito negativo
Variazione della voce in lugubre e gutturale, quando parla sembra un mostro feroce...esito positivo
Variazione del viso, labbra guance, capelli, esito positivo
Forza fisica sovrumana esito positivo
Vomito esito positivo
Responso dottori Merks e Ulich
Si richiede con la massima urgenza una schock terapia, un esorcismo con le tecniche e conoscenze più moderne della Chiesa.

Di Gregorio spense nervosamente la sigaretta, il suo lavoro sulla paziente era di fondamentale importanza.

I suoi occhi diedero uno sguardo al panorama, qualcuno tagliò la strada all'auto, l'autista diede due colpi di clacson, Padre Di Gregorio si chiuse in se stesso, scovando energie e

idee.
Più nessuno parlò durante il tragitto.
Dopo due ore di tragitto in auto, c'era un temporale in arrivo, l'aria spettrale in cui era avvolta Neersen accese pensieri di morte e debolezze in entrambi i Gesuiti.
Di Gregorio e Schivari riposero le loro cose nell'armadio, avevano stanze adiacenti, in un piccolo motel all'ingresso del paese. La stanza era semplice, un letto, un armadio grande a muro color ocra, il bagnetto, comodini marroni scuro e un tappeto di buona fattura che ricopriva molto del parquet della stanza. Di Gregorio lanciò un'occhiata fuori dalla finestra, poi si inchinò al crocefisso presente nella stanza e pregò per quasi un'ora.
Si sentì bussare alla porta, i due Gesuiti erano attesi dall'autista verso un ristorante, l'unico presente in paese.
Merks alla vista dei Gesuiti si alzò in piedi e sorridendo strinse le mani a Di Gregorio e Schivari.
<< Eminenza è un onore e un piacere cardinale Di Gregorio, Don Schivari è un immenso piacere. Prego accomodatevi >>.
Arrivò il cameriere che servì dell'acqua naturale.
Merks cercò invano le forze per parlare per primo.
<< La paziente è stata ricoverata due mesi fa in questa clinica di Amburgo...dopo due settimane l'hanno dimessa.
I Dottori sottolineano grado di telepatia massimi livelli, parla lingue sconosciute, ma anche conosciute, Greco arcaico Ortodosso Egiziano. L'ossessione demoniaca è stata valutata ai massimi livelli, il demone presente in Carla Vonnell mira alla distruzione del corpo >>
<< Noi non possiamo fare gli errori di Don Byronn>> disse Don Schivari.
<< Don Byronn venne un mese fa da Birminghamm per applicare a Carla un esorcismo, dopo due giorni Byronn stette malissimo, ora è sprofondato in una grave Alzeimer che lo ha conciato su una sedia a rotelle >> disse Di Gregorio.
<< Nessuno sta parlando di errori padre Schivari...>> disse il dottor Merks
<< Sta di fatto che ora padre Byronn è su una sedia a rotelle nutrito a mano da un'infermiera >> rispose Schivari.
<< Dobbiamo agire diversamente dottor Merks...ma per capire cosa e come farlo, mi serviranno almeno dieci giorni per stilare il giusto esorcismo a Carla Vonnell>> disse molto preoccupato padre Di Gregorio.
<< Comunque abbiamo 149 ore di nastri registrati >> replicò il dottor Merks
<< Non basta quel materiale >> disse Di Gregorio a Merks.
<< Devo interrogare la paziente, individuare il tipo di demone...poi ci riuniremo per capire come sconfiggerlo >> disse Di Gregorio osservando il menù.
<< Dottore lei ha inserito nei suoi rapporti d'analisi sulla paziente anche le maledizioni che girano su questo paesino che coinvolgono un collegio, il collegio Van Mayer. Nei suoi rapporti c'è l'analisi dei luoghi, la famosa altalena maledetta presente nel giardino del collegio. Il collegio per statuto tiene fino a sette bambine, fanno la quarta e la quinta elementare, è un collegio certificato a parità di scuola pubblica, le bambine rimangono due anni lontano da casa, dalle loro famiglie, che possono vederle solo una volta al mese.
Il collegio si rafforza e si differenzia da una scuola pubblica perché ha più ore di lezione e ogni giorno due ore di musica classica, violino e pianoforte.
Ogni due anni quindi le bambine cambiano e ne arrivano sette nuove...
Le bambine, scrive lei nei suoi rapporti, è decenni che sono vittime di esoterismo e il demone le ha usate per colpire un certo Oslo Wagner, un suo paziente molti anni fa...e poi

continua sottolineando che quattro anni fa sette bambine, quelle del collegio, sono scomparse nel nulla, rapite da qualcuno che non si sa chi è... e che probabilmente le ha uccise occultando i cadaveri...e che del rapimento fu accusato Oslo Wagner presente in Neersen proprio nei giorni della scomparsa delle bambine, rannicchiato, nascosto nella boschiva in una tenda vicino al collegio, e che lei rifiutò di far parte dell'equipe della polizia e del procuratore e che divenne invece perito della difesa di Oslo Wagner al processo, tracciando un'analisi psicologica del paziente che era difforme dal colpevole.
Al processo non fu possibile incriminare Oslo Wagner per insufficienza di prove, c'era solo un tema di Oslo alle elementari che avrebbe ucciso le bambine. Oslo ora è in un istituto psichiatrico nella Germania dell'est in una località sconosciuta...Il collegio è stato chiuso...e ora è vuoto e in disuso >>. Schivari osservò il dottor Merks che non lasciò il guanto di sfida << Tutto esatto quello che ha detto padre >>.
<< E allora mi spieghi che relazione c'è tra questi fatti e il demone che ha catturato Carla Vonnell...? faccio un po' fatica a capire >>.
<< Non ho prove, sono solo intuizioni >>.
I tre ordinarono primo e secondo al cameriere ma non a parole, bensì indicando il piatto con il dito sul menù...
<< Perché queste maldicenze sul collegio, come spiega che i genitori sapendo di queste malelingue, da ogni parte della Germania hanno mandato le loro figlie da trent'anni a questa parte in questo collegio...io non manderei mia figlia in un collegio dove girano voci del genere...come se lo spiega? >>
<< Le voci girano ma qui a Neersen, il collegio ha sempre avuto ottima fama in tutta la Germania...a livello di insegnamento e preparazione delle sue allieve che cambiano ogni due anni, è un eccellenza quel collegio, costa molti soldi mandare la propria figlia a studiare lì, il suo vero tabù in tutta la Germania è la massima cultura e serietà con cui le bambine vengono educate, anche perché in due anni le prepara a due diplomi di conservatorio...molti genitori in foga vogliono che i loro figli già a dieci anni siano considerati delle cime...poi, tutti i miei rilievi e considerazioni su quel posto sono fondati, anche quelli che feci la prima volta che misi piede qui, nel 1949, dove visitai Oslo e dissi ai genitori di andarsene da questo paese. Sempre nel 1949 proposi alla giunta comunale di far chiudere quel collegio e anzi demolirlo, scrissi anche alle autorità di stato centrale e regionale...ma non fu mosso un dito, nessuno fece quello che chiesi, e infatti la mia paura che succedessero fatti gravi e criminosi era appunto giustificata, sette bambine sono state rapite e uccise quattro anni fa e Carla Vonnell è ora una posseduta ed è ridotta in quello stato...si poteva evitare questo massacro...ve lo garantisco padre Schivari>>.
<< Lei dottore è andato a interrogare la signora Stuart, la professoressa di musica del collegio, leggo in pensione dal 1957...la signora non ha mai notato niente di strano nel collegio, la signora non ha dichiarato nulla di strano, anche la successiva professoressa di musica, la signora Dorothy Halann non ha mai notato o rilevato nulla di strano nel collegio e nemmeno nei suoi abitanti, i coniugi Van Mayer, gli insegnanti di tedesco matematica e scienze delle bambine...la signora Van Mayer dopo la scomparsa delle sette bambine, nel 1964 ha lasciato il collegio e vive ora in Belgio, anche la signora è stata interrogata da lei, il marito si è impiccato nel collegio tre settimane dopo la scomparsa delle bambine. La signora Van Mayer non ha mai voluto rilasciarle dichiarazioni e l'ha cacciata a male parole...non capisco questa sua frustrazione e concepimento nel collegare Carla Vonnell al collegio...non capisco questa sua insistenza, i detective della polizia non hanno mai collegato questi fatti, è veramente incomprensibile questa sua insistenza dottor Merks>>.

Di Gregorio tirò una brutta occhiata a Don Schivari...
<< Non volevo dubitare della sua bravura e professionalità dottor Merks... mi deve perdonare la mia irruenza >> Di Gregorio alzò la mano e Schivari si inceppò nel suo discorso per poi bloccarsi del tutto.
<< Dobbiamo appurare tutto...e il dottor Merks ha ritenuto opportuno fare queste indagini personali, noi non siamo detective, ma uomini della chiesa >> disse Di Gregorio mettendo una toppa a possibili scontri e malintesi, l'ultima cosa che voleva Di Gregorio erano proprio dissapori e litigi.
<< Dottor Merks lei ha un'idea di che tipologia di demone abbiamo a che fare? >> chiese Di Gregorio tagliando fuori dal dialogo padre Schivari.
<< Secondo le miei ricerche è il ceppo Matris Morte Corruptor, proviene dai Balcani, antichi libri indicano le prime apparizioni nel 1500...le notti delle streghe...>>
<< Vi sono almanacchi risolutivi su guarigioni o terapie? >> incalzò Di Gregorio.
<< Nessuna, la persona veniva bruciata viva, il demone era impossibile da sconfiggere e molto contagioso, c'era il pericolo che si insinuasse in altre persone >>.
<< La signora Vonnell nel corso della sua vita che tipo di letture era in uso fare? >>.
<< Accademiche...>>
<< Non ha mai letto un libro di esoterismo o di demoni in cui viene descritta l'ossessione demoniaca?. Questo punto è fondamentale >> disse Di Gregorio.
<< Dalle mie ricerche no...>>
<< Capisco...abbiamo libero accesso agli archivi comunali? >>...
<< No è stato bocciato, l'ordine è di settimana scorsa, viene direttamente dal Presidente regionale >>.
Arrivarono tre risotti fumanti.
I due Gesuiti e il dottor Merks si augurarono un buon appetito e si agguantarono sui piatti divorandoli, l'appetito era alle stelle.
Schivari gettò molto formaggio nel risotto, mentre Merks scintillò un goccio di olio di oliva.
<< Gradite del vino...? >> chiese Merks
I due Gesuiti si accorsero che effettivamente mancava.
<< Le va un rosso...? Italiano? >> chiese Schivari al dottor Merks.
<< Ottima scelta...>> rispose Merks.
Schivari alzò il dito e passò l'ordine al cameriere.
<< Dottor Merks, domani mattina faremo visita a Carla Vonnell, ha ancora con se altri nastri vuoti e l'apparecchiatura? >> chiese Di Gregorio biascicando un filo di tensione.
<< Ho tutto padre >>.

Giorno seguente...

La casa dove era segregata Carla Vonnell, si trovava in cima alla seconda collina di Neersen, nella prima collina c'era il vecchio collegio, la seconda collina di Neersen era tutto boschi, un luogo isolato...
La casa sventrata durante la seconda guerra mondiale era abbandonata e disabitata da almeno un centinaio di anni.
Era un casolare abbandonato di proprietà privata, in poco tempo le autorità, per accogliere la paziente, riattaccarono la luce, il riscaldamento e lo adeguarono per accogliere gli esorcisti dottori, nella massima sicurezza.
L'auto dei Gesuiti parcheggiò adiacente, Merks e Ulich erano fuori a confabulare e fumarsi una sigaretta.
Il rudere era piuttosto grande...i quattro entrarono, c'era una stanza chiusa con una porta, dentro un poliziotto e un notaio.
Ulich fece le presentazioni di casa
<<Wonsbrugh Erick polizia e Reiner Ismar notaio presso il tribunale di Dussendorf, signori, il cardinale Di Gregorio Iacopo e il reverendo Mauro Schivari>>.
<< Eminenza >>...<< Eminenza >> pronunciarono il poliziotto e il notaio celando reverenza a Di Gregorio e anche a Schivari. Dopo pesanti strette di mano...
<< Qui potrà cambiarsi ...>> disse Ulich mostrando un camerino al cardinale di Gregorio che voleva entrare a parlare con Carla Vonnell in abiti civili.
Di Gregorio prese il registratore e camminando nel corridoio, in fondo, una porta brutta in ferro massiccio.
Erick prese le chiavi e aprì la porta al gesuita.
Di Gregorio entrò sicuro nella grande stanza, Carla era legata mani e piedi alla parete, aveva il viso abbassato ed era in silenzio.
Erick prese una sedia per Di Gregorio e la mise ad una distanza di sicurezza dalla donna.
Di Gregorio fece un cenno con la testa, accese il registratore e lo mise per terra.
Il poliziotto chiuse la porta, la posseduta Vonnell era ancora in silenzio, immobile...le catene erano lunghe non più di un metro, in fondo alla stanza c'era un letto...tutti aspettavano che Di Gregorio desse il via libera per far usare il letto alla posseduta Vonnell...Merks dopo il fallimento di Byronn aveva dato l'ordine di spostare la donna qui e proibirle l'uso del letto. Il letto era una concessione che doveva guadagnarsi. C'era una puzza di urina calda, Di Gregorio notò subito la pancia di Carla molto gonfia, la donna era immobile, ma la pancia sembrava che si muovesse in alcuni punti.

<< La mia pancia si muove perché è piena di vermi...Ecco un altro stronzo fallito di prete >> disse Carla con una voce demoniaca, gutturale profonda da far rabbrividire i nervi.
Di Gregorio rispose nient' affatto impaurito
<< Cardinale...mi vuoi togliere i gradi? >> rispose con prontezza il Gesuita.
<< Ficcateli nel culo i gradi >>
<< Allora Carla, dimmi ti piace la tua nuova identità...? ti trovi bene sei contenta? >>.

Carla alzò finalmente la testa per guardare Di Gregorio negli occhi.
<< Parlami di Oslo, del collegio, dell'altalena, delle bambine scomparse...parlamene >>.
La voce di Carla Vonnell cambiò completamente e assunse la voce di Oslo Wagner.
<< La uccido quella bambina cattiva, maestra Carla, le bambine devono morire tutte e cinque, quelle bambine le odio >>
poi di nuovo la voce della posseduta assunse quella naturale di Carla Vonnell, ovvero la voce non dominata dal demone
<< Oslo mio caro bambino, le bambine sono brave, sono bambine come te, non devi fare loro del male...e la bambina cattiva che sogni spesso la notte è solo una tua immaginazione >>
ritorna la voce di Oslo che risponde alla maestra Carla
<< Smettila, piantala, non sai quello che dici Carla, lo sai che io non dico bugie, mi devi credere, la prego maestra Carla, il collegio è un posto maledetto e le sette bambine sono delle spietate assassine, vanno uccise altrimenti i buoni perderanno >>
ritorna la voce naturale di Carla che risponde ad Oslo.
<< Una volta se ben ricordo, avevi detto che le bambine sono buone e che volevi salvarle dalla bambina cattiva che le vuole uccidere, hai cambiato idea Oslo...? Adesso basta, ti prendo per il braccio, sei un bambino ostinato e cocciuto, starai due ore chiuso nel ripostiglio, vai dai >>.
<< Ho paura del buio... No no...il ripostiglio no la prego signora Carla >> voce di Oslo
<< Avanti dimmi che la professoressa Stuart mangia i gatti, avanti, dimmelo, dimmi ancora tutte queste tue scemenze...>> voce Carla Vonnel naturale, ma leggermente più secca schiusa...
<< Dirò a tua madre che quando eri nella culla dovevano bastonarti un po' di più, dovevano educarti meglio i tuoi genitori...adesso li chiamo e ti metteranno anche loro in punizione piccolo bastardo >> voce demoniaca di Carla Vonnell
<< Se vai avanti così Carla, morirai e io non potrò fare nulla per aiutarti >>
<< Vai a farti fottere finocchio >> rispose Carla agitandosi e cercando di rompere la catena che la teneva in pugno, ben salda alla parete. Si muoveva con una forza impressionante, le pesanti catene parevano dimenarsi come la frusta di un cocchiere, iniziò a ruttare fortissimo, gli occhi erano completamente neri con le pupille gialle, la pelle era verde scuro, massicciamente rovinata, come una scottatura fortissima, quasi come se si fosse data fuoco al corpo con della benzina.
Il cardinale Di Gregorio uscì dalla stanza...lasciando solo il registratore, acceso.

Il dottor Heller constatò la morte di Carla Vonnell.

Il decesso è avvenuto nella notte tra il 13 e il 14 febbraio 1968 per arresto cardiaco, cinque giorni dopo la venuta di Di Gregorio.

Io non conosco te…
Tu non conosci me.

1986 Stati Uniti Louisiana.

Nacqui il 13 maggio 1974, a St. Mary nella cittadina di Berwick, a nord di una bellissima valle, costeggiata di selvaggi sconfinati sentimenti per la natura e la famiglia.
Mi chiamo Christine Stanners, ho dodici anni.
Mia madre è di origine Italiane, si chiama Margherita Colnaghi, mio padre Elijah Stanners, è nato e cresciuto qui...
I miei genitori si conobbero qui negli USA, mio padre era in vacanza con alcuni amici in California, mia madre, come la descrisse mio padre, era in vacanza con le sue amiche...stupenda incantevole, un colpo di fulmine, mia madre sorseggiava un drink con le sue amiche e ridevano a crepapelle come vecchie galline, mio padre lasciò per un istante i suoi amici in una partita di pallavolo sulla spiaggia...si avvicinò con passi felpati, Elijah rimase incollato un minuto a guardarla, tutte le sue amiche risero, mia madre no, Margherita prese anch'ella a divorare con lo sguardo mio padre, poi si alzò dalla sedia, si diedero la mano, mio padre gliela baciò, a sentir mia madre invece l'aveva solo stretta, l'amore scattò come un treno. Mia madre lasciò il lavoro in Italia e dopo due mesi di convivenza si sposarono...non tutti i parenti di mia madre vennero dall'Italia per assistere alle nozze, ma mia madre tenne sempre nel tempo buoni rapporti con i suoi genitori, fratelli sorelle.
Seguendo il tempo in successione agli eventi devo ravvisarmi di essere alquanto precisa nel raccontarvi una serie di eventi che hanno segnato la mia vita e alcuni lo consacrerebbero un dono in realtà all'inizio ne ebbi il terrore successivamente presi di petto il tutto, come una persona che ama Dio e tutti i suoi doni, interpretai la mia vita come una missione già scritta.
Alle brulle cascate di giallo natura e valli immerse in pure foschie mattutine, le corse ai cavalli, le mandrie che sfamavano la mia gente, le sagre popolari e le straordinarie miniature di vetro, i fegati non solo degli allevatori, ma un po' di tutti, frastornati dal vento e dall'alcol, vino e birra andavano per la maggiore.
Mio padre non voleva farmi studiare. Erano l'unica figlia, mio fratello Liam morì quando io avevo quattro anni, una rarissima disfunzione cardiaca, era più grande di me di dieci anni e teneva lui la fattoria insieme a mio padre.
Mia madre era una sarta in difficoltà, utilizzava arnesi ottocenteschi e vendeva le sue pellicce sartoriali in paese, a clienti esigenti.
Nel regno delle vacche, cavalli polvere e sagre, coltivai l'esigenza di leggere molti libri fin dalla tenera età. Senza letture sarei soffocata e comunque adoravo quel mondo fatto di duro lavoro, le bestie e la terra, qualche fazzoletto con pomodori patate insalata e mais.
Samuel, il socio in minoranza di mio padre, faceva avidi affari con gli allevatori fuori città sgraffignando quattrini dalle tasche della fattoria, a catena molti problemi gestionali a cui Samuel non badava affatto alcun interesse si ingigantivano sempre di più, mio padre la sera a tavola non sembrava sempre gustarsi la cena. Le carni andavano via a buon mercato, mio padre si avvedeva di manovali esterni e quattro fissi, altri stagionali sui picchi.

Mio padre si trovava due donne in casa, una che leggeva libri l'altra che faceva la sarta, non proprio il massimo, anche se sulle mungiture davamo una mano non da ridere al papà, nonostante i suoi mugugni e brontolii. Ci alzavamo alle 3 del mattino, quando il sonno osteggiava spalmato come una crema negli occhi, avevo le ossa grinze e il fiato che si ghiacciava in gola, e la forza di un bradipo, l'agilità di una balena.

<< Muovetevi signorine che il latte non deve stare fuori così tanto >> urlò mio padre.

quella mattina c'era anche Abdugh Abagy un ragazzo indiano senza documenti a darci una mano, un ragazzo umile, simpaticissimo, con il sorriso sempre in tiro.

Era magrissimo di costituzione, capelli neri come il carbone e una grande forza fisica.

Mio padre gli aveva trovato alloggio alla buona in un angolino dietro la stalla, dove teneva molti attrezzi, c'era anche un letto e un bagnetto con doccia, serviva agli agricoltori per rinfrescarsi.

Seguendo le folate calde d'aria del mattino sarebbe andato a piovere prima di mezzogiorno.

Se Abagy vivesse abbastanza saprebbe distinguersi anche in una stalla con due donne e un omone, forte e dismesso, che pigliava il bicchiere per bere infilandoci le dita, che restava sempre sul suo, guai a far cambiare opinione a mio padre.

Pronti e via, non accorgersi della fatica e volare per quelle immense distese verdi brulle, un laghetto e una fattoria, trenta mucche un toro e undici cavalli.

Ormai i cavalli erano destinati tutti alla vendita all'ingrosso.

Troppo cari tenerli per passeggiate di turisti e sagre in paese, il cibo e la manutenzione medica le cifre sfioravano l'impossibile.

Così eccoli per sempre andarsene.

<<Mum veloce >> dissi a mia madre.

Mia madre aveva paura di rovinarsi le mani, nel tessere i muscoli delle sue dita si armonizzavano incrociando movimenti innaturali con la mungitura.

Che spasso finalmente le mucche ci aggraziavano nel darci il loro latte, sarebbe stato venduto in paese e in città, mio padre osservava il cielo nella notte per avvistare i corrieri, i camioncini e jeep che dovevano consegnare in paese.

<<Braddy quel disgraziato è sempre in ritardo >>. Il primo lampo nel cielo blu oscuro, poche nuvole adesso, tanta acqua dopo.

Il primo ringhio di mousse, il nostro cane lupo, venne vicino a me per cercare le coccole, le pretendeva, il ringhio del cielo, il latte che riempiva i secchi.

<<Mum le bottiglie >> dissi

<< Figlia mia, come ti ho fatto ti rifaccio >> urlò mia madre ridendo.

Sarebbe improprio chiedere se la passione del cielo e del latte fosse in realtà una giusta sentenza divina, che Dio ci ha donato questa terra e queste mani per lavorare e però mi ha portato via mio fratello Liam.

Stavo leggendo guerra e pace... oggi niente scuola.

Stridevano quasi paralizzandosi le ganasce delle ceste per il fieno, mio padre spese una barca di soldi per quel macchinario, ogni volta che lo accendeva sembrava ricordarsi il suo peggiore incubo reale, non un incubo sognato, cioè qualcosa che ti capita veramente nella vita e non esiste nei film, ma un fatto reale bollato per sempre nella tua mente.

Sapevo qual era il suo più brutto ricordo, è difficile intuirlo, ma ho notato che quelle catene rappresentavano un ostile, conclamata paura passata, e i suoi occhi sfioravano il bicchiere diversamente dalla grappa al whisky, quella notte brutta c' era temporale, le catene lo tenevano immobile, era giovane magrissimo velocissimo forse spavaldo, senza paura cowboy, bevve tanta grappa da svenire mio padre, vomitarsi addosso, qualcuno di fronte a lui rideva, c'erano sicuramente più persone, quattro, cinque, una forza fisica superiore al singolo, una sfida, una parola di troppo, un biglietto d' aereo rotto un cristallo in testa, del sangue, schiaffi e umiliazioni, una vacanza mancata, un viaggio stupendo dissolto, una donna persa, una partita persa coi furfanti, un gioco da non fare, ormai non si può evitare, quell'ostile odio per la chiesa l'inchino, inchinarsi a Dio….il non inchino in chiesa, la sua espressione stramba, si dovette inchinare e chiedere scusa a quegli uomini cattivi, perdono, pietà, dovette farlo per evitare di essere ucciso, un'umiliazione così agganciata alla sua anima da non corrodersi minimamente nel tempo.

<< Ehi Christine non stare lì imbambolata come un'oca, è arrivato Winn, è dietro vallo a chiamare...non andare su dal nonno, oggi se ne occupa Margherita, mi raccomando, non facciamo chiasso per nulla...la giornata è cominciata bene e c'è un sacco di lavoro che neanche immagini >> disse mio padre Elijah quasi implorandomi.

Correndo si baciava l'alba con gli occhi, quelle sfumature del mattino, nomignoli giallastri e blu, ricordavano il sapore della vita che sempre mi teneva sulle spine, mi affascinava.

<< Dammi una mano Christine >> chiese Winn con falsa gentilezza

<< Se mio padre ti vede usare l'acqua del pozzo per lavare il furgone ti rompe in sei pezzi >>

<< Io e tuo padre siamo amici… anzi fratelli e tra fratelli ci si perdona...poi se domani fa buon tempo andiamo a pescare….metti queste canne e roba dentro al vano >>.

Aveva gli stivali puliti e lucidissimi, fin troppo, il furgone pulitissimo dentro e sporco fuori.

Teneva un sorriso smagliante aggraziato da una carica d'adrenalina quasi patetica, aveva una specie di fiocchetto papion... capii che Winn aveva un incontro galante con qualche forestiera del paese, buon per lui ma non tanto per lei…

<< Christine dai, serve altro "pastò "per i maiali, poi tu e Abagy subito ai sughi ho due pentoloni, forza c'è un sacco di lavoro da fare, chiama anche Margherita maledizione! >> urlò mio padre gesticolando come un pazzo.

Non me ne ero accorta, ma nel retro della fattoria aveva messo a fare il sugo Elijah, doveva raffreddarsi e poi andava imbottigliato in un oceano di bicchieri di vetro usati, quelli dei sughi stessi comprati o dei sottaceti, con la chiusura che doveva essere così stretta da sfondarti le mani. Dopo cento barattoli di sugo chiusi avvertivi un prurito ostile alle mani, dopo duecento chiusi ti facevano male le mani, dopo trecento chiusi non le sentivi più, dopo i quattrocento dovevi passare i prossimi tre giorni senza l'uso delle mani…era un lavoro che odiavo, e poi era un lavoro da uomini, se mio padre controllando i barattoli ne notava qualcuno chiuso male si incazzava senza ritegno, se osavi protestare o lamentarti ti faceva ristringere uno ad uno i barattoli.

<<Abagy dopo i pastò dobbiamo fare i sughi >>

Abagy mi guardò con la coda tra le gambe…

<< Non si può fare la mungitura più altri due lavori pesanti, tuo padre è esagerato, tutto oggi, i sughi proprio sono la morte non potevamo farlo domani? quante pentole ha fatto

bollire? >>

<< Due giganti >> risposi

<< Cristo santo, ci vorranno sei ore a imbottigliare tutto, a che punto è il sugo? >>

<< Le ha messe a cuocere ieri, sono spente da circa quattro ore >>

<< Sarà ancora caldo il sugo, ci vogliono altre due ore prima di imbottigliarlo… >>Abagy abbassò la testa

<< Finiremo stanotte…>>

<< Io stanotte volevo dormire non imbottigliare polpa di sugo…chiederò un aumento a tuo padre…non posso lavorare ventiquattro ore di fila! >>

<< Siamo in due…pensa alla tua bella e ti passa tutto >>

<< Appena avrò sufficienti soldi da parte me la sposo…e forse inizierò ad essere padrone della mia vita finalmente >>

<< Ragazzi vi darei una mano ma oggi sono immune >> disse Winn ridendo come un pagliaccio.

Abagy gli tirò una frecciata con lo sguardo colma d'insulti.

<<Abagy basta Christine basta per la miseria! Mettimi l'ultimo pentolone di pastò Abagy dai…latte e pane raffermo, tutte le ultime due ceste, bollire per un'ora, poi dai l'ultima mangiata ai maiali, tu Christine vai dietro e inizia con tua madre a posizionare sui tavoli i barattoli per il sugo, dai dai che siamo in ritardo non state lì a chiacchierare per Dio muovetevi! >> mio padre se ti imboscavi o non lavoravi ti beccava subito…aveva mille occhi.

<< Verrò anch'io e altri due ragazzi del ranch a imbottigliare il sugo non preoccupatevi, dai, per mezzanotte finiamo >> urlò mio padre applaudendo un paio di volte le mani, quasi a dare grinta e motivazione, a me pareva più un disperato tentativo scaramantico di avere pioggia in una secca infinita.

C'era anche il fieno da ripassare per i bovini, ne avevamo una trentina, c'erano anche da scaldare le stufe per la sera, avrebbe fatto molto freddo, poi c'erano le uova delle galline da prendere e l'acqua da dare a tutti gli animali, un'operazione apparentemente semplice dare acqua agli animali, basta un secchio e bevono, no, non è così banale, si penserebbe la più semplice, ma se sbagliavi qualcosa l'animale che fosse una mucca o una capretta si spaventava e quindi non beveva, e bisognava rimanere lì fino a quando gli passava la paura e iniziava a dissetarsi, un gesto molto scaramantico e chirurgico, quando Elijah mio padre dava da bere alle bestie loro bevevano subito perché riconoscevano il padrone, l'autorità massima ed erano tranquilli, con gli altri le cose si complicavano spesso. C'era una specie di rapporto intimo tra il mandriano e le sue bestie, quasi romantico sentimentale, e gli animali lo percepivano quanto l'uomo, quanto il padrone, per quello durante le macellazioni mio padre piangeva, gli si inumidivano le pupille, uccidere per cibo una sua bestia gli creava dispiacere, tranne i maiali secondo me, non erano sentimentali come le mucche…non riconoscevano nessuna autorità delle macchine che divoravano qualsiasi cosa gli buttavi nel recinto, ma mio padre piangeva lo stesso anche quando squartavano un maiale, per lui erano tutti suoi figli.

Mio padre diceva sempre, la qualità della carne dipende da quello che dai da mangiare all'animale, se gli dai robaccia la carne sarà mediocre, se gli dai fieno latte e pane verrà una carne squisita e di qualità alta.

Una volta gli chiesi a mio padre perché dai da mangiare il fieno ai bovini e il pastò ai maiali?

Lui mi rispose…dipende come li abitui da piccoli…

Le nostre carni erano ottime, mio padre non comprava mangimi nei mega store roba industriale già pronta, era alla vecchia maniera e ci teneva a mantenere la qualità.

<< Christine vieni, mettiamo giù il pentolame e i bicchieri…dai, che tuo padre oggi è ansioso e nervoso più del solito >> disse Margherita che mi prese per un braccio e mi trascinò nonostante corressi a tutte forze.

Mio nonno Gene, il padre di mio padre era un macabro fardello, aveva una mentalità più antica dei nonni che avevo in Italia, i nonni Italiani erano affettuosi e cordiali, lui no, la nonna, sua moglie, non ebbi mai il piacere di conoscerla, morì prima della mia nascita.
Gene era dispotico in maniera rara e perversa, odiava chiunque tranne suo figlio, per lui erano tutti nemici ed estranei, detestava senza pudore anche Margherita, la moglie devota di suo figlio.
Divorava decine di sigarette il nonno, in questi ultimi periodi stava degenerando assai.
Entrando nella sua stanza, c'era sporcizia ovunque, odiava i visitatori, perfino i parenti, suo figlio Elijah lo gradiva a malapena, l'unico.
Gene Stanners era sdraiato sul letto, farcito di farmaci per le sue gravose malattie, i sandali di paglia stavano a fianco al suo letto, quando si alzava per andare a scaricare non voleva alcun aiuto o sostegno. Nel posacenere stracolmo tutti i mozziconi schiacciavano un pisolino...tranne uno che fumava ancora, l'estrema puzza ridondante era di un marcio tale da incrostarti le narici.
<< Lo so che sei tu mocciosa >> gridò il nonno spostando leggermente il capo verso di me.
Mi avvicinai alla finestra, riposi una nuova brocca di acqua fresca, scostai la tenda, le anatre saltate alle braci e poi delicatamente rosolate in padella, tizzoni ardenti di braci sfavillanti e i bracci destri di mio padre, quattro ragazzotti robusti di paese, a cui tutti prestavano timore, eccoli lì di prima mattina alle braci , ridere per poco misero lavoro e cibo sempre buono in tasca, mio padre li definiva amici, io li avrei piuttosto barattati con una carogna putrefatta di asino morto o un branco di inutili iene dell'Africa.
<< Bè hai portato l'acqua, adesso levati dai piedi >> mi disse il nonno con il suo alito sprezzante.
<< La mia ragion d'esistere qui non ha più alcun motivo, ripeti nonno...così è più gradevole ed educato >>.
<< Ti ripeto di levarti dai piedi >> rispose il nonno sputando del catarro in giro dopo un tiro di gote.
Bisognava stare attenti anche a quegli sputi di catarro sul pavimento, si incrostavano come ossa di dinosauro.
Nonostante le sue penose condizioni fisiche aveva sufficiente carne alle ossa e fiato per insultare chiunque si avvicinasse a lui, perfino i dottori, faceva movimenti infossati da morto ma i suoi occhi sputavano fuoco.
Due anni fa con la pipa in bocca e una cintura di cuoio nella mano destra, voleva pestarmi a sangue, odiava le mocciose saputelle, fu mia madre a sedare la carneficina, io ricordo che scappai e mi chiusi nel ripostiglio delle scope.
<< Devo ritornare, sotto in cucina c'è una ciotola fumante di riso e brodo vegetale...è il tuo pranzo, quindi sai che devo tornare >>.
Il vecchio corrucciò le sopracciglia nere di falena.
Le sue dita rugose come carta da raschio si allungarono per versare un po' di acqua.
Presi la brocca vuota e tornai in cucina.
Mio padre cercava sempre di fare da paciere, nonostante il volgare caratteraccio del nonno.
Ritornai al piano di sopra nella stanza del nonno, il suo ansimare e la tosse pesante non portavano nulla di speranzoso.
Non si aggrappava mai a sciatte lamentele, non l'ho mai visto lamentarsi, lui si sfogava solo sulle persone con parole cariche di odio, come una radio rotta lanciava offese a tutti, io ormai ero abituata.

Appoggiai la zuppa bollente sul comodino a fianco.

Il nonno era stato un marinaio, il suo viso grezzo e rosso dei mari ne erano la prova, ormai era smagrito e i suoi muscoli grossi si erano afflosciati e rinsecchiti come pere cotte, aveva pochi capelli, ma di un ricciolino piccolo.

<< Ma dove diavolo è mia figlia >> urlò mio padre

Aprii la finestra...<< Arrivo >>

<< Chiudi la finestra idiota che mi entra aria fredda...piccola vipera >> urlò Gene tossendo come una bestia.

Dovevo andare giù con la macchina fotografica, mio padre voleva delle foto per il libro del paese...due mucche stavano per essere sgozzate per poi vendere i pezzi pregiati in paese. Le interiora, ovvero le parti meno pregiate, stavano per essere riposte in un grande pentolone, surgelavamo poi nella ghiacciaia le carni del bollito e il brodo di carne in altre future mangiate, il brodo non era l'ideale per la surgelazione, ma in caso di necessità, avrebbe dato maggior sapore ad altri cibi.

C'era anche il vecchio Brian, insieme ai ragazzotti da rissa facile, un altro scroccone che veniva qui a prendere, in cambio dava una mano, ma secondo me era più il tempo che stava incollato alla cantina dei vini di mio padre che a lavorare. Comunque dato che ormai la mia vita era così, regalai al vecchio Brian dieci uova fresche, con la promessa che fino a settimana prossima sarebbe rimasto a casa sua.

<< Fai le foto Christine dai >> urlò mio padre ridendo e bevendo a canna un vino, in mano una mannaia piena di sangue fresco.

Feci qualche foto, catturai anche nel panorama i nostri terreni, una sciagurata pioggia il mese scorso aveva rovinato diversi raccolti, il nostro per fortuna ebbe solo minimi danni.

Ma avevamo un serio problema ai confini della nostra fattoria, l'appezzamento dinnanzi al fossato, era paurosamente pendente al marcio per una slavina, dove dal ruscello panzone, si erano rotti gli argini, argini vecchi, costruiti addirittura dai pellerossa chissà quando...la terra d'innanzi anche se lavorata a dovere non serviva frutti per questo problema, insomma erano tre ettari abbandonati a se stessi, mio padre non voleva rifare gli argini, ci volevano soldi, ma vendendo il toro potevamo farcela, quello squarcio nella terra era presagio di brutte cose.

Eh sì...avevamo anche un toro, nel recinto in fondo, lontano da tutti. Un magnifico esemplare, mio padre aveva ricevuto diverse buone offerte per darlo via, Margherita lo aveva supplicato, vendilo.

Eh sì perché in assenza di soldi, il toro venduto sarebbe apparso come un bicchiere d'acqua fresca nel deserto, mio padre non si schiodava di un millimetro, il toro non si venderà mai, nonostante i debiti si gonfiassero giorno dopo giorno e quei tre ettari rimanevano lì a far muffa, la situazione rimase in stallo.

Ritornai nella stanza del nonno, doveva prendere la medicina

<< Lo so che devo prendere quella stramaledetta pillola, non venire a gironzolare qui, cagna rognosa! >>.

Rimasi immobile come una piccola bestiola ferita, Gene cercò di sollevarsi dal letto, la sua camicia celeste, grinza sgualcita e puzzolente aveva un solo bottone allacciato, si alzò quasi con un movimento innaturale, teneva il capo abbassato, ma subito lo alzò, aveva le pupille che esplodevano di collera, la sua bocca esalò solo suoni distorti, gli occhi ora follemente sgranati, prese la camicia con entrambe le mani e la strappò, poi cadde malamente a terra, morì così, di colpo, con violenza e dolore, il vecchio seccò in quell'istante, urlai dalla finestra, Margherita fu la prima ad entrare, poi entrò Abagy...e poi tutti.

Piansi forte dentro di me senza farlo vedere, anche se mi odiava.
Due giorni dopo ci fu il funerale del nonno...il cimitero lo stava aspettando, lo seppellimmo di fianco alla nonna.

Se ti tremano le mani lascia perdere.

Se hai paura lascia perdere.

Che cos'è un sogno?

Il bus quella mattina arrivò con due minuti di anticipo...ero ansiosa di ridare il materiale a David prima che suo padre scoprisse l'ammanco...il prezzo per questo favore? un bacio davanti ai suoi amici.

Il principino voleva il bacio... Chissà poi perché da me, tutti a scuola dicevano che a lui piaceva in realtà Vanessa, forse per farsi vedere.

In bus quella mattina era la solita solfa, facce trasudate e smorte di sonno, il solito chiasso provenire da in fondo al bus, trovai da sedere miracolosamente davanti.

Il percorso del bus evitò dei lavori in corso, di fianco a me c'era Katia Green, una "super secchiona ".

<< Allora Agatha Christine? >> disse sogghignando Katia, le feci una boccaccia con la lingua a penzoloni

<< Molto spiritosa...non voglio parlare con te...siamo vicine qui ora per una forza d'inerzia, ma questo non ti autorizza a parlarmi >> dissi assaggiando la fetida aria calda di sudore che circolava nel bus

Katia sorrise e toccò la spallina davanti all'altra sua amica, Miriam Vennon ridacchiavano, avevo la reputazione di una svampita che legge gialli e non sa baciare i ragazzi.

<< Quella che ha letto assassinio sull' Orient Express e ha scoperto la soluzione a metà romanzo... >> disse Miriam.

<< Nessuno ha chiesto un tuo parere >> risposi sciatta.

Quella mattina la mia cartella pesava il doppio del solito, dovevo ridare i fascicoli a David, prima che suo padre se ne accorgesse, ero piuttosto ansiosa.

David mi aspettava come suo solito in fondo al corridoio, vicino alla palestra, non vedeva l'ora di slinguarmi davanti a tutti.

Era lì tutto pieno di sè, mani conserte e una faccia da sberloni.

<< Allora...? era tutto quello che cercavi no? >> disse David.

<< Sì, c'è veramente tutto, sono soddisfatta...ora devo saldare il mio debito...almeno hai lavato i denti stamattina o ti puzza ancora il fiato? >>.

<< Profumano che è una meraviglia...>>

Puzzavano che era un'abitudine

<< Abbiamo detto massimo due minuti, quindi può durare anche di meno >>.

David si atteggiò come un ragazzino eccitato da ciò che non conosceva ancora bene.

<< Due minuti pieni...cara Christine, voglio asfaltare le tue labbra e la tua bocca, sei

eccitante come non potrei mai spiegarlo >>.

<< Sei uno stronzo...dai facciamola finita con questa farsa >>.

Ci abbracciammo e cominciammo a baciarci, poi la presa si fece più stretta e mi mise la lingua in bocca, sul momento lo trovai disgustoso...poi gliela infilai anch'io...quasi tutta la scuola ci stava guardando...si sentivano risate e ghigni, questi due minuti qui non finivano più accidenti.

La cosa non finì lì. Durante le lezioni mi stuzzicava, David si era decisamente montato la testa, era convinto che anche lui mi piacesse.

Diciamo che non volevo che la cosa prendesse piede, da un dito voleva il braccio...ma io non volevo neanche stroncare i rapporti con lui, quindi accettai il suo invito a casa sua, per cena, mio padre mi sarebbe venuto a prendere alle 22.00.

<< La famosissima Christine >> esclamò come un'attrice di teatro Janette la madre di David.

Suo padre non c'era quella sera lì, per mia fortuna, forse potevo dare un'altra sbignata nel suo studio, altri assassini, omicidi.

<< Signora Janette è un piacere >> risposi dando la mano.

<< David non fa altro che parlare di te...siete così giovani, vorrei tornare io a dodici anni...>>.

<< Io invece vorrei avere la sua età >>, Janette riversò una risata molto rumorosa.

Sua madre era una donna molto semplice, non bella, una classica casalinga, tutta casa chiesa, premurosa e ansiosa, ricca d'amore per la famiglia. Suo padre sicuramente era un uomo di mondo, pezzo da novanta dell'FBI, investigatore e criminologo, dote fuori tempo da queste parti.

<< Vieni ...siediti...Christine >>. David continuava a fissarmi, da un paio di giorni a questa parte non mi metteva più i piedi in faccia, era stranamente dolce, romantico, forse si stava innamorando di me...e sicuramente sua madre gli avrà detto...dato la giovane età, sono calori passeggeri.

<< Vado a prendere la torta salata, è di là a raffreddare >>Janette ciabattò verso la sala.

David mi prese la mano guardandomi negli occhi

<< Ti amo...>> disse David con convinzione

<< Se mi ami portami nello studio di tuo padre >>.

Gli seccò la mia risposta...<< Basta pensare a killer e morti...dai...mettici una pietra sopra, che noia quando fai così...la tua è proprio una fissa >>

<< La vita è fatta di passioni caro >>.

<< La mia passione sei tu >>, David mi diede un bacino sulla guancia balzando come un giaguaro su di me e sradicando in giro posate e piatti come un burbero.

<< C'è il ballo di fine anno, io voglio andarci con te...ti va? >>.

<< Sono squallide serate, poi la tombola ...roba da pensionati >>.

<< Eccomi, un piccolo antipasto, ho già tagliato le fette >> disse la mamma di David.

<< Signora Janette quando ritorna suo marito? >>

<< Jack rientrerà lunedì...forse >> disse abbassando la testa, a quel punto suonò il campanello tre volte e si sentì un po' di baccano schiamazzi e la porta aprirsi.

Poi il silenzio e la porta chiudersi

<< Papà...è tornato prima >> disse David felice.

Il signor Jack Lowell entrò in cucina sorridendo e dando un bacio in bocca a Janette.

<< Oh caro...che bella sorpresa! dammi il cappotto...c'è tanta roba da mangiare, ho fatto le fettuccine fatte in casa, ce n'è per tutti >>

<< Molto bene >> esclamò Jack.

<< Abbiamo un ospite questa sera...Jack...ti presento Christine una cara amica di David e sua compagna di classe >>, mi alzai e diedi una robusta stretta di mano.

<< Non sono una sua cara amica, sono la fidanzata di suo figlio >>, a David gli andò di traverso il boccone di torta che si precipitò verso un bicchiere d'acqua, Janette fece un leggero balzo, Jack rimase impassibile, i suoi occhi si affondarono nei miei con cordoglio.

<< Ah...bene...mettiamo i puntini sulle i...>> disse Jack ridendo soddisfatto mentre iniziò a sfilarsi la cravatta come gesto compulsivo.

Jack Lowell era un uomo di bell'aspetto, baffi sbiaditi e sottili neri, un bel viso, un po stempiato, corpo un tozzo ma con movimenti signorili, si vedeva che era di un livello superiore.

David mi guardò divertito.

La mia frase aveva scosso e guastato l'atmosfera per qualche secondo, poi Janette rise...

<< Oh che bello...>>.

A tavola si parlò di tante cose, il clima caldo e confortevole dominava tutti, mi sentivo parte di quella famiglia.

<< Mi ha detto David che lei ha partecipato alle indagini per la cattura di Zodiac...è esatto? >>, tagliai il clima così all'improvviso, la domanda fu una lama a secco nell'euforia generale.

<< Sì è esatto...è il mio lavoro...>>

<< E non l'avete catturato >> dissi pulendomi la bocca con il tovagliolo...Janette sembrò quasi imbarazzata, David mi diede un calcetto sul mio piede...

<< Purtroppo no, Christine...è ancora un mistero, irrisolto >>

<< Forse perché non avete guardato bene >>. Jack sollevò lo sguardo dal piatto e rallentò la masticazione.

<< Si ricorda le varie telefonate nella notte a quel giornalista? >>

<< Tu come fai a saperlo >>

<< Era sui giornali...>>

<< Una di quelle, avendo il telefono sotto controllo proveniva da Coral park, nei pressi diciamo >>.

<< E allora? >>

<< Lei sa quante basi anticomuniste ci sono negli Stati Uniti?>>

<<No...>>

<< Molto male >> dissi con tono grave versandomi dell'acqua nel bicchiere

<< Quella è una zona con appartamenti affittati a infiltrati e informatori dell'FBI...la telefonata sfiorò il minuto e 48 secondi, le apparecchiature dovevano rilevare l'esatta posizione, invece la telefonata rimbalzava sempre nei cinque quartieri di Coral...questo perché il serial killer Zodiac è un informatore dell'FBI, acquartierato con scopi di rilevazione di presenze comuniste sospette nel suolo degli Stati Uniti >>.

Calò un gelido silenzio, Jack Lowell saltò dalla sedia.

Jack Lowell ridiede lustro ai suoi ricordi, diede un'oliata agli ingranaggi della mente.

<< Ma tu come diavolo fai a sapere queste cose e a fare queste deduzioni...e poi perché questo interesse per i serial killer... >> rispose Jack, gettandomi in faccia la realtà, cercando di smascherare i miei pensieri.

<< Stavo scherzando signor Lowell, io e David le abbiamo confezionato questo scherzo...>>

Tutti pian piano cominciarono a ridere, il ghiaccio si era rotto...e ritornò il clima festoso e dolce e spensierato che c'era prima che io dicessi Zodiac.

A fine cena...Janette impose un caffè, anche io e David lo volevamo.

<< A me cara con cognac >> disse Jack salendo gli scalini al piano di sopra.

Io e David stavamo guardando un po' di televisione in sala, David fu rapito dal baseball...era una partita di quelle che contano

Jack aumentò il passo entrando frettolosamente nel suo studio. Fece un numero di telefono...

<< Ciao sono io Jack Lowell >>

<< Ciao Jack...>>

<< Ho bisogno una cortesia...mi puoi guardare nei fascicoli dell'FBI anno 66... 73, mi mandi una stampata dei protocolli anticomunismo...indirizzi nomi tutto >>. Di sobbalzo entrai nello studio, Jack si girò di scatto quasi impaurito

<< Non troverà nulla signor Lowell, quei fascicoli sono cartacei e non sono mai stati inseriti in un computer, Zodiac avrà certamente cancellato questa traccia >>.

Lowell appoggiò lentamente la cornetta

<< Nessuno può ricordare in quel periodo chi era nei pressi di questa zona piuttosto che un'altra. >>

<< Scusami Queen...fai questa ricerca e fammi sapere >>.

Jack aggrottò le sopracciglia...

<< Ma tu chi sei...e come fai a sapere queste cose >>.

<< Sono un cacciatore di serial killer...>>.

Calò un sipario gelato in tutto lo studio.

<< Non mi piace che ficchi il naso in queste faccende brutte che sono da adulti e non per la tua età, non è un atteggiamento consono ad una ragazzina di dodici anni >>.

<< La polizia ha fatto un'incredibile indagine, ma l'assassino era proprio sotto gli occhi.

Non è Leigh Allen, anche se veramente tanti indizi lo indicavano come Zodiac.

L'orologio che portava al polso, stesso numero di scarpe il 43, una scarpa della marina militare, Arthur Leigh Allen fece anni nella marina, i libri scomparsi nelle biblioteche della marina militare, libri che spiegano come formulare i messaggi cifrati che Zodiac ha scritto usando sette sistemi differenti...la sua presenza al pittura party di Darlin, poi le telefonate ai parenti di Darlin subito dopo l'omicidio, quattro telefonate al suocero e cognato, respiro pesante al telefono...Christmass con due s finali, un errore che faceva spesso Allen, la casualità che Allen vivesse a cinquanta metri da una delle sue vittime la Darlin, ma le lettere cifrate non corrispondono alla scrittura di Allen...così siete finiti in un vicolo cieco, altro importante indizio contro Allen, telefonata di Zodiac a Nicolai Mel, rispose la cameriera e disse oggi devo uccidere è il mio compleanno, era il 18 dicembre, casualmente Allen è nato il 18 dicembre...allora le soluzioni sono tre signor Lowell. O l'assassino è veramente Allen, ma la balistica la scrittura e l'impronta trovata nel taxi del tassista ucciso non corrispondono, quindi, non è Allen ma una persona vicino a lui che ha utilizzato Allen come diversivo e per divertirsi, o Allen era un complice di Zodiac, Allen uccideva e l'altro scriveva le lettere.

Direi che delle tre è sicuramente la seconda, l'assassino conosceva Allen, si erano conosciuti durante la marina...>>

<< Tu come fai a sapere tutte queste informazioni ...>> il viso di Lowell si strinse stretto in una tenaglia, cercava di non ostentare i nervi.

<< Mi dà al quanto fastidio ragazzina questo tuo discorso...queste sono cose per adulti...ora ritorna in sala...la faccenda è chiusa >>

<< Io potrei dirle chi è Zodiac, se mi lascia finire il mio ragionamento ...avete dato troppo peso alle lettere di Zodiac, lì vi ha teso un altro tranello...e ci siete cascati, perché Zodiac sapeva che l'analisi calligrafica era la prova madre...così ci ha giocato a dovere e si è sbizzarrito felice come un bambino di sei anni il giorno di natale sotto l'albero...prendendovi tranquillamente per il culo >>

<< Non dire scemenze, una delle prove madri è la scrittura di un assassino, tutte le perizie non indicavano Allen >>

<< Infatti chi sta dicendo che Zodiac è Allen.. Le perizie calligrafiche si possono ingannare benissimo, Zodiac poteva cambiare il suo stile di scrittura e ingannare qualsiasi perito forense, è una cosa difficilissima e rarissima da compiere, ma con molto esercizio si può ottenere ...>>

<< Questo lo dici tu >>

<< Vallejo 1969 Winchester...altro omicidio la Herman una calibro 9, è un professionista, individuandolo con le giuste accortezze e pedinamenti lo avreste preso...>>

<< Nessuno può cambiare lo stile di scrittura, stai delirando ragazzina, queste sono le regole basi dell'investigazione >>

<< Come mai da alcuni rapporti di giornalisti Zodiac si attribuiva delitti che non aveva fatto copiandoli da ritagli di giornali, in realtà lo faceva apposta, li ha commessi veramente lui

quei delitti e poi ha costruito anche prove contro innocenti...un killer spietato lucido geniale...si è sempre preso gioco di voi e di tutte le tre polizie di contea che gli davano la caccia...>>

<< E allora sentiamo genio del crimine come ha fatto con le lettere, se avessimo avuto un solo campione uguale lo avremmo inchiodato, abbiamo avuto 2500 scagionati per le perizie calligrafiche >> disse il signor Lowell spazientito, chiuse un cassetto della scrivania sbattendolo con una certa forza. Forse si era convinto che il suo rovescio avesse fatto un punto.

<< Perché non scriveva in corsivo...? si è mai fatto questa domanda?, la base della sua scrittura in crittogrammi o codici cifrati è altrettanto paragonabile alla semplicità delle sue lettere redatte in stampatello >> dissi al signor Lowell con una punta di sarcasmo.

<< Non lo so, ma non stai rispondendo alla mia di domanda...>>

<< Se scrivesse in corsivo, sarebbe impossibile ingannare un perito, ma lo stampatello delle lettere ovviamente più semplici che scriveva in Inglese e le altre codificate sono facilmente ingannabili...l'assassino è un vecchio compagno di stanza di Allen, poi dopo la marina è entrato in un programma dell'FBI...è stato addestrato anche nei servizi speciali, è un professore di stenografia, amante di storia, la stenografia ti impone dei movimenti con le mani innaturali, che ti fluttuano verso una mistificazione naturale della scrittura, una volta che hai raggiunto una grande esperienza tecnica e capisci che sei un fuoriclasse, puoi anche variare la calligrafia nello stampatello senza commettere errori, infatti essendo dell'FBI, Zodiac avrà valutato la sua scrittura base con quella delle lettere in codice e quelle scritte in stampatello, avrà certificato la difformità, quindi anche se lo beccavano, a meno che non portasse addosso l'arma del delitto o il sangue della vittima o il brandello di camicia insanguinato rubato al tassista, era praticamente intoccabile e inaccusabile.

Poi le basi anticomuniste in quanto traspira dalle sue lettere codificate, quando dice ucciderò un negro, la camicia piena di sangue strappata al tassista, sono indizi invisibili >>

Jack Lowell non si scompose, anche se dai suoi occhi scendevano ricordi lontani di quel vecchio maledetto caso...

<< Il riferimento alla preda più pericolosa è un alter ego di se stesso...la polizia e i giornalisti che hanno indagato su Zodiac hanno osservato le cose da un punto di vista errato >>.

<< C'è anche la possibilità che Allen fosse un complice allora...? >> bandì il signor Lowell, cercando un rifugio

<< Sì è una possibilità, che comunque ho escluso...l'impronta sul taxi fu lasciata di proposito da Zodiac, come anche quel sopravvissuto...il riferimento allo Zodiaco, le lettere, tutti gli omicidi, lo schema infranto, uccide sempre vicino a corsi d'acqua o grandi parchi, poi ha ucciso cambiando ambientazione...le telefonate anonime anche alla polizia, tutto questo preclude un serial killer superiore >>

<< Lo sai che Allen non andò mai a processo anche con le dichiarazioni di un suo amico di pesca che dichiarò che Allen gli disse, ucciderò legando una torcia sulla pistola e ucciderò dei bambini su un autobus di scuola...>> insinuò impassibile Lowell

<< Non ho citato quella dichiarazione in quanto non è neanche un indizio,...varrebbe se ci fosse qualcosa di concreto contro Allen...altrimenti sono solo chiacchiere...ma non escludo

l'ipotesi remota che Zodiac fossero due persone, mister X, l'FBI, e un braccio destro, Allen, il capo espiatorio inattaccabile, ma ci sarebbe stata una correlazione tra i due, e quindi è un ipotesi che ho escluso, Allen è completamente estraneo ai fatti, ma, Zodiac lo conosceva in quanto frequentarono insieme la marina, questo è un proiettile logico che può entrare, troppe coincidenze, da una delle vittime cinquanta metri dalla casa di Allen, Allen che fa gli anni il 18 dicembre, la famosa telefonata alla cameriera di casa Mel quello stesso giorno dell'omicidio...molte casualità, troppe.

Questo perché, l'assassino, ovvero Zodiac ha rimbalzato schermato utilizzato Allen come semplice e gustoso diversivo per confondere eventuali indagini.

Girai di schiena all'improvviso uscii dallo studio di Lowell e ritornai in sala, David era ipnotizzato dalla partita di baseball in tele.

<< Ragazzi la torta, è con la panna albicocca e more...c'è un pan di spagna che è una favola...>> urlò la signora Lowell cercando qualcuno che la comprendesse.

<< Jack deve stare attento ai dolci, quindi una fettina piccolina...Jack Jack! la torta >>.

Si sentì il campanello...era sicuramente mio padre...

La signora Lowell andò ad aprire con un sorriso stampato in faccia tipo cartolina.

<< Signor Stanners prego si accomodi...non stia lì sull'uscio entri per cortesia...i ragazzi sono di là in sala...ah vuole una fetta di torta? >>.

<< E perché no >>.

Jack e Elijah si incrociarono e si strinsero la mano.

<< Il tuo papà è arrivato Christine >>...

<< Allora mocciosa...guarda che domani mi devi dare una mano con la stalla >> disse Elijah

<< Ha una figlia adorabile >> disse la signora Lowell

<< La tenga qui ancora due giorni e vediamo >> disse Elijah ridendo

<< Posso dare una mano anch'io domani alla fattoria? >> chiese David...sapevo perché voleva vedermi domani...voleva dei baci ancora.

Jack e Janette si sfuggirono un secondo con gli occhi.

<< Domani è domenica mamma...non c'è scuola >>

<< Ma hai i compiti da fare al mattino...>>

<< Li ho già fatti >> disse David mentendo bene.

<< Quasi quasi ci credo >> disse Jack, Jack e mio padre risero sotto i baffi.

<< E va bene, mattina e basta però >>.

<< Sta da me tutto il giorno, pranza cena e dorme da me >> dissi mangiando la torta.

Quella frase non fu ben accolta né dai genitori di David né da mio padre.

<< Così ho deciso e così sarà...domani mattina vestiti di merda perché c'è da sporcarsi, alle cinque da me >>

<< Cinque del mattino? >> disse Jack preoccupato del suo sonno.

<<Ehhh sì...>>

<< Facciamo almeno le sei...>> disse Janette.

<< Ok andata per le sei, non mettere le scarpe ma degli scarponi da guerra, e poi come ti ho già detto David vestiti male, quindi vestiti come al solito...va bene? >> dissi ridendo.

David rise e me ne tirò una sulla capa...<< Che stronzetta che sei...>>.

<< Ah questi giovani...ma ero anch'io come loro >> disse mio padre Elijah divorando la fetta di torta.

<< Bene a domani...>>.

Baci abbracci e mio padre mi aprì la portiera della macchina

<< Infilati dentro pestifera >>, lo sapevo mi aspettava una ramanzina.

Salì in auto, non mise subito in moto.

<< Se non la accendi la macchina non parte >> dissi

<< Che diavolo ti salta in mente...quello è un ragazzino di una famiglia ricca, gira con scarpe di camoscio e non ha mai preso in mano un rastrello o una vanga, domani ci sono i terreni da fare >>

<< E impara, come ho imparato io...>>.

Ci fu una pausa...

<< David è il mio ragazzo, ci siamo messi insieme da poco...forse lo sposerò un giorno...>>.

Mio padre si trovò in evidente stato di spiazzamento, sbuffò con l'aria misera di chi forse lascerebbe il fardello alla mamma.

Jack si mise a camminare nervosamente per la sala.

<< Ma che diavolo di ragazzina ti sei preso...sì fisicamente, di viso è adorabile >> disse Jack

<< è stupenda >> disse Janette

<< Ma di testa sembra una strana...>> Jack guardava David che non ricambiava le occhiate del padre.

<< Per quello anche mi piace, è tutta strana...allora punto la sveglia, domani mi portate alla fattoria Stanners, mi divertirò un mondo >>

<< Il signor Elijah ti farà lavorare come un somaro, ti sei mai spaccato la schiena nei campi?Ma se piagnucoli per un'unghia incarnita dai >>. Janette toccò il braccio di suo marito, come a dire, ormai è fatta, comanda la gioventù.

Presi e analizzai per una settimana i fascicoli e le foto inerenti a Zodiac, il mostro di Firenze e il mostro di Rostov.

Presi carta e penna e cominciai a buttare giù le mie idee e analisi...

Il Mostro di Rostov.

È sicuramente un pervertito, adora uccidere, adesca le sue vittime in stazioni, luoghi pubblici, ha famiglia, nonostante disturbi di tipo sessuale, è un professore, insegna, cultura medio alta, legge molto, picchiato da bambino, è il mostro per eccellenza, squarta e sotterra le sue vittime, viene eiaculando mentre le uccide, meglio se prima di uccidere c'è anche un atto sessuale con la vittima. A volte strappa brandelli di carne, preferibilmente legati al sesso, testicoli e lingua nell'uomo, vagina seno e lingua nella donna.

Uccide di tutto, naturalmente persone più deboli, in quanto la sua superiorità deve sentirla, barboni prostitute e bambini sono bersagli più facili, comunque in generale uomini donne vecchi e bambini, anche se i suoi preferiti sono adolescenti maschi, avendo una bisessualità evidente propende per l'atto sessuale omo.

Entra nella categoria di serial killer per libidine, l'uccisione delle vittime incrementa il suo perverso piacere sessuale.

Il suo viso è quello di un predatore, non è incline alla protezione, ovvero non ragiona mentre uccide e alle possibili conseguenze, uccide anche di giorno, naturalmente in posti isolati, boschi ecc, è incline a plagiare le persone che prende, lo definirei un serpente.

Cambia territori, ha paura della polizia.

Vaga spesso di notte e di giorno in auto senza una meta prefissata.

Ma ha ottime doti di seduttore.

É di una schizofrenia parallela al suo ego di borderline, è una persona non priva di scrupoli. La sua pazzia è un rovescio e totale disprezzo per la vita umana. Da giovane aveva sicuramente vita sociale limitata, nessun amico o solo amicizie superficiali.

É paranoico, ossessionato dall'uccidere, lo spasmo della superiorità.

É il serial killer per eccellenza, ma nella assoluta normalità, come ce ne sono e ce ne sono stati in passato di serial killer, non ama trofei, ovvero i feticci servono solo per masturbarsi nel ricordo dell'omicidio. Non sotterrerebbe mai un cadavere nel giardino di casa sua. É un cannibale puro, quindi prova gusto anche nel mangiare e deglutire la carne delle vittime, ma è un aspetto di secondo piano.

Il 14 aprile 1983 la polizia rinviene il cadavere di Ol'gaStal'Macenok, ha doti di seduttore quindi è molto spiritoso affascinante. Lo dimostra questo delitto, una ragazza adescata su un bus mentre tornava da lezioni di pianoforte. Dopo averla uccisa le ha strappato il cuore, strappo del cuore è infatuazione da parte del killer verso di lei, la amava ma voleva ucciderla, così ha preso il cuore e non seni o vagina a differenza di Vera Sevkun dove invece rimase nei suoi schemi e le asportò i seni.

La polizia nel 1984 ha arrestato un certo Andrej RomanovicCikatilo. Arrestato e poi rilasciato.

Peccato perché è lui il serial killer, profilo identico a quello che ho tracciato io, viso corrisponde.

Zodiac

bè che dire qui arriviamo al mio preferito.

Innanzitutto Zodiac non appartiene alle solite categorie di serial Killer scritte nei libri. A differenza del mostro di Rostov che corrisponde in pieno.

Ciò che so di Zodiac è ben poco, l'ho appreso solo da giornali tv e riviste... e naturalmente dai lunghi e morbosi rapporti di polizia ed FBI del papà di David.

Ma mi butto, posso tracciare un profilo e naturalmente dirvi chi è l'assassino.

L'FBI ha fatto una massiccia caccia all'uomo... insomma si sono dati parecchio da fare, ma, la verità ce l'avevano sotto gli occhi.

Innanzitutto Zodiac è un ex insegnante di stenografia comparata, come lo so?

Facile. I segni delle lettere, hanno una spiccata manualità fluida generale, ovvero non è identificabile neanche una così detta sensibile, i massimi esperti di calligrafia non sono riusciti a capire questo, per avere una così fermezza devi essere stato per forza un professore di stenografia comparata, o al massimo un amante che la studia e si applica a casa, ma è un'ipotesi improbabile. Nessuno studia stenografia per divertimento.

Però non ha mai esercitato professionalmente l'insegnamento della stenografia o forse solo in età giovane, sicuramente ha un'altra laurea matematica, forse anche due lauree, un'altra in storia, ma la cosa importante è che è un grosso collezionista di antiquariato e amante della buona cucina.

Ha una laurea, sicuramente, in matematica, quei crittogrammi è vero che basta una lettura in qualche libro e li saprebbe fare chiunque, ma uno di questi non è mai stato decifrato, azzarderei che forse ha lavorato al centro NSI decifrazione codici, ma sicuramente ha lavorato a lungo nell'FBI, è una sensazione che ho dallo stile e dai contenuti dei suoi crittogrammi e dalle sue lettere scritte in stampatello.

Quindi di famiglia ricca, profilo alto.

Sposato con figli, ha amanti, nessun problema sessuale a differenza di Rostov, che nonostante una lieve impotenza sessuale riuscì ad avere figli.

Il fatto di avere un contatto con le persone, vedi uno degli omicidi, il suo primo dichiarato dove chiamò la polizia, dichiarando un altro omicidio avvenuto l'anno precedente, in quell'omicidio nel parco, della coppia l'uomo rimase vivo, scampò alla morte, ma non fu in grado di identificare Zodiac, o meglio con approssimazione. Questo non fu un errore dell'assassino, bensì un'espressione di massima potenza, trasmessa nell'omicidio del taxista, in un luogo in una strada frequentata, fuori da un habitat isolato, quindi la persona ha una giusta ma folle considerazione della sua vita e del suo lavoro.

Il riferimento allo Zodiaco, è quella la firma del serial killer, non come uccide o dove fa trovare le sue vittime.

Lo Zodiaco è nella comparazione religiosa del proseguo dopo la vita, religione e massoneria, storia dell'arte, nella vita è sicuramente un individuo di ottimo grado culturale per i suoi sudi e anche sociale, adora gli scacchi, i pub, ha molti amici e non è affatto una persona turbata o infelice, anche se di rado potrebbe avere dei comportamenti malsani di onnipotenza.

Uccide perché crede nell'aldilà e le sue vittime gli saranno schiavi, ma vuole essere forte, di conseguenza gli piace essere notato famoso e prendere a pesci in faccia polizia ed i suoi stessi colleghi dell'FBI. Questo perché dentro di lui deve sentirsi invincibile e il più forte.

Sulle vittime, sei accertate ma si ritiene possano essere molte di più.

David Arthur Faraday, Betty Lou Jensen. 20 dicembre 1968 uccisi con arma da fuoco sulla lakeherman Road

Michael Renault Mageau e Darlene Elizabeth Ferrin. 4 luglio 1969 periferia di Vallejo, la donna morì, l'uomo sopravvisse.

Bryan Calvin Hartnell e Cecelia Ann Shepard. 27 settembre 1969, lago Berryessa contea di Napa. Lei morì pochi giorni dopo all'ospedale, l'uomo sopravvisse.

Paul Lee Stine. 11 ottobre 1969 San Francisco. Ucciso a colpi d'arma da fuoco

Ray Davis. 10 aprile 1962. Il tassista ucciso a Oceanside California.

IL MOSTRO DI Firenze.

Qualche mio appunto ora sul mostro di Firenze. Il ricordo delle vittime, presi i fogli per rileggerli con cura e magari aggiungere qualche altro particolare che mi veniva in mente.

Angelo Lo Bianco Barbara Locci, 21 agosto 1968. Otto colpi di pistola quattro alla donna quattro all'uomo.

Pasquale Gentilcore e Stefania Pettini 14 settembre 1974. Lui ucciso con cinque colpi di pistola. La donna viene accoltellata decine di volte, tralcio di vite nella vagina

Carmela De Nuccio e Giovanni Foggi 6 giugno 1981. Tre colpi di pistola uccidono l'uomo, la donna colpita da cinque colpi di pistola. Carmela subirà dal mostro l'asportazione del pube

Stefano Baldi e Susanna Cambi, 22 ottobre 1981. Quattro colpi di pistola l'uomo, cinque la donna. Mutilazioni sulla donna, uccisa da coltellate anche sulla schiena.

Paolo Mainardi e Antonella Migliorini, 19 giugno 1982. Diversi colpi di pistola uccidono Antonella, Paolo rimane colpito gravemente ma non muore subito.

Mainardi riesce a mettere la retro della sua seat 147 ma finisce nel fosso, Mainardi era ancora vivo e viene trasportato in ospedale dove morì senza riprendere conoscenza.

Horst Wilhelm Meyer e Jens Uwe Rusch 9 settembre 1983. I due ragazzi tedeschi muoiono crivellati da diversi colpi d'arma da fuoco. Stefano Mele e Francesco Vinci vengono scarcerati, essendo detenuti per i delitti del mostro di Firenze non potevano essere loro gli autori in quanto detenuti. Vengono arrestati Piero Mucciarini e Giovanni Mele, rilasciati dopo otto mesi, ci furono altri indagati tra cui Salvatore Vinci.

Pia Rontini e Claudio Stefanacci, 29 luglio 1984. Quattro colpi di pistola e dieci coltellate al ragazzo, la donna viene colpita con colpi d'arma da fuoco alla schiena e alla fronte. La donna ha subito asportazione del pube e del seno sinistro.

8 settembre 1985. Jean Michel Kraveichvili e Nadine Mauriot. Analoga dinamica degli altri delitti, uccisi a colpi di pistola, Nadine mutilata al seno e alla vagina. Questo è l'ultimo delitto del mostro e lo annuncia proprio il mostro stesso, in quanto nella vagina della donna oltre al tralcio di vite è presente anche il bullone, a differenza degli altri delitti dove c'era solo il tralcio di vite, il bullone simboleggia proprio la resa del killer, è un significato figurato.

Sul mostro di Firenze in linea generale mi posso assai sbizzarrire...

Il mostro di Firenze è un uomo molto forte, una quercia, uccide con ferocia e si scaglia sempre di più sulla donna che sull'uomo, ecco il profondo odio e rancore verso il sesso femminile, non colpisce prostitute, sole...sarebbe più facile che uccidere la coppia, questo trova spiegazioni nel passato del killer persona spietata che per la sua completa vita di sofferenza deve vendicarsi e trovare sfogo sulle coppiette.

Analizzando tutti gli omicidi dal primo 1968 all'ultimo 1985. Disposizione dei cadaveri.

Li sposta, questa è la firma dell'assassino oltre all'asportazione dei feticci nelle ragazze uccise.

Sarà molto importante questo, perché posso svelare senza alcun problema chi è il mostro di

Firenze.

È un uomo solo, vive con la madre o da solo, impotente dalla nascita, medio grado istruzione.

La polizia ha arrestato parecchi innocenti ho visto.

Dal caso Vinci l'ipotesi sarda, alla presunzione di messe Sataniche ed Esoterismo, in collegamento alla morte del Dottor Narducci.

Il fascicolo nella procura di Firenze di una serie di guardoni.

Non è un guardone, i guardoni adorano guardare le coppie che fanno l'amore, lui invece odia l'atto sessuale, ne ha quasi una profonda repulsione.

Vi sono delle differenze tra il mostro di Firenze Rostov e Zodiac, ma c'è anche del comune tra Zodiac e il mostro di Firenze.

Zodiac e il mostro di Firenze appartengono alla così detta categoria fuori schema. Sono serial killer unici, molto scrupolosi, a differenza di tutti gli altri.

Il mostro di Firenze agisce nella notte, solo, conosce i luoghi, uccide le vittime sempre in coppia, e questa è una demarcazione della sua firma.

Uccide le coppiette che si appartano, prima dell'atto sessuale, perché in gioventù lui rimase impotente, quindi niente sesso, vita solitaria, un'invidia verso il prossimo che sfocia nell'uccidere coppiette, perché lui avrebbe voluto passare una bella vita normale come tutti i ragazzi, innamorarsi, avere una donna da amare, ma ha trovato solo solitudine e sconforto che lo ha fatto sfociare in assassino. Nei suoi brutti ricordi d'infanzia il mostro di Firenze, vede sua madre scopare con molti uomini, in assenza del padre, credo deceduto nella seconda guerra Mondiale.

La sua impotenza sessuale pregressa fin dall'adolescenza lo ha portato a sviscerare pensieri strani e morbosi, sicuramente è stato innamorato di qualche ragazza ma non funzionando il pisello si è recluso in un vortice di solitudine e tristezza.

Ma non è solo l'ossessione o l'invidia o l'amore o il sesso o l'invidia a muovere le sue maldestre tele.

Qualcosa, qualcosa che non so ancora ma che forse scoprirò, qualcosa di brutto gli è capitato e ha fatto traboccare il vaso.

É un ottimo tiratore, formidabile oserei, i fanali della Seat 147 di Paolo Mainardi e il numero di bossoli rinvenuti lo dimostrano, considerando che l'auto non ha fori di proiettili davanti. Il ragazzo mettendo la retro e attraversando il ciglio della strada finisce nel fosso, il mostro con soli due colpi prende i fanali. Quindi è iscritto al poligono e spara naturalmente con un'altra pistola regolarmente denunciata.

Lavora in un'agenzia funebre.

Quindi è uno che veste i morti. Lo spostamento del cadavere delle donne che gli serve per operare e recidere fetici dal seno e pube in realtà è anche ritualistico, perché non essendo cannibale, non avrebbe quella freddezza nello spostare il corpo.

È di un'accortezza maniacale, lo dimostrano le date dei delitti.

Anche dopo il secondo ha aspettato fino al 1981 per colpire di nuovo.

Perché nel primo delitto non ha ucciso il bambino sull'auto che dormiva dietro?

Nel primo delitto del 1968, la madre del bambino era appartata con l'amante, lo zio del piccolo. Gli amanti sono stati freddati con colpi d'arma da fuoco mentre erano seduti sul davanti dell'autovettura, mentre il piccolo Natalino Mele dormiva dietro.

Perché non ha ucciso anche il bambino?

Perché nel bambino lui ha rivisto la sua infanzia e quindi si è immedesimato.

La pistola calibro 22, presa per autodifesa mercato nero, quindi assenza da casa per un periodo, per lavoro o altro. Mercato nero non nella zona di Firenze.

I feticci gli garantiscono di rivivere quell'ebrezza di gusto austero quando li riguarda.

Non è un maniaco sessuale come molti pensano.

Non è un poliziotto o un servitore dello stato o uno che lavora in piani alti nei servizi segreti.

Nei vari rapporti vedo accenni al fatto che possa essere un pubblico ufficiale, no.

L'ipotesi che sia un poliziotto non sta in piedi, in quanto se fosse tale, non avrebbe spedito la lettera a Della Monica Silvia, nascondendo i cadaveri perché fosse scoperta prima la lettera dei corpi, ma Della Monica era all'estero in quel periodo, quindi mancava dall'ufficio nella procura da diversi giorni. Al suo ritorno le consegnarono la lettera, i corpi erano già stati scoperti il lunedì. Se fosse stato uno sbirro avrebbe certamente saputo che la Procuratrice in quei giorni era assente.

Come ho già detto l'omicidio degli Scopeti è l'ultimo...il killer abbandona la serie di delitti e si ritira.

Dott. Della Monica Silvia, brandello di seno spedito.

Il killer scrive per indirizzare le indagini su un istituto dal nome simile a Della Monica, è un riflesso psicologico, da questa informazione un po' camuffata e colpisce a suo gradimento il sesso femminile, rappresentato in un'autorità, un procuratore donna che indagava sul mostro di Firenze.

Istituto suore, o lui o sua madre hanno frequentato un collegio...S. Della Monica sta per Santa Monica. La lettera e il particolare bullone presente nella vagina ci dicono che il mostro vuole annunciare che sarà l'ultimo delitto, tralcio di vite e bullone, il tralcio di vite e il bullone insieme sono una specie di addio...è il mostro che tramite questo annuncia il suo ritiro.

L'azione omicida ha un'introspezione psichica. Tra un omicidio e l'altro il killer ritorna in uno stato di quiescenza, uno stato psichico abituale di relativa quiescenza. La parafilia è alla base del desiderio dei serial killer di uccidere, la necramia, ovvero una perversione dell'istinto di vita che determina un interesse per la morte, che si attua nel procurare la morte e interagire con il cadavere medesimo. La serie delittuosa può interrompersi per anni addirittura, fino a quando il soggetto ha un desiderio estremo di appagarsi e quindi deve ritornare ad uccidere. Spesso i serial killer hanno una così detta fase depressiva, dove il fervore del delitto si asciuga nella sua mente lasciando posto alla squallida quotidianità, anche in presenza di feticci, parti del corpo delle vittime conservati dal maniaco, o oggetti.

Gilles de Rais Francia, un maresciallo, uccise quasi 800 bambini.

Altro caso famoso di aristocrazia omicida, fu Erzsebet Bathory, nel 1611 viene condannata a morte dopo aver ucciso 650 giovani donne, si faceva il bagno nel loro sangue, convinta di ricevere proprietà rigeneranti per la pelle.

Altro affascinante caso fu indubbiamente Jack lo squartatore, non il più cruento dei serial killer, sicuramente uno dei più famosi, in quanto la polizia fece dalle più disperate supposizioni per arrivare alla sua identità mai scoperta.

I serial killer si dividono in due grandi categorie, sotto queste due categorie, ci ne sono a decine in base alla propria personalità psiche modus operandi ecc.

La prima è il Serial Killer così detto organizzato

Crimine pianificato

vittima selezionata

L'assassino personalizza la vittima

conversazione con la vittima...vedi Zodiac esempio

scena del crimine ordinata

vittima sottomessa

uso di mezzi di costrizione fisica

azioni aggressive e sadiche

spostamento del cadavere

uso premeditato di un'arma

rimozione dell'arma

tracce fisiche assenti o scarse.

Il secondo è il serial killer disorganizzato

Crimine impulsivo

vittima scelta a caso

scena del crimine disorganizzata

atti sessuali post mortem

arma lasciata sul luogo

molte tracce ematiche

Ciò che mi distoglie dalle relazioni sul crimine redatte in questi libri dell'FBI, è il sessualmente competente. Credo in tutta franchezza che Zodiac sia sessualmente competente, ma non lo è il mostro di Firenze, eppure anche il mostro di Firenze come Zodiac sono due serial killer organizzati di un'intelligenza superiore. Insieme a Jack lo squartatore li considero i tre più mastodontici e con menti superiori rispetto a tutti gli altri serial killer.

L'FBI, molti esperti e studiosi di criminologia e di serial killer affermano che a volte i serial killer agiscono in più di un individuo.

Anche qui esprimo la mia opinione, i serial killer sono sempre solitari, in caso di omicidi di gruppo, parliamo di casi rarissimi e di assassini che andrebbero analizzati, e nei dossier o modus operandi e moventi descritti nei vari libri e studi, andrebbero incasellati sicuramente altrove.

I serial killer che agiscono in gruppo non infieriscono sulla vittima, l'atto di infierire da morta e prendere dei feticci o abusarne sessualmente o prendere il fegato cuore e pancreas e mangiarseli, questo appartiene soltanto al singolo serial killer.

Sentii mia madre urlare che la cena era servita.

Andai a tavola, mio padre baldanzoso per una vincita a poker in paese, tirava un bicchiere di vino dietro l'altro.

<< Da grande voglio fare l'investigatore, catturare più criminali che posso >>,

<< Ogni tanto metti dentro anche qualche innocente >> disse mio padre ridendo.

<< Mangia la zuppa altrimenti diventa fredda >> mi rimproverò mia madre...

Mio padre sintonizzò il televisore sulla sua trasmissione preferita e alzò il volume da sfondare i timpani, mia madre invece aveva un'aria seria, un po' diversa dal solito.

Mangiava la zuppa fissando un punto nel vuoto, il mio occhio catturò una busta che oggi sul presto non c'era, ben nascosta su una mensola dietro lo zucchero.

A fine cena, mio padre andò un attimo in bagno, mia madre uscì un attimo per dare da mangiare al cane, presi una sedia era troppo in alto quella busta.

IPOTECA NUMERO 2983793

Cominciai a dare una rapidissima lettura, poi chiusi e rimisi la busta al suo posto, mia madre stava rientrando, sull'uscio della porta si cambiò le scarpe e si rimise le ciabatte.

La banca per dei debiti di mio padre aveva messo un'ipoteca sulla proprietà nostra...il concetto mi parve chiaro...se non si pagava ci avrebbero buttato fuori di casa.

Sapevo già qualcosa dai pianti notturni di mia madre, i primi anni mio padre guadagnava e metteva da parte...e le cose andavano bene...ma negli ultimi direi cinque anni per problemi che ancora non so, si è indebitato fino al midollo...e ora le banche gli stavano addosso.

Corsi in camera mia...mi chiusi a chiave, buttai tutti i miei fogli alla rinfusa nella cartella, e andai a letto senza lavarmi i denti, potevo sognarmela l'università...o un college...pensai così ad un istituto agrario dopo la scuola media inferiore, tre anni e poi mi sarei rimboccata le maniche e avrei aiutato i miei genitori a pagare i debiti con uno stipendio in più in casa.

Spensi la luce del comodino. Mi rannicchiai pensierosa.

Quella notte, fu una delle più lunghe, tristi, e indimenticabili della mia vita.

Qualche giorno dopo

<< A tavola Christine, tuo padre è andato in paese, mangerà con i suoi amici, ci ha chiesto di andare, ma so che tu oggi devi leggere e fare forse dei compiti. Mi sbaglio? >>.

Non risposi a mia madre, mi coricai a tavola contrariata.

<< Cos'è quel musone…>>.

Squillò il telefono…cosa assai rara, perché funzionava solo quello della fattoria di mio padre, qui a casa non chiamava mai nessuno.

Mia madre non si ricordava neanche più dove fosse il telefono, se in sala, o all'ingresso o al piano superiore.

<< Pronto? >>

<< Casa Stanners? >>

<< Sì…mi scusi se disturbo, sono Johanna, l'insegnante di scuola di Christine…disturbo? >>

<< Affatto, sa non siamo venuti alla prima riunione di scuola, c'era la macellazione delle carni e il veterinario per due settimane ci aveva fatto tribulare, sa… come vanno queste cose >>.

<< Non c'è problema signora Stanners, la preside ha firmato la vostra problematica, anche se la prima sarebbe obbligatoria come riunione…ma non è per questo che la chiamavo…senta…non mi piace parlare al telefono, so che abitate alla Rue 245 al The Bell…so che ora è orario di pranzo, posso passare per rubarle dieci minuti dopo mangiato? >>

<< Va benissimo…signora Johanna…ma ha combinato qualcosa Christine? >>

<< No no assolutamente, è una ragazzina meravigliosa…>>

<< Va bene la aspetto per il thè diciamo tra un'ora? >>

<< Perfetto buona giornata a dopo >>

<< Buona giornata a lei >>.

Seguendo le orme del brodo di carote, poi avrebbe servito delle uova delle nostre galline e del pane caldo.

<< Arriva dopo la tua professoressa >>.

Non colsi di buon cuore questa notizia, essendo una spigolosa curiosona e una perfetta amante del pensiero altrui, la mia professoressa Johanna credeva che il parere degli altri fosse sempre da verificare e quasi migliore del suo. Non mi era antipatica quanto più meretrice di intrighi, affascinata dai segreti altrui, non curante bene della sua persona e delle persone intorno a lei, incurante delle cose veramente importanti della vita…. e incurante che ogni cosa non deve avere ostinatamente una spiegazione razionale.

<< Che viene a fare? >>

<< Non usare quel tono Christine…non è garbato >>.

<< Io mangio e vado a schiacciare un sonnellino...sono stanca >>

<< Come vuoi, comunque non so perché viene qui, non mi ha detto nulla >>.

Spiando dalla finestra vidi la mia prof Johanna e altre due persone, vestite di grigio con impermeabili da pioggia e un'aria che non mi quadrava, perfettamente non annoiati, ingrati e seduttori.

Invece Johanna aveva una macabra e austera ombra che si celava dietro un sorriso forzato...era visibilmente scossa.

<< Signora Stanners buongiorno >>.

<< Prego accomodatevi >>

<< Signora Stanners questo è il professor Jhonson e questo è il professore Wise…>>.

<< Potrei chiederle dove si trova Christine ora? "chiese il professor Wise dopo aver stretto la mano a mia madre.

<< In camera sua che dorme…si è coricata venti minuti fa….stamattina alle 3 abbiamo munto >>

<< Capisco >>.

Io ero ben nascosta nel vano alto delle scale, le due porte aperte mi permettevano di sentire quello che si dicevano.

<<Ehmm...caffè?..>>

<< No grazie signora Stanners>> disse l'altro professore.

<< Signora Stanners…>> disse Johanna

<< Può chiamarmi Margherita >>

<< Signora Margherita noi siamo qui oggi perché vorremmo verificare alcune cose. Il professor Wise è docente di criminologia comparata all'università del Texas, il dottor Jhonson è un assistente sociale e psicologo >>

Il silenzio di mia madre era pari a un parente morto annunciato.

In quell'istante capii che cosa stava succedendo, chi erano quelle persone e perché.

Sentii in lontananza un'autovettura, sgattaiolai in fondo al corridoio e vidi l'auto nascondersi tra gli alberi.

<< Sua figlia ha ottimi voti, è un'alunna modello…è così intelligente che non deve neanche studiare…>>

<< Lo so signora Johanna….molti vociferano che sia una secchiona...anche se in matematica e scienze non ha il voto massimo ….è qui per questo? >>

<< Signora Margherita è qui suo marito, il signor Elijah? >> chiese Wise.

<< No, é andato in trattoria con i suoi soci, tornerà stasera mezzo sbronzo >> disse mia madre a malincuore.

Tutti e quattro si accomodarono nel tavolo grande in sala.

<< Allora noi siamo qui oggi perché tempo fa, Johanna ha trovato sotto il banco di sua figlia qualcosa che ci ha lasciati smarriti….>> disse il Jhonson.

Da una magnifica borsa in pelle tirò fuori dei fogli, tanti fogli.

<< Queste sono fotocopie come può notare, che la professoressa Johanna ha fatto meticolosamente >> spiegò Wise.

<< Ma questa è la scrittura di Christine >> sospirò mia madre.

<< Legga e ci dica qualcosa…legga legga senza fretta >> borbottò tossendo Wise.

Passarono cinque minuti abbondanti e pesanti.

<< Io non capisco veramente…>> strinse la voce in un acuto mia madre per poi singhiozzare le ultime lettere

Sua figlia ha scritto queste cose e io ho preso briga di verificare, anche perché non ci sono informazioni del mostro di Rostov qui negli Stati Uniti, quindi qualcuno ha fornito delle informazioni a sua figlia.

Vogliamo capire perché una ragazzina di dodici anni scriva queste cose… e anche sul mostro di Firenze e Zodiac, qualcuno deve avere passato informazioni a sua figlia, e sappiamo chi è, David Lowell, suo compagno di classe. Suo padre è Jack Lowell, responsabile delle investigazioni crimini efferati e violenti dell'FBI a Quantico. Qualche anno fa le autorità Italiane hanno interpellato l'FBI per avere una mano sul mostro di Firenze, fascicoli e analisi furono mandati qui negli Stati Uniti, Jack Lowell era uno dei membri dello staff per l'analisi di questi documenti, da poco il dottor Perugini è stato distaccato verso l'Italia per indagare sul mostro di Firenze.

Riguardo a Rostov, il fascicolo non fu mai direttamente mandato dalle autorità Sovietiche qui negli Stati Uniti, ma tramite un certo Drosdann Bielorussia, capo investigazioni e della polizia interna, le autorità sovietiche chiesero un suo aiuto, poi successivamente e abusivamente Drosdann si confidò con il papà di David Lowenn. >> disse Wise arricciandosi il naso.

<< In pratica mi state dicendo che il figlio dodicenne compagno di classe di mia figlia, ha prelevato fascicoli top secret libri e materiale dallo studio di suo padre per darlo a mia figlia di nascosto? >>

<< Esatto. Abbiamo già parlato con il signor Lowell, non gli manca nulla nel suo studio, sua figlia ha scritto di suo pugno dei rapporti sulle indagini dopo aver letto copiosamente i fascicoli top secret su questi serial killer… lei ha mai notato niente del genere in casa…o meglio nella sua stanza? >> chiese Wise.

<< Ma sta scherzando, mia figlia è sempre stata una ragazzina un po' …diciamo taciturna, legge molto, non ha amici…insomma, non esce a giocare con i suoi compagni di classe o del paese, ma non avrei mai pensato che leggesse libri di criminologia sui serial killer e rapporti top secret dell'FBI…. Per me è qualcosa che mi lascia di stucco >>

<< Fa molto di più che leggere rapporti segreti dell'FBI o libri, ma addirittura analizza le stesse teorie dell'FBI criticandole, e va ben oltre signora Stanners. Traccia dei profili che si contraddicono con quelli dell'FBI e delle autorità Italiane ad esempio sul mostro di Firenze, si contraddicono con tutti tranne che con questo rapporto, me lo ha fatto avere l'altro ieri il signor Lowell, è al vaglio delle autorità italiane e dei servizi segreti italiani, ovvero il rapporto di un criminologo italiano... Francesco Bruno. É identico a quello di sua figlia, ma Christine va ben oltre questo rapporto, Christine ci dice secondo lei chi è il mostro di Firenze, come e dove trovarlo. >> concitò Wise tirando fuori una copia del fascicolo del professor Bruno e mostrandolo a mia madre insieme ai miei scritti accuratamente fotocopiati di nascosto dalla signora Johanna.

<< Sbalorditivo no? >> disse sorridendo Jhonson.

Mia madre gettò lo sguardo inetto verso la professoressa Johanna.

<< Allora signora Margherita, noi non siamo qui per rimproverare sua figlia, quanto per prelevare eventuale altro materiale che sua figlia penso nasconda da qualche parte, la casa è grande, insomma ci sarà un nascondiglio e poi farle fare sei mesi con me, che sono uno psicologo. A dodici anni sua figlia deve ridere, giocare provare quelle emozioni dell'adolescenza, non sicuramente investigare su assassini e... insomma mi ha capito. Dobbiamo risolvere questa situazione, il preside della scuola il signor Carter è l'unico a conoscenza di ciò....vuole che la ragazzina venga seguita da me e dal mio studio mantenendo la riservatezza su questo fattaccio, insomma rimarrà solo tra noi tre e lei, il preside e Jack Lowell....la ragazzina seguirà una volta a settimana un dopo scuola con me, una bella psicologia, un percorso su misura per Christine, vedrà che ritornerà splendente e gioiosa come lo è veramente. >>

<< Si...certo...ma dovrei parlarne questa sera con Elijah >>
<< Non c'è bisogno che parli di questo stasera con suo marito...direi che la risolviamo così, laviamo i panni sporchi in famiglia, capisco che il signor Elijah è il padre...ma, conoscendo il carattere di suo marito, sarebbe meglio che la cosa non gli giungesse alle orecchie. >>

<< Immagino non voglia opporre resistenza giusto? >> chiese la professoressa Johanna, con un velo di tristezza.

<< Adesso vada di sopra, svegli la bambina, le dia un compito di uscire in paese a prendere qualcosa che le manca, inventi un pretesto, noi dobbiamo fare un sopralluogo nella sua stanza, rovistare un po'. Poi, non dice nulla a sua figlia... domani pomeriggio dopo scuola, faccio tutto io, parlo con Christine, la tranquillizzo, la rassicuro su tutto, spiego a sua figlia del perché abbiamo portato via quella roba che teneva segreta...non si preoccupi signora Stanners, non la umilierò e non la farò soffrire, andrà tutto liscio....saremo in sintonia...in fondo è il mio lavoro, sono uno psicologo >>.

Ritornai a letto....

Il dottor Jhonson mi catturò subito con il suo smagliante e tagliente sorriso.

<< Prego Christine...siediti, senza complimenti >>.

Mi grattai il capo...sicuramente mi aspettava un terzo grado.

<< Sai, io ho anni di esperienza nella psichiatria...e devo dire che tu sei il caso più difficile ma allo stesso tempo affascinante >>.

<< Avete asciugato il mio piccolo scrigno...>> dissi con lugubre antipatia verso lo psicologo, che, occhio e croce mi avrebbe trattato come una debosciata.

<< Come dici tu, nel piccolo scrigno abbiamo trovato cose che soltanto gli adulti devono vedere...sei d'accordo? >>.

<< Non mi fanno paura le foto dei delitti, i rilievi della polizia, insomma, non temo nulla di tutto ciò, è pane per i miei denti >>.

Jhonson si perse un secondo, mordendosi il labbro nervosamente.

<< Ti chiedo cosa provi nel vedere foto brutte e leggere cose tremende che purtroppo accadono nel mondo >>.

<< A me i serial killer non fanno alcun timore, non voglio vantarmi di questo, è così >>.

Jhonson giocò nervosamente con una biro, acchiappando del tempo per riflettere.

<< Dovrai attenerti rigorosamente a questo programma, sei minorenne Christine, che ti piaccia o no ...>>

Italia
Merate 27 maggio 1990

Mio padre riuscì a mettere una pezza ai pesanti debiti che bersagliavano la fattoria, questo permise a mia madre nel tempo di mettere da parte un bel gruzzoletto per delle vacanze in Italia dai parenti.
Ritornai quindi in Italia con mia madre, avevo 16 anni, gli spazi negli States sono un'altra cosa, qui sembra tutto più piccolo e in miniatura, ero abituata a spazi di altro livello...
La prima volta che misi piede in Italia avevo 5 anni, non ricordo nulla, se non qualche foto nel cervello di una specie di fattoria...cortili polverosi sassosi, con le sue due sorelle e i tre fratelli di mia madre più i nonni, visitammo Roma ai tempi...
Avevamo programmato di stare tre mesi in Italia con tre splendide tappe, le Dolomiti, la Sardegna e la Toscana...e un paio di partite di calcio della nazionale Italiana...
Mio padre Elijah restò a casa, c'era la fattoria da mandare avanti, era una vacanza tutta me mia madre e i parenti...non vedevo l'ora di gustarmi la Sardegna, ne avevo sentito parlare bene all'ennesima potenza.
Quando vidi i miei zii e zie abbracciare mia madre forte, feci mente locale di quando avevo cinque anni, undici anni fa, non ricordavo quasi nulla di nulla, né tutto questo affetto e grande calore che avvolgeva la famiglia di mia madre, anche se i rapporti stavano sempre lieti e cordiali, origliavo spesso le lunghe telefonate di mia mamma qui in Italia.
<< Mamma mia come sei cresciuta Christine >> disse mia zia Aurelia, la più anziana di tutte
<< Vieni qui fatti abbracciare...>>.
Mia zia Costanza cercò di prendermi in braccio, cosa che ci riuscì solo mio zio Arturo.
<< Accipicchia sei una donna ormai...>>, mi abbracciò così forte quasi da lesionarmi lo sterno, aveva una forza come quella di mio padre, mani enormi potenti, la pelle dura come la carta da vetro.
<< Prendete i bagagli forza >> disse zio Luigi.
La famiglia di mia madre viveva in una grande corte, Verderio Superiore, un paesino della Brianza tra Lecco e Milano...un'ora e mezza di macchina da Malpensa aeroporto.
Nella corte dietro i terreni, qualche animale, galline un'infinità.
Il caldo lacerante degli oratori in Italia era inconfondibile, l'afa trasudava l'impossibile.
<< Ti abbiamo iscritta all'oratorio feriale di Verderio, ci sono tanti ragazzi e ragazze della tua età, ti troverai bene >> disse zio Antonio sfiorandomi per gioco le mani.
<< Il viaggio tutto bene? >> chiese zia Costanza girandosi
<< Tutto bene zia grazie >> risposi, altrimenti mi avrebbero bollato come taciturna.
<< Vedrai passeremo un'estate fantastica >> disse mia madre in una fase di euforia spregiudicata.
Cascina Donatella si trovava proprio agli inizi del paese, l'ingresso sterrato, i muri della cascina sgrezzi e rovinati, non vi era alcun portone... ingresso libero. Era a rettangolo, piano terra primo piano e mansarda, galleggiava tra il rustico e il lasciato andare.

Al di la delle mura della cascina due terreni, verdure e mais…all'interno della cascina tutto sterrato sabbia e sassi, piccoli e grandi, tranne ai bordi, un filo misero di sterpaglia con qualche ciuffo verde e nel mezzo in fondo, a filo di muro, le gabbie delle galline e un piccolo magazzino attrezzi.
Nell'entrare osservai due ragazzi imbottigliare il vino…due ragazze sedute, un altro ragazzo più su di età in piedi con un bottiglione in mano, poi un'anziana all'ombra sotto i portici intenta nel cucito, di fianco, appoggiati al muro due motocicli Garelli dimenticati e arrugginiti.
I miei cugini e cugine…e la nonna Ernestina.
<< Il nonno sta preparando, anzi marinando la carne >> disse Luigi
Scesi dall'auto, una ragazza si alzò andando a bisbigliare qualcosa nell'orecchio del ragazzo che stava imbottigliando.
<< Eccola...è nostra cugina Christine...dagli Stati Uniti >>.
<< Avanti tutti qui...vi presento Christine...vostra cugina...e la zia Margherita.
 Sergio, Nicolò quello più grande, Isabel e Veronica…>> urlò zia Aurelia, da quello che mi aveva detto mia madre, Isabel e Veronica sono figlie di Aurelia, Sergio è figlio di Luigi e Nicolò è figlio di zia Costanza….zio Antonio non aveva figli e non era sposato, zio Arturo si era risposato, la sua ex moglie e la nuova moglie vivevano nella grande cascina…intravidi una donna giovane scendere dalle scale con un neonato in braccio…quella doveva essere la piccola Alessia di tre mesi, la figlia di zio Arturo e la donna, credo si chiamasse Elena.
I soliti convenevoli abbracci e strette di mano…
Alla cascina Donatella notai altri due individui, forse amici o vicini di casa, stufavano castagne in un pentolone, il profumo eccentrico vinceva anche su quello della carne...
<< Ci dai una mano a imbottigliare Christine? >> chiese Nicolò, il più grande...doveva avere intorno ai ventidue ventitré anni, Isabel e Veronica anno più anno meno, erano della mia età, Sergio sui diciotto.
Sbucò il nonno che mi venne incontro abbracciandomi con in mano una salamella fumante.
<< Allora pestifera come stai...sei cresciuta che è una bellezza >>
<< Ciao nonno >>
<< Vai a salutare anche la nonna per diamine ti sta aspettando >> disse mia madre che corse velocemente verso sua madre, la nonna Ernestina che lasciò appoggiata la maglia sistemandosi i giganti occhiali e allungò le mani verso la figlia che non vedeva da tanti anni.
Attraversai lo spiazzo polveroso e ghiaioso, la nonna aveva difficoltà a camminare, la salutai cordialmente mentre Nicolò continuava a seguirmi con la coda dell'occhio.
Non è facile avere una grossa fetta della famiglia dall'altra parte del mondo...in fondo in fondo io ero affezionata a loro e a questi posti.
Veronica e Isabel mi portarono loro le valigie in camera, la cascina era veramente spaziosa con molte camere vuote.
<< Dormirai qui, nell'altra stanza in fondo al corridoio è della zia Margherita...>> disse Isabel.
Sulla porta sbucarono i miei cugini Nicolò e Sergio..
<< Domani ti riposi...il lungo viaggio, ma dopo domani ti dobbiamo portare in un posto >> disse Sergio guardando Nicolò ridendo
<< Le zie mi hanno detto che hai un culto maniacale per i misteri...dopo domani la mia cuginetta preferita Christine Stanners verrà con noi a Trezzo sull'Adda...>> disse Nicolò.
<< Ci andremo in bicicletta >> disse Veronica con un certo eccitamento.
<< E che cosa c'è a Trezzo sull'Adda? >> chiesi senza nascondere curiosità.

<< Un castello misterioso dove si dice ci sia un fantasma >> disse Sergio
<< Ma non dirglielo >> disse Isabel tirando una pacca sul petto di Sergio.
<< Ragazzi venite a dare una mano non state lì imbacuccati a fare niente >> urlò Antonio…
Con riserbo mi accostai al vino, infiascare…ecco il verbo corretto.
<< Bevi anche un po'…è un rosso meraviglioso >> disse Sergio
<< Vedrai ci divertiremo, ha detto mia mamma che starete qui quasi tre mesi >> disse Isabel sbattendo le mani come una bambina…
<< Vedrai tanti bellissimi posti in Italia, faremo tappe anche nel centro della Sardegna, paesini con un folclore e una cultura nascosta e meravigliosa >> disse Veronica abbracciandomi
<< E poi la notte bianca di Calusco >> disse Sergio
<< Sono aperti bar e negozi fino all'alba, in più c'è la festa della birra, ne berremo così tanta che ti porteremo a casa in barella >> disse Nicolò quasi cercando di impressionarmi.
<< Mi hanno detto che sei di ghiaccio, che sei una ragazza straordinariamente forte e che nulla ti fa paura …>> cristallizzò Sergio quelle parole ricevendo un pestone sul piede da Isabel
<< Non dargli retta è tutto scemo, ma l'Italiano lo sai perfettamente >> esclamò Isabel con stupore
<< Io e mia madre parliamo spesso in casa in Italiano, fin da piccolissima parlava Americano e Italiano, voleva che lo imparassi da subito >> risposi a Isabel sorseggiando un goccio di vino.

La notte calò in fretta, nel buio io e tutti i miei cugini ci ritrovammo in una specie di garage enorme, con molti giochi in scatola, Nicolò spense la luce per creare un po' di suspence.
<< Parlami del fantasma in quel castello >> dissi rivolgendomi a Sergio
<< La leggenda narra… che, nel parco del castello venne sepolto il tesoro di Federico Barbarossa.
Il suo fantasma, si aggira nel castello pronto a difendere il tesoro da ladri e curiosi….
Un gruppo di militari tedeschi durante la seconda guerra mondiali si accamparono nel castello …>>
<< Taci Sergio…tieni Christine questo è il libro sul castello di Trezzo sull'Adda >> disse Nicolò ridendo
Sergio voleva raccontare lui la storia
<< Il signore e padrone sdegnato che la figlia si era innamorata di uno stalliere, così murò la figlia viva in una stanza, lo stalliere innamorato si gettò dall'ultimo piano uccidendosi, la leggenda narra che il padrone fece morire di fame la figlia e la tenne murata in una stanza…
Passò poi di proprietà il castello in mano ai Visconti >>
<< Non dire cretinate…prima c'erano i Visconti >> disse Veronica
Aprii il libro cominciando a leggere
<< Il castello di Trezzo sull'Adda oltre a essere stato tra i più importanti castelli Milanesi è uno dei posti più infestati d'Italia.
La fortezza fu costruita nel medioevo a difesa di un ponte su una grossa via commerciale e data la sua posizione strategica fu fortemente contesa, prima tra Federico Barbarossa e la città di Milano e poi tra Visconti e i Torriani.
Più volte fu distrutto e sempre ricostruito.
Oggi sono ancora agibili solo il cortile, le segrete e parte delle mura e della torre.
Il castello sorge sopra una pittoresca ansa del fiume Adda, che ne preservava tre lati, mentre

il quarto era protetto da una spettacolare torre quadrata di 42 metri dal quale ci si inchioda in una vista bellissima sulla pianura e sul fiume.
I resti visitabili sono quelli della costruzione del 1370, voluta dal crudelissimo Bernabò Visconti, signore di Milano, che visse qui fino al 1385.
Fino al 1800 abitarono altre famiglie, poi fu definitivamente abbandonato.
Ma non dai fantasmi.
Sinistre presenze, dame irrequiete, spettri di ogni periodo storico. Un Ghost Tour >> dissi ridendo
Ripresi la lettura della storia mentre i miei cugini e cugine mi osservavano aspettando un mio giudizio, una mia considerazione personale.
<< Da sottolineare la presenza di una tomba Longobarda, il gigante Rodchis, un guerriero dalle dimensioni sovrannaturali 2 metri e quaranta misura lo scheletro rinvenuto.
Poi c'è il giardino infestatissimo e zeppo di storie di sangue, lungo i ruderi ci sono due antichi pozzi, uno molto profondo e pieno d'acqua l'altro vuoto.
Dovete voi lettori sapere che Bernabò Visconti fu un uomo senza cuore e senza pietà.
La sua primogenita, obbligata a sposare un uomo molto vecchio, si innamorò di uno stalliere.
Quando gli amanti furono scoperti la ragazza fu gettata viva nel primo pozzo e lui ucciso mentre cercava di difenderla.
La dama appare ancora la notte urlando il suo dolore immenso.
Nel secondo pozzo in pietra, l'acqua non c'è mai stata. Il Visconti fece montare sul fondo lame affilate per far infilzare gli ospiti sgraditi.
Oltre a tutte queste anime sanguinanti si manifesta lo spettro del fantasma di Federico Barbarossa, imperatore del sacro romano impero… il fantasma vuole difendere il tesoro nascosto chissà dove nel giardino.
Altro luogo molto affascinante e pericoloso del castello sono i sotterranei...tra le tante leggende e racconti che si sono tramandati e creati nei secoli, c'è la famosa stanza della goccia.
I sotterranei erano spazi ricavati da grotte naturali molto umide, era normale che dai soffitti scendessero gocce di acqua in continuazione…
Si dice che i prigionieri del castello venissero torturati e uccisi anche così nei sotterranei, dove la goccia acida scavasse lentamente la carne del loro cranio, uccidendoli piano piano.
Il temuto Visconti fu ucciso a sua volta sempre nel castello dal nipote Gian Galeazzo Visconti...e quindi gira anche il suo spettro in queste mura.
Durante la seconda guerra mondiale, un gruppo di soldati tedeschi dormirono nel castello.
Durante la notte furono destati a mangiare in un banchetto insieme ad altri soldati in grandi armature.
La mattina seguente i soldati scoprirono tutti quanti di aver fatto lo stesso sogno.
Che storie wow. Ci andremo domani...ma domani notte, è inutile andarci di giorno…>> dissi mentre osservavo la faccia dei miei cugini cambiare come il sole e la notte, Isabel accese una candela.
<< Stai scherzando…>> disse Veronica
<<No...porteremo delle torce e dormiremo lì...ci divertiremo…>> la candela rifiniva i lineamenti di Isabel, che da sorridente ed euforica era quasi sul terrore mi colpisce in pieno.
Nicolò prese da parte Sergio e uscirono quasi a fare una passeggiata nel cortile.
<< Noi vorrai mica accettare >> disse Sergio guardando suo cugino Nicolò riflettere.
<< Quanto mai abbiamo tirato fuori questa storia e quel libro...maledizione...me l'hanno

detto mia mamma e mio papà che è tutta svitata >> disse Sergio cercando consenso immediato nel cugino più grande.
<< Sì...lo sanno tutti che è una ragazza d'acciaio, la paura non sembra sfiorarla minimamente...dobbiamo andarci domani notte, diremo ai nostri genitori che dormiremo fuori, a campeggio sull'Adda...non dire che andremo al castello adesso avverto Isabel e Veronica >>
<< Ma sei impazzito Nico...non hai mica veramente intenzione di andare al castello di notte...tu sei fuori di testa come Christine >>.
Nicolò mise una mano sopra la spalla del cugino...cercò quasi con difficoltà le parole giuste.
<< Senti Sergio...se diciamo di no...che figura ci facciamo...? due piscia sotto...anche io non ci vorrei andare...ma...dobbiamo farci vedere forti, poi magari ci divertiamo anche, porteremo della grappa...magari quella che tremerà sarà proprio Christine >>.
<< Nessuno di notte va in posti del genere...mi vengono i brividi solo a pensarci >>.
<< Ma non dirai sul serio >> chiese Isabel rivolgendosi a me, mentre gli tremava la mano e di conseguenza anche la candela.
<< Molte di queste storie sono vere, i fantasmi esistono eccome, soprattutto in case costruite centinaia di anni fa, dove persone sono vissute e morte da generazione in generazione...ma ricordatevi che un fantasma può interagire con il mondo reale fino ad un certo punto...non dovete avere paura Veronica e Isabel, nessun fantasma può fare del male >>.
Le mie parole non convinsero assolutamente le mie due cugine...io sorrisi prendendo la candela dalle mani di Isabel.
<< Mi sa che abbiamo un impegno noi domani sera >> disse Isabel cercando una scorciatoia per svignarsela dall'avventura.
<< Va quelle che se la fanno sotto >> disse Nicolò rientrando nel garage, osservai gli occhi di Nicolò, percepivo la sua paura, ma sapeva nasconderla bene.
<< Allora è deciso...domani notte al castello di Trezzo sull'Adda...sarà un'avventura che ricorderemo per tutta la vita >> dissi alzandomi e soffiando la candela.
<< Prenderemo il furgone di Antonio, caricheremo le tende... porteremo anche il barbecue, carne pasta vino e grappa >> disse Nicolò sfregandosi le mani.
<< Figurati se zio Anto ci presta il furgone...l'ultima volta sei andato in camporella, quando sei tornato ti ha massacrato di parole, gli hai bucato una gomma e il fango per toglierlo abbiamo dovuto usare quasi lo scalpello >> osservò Sergio
<< Se ce lo dà bene, altrimenti prendiamo il vecchio moschino del nonno >>
<< Siamo in cinque non ci stiamo >> replicò Sergio
<< Uno starà dietro sul cassonato >>
<< Se ci fermano, polizia o carabinieri...>>
<< Non ci fermerà nessuno Sergio, basta non rompere, quante polemiche ... allora raga ci state? >> chiese Nicolò scolandosi d'un fiato un fondo di grappa e tirando un mozzicone di sigaretta ormai defunto.
Abbracciai Veronica e Isabel quasi un conforto dovuto.
<< Ci divertiremo ci sono io con voi...non vedo l'ora di calarmi nel pozzo pieno di lame >>
La combriccola dei cugini mi guardò con inclinata preoccupazione
<< Non dirai sul serio cugino >> disse Veronica
<< Sto scherzando ci siete cascati tutti >> dissi ridendo...quella risata inquietò un pochino tutti, non erano del tutto convinti che domani notte sarei rimasta a freno e non avrei fatto qualche pazzia o atto di coraggio inaspettato...
A pranzo una lunga tavolata, mia madre intraprese lunghi discorsi ridendo e facendo ridere

tutti, voleva la scena per sé, alzò parecchio il gomito con il vino, tanto che la sera, durante la cena aprì di rado bocca, stordita dagli alcolici.Noi ragazzi non avevamo freni, abusammo del vino amari e rum sorseggiando un'infinità di alcolici vari, come acqua potabile andavano giù, il tempo scorreva, eravamo tutti cotti o quasi…
Dopo cena il vespaio di grida risate e bevute andò ad assopirsi…
Sul tardi c'eravamo solo noi ragazzi a cazzeggiare, gli altri erano già tutti a letto ko.
<< Chi ha scorreggiato? >> disse Nicolò agitando le mani come se scacciasse le mosche
<< Chi lo dice vuol dire che è lui >> rispose Sergio
<< Io non l'ho fatta… >> disse Nicolò ridendo
<< Per me sì >> rispose Sergio ridendo e sedendosi su una Vespa senza motore
<< Calda e silenziosa >> disse Nicolò
<< Sei stato tu, non è una scorreggia ma è vapore di grappa >>
Sergio e Nicolò si spinsero a vicenda con le mani ridendo
<< Avete finito di fare i deficienti? >> urlò Isabel
<< Abbassa la voce testa di cazzo, scende il nonno poi te la vedi te>> disse Nicolò
<< Testa di cazzo sei tu specchio riflesso vai al cesso >> Isabel prese le sue mani attorcigliate e le rivoltò come un muro
<< Devo pisciare… >> disse Sergio
<< Vai in bagno, non pisciare nel cortile, esistono i gabinetti >> puntualizzò Veronica barcollando.
<< I gabinetti dove io piscio e cago voi vi specchiate e truccate pensando di essere belle >>
Sergio si alzò e pisciò nel cortile, vicino alle galline
<< Il nonno ha la faccia e le braccia da actor studio >> dissi intrufolandomi nelle alte conversazioni notturne
Tutti mi guardarono in silenzio per pochi secondi, poi una pesante risata.
<< Che cazzo vuol dire il nonno ha le braccia e la faccia da actor studio >> disse Nicolò mezzo fumato e mezzo ubriaco, la frase cadde languida nelle ultime consonanti.
Non che io fossi messa molto bene, avevo bevuto sicuramente quanto Nicolò, solo che lui si aggrappava a tutto mentre camminava.
<< Potrebbe fare l'attore >>
<< Il nonno? >> chiese Veronica ridendo
<< Sembra Gene Hackman >> risposi
<< E la nonna? >> chiese Isabel straripando di vino e felicità
<< La nonna sembra Miss Marple >>
Sergio e Nicolò si guardarono come a caccia di risposte…
<< Chi cazzo è Miss Marple? >> chiese Nicolò
<< Agatha Christie, è un personaggio inventato dalla scrittrice di gialli, che cazzo ne sapete voi due >> rispose Veronica biascicando, anche lei stava cedendo ai troppi vini. Veronica e Isabel risero
<< Ridi ridi che la mamma ha fatto gli gnocchi >> disse Sergio cercando di reggersi alla claire del garage tossendo malamente.
La luna cadeva muta all'orizzonte, il silenzio della notte fu interrotto da Isabel che accese una malandata radio, " un pugno dei sabbia dei nomadi ", un gatto si rannicchiava dietro delle ceste di pane per la dormita
<< Abbassa il volume Isa sei pazza! >> disse Veronica
Isabel incolume, iniziò a ballare e canticchiare
<< Ragazzi è tardi a letto, ve lo dico a letto subito, non fatemi scendere! >> urlò zia Aurelia,

la voce moderatamente strozzata proveniva da una finestra della mansarda.
Guardai l'ora, le tre di notte…
Giornata stupenda, quelle che vorresti fossero infinite…infinite infiniteinfinite…
Ma nulla è infinito…

28 giugno Berwick

Ciao mia cara e adorata Christine...
Ogni giorno sento forte la tua mancanza, volevo trascorrere l'estate con te, ma il fato ci ha diviso...settimana prossima parto con i miei per il Canada, mio padre ha prenotato lì per tre settimane, chissà che due palle...io adoro il caldo il mare...
Che ti devo dire, mi manca la routine delle giornate con te, a quest'ora stavamo al lago o al mare in tenda, quattro stracci due soldi in tasca e via.
L'oceano, caldo, da sogno, sulla pelle...ti ricordi l'anno scorso quanti bagni ci siamo fatti...? e guardavamo il tramonto dai punti più belli delle spiagge...e qualche volta anche l'alba...per chi riusciva ad alzarsi.
Quando ci univamo ai viandanti in camper sulle piazzole, scroccavamo da mangiare e da bere a fiumi, l'anno scorso ti ricordi Christine quando hai bruciato il fornello elettrico nel camper dei Dawson...? poverini, ho riso per un mese, ne combinavi di cotte e di crude, poveri Dawson gli hai fatto un danno pazzesco, l'unica coppia di sessantenni a cui abbiamo legato, gli altri erano tutti giovani dai venti ai trenta...dopo quel fattaccio, 300 dollari di danno, non ci hanno dato più quel passaggio in camper a Lafayette...ti ricordi...?
Scrivimi e pensami sempre

David...ti ama

8 luglio giugno Verderio

Caro David...come va?..
Ti rispondo dall'ultima tua lettera..
Ricordo il pasticcio con i Dawson, che figura di merda...e tu lì che ti pisciavi dalle ghignate...
La faremo l'anno prossimo, la stessa vacanza dell'anno scorso...ah ti devo mandare la cartolina della toscana, siamo stati dieci giorni filati con tutta la famiglia, un paradiso, siamo tornati ieri...le Dolomiti lasciamo perdere, con l'oratorio a giugno una settimana, delle camminate da stravolgerti i muscoli, adoro la montagna ma non tanto quelle faticose e deprimenti camminate di troppe ore. Al mattino brioche calde, tappe in montagna sperdute nel nulla, la sera però strabello, pizzerie piene musica e balli in mezzo alle piazze, famose squadre di calcio in ritiro, abbiamo beccato la Sampdoria, ho un paio di autografi da qualche parte nella caotica mia borsetta.

Ho assaggiato grappa di montagna al mirtillo quelle sere, irresistibile, ho bevuto il secondo bicchierino in un colpo, quanto mai, una raschiata metallica allo stomaco, piangevo lacrime che non volevo e sudavo stando immobile...che ridere con i ragazzi dell'oratorio. Nel complesso bello dai...ah molto buono il pane al cumino.

Domani ritorno all'oratorio feriale,
Le partite di calcio e pallavolo all'oratorio feriale sono delle vere e proprie guerre, non c'è mica da scherzare, ci sono frequenti risse e litigi, tutti vogliono trionfare e battere l'avversario.

C'è ogni giorno la preghiera, il don tiene tutti i ragazzi in chiesa per un venti minuti, non ho mai riso così tanto in vita mia David che in quei venti minuti giornalieri, un paio di ragazzi spiritosi sembrano attori comici, io mi siedo sempre vicino a loro in chiesa, Mirko e Riccardo, mi fanno morire dalle risate con le loro battute, mi esplode il fegato, come te con i Dawson.

Poi si organizzano i giochi, da quelli in scatola al tiro alla fune, calcio pallavolo basket, gli organizzatori sempre giovanissimi stanno perennemente armati di fischietti e megafoni, poi c'è la merenda, pane e nutella. Il caldo è veramente incivile, soffocante, troppo afoso, i vestiti che indossiamo la sera sono lavati di sudore, fradici, Nicolò puzza che non puoi neanche avvicinarti, peggio dei maiali di mio padre prima di lavare il porcile dalle feci.

Veramente impegnativa qui la vita e lo sport, non so tu come te la passi David, ma qui fai un gioco dietro l'altro, corri, giochi sotto il sole, litri di acqua e thè per riuscire a stare in piedi, alle 18 tutti a casa, io e i miei cugini facciamo il percorso a piedi come tutti, sono quei 10, 15 minuti a piedi, il paesino è tutto lì, condensato in un pugno di metri, qualcuno sì viene in bicicletta, due pedalate ed è già a casa.

Il 2 agosto partiremo per la Sardegna...la meta più attesa...ti farò sapere...

un abbraccio Christine

Non ritornai nella mia fattoria a Berwick in Louisiana quel settembre, mia madre senza dirmi nulla accettò un Erasmus di sei mesi, senza il mio consenso mi depositò come un pacco regalo ad una famiglia benestante di Merate, a pochi chilometri da Verderio, dovevo studiare al liceo Agnesi fare la cameriera le pulizie nei week end...dovevo stare zitta e basta, così avevano deciso i miei, non c'era appello.
La casa era della famiglia Colleoni, c'era Anita, vent'anni, Jessica dodici. Anita era di bassa statura, capelli a caschetto ben curati, un viso buffo e graziato, occhi verdi stupendi limpidi.
Jessica era di bell'aspetto, ma a modi sgraziati, non per l'età ma per sua stessa natura.
La madre, la signora Nicoletta, era una donna indubbiamente saggia e forte, aveva uno studio dentistico in paese, ma amava molto le grandi letture, la biblioteca era di grandi e preziosi volumi, il padre, Gianfranco Colleoni era un uomo dall'aspetto schivo, freddo, barba non curata capelli scompigliati, un po' trasandato.
Lasciare per sei mesi la mia vecchia classe per compagni nuovi non mi dava fastidio quanto pulire e fare la cameriera.
<<Ohhh, la famosissima Christine...sei identica a tua madre, siete bellissime e meravigliose >> esclamò Nicoletta facendo gli onori di casa, presentandomi alla sua famiglia.
<< Nicoletta la sottoscritta Gianfranco mio marito e le mie due figlie, Anita e Jessica >>.
L'argenteria era grezza di basso valore, pavimenti laccati con una cera pesante e molto invasiva, vagheggiava un'aria triste e compassionevole, la casa era di tre piani ma piccoli.
Ci fu un giro di strette di mano e sorrisi, ma, quando strinsi la mano del signor Colleoni, sbiancai, il pallore del mio viso si contorse in un nulla, un flash back improvviso mi stordì la mente, delle immagini di un passato lontano, proprio in questa casa,
pioveva forte, notte fonda, una vanga sporca di sangue in mano a Gianfranco che piangeva, Nicoletta scappava verso il garage, Nicoletta accese l'automobile e in retro finì contro un albero del giardino, un uomo a terra, Gianfranco aveva tirato una vanga in testa a quell'uomo, l'amante di sua moglie, che ora giaceva morto in terra, c'era molto sangue, Gianfranco oppresso dall'ossessione morbosa di gelosia verso la moglie, uccise l'amante.
Anita ancora piccolina affacciata alla finestra della sua stanza assisteva devastata alla scena.
Gianfranco sotterrò l'uomo in giardino, una buca di tre metri...
Gianfranco era un assassino, ne ero più che sicura, erano fatti realmente accaduti, non stava delirando la mia mente.
<< Piacere di conoscerti Christine >>...rimasi immobile, come persa nel vuoto, i miei occhi dopo quelle immagini di morte ritornarono offuscati nella realtà dove stavo.
Gianfranco tirò indietro la mano staccandola dalla mia, la sua mano forte e calda, la mia debole e umida.
<< Molto bene non mi vuole salutare, non c'è problema, mi piacciono le persone dirette, quelle che dicono subito quello che pensano senza nascondersi in falsità >> osservò Gianfranco, mentre un pizzico d'imbarazzo celava l'ambiente,
A pelle sarà stravagante bizzarra e capricciosa, forse era quello che Gianfranco pensò di

me in quell'attimo.
<< Ah no...mi scusi signor Colleoni...è che sono rimasta impietrita perché lei assomiglia ad un mio vicino di casa...una somiglianza oserei dire incredibile >> dissi cercando disperatamente di metterci una toppa.
Nicoletta e Jessica scoppiarono in una fragorosa risata, Anita rimase impassibile continuando a fissarmi, l'acutezza del suo sguardo mi fece percepire un grado elevato di antipatia nei miei confronti...a pelle direi.
<< Assomiglio tantissimo ad un tuo vicino di casa, allora deve essere un uomo bellissimo >> disse ridendo Gianfranco
<< Anita dai una mano con le valigie a Christine e mostrale la sua stanza...poi per il da farsi, il tuo lavoro qui, domani ti spiego tutto...a ... a proposito, sai anche cucinare Christine? >> chiese a bruciapelo Nicoletta mentre spruzzava un goccio d'acqua su una pianta in un ripiano del salotto.
<< Credo di cavarmela egregiamente >>
<< Benissimo, è fatta, darai una mano anche alla signora Carmela, viene qui il martedì e il giovedì a cucinare >> disse Nicoletta sbattendo le mani come una bambina contenta
<< Naturalmente per questo avrai un extra di soldini >> disse Nicoletta con tono affabile.
<<Ciao..>> abbracciai Jessica dandole un bacio sulla testa, presi una valigia, le altre due le prese in mano Anita, dopo il bacio in testa a sua sorella e quell'abbraccio mi tirò un'occhiataccia di quelle pesanti, feci gli scalini insieme ad Anita che una volta fuori dal raggio di visuale dei suoi genitori, si fermò e lasciò cadere le valige in terra.
<< La tua stanza è in fondo al corridoio, l'ultima a destra, portatele tu, le tue valigie...a non usare il bagno in corridoio, usa solo quello nella tua stanza...poi un'altra cosa, lascia stare mia sorella Jessica o ti faccio a fettine, non osare mai più abbracciarla o farle confidenze, altrimenti ti prendo a calci in faccia...sono stata chiara? >>.
Il viso di Anita era duro fiero e grezzo come una maschera da cavaliere antica, la sua pacatezza non mi sorprese affatto.
Non feci in tempo a parlare che già Anita se n'era andata.
Una volta nella stanza riposi negli armadi i vestiti, alcuni piegati bene altri decisamente messi alla rinfusa.
Mi sedetti sulla piccola scrivania vicino al letto, presi carta e penna

5 settembre 1990

Caro David, resterò qui in Italia, obbligo di dimora, mi manchi tantissimo, avrei voluto riabbracciarti, tornerò a fine marzo dell'anno prossimo...quel genio di mia madre mi ha iscritto all'Erasmus, studi sei mesi o un anno in un altro paese...adesso mi trovo a Merate, uno scoppio da Verderio, farò il liceo scientifico Agnesi, poi devo fare la cameriera, cuoca e donna delle pulizie per questa famiglia che mi ospita...la famiglia Colleoni, hanno due figlie, Jessica e Anita, Jessica mi adora, Anita mi odia...
Comunque...dai...salutami tutti in classe, un bacione da parte mia...
Ah mia cugina Isabel fa proprio questo liceo, una fortuna per me, delle mie cugine è quella che ho legato di più, purtroppo non siamo in classe insieme, lei è nella c, io nella b, ma ci incroceremo spesso nei corridoi della scuola...
Scrivimi quando vuoi David...chiamami, nella prossima lettera ti mando il numero di casa Colleoni o fattelo dare da Margherita...la mia mamma combina casini

ti amo Christine

<< Molto romantica, scrivi una lettera al tuo fidanzato? >>

Mi girai di scatto, c'era Anita davanti a me, sembrava un duce in versione matriosca.

Mi alzai dalla sedia piegando il foglio di carta e mettendolo in una busta.

<< Non si usa bussare? >> chiesi con guanto di sfida

<< La cena è pronta tra cinque minuti, muoviti...>>

Anita si girò, quando, sull'uscio della porta si girò di nuovo verso di me

<< Sei mesi al liceo possono diventare un inferno...>>

Capii che lei faceva la stessa scuola, l'ultimo anno.

A tavola regnava il caos più assoluto, il televisore strillava a volume folle, Jessica che parlava con tutti e rideva, Nicoletta che cercava anche lei di catturare la scena parlando come un vocabolario impazzito, Gianfranco, nel suo essere riservato a tavola dialogava anche lui, io dicevo solo sì no...Anita era l'unica in silenzio assoluto.

<< Allora la cucina Italiana è imbattibile >> mi chiese Nicoletta versandosi del vino.

<< Sì decisamente >> risposi.

<< Tutto squisito...sparecchio io e faccio i piatti >> dissi alzandomi.

<< Il gelato Christine, per me alla vaniglia, mia mamma e mio papà al cioccolato, mia sorella uno yogurt, quello alla pesca, in fondo al frigorifero >> disse Jessica con il sapore allegro della sua età. Quando finì la cena e tutto fu pulito e riposto a dovere, mi coricai nella mia stanza, domani il pulmino ore 8 ci avrebbe portato a scuola.

Mi affacciai alla finestra, guardando il giardino, cercando di individuare il punto in cui il signor Colleoni aveva sotterrato il cadavere.

Scostai la tenda e scrollai la testa come per dimenticare questa brutta faccenda, bussò alla porta, Jessica in pigiama entrò nella mia stanza.

<< Allora come ti trovi? >> chiese Jessica lanciandosi sul mio letto.

<<Bene..bene...non dovresti essere qui...meglio se vai nella tua stanza >>

<< Non dar corda a mia sorella, fa tanto la cattiva e la dura, ma sotto sotto è bonacciona >>

<< Sarà anche bonacciona ma io sono un'estranea, questa non è casa mia, per questo devo stare alle regole...>>

Jessica si piombò addosso a me abbracciandomi forte.

<< Sono contenta che sei qui >> disse Jessica stringendomi forte

La abbracciai anch'io

<< Perché sei così affettuosa non mi conosci neanche >> risposi

<< Mi sembra di conoscerti da una vita >>

<< Ora va a letto dai, ci vediamo domani mattina per colazione >>.

Jessica corse fuori dalla mia stanza, chiudendo piano la porta mi salutò con la mano.

L'indomani il bus delle medie passò a prendere Jessica, io e Anita salimmo su un bus più grande blu, per il liceo.

Notai un libro di Kundera e uno di Hesse nella cartella parzialmente aperta di Anita.

Uscendo dall'autobus ad Anita scivolò lo zaino, tutto finì in terra, le diedi una mano nel rimettere tutto a posto, Anita non mi degnò né di un grazie né di uno sguardo.

Il professor Cardaci cercò il silenzio in mezzo al caos...

<< Ragazzi, abbiamo una nuova alunna, dagli Stati Uniti, Louisiana, Christine Stanners...alzati pure Christine...avremo l'onore di averla con noi per sei mesi >>.

La classe fiondò in un paradossale silenzio, io in piedi e tutti che mi guardavano.

<< Puoi sederti Christine...allora per quanto riguarda il disegno tecnico dove siete arrivati Christine? >>.

La parola imbarazzo prese forma e sostanza, era l'unica materia che non avevo la sufficienza, non avevo mai ascoltato una lezione o aperto un libro di testo.
<< Sono mortificata professor Cardaci...ma ripudio disegno tecnico, non mi piace, non so nulla, e non so disegnare nulla >>, la classe scoppiò a ridere
<< Partiamo bene direi, forse la parola nulla almeno la sai scrivere o la capisci...è già qualcosa...bè Christine non ammetto fannulloni nella mia classe, non so che diavolo fate in America, ma qui bacchettiamo e non poco, quindi dacci sotto e recupera, devi recuperare e se non ti piace infilati un righello in bocca e stringi i denti, Marinella, alla tua destra ti darà una mano...Marinella aiutala e seguila un attimo >>.
<< Sì prof >> disse Marinella avvicinandosi con la sedia verso di me.
I giorni scorrevano veloci, mi ero ambientata decisamente bene nel da farsi per la famiglia Colleoni.
Quel pomeriggio, i Colleoni erano fuori con Jessica e sarebbero rincasati un po' tardi, in casa solo io e Anita.
Avevo finito le pulizie nel soggiorno cucina e stanze, mi mancavano i vetri, li avrei lustrati l'indomani, portai avanti alcune preparazioni per i piatti della cena, i compiti avevo matematica e biologia, li avrei sbrigati in quattro e quattr'otto, l'indomani non c'erano né interrogazioni ne compiti in classe.
Attraversando il corridoio udii lontano un lamento...mi avvicinai sempre di più, quel suono era un pianto strozzato...proveniva dalla stanza di Anita.
Appoggiai la testa alla porta, il pianto lo sentivo più intenso e pesante.
Percepii insieme al pianto il timbro come di una maniglia della finestra aprirsi lentamente, scattai con un balzo dentro la stanza di Anita, era sulla scrivania in piedi e voleva buttarsi giù dalla finestra, la acchiappai per i pantaloni, lei si oppose cercando di buttarsi nel vuoto, mi trascinò quasi giù con lei, con tutte le mie forze riuscii a tenerla, il suo busto era mezzo fuori, con l'altra mano presi la sua caviglia e tirai usando le ultime energie che avevo in corpo, Anita smise di opporre resistenza e cademmo entrambe sul pavimento.
<< Lasciami vattene via >> urlò piangendo Anita
La agguantai per il bacino tenendola stretta a me.
Anita appoggiò la faccia sulla mia spalla in un pianto aggressivo possente.
<< Adesso stai tranquilla, ci sono qui io...>>, le accarezzai i capelli, mentre lei svenuta stette a peso morto.
La sollevai da terra e la misi sul letto, chiusi la finestra, mi sedetti sul suo letto, aspettando che si svegliasse, riprese quasi subito conoscenza...
Anita aprì gli occhi, sembrava l'avessero investita sotto un treno, la sua espressione era praticamente uno straccio.
<< Lo dirai ai miei genitori? >> chiese Anita con una vocina debole
<< No, puoi contarci...>>
<< Perché l'hai fatto?, perché mi hai voluto salvare la vita? >>
<< Non sono in vena di funerali oggi...>>
Anita accennò ad un sorriso.
<< La vita per me è una merda assoluta, uno scempio...quando mi alzo al mattino mi viene voglia di vomitare >>
<< Ne sono più che sicura, ma ora vorrai sentire da me la versione contraria sulla vita, giusto?, ma io non voglio spiegare né tanto meno compatirti...>>
<< Dobbiamo finire tutti lì Christine prima o poi, dobbiamo andare tutti al cimitero...è solo una questione di tempo >> replicò Anita

<< Il suicidio è un atto di superbia, vuol dire che non riesci ad accettare che la vita sia così...devi invece trovare forza e bellezza dentro di te, non dico che la vita sarà perfetta, non lo è per nessuno, ma quanto meno starai meglio, in sintonia con te stessa e il mondo che ti circonda, le difficoltà si affrontano, non bisogna scappare, devi trovare la forza Anita, la devi trovare in te stessa e anche negli altri, non devi avere paura, hai la tua famiglia che ti vuole bene, inizia da qui, da questo trampolino di lancio >>.
Anita tacque, osservandomi con viva curiosità.
<< Stasera c'è una festa...in discoteca >> dissi ad Anita cercando di coinvolgerla
<< Sì, è una specie di festa da San Valentino, si entra solo accoppiati >> disse Anita
<< Diremo che siamo lesbiche >>
Anita accennò ad un nuovo sorriso
<< Chiamo Isabel Veronica Sergio e Nicolò, i miei cugini...vediamo cosa fanno stasera >>.
Presi il telefono dal comodino vicino al letto di Anita.
Squillò tre volte...
<< Pronto? >>
<< Ciao Isabel...>>
<< Ciao Christine, come stai? è un pezzo che non ci vediamo >>
<< Non c'è male, ascolta Isabel ti va una disco stasera...? >>
<< Sì, ci sta, è una festa? >>
<< L'ha organizzata il prPeternazzi, quello della quinta a >>
<< Che disgusto, l'anno scorso a carnevale aveva affittato un capannone, pioveva dentro...>>
<< Bè sicuramente stanotte non danno acqua, Veronica e i due mocciosi ci sono? >>, Isabel ultimò di pettinarsi i capelli di fronte allo specchio,
<< Devo chiedere >>
<< Ci servono maschi >>
<< Ah è la festa del San Valentino di Merate, una totale invenzione...si entra in coppia è vero, categorico. Peternazzi è uno che inventa feste di Halloween il giorno di natale, un personaggio unico, meglio perderlo che trovarlo >>, io e Isabel tirammo una risatina al telefono.
<< L'hai conosciuto? >> chiese Isabel continuando a ridacchiare
<< Sì...ho anche cenato con lui un mese fa >>
<< Sei uscita con Peter quindi...? non lo sapevo >>
<< Non lo sapevo neanch'io finché non ho visto l'aragosta che mi aveva pagato...mi aveva portato in un ristorante a Milano due stelle >>
Isabel scoppiò a ridere
<< Poveraccio, perché non me l'hai mai detto? >>
<< Te lo sto dicendo ora >>
<< E dopo cena? >> chiese Isabel stirando la voce
<< Dopo cena abbiamo giocato a guardie e ladri >>
Anita sorrise, Isabel esplose in un'altra risata
<< Chissà stasera che ti vede alla sua festa...>> disse Isabel affacciandosi dalla finestra che dava nella corte.
<< Io stasera avrò un altro gentleman a gettoni >> risposi
<< Sei troppo forte Christine, sei unica...credo che Sergio abbia una cotta per te >>
<< Allora io prendo il terzo, mister x, gioco al buio >>
Isabel e Anita risero per un minuto abbondante.

<< Veronica? >>
<< Veronica non c'è, è a Rimini per i campionati di nuoto...>>
<< Ci serve un terzo testicolo...siamo io te e anche Anita Colleoni >>
<< Sergio e Nicolò sono sicuri come l'oro di San Gennaro, per il terzo stallone, un amico, oppure, vediamo, oppure ti raccatto su qualche disperato alcolizzato al bar sport in piazza...missione compiuta, ti richiamo io tra dieci minuti...>>
<< Ah ok...a dopo >>
<< Ciao a dopo >>.
<< Fatto Anita, ora gambe in spalla, vai a vestirti >>
<< I miei rientrano tra tre ore, devo avvisarli, sai non amano le improvvisate e nemmeno che stia fuori fino a tardi >>,
<< Cos'è...ti fermi già alle prime difficoltà?, gambe in spalla ragazza, vado a farmi una doccia e vestirmi, vai di minigonna e tacchi, ho visto nel tuo armadio una volta un abito mozzafiato >>
<< Quello rosso a vetrini? >>
<< Esattamente, spacca da paura, mettilo...ho sbirciato nel tuo armadio >>
Anita sorrise, sembrava rigenerata, non più svuotata e attanagliata dai problemi.
Portai nel suo cuore chiuso una ventata di amore fresco. Stava per alzarsi dal letto quando le presi la mano.
<< Ti incontrai su una spiaggia in un ritratto d'autunno, schizzo tenue e meraviglioso raggio di sole, fu così, che udii tra i lampi e il silenzio le tue parole parlarmi di quel pittore, ma adesso parlami di te e amami solo per tutta la vita, e forse un giorno ti dirò, se quel pittore è mai esistito veramente >> dissi ad Anita così all'improvviso.
Ci fu un minuto di silenzio, rimase sbigottita
<< Ma è stupenda, è una poesia >> disse Anita
<< Mi è venuta adesso così…pensando a te…è dedicata a te >>.
<< Tu sei pazza, più di me >> puntualizzò Anita con una vocina tenera
Ci fissammo intensamente,
Anita scattò in avanti bloccandomi il viso con entrambe le mani e si sfuriò in un violento bacio, una violenta linguata le sue labbra mi soffocarono, sentivo la sua lingua nella mia bocca invadermi, era un bacio indubbiamente fisico ma anche romantico, delicato.
Sentii poi la sua mano palparmi una chiappa.
<< Hai un culo fantastico, voglio fare l'amore con te >> mi bisbigliò nell'orecchio
Imbastii subito una fragorosa risata battendo le mani, *risata da crepapelle…il suo sguardo a baionetta, le sue labbra sensuali morbide, mi sentivo una pervertita eccitata, le sue cosce da agguantare, mi attraversò un senso morboso e prelibato di sesso violento, estremo, non mi sarei stupita se Anita tenesse nascosto un cazzo finto, le sue pupille prelibate mi desideravano.*
Anita indietreggiò costernata, piombò in un sottile imbarazzo
<< Scusami Christine….io non volevo, mi sono lasciata trascinare, perdonami >>
Teneva uno sguardo da agnellino, ma era bellina, e tutto sommato anch'io ero attratta da lei.
In quel momento ci feci un pensierino…poi decisi
Mi spogliai completamente, lei mi seguì a ruota, andammo sotto le coperte in un lampo, io ero sopra eccitata.
<< Stai zitta adesso faccio quello che voglio io...dopo lo fai tu >>, Anita annuì completamente succube ed eccitata, *ora la possedevo.*

Dopo aver fatto l'amore con lei…
<< Ti va intanto se metto su Stairway to Heaven dei Led Zeppelin? >> chiese Anita decisamente trasformata
<< Mettilo su a palla senza pietà >>

Caro David
Sono riuscita a conquistarmi la fiducia della signora Carmela, dopo molti vaffanculo silenziosi e pentolate, minavano occhiatacce e litigi continui in cucina, non cercava risse, ma voleva conservare la cucina in casa Colleoni con le eguali tradizioni, ha sessant'anni e veramente un brutto caratteraccio, permalosa, chiusa, cucina bene ma non accetta altre idee, facevo riposare le verdure bollite nel ghiaccio, per tenere più il gusto e colore, "Il ghiaccio? "Sì *il ghiaccio testona* "

Assaggiai il monopoli in versione europea…
Io contro Anita e Jessica
<< Mia sorella si è innamorata di te >> diceva Jessica ridacchiando
<< Piantala non dire fesserie >> rispondeva Anita pensando a quella subdola annotazione nel diario personale, la "cicci "aveva letto…
Io e Anita abbiamo avuto un'intensa storia d'amore e di sesso David.
Non ti preoccupare sono ancora verso l'etero.
Il nostro è un amore platonico…io e lei non staremo mai insieme nella vita, ma ci penseremo spesso, lei sarà protagonista dei miei ricordi, io sarò nei suoi…
Me la sono passata bene, questa è l'ultima lettera che ti mando David, sarò a casa tra tre settimane…

Aeroporto Linate Milano

<< Tieni i cd dei Led >> disse Anita piangendo
<< Non posso, sono tuoi >>
<< Prendili…prendili…ricordati di me, non dimenticarmi, ricordati di me.. ti amo >> disse Anita, era così tenera piena di lacrime…
La abbracciai fortissimo…piansi anch'io immensamente, mi sentii l'anima varcare la gola dall'emozione, chissà se ci saremmo mai riviste e sentite nella vita…
<< Ti ho scritto un'altra poesia Anita…tienila, e ricordati anche tu di me >>
Mi allontanai con le valigie, lei mi fissava, non mi girai a guardarla da lontano per l'ultima volta, ma sapevo che le mie poesie dicevano già tutto.
Non potevo mai dimenticarla, un amore, un'amica...

Scorre nella mia vita, quell'attimo lungo una vita, delle tue lacrime nei miei occhi, ne osservo di continuo il riflesso e di continuo mi rifletto, per amarti proprio in ogni e d'innanzi, e ad ogni tuo battito, un solo cuor…di nuovo risplendere d'innanzi al cielo e alla terra, per poi riflettere amore, battito infinito

1993...Berwick 3 luglio

Pochi giorni prima di morire, in un attimo, un violento cancro portò via la mia mamma Margherita, ...un giorno sotto le chemio, venne sull'uscio della mia camera
<< Tutta qui la vita...>>, le sue labbra decadenti si attorcigliarono in una smorfia di miseria e sofferenza assoluta.
Non ebbi la forza di parlare,
Calai in un pianto silenzioso mentre tenevo tra le mani una foto di noi, avevo due mesi, mio padre Elijah mi teneva in braccio avvolta da una copertina bianca, in fasce, mio fratello Liam di dieci anni che rideva mentre appoggiava la sua testa vicino alla mia testolina, mia madre che da dietro ci abbracciava tutti.
Non ebbi più la forza di respirare…

1994 ...Berwick 16 maggio

L'anno seguente la morte si portò via anche mio papà Elijah...l'ultimo anno di vita insieme solo noi due senza la mamma fu come sperare per un marinaio di trovare un'isola mentre la barca tira le ultime cuoia, fu come attraversare il mondo senza vederlo, lui mi voleva un gran bene lo sapevo, ma avvertivo la sua paura che rimanessi sola, era come se sapesse che anche lui sarebbe mancato a breve, vedevo che non riusciva a dimostrarmi quanto bene mi voleva, lo avvertivo, senza mio fratello Liam poi Margherita la vita nella fattoria assumeva tassello per tassello ogni giorno una parvenza tetra, macabra, il dissapore per le ingiustizie della vita ci catapultò in una spirale di silenzi e sofferenze da tenere dentro, da esplorare da soli senza condividerli con nessuno per non soffocare, così si ratificò un pizzico d'orgoglio tra me e mio padre, orgoglio che con il passare del tempo divenne un muro, dove ognuno soffre per conto suo senza disturbare l'altro, senza parlare, senza chiedere aiuti o consiglio...dominava il silenzio e il magone dell'anima.
Piansi tantissimo dopo la morte di mio padre, perché anch'io mancai di comunicazione, e il tempo e i ricordi non facevano altro che redimermi accidia nell'anima e nel cuore, non sapevo più se ero vittima o carnefice...non mi rimaneva altro che la sofferenza eterna e il pianto consolatorio....provai inutilmente a nutrire quei bei ricordi, momenti felici con Margherita e Elijah, provai a tenerli caldi e materializzarli in dipinti bellissimi, ma durava poco, l'effetto svaniva e lo sconforto ritornava dominante, onnipresente, incancellabile, mostruoso...
Mi mancavano i miei genitori, sentivo le loro voci i loro volti squisiti, impressi nella mia anima, crogiolarmi verso la vita, verso questo grande viaggio chiamato vita...
Dovetti licenziare tutti alla fattoria e dichiarare bancarotta, Abagy si spostò momentaneamente in Oklahoma, programmava di studiare prendere un diploma e sposarsi il prima possibile.
Era un silenzio la fattoria, senza più animali, disabitata, senza più i miei genitori senza più nessuno che ci lavorava, da una città calda e amorevole, un deserto di silenzi e ombre...Non sembrava più lo stesso posto, mi sembrava un incubo da cui svegliarmi e tutto è come prima.
Ma non c'è più nessuno solo io...solo io e il vuoto del silenzio in un'ecatombe di anime svanite e ricordi che facevano più male che altro.
Ricordo di mio padre, quando era mattina presto, il profumo nell'aria di acqua tiepida, così inconfondibile era il suo sapone da barba, il suo rasoio da barbiere che rasava la barba dal suo viso, il corridoio buio, ma la solita luce confortevole che sbucava dal bagno, io osservavo ferma in corridoio...
Non sentii più nulla, era disteso sul pavimento,
Ora ero completamente sola...
Persi anche il mio luogo d'infanzia, qualcuno prima o poi a qualche asta me l'avrebbe soffiata via la fattoria...magari con una manciata misera di denari l'avrebbe acchiappata...
Voglio sdraiarmi sul letto, i miei occhi saranno marchiati per tutta la mia vita, sempre tristi.

La morte dei miei genitori avvenuta così precocemente e fulminea mi creò un vuoto nell'anima, un dolore a cui non avevo mai dato pensieri, così lacerante da gelarmi totalmente dal mondo esterno...io e David non eravamo più insieme da ormai due anni...il tempo passava ma le cicatrici rimanevano, a volte la notte piangevo, David non era più interessato a me come un tempo, lui non mi amava più, io lo amavo ancora e immensamente...ragion per cui la sofferenza dentro di me era infinita e morbosa, pensai di trasferirmi in Italia cercando calore e conforto nei miei cugini Veronica Isabel Nicolò e Sergio, ma ormai era un tempo passato, era un tempo che poteva tenersi insieme solo a ricordi, non più con il presente...Tutto si era dissolto in un attimo, mi sembrava di aver vissuto due vite, una stupenda, la prima, finita...
un'altra macabra e tragica che stava cominciando ora...
Mi sentivo invasa dalla solitudine, mi sentivo debolissima, in mezzo ad una tempesta.

1 novembre 1994

"Nel nome del popolo Italiano, la corte d'Assise di primo grado di Firenze sezione prima dichiara, Pacciani Pietro colpevole dei delitti a lui ascritti, come in imputazione, ad eccezione di quelli di omicidio e di porto d'armi da sparo, relativi all'omicidio in danno di Lo bianco Antonio e di Locci Barbara, esclusa inoltre alla contravvenzione in cui al capo b dell'imputazione, riuniti per continuazione, e lo condanna alla pena dell'ergastolo, con isolamento diurno per la durata di anni tre, al pagamento delle spese processuali e di custodia cautelare, lo condanna inoltre alle pene accessorie, dell'interdizione perpetua dai pubblici uffici e dall'interdizione legale durante l'esecuzione della pena, dichiarandolo decaduto dalla podestà di genitore..."
Una calca impressionante nell'aula,
Furibondi litigi, ressa di giornalisti e poliziotti fotografi, attimi di grandi tensioni urla,
Non parla il grande vincitore Canessa....

Osservai tutto in diretta grazie alla parabola, il canale Rai in diretta sull'Italia, pensosa.
David riuscì a procurarmi tutte le udienze al tribunale di Firenze sul mostro di Firenze, vhs, feci quello che alcuni dell'FBI provavano a fare, cercare la verità...ma quale verità?
Non c'è un solo testimone che sia attendibile, sarebbero giudicati inammissibili da qualsiasi giudice avesse un minimo di buon senso e applicasse la legge in egual maniera.

Italia 1995

Cara Christine...

ti scrivo questa lettera per dirti che mi manchi moltissimo.

So del tuo recente trasferimento a New York, ti ringrazio per avermi lasciato il tuo indirizzo.

É successo tutto così in fretta, la scomparsa dei tuoi genitori, brava gente ammirevole, brava gente, so cosa significa perdere i genitori, immenso vuoto e dolore....incolmabile e so quanto tu eri legata a loro, ho sempre adorato Margherita e Elijah, gente squisita una favola...mi dispiace tantissimo...non sono riuscito a venire al funerale del papà, avrei voluto esserci...

Ho scelto momenti inopportuni per farti del male ma ho capito che sei una persona importante per me, io non voglio che ti succeda più niente di brutto nella vita al di fuori della naturalità delle cose, la natura ha due facce, meravigliosa e spietata...voglio esserti vicino...sempre

So che non hai venduto la fattoria, voci in paese dicono che non ci sono acquirenti...

spero al mio ritorno dall'Europa di venirti a trovare a New York, so che tu mi vuoi rivedere e che ti manco...

Mi manchi anche tu...

Adesso mi trovo a Bergamo...una cittadella del nord Italia, credo che tu ne sappia qualcosa di queste zone.

In Italia c'ero stato due anni fa per vacanze.

Senza il cibo l'Italia cosa sarebbe...? senza l'Italia il cibo cosa sarebbe?.

Ho preso un caffè a Bergamo alta, mentre aspetto un tizio di nome Gustavo Bellami, risaputo da tutti un tipo strano.

Io lo avevo sentito solo di nome, una volta mi dissero che era ad una festa gay a Montecarlo, roba altolocata, partecipai anch'io a quella festa, (non farti idee strane Christine, ero lì solo per bere, e non ridermi a dietro....) insomma dissero che lui, Gustavo Bellami era uno di quelli mascherati di rosso, vestito con la minigonna rossa e una maschera di arlecchino sempre rossa... e si è scolato 12 Magnum da 9 milioni di lire a bottiglia.

É un collezionista di cose strane, inusuali, un vero e proprio mercato nero, di nicchia.

Non è come collezionare quadri o diamanti, opere d'arte tappeti, o grandi cimeli dello sport...

Nel ramo bene o male quasi tutti i collezionisti si conoscono, o hanno sentito nominare il tuo nome alle aste o da altri collezionisti.

Quindi John Reast, grande collezionista di francobolli, conosce sicuramente l'israeliano Paevev, e così dal collezionismo che è una grande passione, si può diventare amici.

Un grande collezionista di fucili ad esempio, conoscerà sicuramente molte persone che comprano cimeli della seconda guerra mondiale e sarà facile che conosca un collezionista di monete rare, ma sarà più difficile che conosca Lin Chong, un ultra miliardario cinese che compra giocattoli rari e antichi.

Tra miliardari che acquistano Picasso o Van Gogh ci si conosce, ma spesso gli acquirenti vogliono restare anonimi...proprio come questo mercato con cui mi sto imbattendo, come un marinaio povero e inesperto sulla sua barchetta di legno.

Mia cugina Everett, ti saluta ….

Quella pazza di mia cugina...insomma... conobbe in un party ad Acapulco, un certo Bamba John, faccio un passo indietro per spiegarti meglio.

Quello Christine era il soprannome simpatico che gli avevano cucito addosso, in realtà si chiama Adir Azevedo...figlio di un grosso costruttore edile brasiliano.

Dopo la tesi, mia cugina fece gli anni così, l'anno scorso mi invitò in un party qui in Italia, in Sardegna. Lo sai Christine, mi conosci, è stata la sorella di mia madre Carol a fare i soldi in famiglia, eravamo tutti poverissimi, Carol aprì a Londra una società di marketing, lì arrivarono i denari, mio padre invece con il suo lavoro e la sua carriera nell'FBI, ma niente in confronto a quello che ha prodotto e produce zia Carol...quindi lo sai, vengo da una famiglia di manovali, i miei nonni, dall'Olanda dopo aver aperto un ristorante con quattro soldi in tasca entrarono negli Stati Uniti.

Comunque ritorno alla storia, insomma mi presentano sto Bamba John, un tipo sopra le righe, eravamo su uno Yatch di dimensioni galattiche, Bamba mi indicò un'automobile parcheggiata poco distante dallo Yatch. Eravamo dalle parti di PoltuQuatu, tu sei passata di lì in Sardegna anche in quelle zone se ricordi, con tua madre i tuoi zii e cugini nel 90….

Bamba Jones mi disse. << Guarda...non è magnifico? >>

<< Ma che diavolo è? >>

Bamba Jones cominciò a sghignazzare.

<< Questo è un pezzo di stadio dell'Heysel, Liverpool Juventus, ti ricorda qualcosa? >>

Rimasi sbigottito.

Era un pezzo forse di una scalinata

<< E da dove diavolo salta fuori? >>

<< Magnifico e c'è anche del sangue ...guarda guarda questa parte annerita... se lo vuoi sono 800 sterline >>

<< Mia cugina mi aveva detto che tu collezioni cose macabre...ma non pensavo fino a un disgusto tale >>.

<< Allora lo vuoi o no?....c'è un mercato dietro le tragedie, parliamo di occulto massoneria, misteri, oggetti appartenenti a persone crudeli o riconducibili a fatti macabri...ma per entrarci e conoscere le persone giuste e soprattutto le persone che stanno più in alto hai bisogno di me. Quindi caro David devi comprare qualcosa. Questa non solo è una piccola prova di fiducia, sei stuzzicato?, incuriosito da tutto ciò che non sai e non hai ancora visto?. A casa mia a Rio ho molta altra roba...mi ha detto Everett che sei tifoso del Liverpool, quindi ho pensato a questo. >>

<< Ho anche abitato sei mesi a Liverpool ho fatto la quinta liceo in Erasmus ...va bene lo compro >>.

Insomma non arrabbiarti o essere disgustata Christine, lo sai, tu che fin da quando avevi dieci anni ti piacciono gli omicidi e tutto il materiale nello studio di mio padre che di nascosto ti ho consegnato...insomma l'amore per l'orrido me l'hai insegnato decisamente tu....

E ti ricordo che per quel prestito dei documenti riservati di mio padre, mi sono fatto tutta l'estate in casa, senza mare vacanze... un castigo tremendo......e tutto questo per te.

Comunque Christine, dopo aver comprato quel cimelio da Bamba John, adesso ti svelo il Bellami cosa mi ha confabulato nell'orecchio.

Quando è entrato al bar era tutto vestito di pelle dalle scarpe e forse anche le mutande, gelato capelli tipo mafiosi lunghi dietro che davano una forma a forchetta.

Ci siamo presi un aperitivo champagne, poi lui si è bevuto un caffè, il profumo ha invitato anche il sottoscritto. Il caffè che hanno a Bergamo alta è una delizia divina.

È buonissimo.

Fece un gesto con la mano, repentino, avvicinando la sua bocca al mio orecchio....

bisbigliando

<< Ehi David... per te ho, un pezzo del Titanic, 3000 dollari, un pezzo di alettone della macchina di Ayrton Senna, te lo lascio a 10000 dollari...

poi, ho la sega con cui il mostro di Milwaukee Jeffrey Dahmer tranciava le vittime 17000 dollari, il coltello che utilizzò il mostro di Rostov in alcuni suoi delitti, massacri e carneficine, 21000 dollari....addirittura il pulmino della coppia di tedeschi uccisi dal mostro di Firenze 35000 dollari, poi arriviamo ancora a pezzi più pregiati, il primo manoscritto di Zodiac 90000 dollari, tieni conto che ho già tre acquirenti qui in Europa, Portogallo Francia e anche uno in Giappone, forse farò un'asta, chi offre di più se lo aggiudica....la vanga di quel famoso serial killer americano...mmm adesso mi sfugge il nome, quello che seppelliva le sue vittime in giardino a sì John Wayne Gacy, il killer clown....8000 dollari...ah ho la corda di TedBundy, quella utilizzata per strangolare le sue vittime...27000 dollari, ho l'ascia del macellaio di Cleveland, quella te la posso lasciare per 40000 dollari...poi ho la pentola e le posate di Albert Fish, adorava fare a pezzi e cucinare i bambini....mi manca il cucchiaio, però è quasi completo il set, pentola, forchetta coltello e mannaia, con quella recideva gli arti. >>

Christine insomma ho comprato la sega del mostro di Milwaukee...

Mi dirai ma tu sei fuori di testa, fatti una risata...al mio ritorno la potrai ammirare, credo che la terrò in una vetrinetta nel mio studio, da mostrare a qualche svalvolato come me.

A non ti ho raccontato della litigata con i miei prima di partire per l'Europa, vogliono che faccia lo stesso lavoro di mio padre, arrestare maniaci.

Mia madre mi ha urlato, tuo padre ha una posizione importante all'FBI, se dopo la laurea, faccio un corso di specializzazione poi l'iter in accademia di criminologia, mia padre può darmi quella spintarella che mi serve, quella giusta spallata che mi serve per entrare e fare carriera come lui, una scrivania, tanti soldi...anche se sono un po' triste, non mi piace catturare serial killer o psicopatici, quell'indole ce l'hai tu Christine, ma non mi hai mai dato retta, ti ho sempre detto, studia, fai l'università...ma tu sempre picche, sei fatta così, sei sempre stata tutta di un pezzo e non ti è mai interessato fare ciò per cui sei nata. Catturare assassini.

Ti scriverò a breve...ora vado, stasera parto, una scappata a Cortina, un paradiso...seratona da panico

Sei meravigliosa
ti voglio bene

il tuo grande amico David L

Gli anni scorrevano veloci, tristi...vuoti

New York settembre 2005 ore 21:00

Tornai furibonda, stanca, sola come un cane, vergognosa di me stessa, dal lavoro, non salutai il portinaio del palazzo, ascensore settimo piano.

Buttai i vestiti sul divano come una dozzinale lavandaia, doccia, solitudine, stasera magari un telefilm d'amore per tirarmi su di morale o qualche scrittrice inglese specializzata in romanzi rosa.

Un km quadrato di ferro nel deserto, così era il mio morale, troppo pesante da sollevare.

La felicità…solo una parola scritta nei vocabolari.

Mi mancava Anita David e anche i miei cugini, ne ero rimasta innamorata…

I ricordi vivono intensamente se pulsano anche nel cuore opposto, se pulsano però…che nostalgia, è tutto così miserabile, nostalgico… ma ora ero completamente sola, i miei ricordi erano lontani anni luce e quindi inesistenti se non in me, povera me, sola a New York, con uno squallido lavoro, senza più la fattoria di Elijah e Margerita, con una squallida reputazione di me stessa, se potessero ora vedermi i miei genitori morirebbero un'altra volta.

Buttai un riso in acqua per la cottura, poi un po' di burro e un filo di grana.

Lo mangiavo quando ero piccola in casa dei miei genitori, quando i soldi scarseggiavano e bisognava mettere sempre qualcosa in tavola e quelle carni e verdure che dovevano abbondare, in realtà non potevano essere toccate perché già vendute ai clienti.

Giravo nuda per l'appartamento, mi accesi un'ennesima letale sigaretta, forse al posto del risotto al burro poteva starci un bello scotch e una pistola carica o una corda al soffitto.

Ero messa peggio di uno straccio da pavimenti, mi sentivo inutile triste sola, colava la voglia di farla finita…di dire adesso vi saluto a tutti e me ne vado, così le mie sofferenze smetteranno per sempre. Che brutta fine, anche se non trovavo il coraggio di suicidarmi sarei morta suicida un poco alla volta, come una cancrena che avanza piano piano, come il marcio che si fa strada…

La casa era uno scempio, non ricordo neanche l'ultima volta che feci le pulizie e un poco di ordine.

Mangiai il risotto in silenzio ancora bagnata dalla doccia, buttai tutto nel lavello, stracolmo di piatti di almeno due giorni…non avevo la voglia né la forza di lavare.

Il buio dell'appartamento divorava le uniche due luci accese e funzionanti, funzionavano soltanto due piccole lampade deboli, una in sala, l'altra all'ingresso, che parzialmente illuminava la cucina.

Che schifo...pensai
Accesi una sigaretta e mi addormentai nuda sul divano...
Vivevo nell'ombra del mondo
Piangevo come una bambina piccola
Soffrivo come un'adulta
Morivo come una bestia

Giorno seguente...

<< Sei in grado? >>

<< Scovare un marito che tradisce la moglie è come scovare un giornalista che sputtana il suo ufficio facendo da talpa per un'altra emittente >>

<< Non è proprio la stessa cosa signorina Stanners. Sono mesi che cerchiamo questo pezzo di merda, e ci siamo ridotti a chiedere aiuto a lei, Stanners investigazioni private... >>

<< Le hanno dato buone referenze...non siete caduti in basso >>

<< Ottime nel suo caso divine...questi sono i fascicoli dei venti giornalisti e delle nove segretarie che ogni mattina mi fanno polvere nel cervello >>

<< Quanti soldi le ha fatto perdere questa spia...? parliamo di scoup giusto? >>

<< Più o meno due milioni in tre anni >>.

<< Scovare una talpa in un emittente giornalistica è più difficile che trovarla in un distretto di polizia >>

<< Concordo signorina Stanners >>

<< Mi metto al lavoro... >>

Christine rientrò in ufficio, sulla soglia con la giacca sulla spalla, David Lowell...

<< o...ooo guarda chi si rivede, il Guru dei profiler >> esclamai

<< Passavo di qui e... >>

<< Certamente, la terra gira sempre su stessa >>, sorrisi a David, nonostante alti e bassi eravamo grandi amici e condividevamo una grande passione...il thriller, il giallo, i misteri da risolvere.

<< Vieni accomodati >>

David appese la giacca e si stravaccò sul divano

<< La tua segretaria è andata via cinque minuti fa >>

<< Si l'ho incontrata sul parcheggio >>

<< Hai tagliato i capelli...stai che è una meraviglia >>

<< Dici? >>

<< A cosa stai lavorando? >>

<< Sono piena fino al midollo...stasera Mitchell mi ha dato un nuovo lavoro, scovare una

talpa nel suo giornale >>

<< Tempo zero e sarà ben sfamato >> sorrise David guardandomi con occhi pieni e lucidi.

<< Come va la tua vita matrimoniale?, Hellen sta bene? >>.

David si sposò due anni fa a Philadelphia nella stessa chiesa che unì i suoi genitori.

<< Tutto alla grande, Hellen ti saluta, chiede quando verrai a trovarci >>

<< Appena ho tempo e meno casini da affrontare. Bevi un drink? >> chiesi,

<< Sì, un gin lemon>>

<< Andata me ne scolo uno anch'io >>.

<< Si vede che sei un po' tanto presa, un pochino forse stressata? >>…

<< Ho mille pensieri, le tasse mi sono arrivate più arretrati di due anni fa, sto pagando ancora la vecchia segretaria in maternità, la mia fattoria è nella morsa della banca, devo trovare 90 pezzi >>

<< Sai non ti invidio >>

Tirai fuori la lingua allegoricamente mentre mettevo il ghiaccio nei drink.

<< Ho una bella notizia…ho un nuovo caso…quattro vittime accertate, in autostrada >>

<< Il serial killer della statale 84…>>

<< Ai giornali piace dare soprannomi bizzarri >>.

Ci fu una pausa, sapevo che David non mi aveva cercata per una semplice visita di cortesia.

<< Vorrei che te ne occupassi tu Christine…>>

<< Va bene, accetto, ma voglio 100 mila dollari >>

<< Ma sei fusa, sono due anni di lavoro…>>

<< Se risolvi anche questo caso prenderai una bella promozione David, lo sai benissimo, non lavoro più a prezzi stracciati >>

<< Ma che prezzi stracciati, non essere ridicola, tre anni fa grazie a te abbiamo catturato la belva del pennuto…>>

<< Appunto grazie a me >>

<< E infatti ti avevo dato 20 mila…se vuoi sono 25 mila >>

<< Non se ne parla, 100 o niente >>

<< 30...di più non posso >>

<< Fatteli prestare che vuoi da me…>>.

David si scorticò dal nervoso a stento riusciva a tenere a freno la testa che danzava.

<<Settantamila?...>> chiese David

<< Cento o niente signorino >>

Teneva una faccia da schiaffi

David ci pensò un pochino…con terribile disgusto poi annuì

<< Novantamila...>> impose David

<< Andata, fammi subito un assegno >>

<< Christine ho 42 mila dollari sul conto...domani vado in banca e me li faccio prestare >>

David tirò fuori dalla tasca i movimenti e saldo del suo conto.

Effettivamente aveva su 42 mila.

<< Fatteli prestare da tuo padre >>

<< Mio padre è uno spilorcio, non mi presterebbe due dollari neanche per sfamarmi >>

<< Fammi subito un assegno di 40 mila...il resto settimana prossima...assegno o bonifico come vuoi >>.

<< Sei diventata avara, sei diversa….>>

<< Con la vita le persone cambiano...e poi non voglio perdere la fattoria dei miei genitori, della mia giovinezza >>.

<< Una domanda, ma veramente tu sapresti catturare Zodiac e il mostro di Firenze? >>

Attraversai il suo sguardo con una rasoiata provenire dai miei occhi.

Per chi mi hai preso, non sono un'idiota come te...signorino dell'FBI

<< Certamente >>

<< Se riesci a risolvere il caso del serial killer della statale 84, allora avrò sufficiente potenza e agganci per far riaprire i casi e fare arrestare i colpevoli se sono ancora in vita. Allora dimmi chi è il mostro di Firenze e Zodiac >>.

<< Tempo al tempo, voglio 500 mila >>

<< E secondo te io ti darò mezzo milione...? ma sei fuori Christine? >>

<< Allora non se ne farà nulla…..sai quanti soldi hanno speso qui negli Stati Uniti e le autorità Italiane per la cattura di Zodiac e il mostro di Firenze...? tutti soldi dei contribuenti. Meglio che non te lo dico >>.

David sembrò far finta della mia risposta

<< C'è una verità giudiziaria, la corte di Cassazione ha messo la parola fine sul mostro di Firenze, so per certo che faranno indagini parlamentari, la camera dei deputati magari tra dieci o quindici anni ratificheranno un loro verdetto sulla base delle molte inchieste e informazioni, ma ti devo dire Christine che sono sulla stessa lunghezza d'onda della Cassazione, anche loro vogliono un angolino sul podio...non so se mi sono spiegato >>

<< La politica che fa il suo dovere, ho capito benissimo David, ma alla fine di tutte queste torte, rimane una verità puramente giudiziaria...Pacciani Lotti e Vanni non c'entrano un fico secco con il mostro di Firenze, neanche lontanamente. >>

<< Direi che è dura smontare un testimone come Lotti e molti altri che si incastrano perfettamente in tutto il teorema accusatorio, non ne convieni? >> obbiettò David aggiustandosi il polsino della camicia.

<< Lotti è stato pagato per raccontare cose false, pochi anni di galera e poi fuori con la protezione testimoni, soldi e casa di proprietà tutta pagata...gli altri sono soltanto gente che

parla, il resto saranno anche delle verità non lo nego, la

" Ghiribelli " la setta le morti, ma sono due fili paralleli, solo che qualcuno li vuole far intersecare...non ne convieni...?

Insomma non ti irrigidire David, fidati sul mostro di Firenze sono stati scritti libri, fatte inchieste su inchieste, hanno arrestato negli anni un sacco di gente innocente, hanno tastato luoghi e persone senza rendersi conto che la verità era sotto il loro naso...fidati David, se ne sono dette di cotte e di crude sul mostro, addirittura è Narducci, messe sataniche, poi è Vigna, il procuratore assassino, no sono i sardi, no è Vinci, no è un poliziotto no è quell'altro, no invece è quell'altro e ancora e ancora, poi arriva Perugini dagli Stati Uniti e fonda la sam, squadra antimostro. Intanto la procura indagava per suo conto con Vigna e altri magistrati e poi c'era la polizia con altri pm che indagava per suo conto, poi c'era Giuttari che indagava per suo conto, un casino pazzesco....viene arrestato Pacciani senza una prova contro di lui, neanche un indizio, solo tre testimoni che nessuna giuria accetterebbe come validi, il bossolo di proiettile fu alterato e messo nel suo giardino, i codici del quaderno tedesco Skizzen non poteva essere della coppia dei tedeschi, perché i codici di produzione andavano dall'82 in poi, l'omicidio avvenne nell'81...poi si sono aggrappati ad un quadro, rivelatosi di un pittore argentino...dovevano trovare per forza un colpevole...a tutti i costi, Pacciani avendo vinto in secondo grado, non sapendo più cosa fare e dove appigliarsi, si sono inventati gli amici di Pacciani, i famosi " compagni di merenda " che avrebbero partecipato passivamente a dei delitti tranne il postino Vanni, roba da non stare in piedi neanche nel paese dei balocchi >>

<< E Zodiac? >>

<< Il mostro di Firenze è appurato che fece una telefonata, nel cuore della notte alla madre di una delle vittime, perse la figlia...Zodiac ne fece parecchie...e da lì ho ricostruito il suo profilo...ma se vuoi che vado avanti a parlare devi sganciare 500 mila...amico >>.

<< Risolvi questo caso prima >> ordinò schietto David

David dalla borsa prese fascicoli, appunti foto, tutto il materiale sul killer della statale 84, poi scocciato mi fece un assegno di 40 mila dollari, gli sorrisi delicata come sempre, ma poi sul mio viso ritornò il cupo.

<< Ok...capo?...>> disse David schifato dalla situazione

Puntai il dito verso David

<< Altri 50 pezzi...settimana prossima non fare scherzetti >>.

<< Una volta eravamo legatissimi, ora litighiamo per soldi >> disse David

<< Non essere drammatico...una volta eravamo insieme, poi mi hai lasciato...ora vattene ho da fare >> dissi abbassando la testa e facendo finta di mettere a posto delle carte.

David uscì sbattendo la porta.

La settimana passò veloce, risolsi il caso del mostro della statale 84, lo arrestarono gli agenti della DEA, il nome di David Lowell era su tutti i giornali del paese, anche ai telegiornali fu ospite a trasmissioni televisive profumatamente ben pagato.

Mi diede solo 10 mila dollari contravvenendo all'accordo di 50 mila. Ero nervosa delusa, arrabbiata, non ebbe il coraggio di farsi vivo, altrimenti gli avrei tirato il porta ombrelli in testa fracassando quella testaccia vuota e insignificante.

I giorni scorrevano rapidamente, diedi tutti i soldi alla banca, che prorogò di sei mesi la vendita all'asta.

Mi mancavano 40 mia dollari per salvare la mia fattoria….dovevo trovarli, dovevo farcela.

David mi mandò una notte verso le 3 un messaggio sul mio cellulare.

Ciao Christine…

so di averti deluso, che i patti erano 90 pezzi.

Voglio subito farmi perdonare e rimediare al fine che tu non perda la fattoria dei tuoi genitori.

Appunto per questo sto partendo per la Francia, devo incontrare delle persone, loro mi hanno assicurato che tutto si sistemerà, non perderai la fattoria e guadagnerai molti altri soldi.

Sto sul vago, so che sei curiosa, ma per ora non posso sbilanciarmi, non posso dirti nulla a tal merito.

Riceverai a breve una mia telefonata

un abbraccio David

Russia

L'elicottero scese in una voragine di polvere e ghiaccio pungente, in un surreale paesaggio di morte, le selvagge alitate di ghiaccio sventavano morbose, il freddo padrone era così solido da tranciare le pietre, spaccava qualsiasi movimento del corpo, un freddo intenso, malvagio.

La steppa gelida della morte, la chiamavano così, i pochi abitanti che nel raggio di duecento chilometri quadrati ci vivevano, erano un mondo a parte.

All'orizzonte il nulla più assoluto, distese di terreno brulle a vista d'occhio, nessuna abitazione, nessuna vegetazione, solo un manto stretto erboso giallastro a chiazze marrone, una strada deserta...

Le folate di vento ghiacciato rimbalzavano come ditate violente sulla carrozzeria e sul vetro dell'elicottero.

C'era un vecchio, dalla mole rozza, che stentava segni lenti con la mano aizzando il braccio verso l'elicottero, di fianco a lui, una vecchia utilitaria sovietica verde, anni sessanta, impantanata in un canale.

Il sergente Kjuss fu il primo a scendere dall'elicottero, tra le brulle e desolate vallate della Russia incontaminata.

Si chiuse le braccia per tenersi più caldo, corse tenendosi stretto il cappello per l'aria gelida che schiaffeggiava, rallentò per il freddo, non sentiva quasi più le gambe, i muscoli si stavano contraendo in un legnoso.

Il cadavere di Rosta Zalkanov era su un'altalena, cristallizzata di ghiaccio dalla testa ai piedi, eravamo almeno sotto i trenta gradi, sul seggiolino quella povera bambina, sette otto anni, capelli a trecce, morta assiderata, senza pupille, vicino agli occhi un velo di sangue coagulato, le mani erano strette alle due catene dell'altalena, come se veramente ci stesse danzando.

Arrivarono quattro Jepp con le catene, Dostovich della scientifica portava a stento una valigia.

<< Signore, !>> urlò Dostovich, mentre Kjuss fissava incredulo il cadavere della bambina,

<< Signore passiamo al perimetro? >>

<< Sì >> rispose Kjuss

Balakov capo indagini della polizia si arricciò davanti al macabro evento, stava arrivando una bufera di neve, i pezzi di neve e ghiaccio massicci erano sempre di più, a stento si riusciva a camminare, il vento tagliava la pelle, era un clima surreale…due poliziotti si avvicinarono all'agricoltore per raccogliere la deposizione.

<< Dobbiamo aspettare il medico legale, non possiamo spostare il cadavere >> disse Kjuss

Balakov non rispose, qualcuno dall'elicottero fece dei segni con la mano, Balakov ritornò all'elicottero.

<< Signore, il vice ministro ha appena parlato con Quarter ed Haqui, Interpol, in giurisdizione avanzano una richiesta di chilometro rosso…c'è un altro omicidio in Ungheria…identico, una bambina su un'altalena >> disse un poliziotto in elicottero.

Balakov mantenne ancora il silenzio, per il freddo mostruoso cercò calore in elicottero.

Kjuss si rese conto della gravità delle condizioni atmosferiche, il vento stringeva sempre di più.

urlò con tutto il fiato

<< Portate via tutto maledizione! >>.

Hotel Mirage Parigi ottobre 2005

La Tour d'Eiffel si vedeva tutta nella sua pienezza splendida, le mille luci sfavillanti di Parigi stavano conquistando la sera, il brusio in sotto fondo del traffico parigino, un clacson, un colpo di violino e tamburelli dalla strada...il Don Perignon, David succhiò l'ennesima ostrica, il caviale era adagiato su un pane croccante all'olio d'oliva, David Lowell, petto in fuori, fiero e curato nei modi, finì avidamente anche tutti i pezzi di caviale nel tagliere d'argento.

Una donna ubriaca dal balcone di un palazzo di fronte salutava i passanti, poi vide David, lo salutò mandandogli dei baci, David sorrise ed alzò il bicchiere di Champagne.

David era atteso alla suite tra pochi minuti, nella suite giaceva la punta dell'iceberg del macabro a livello mondiale.

<< Il top...finalmente...incontrerò il top, il livello massimo, il livello superiore in assoluto >> mormorò da solo David, pensando poi di festeggiare con due o tre prostitute di alto livello, proprio in una delle suite più sfarzose di Parigi.

Mezz'ora dopo

<< Capisce le nostre esigenze signor Lowell...noi siamo una famiglia esigente e paghiamo molto, per la professionalità e il silenzio. Anni fa avevo i migliori detective e criminologi del mondo, tutti sulle tracce del mostro di Firenze e di Zodiac, anni e anni soldi e soldi, poi un bel nulla tutto per niente. Sappiamo che lei è un grande uomo signor Lowell, che ha catturato due serial killer negli Stati Uniti, ma che in realtà è stata la sua amica ...una certa Christine Stanners a risolvere il rebus, a sciogliere l'enigma. Quindi noi vogliamo che ritorni negli Stati Uniti e convinca la ragazza a venire qui in Francia, ma senza dirle il vero motivo, può raccontarle che è una vacanza...semplice >> disse UbaldNoss mentre con il telefono dalla stanza prenotava altro Champagne per David.

<< Sarà dura...è furibonda con me, dopo che non l'ho pagata a pieno, non mi risponde più ai messaggi e nemmeno alle telefonate >>.

<< Sappiamo tutto signor Lowell, è un anno che la pediniamo e ascoltiamo le sue telefonate...ma tutto questo finirà...se la ragazza collabora, ci sono 20 milioni di dollari per la cattura del Mostro di Firenze e 20 milioni di dollari per la cattura di Zodiac >>.

David scattò in piedi come se avesse ricevuto una scossa elettrica, il suo viso era una pasqua, non credeva alle sue orecchie

<< Ho sentito bene...? 20 milioni? >>

<< Ha sentito benissimo...20 milioni >>

<< Mio Dio…. incredibile, sono una montagna di soldi >> disse David, che restò ancora incredulo, il bicchiere di champagne cadde a terra su un tappeto di pelliccia d'orso polare.

Noss sorrise, si sedette e accese una sigaretta

<< E 50 milioni per la cattura di Pink >>.

David si perse un attimo arricciando le sopracciglia, lo champagne non gli aveva ancora del tutto otturato le meningi.

<< Chi è Pink? >>

<< Non ne sa ancora nulla?. È un serial killer, sicuramente lo è...vittime accertate tre, due in Russia l'altra in Ungheria, rapisce e uccide bambine giovanissime, le strappa gli occhi o scioglie le pupille con l'acido, e le fa ritrovare su un'altalena vestite uguali di pizzo bianco con un pastello rosa nella vagina...inizi a informarsi e raccogliere documenti, noi lo stiamo già facendo >> rispose Noss.

David rimase alquanto perplesso.

<< Stasera si diverta signor Lowell, offriamo noi, la sua sobrietà ci interessa da domani... è sicuramente molto ubriaco, non si preoccupi signor Lowell, non le faremo contravvenzioni…beva altro champagne >> disse ridacchiando Luigi Dramanov.

<< Non ne sapevo nulla…mio Dio...non ho mai visto uno psicopatico assassino che si spinge così in là >>

<< Ed è per questo che offriamo 50 milioni >> disse Luigi Dramanov.

Ernest Dramanov entrò sbattendo la porta

<< Signor Lowell, questo è mio fratello Ernest >>

<< Scusi il ritardo dottor Lowell...è un piacere >>

Strette di mano.

<< Veniamo a noi, come le ha già detto mio fratello noi vogliamo questi tre serial killer, non c'è assolutamente tempo da perdere >> disse Ernest dimenando le spalle.

<< Poi quando ritorna con Christine Stanners le mostreremo le nostre galere sotterranee, profonde cinquanta metri, il mio bisnonno DanilleDramanov ebbe l'onore di aver catturato Jack lo squartatore...>> disse con tono compiaciuto Luigi Dramanov.

David spalancò la bocca…

La notizia dei milioni di dollari l'aveva sconvolto non quanto questa, balbettò con un filo di voce quasi stesse per morire.

<< Mi state dicendo che Jack lo squartatore …>>

Luigi annuì senza indugi

<< Allora questi sono i biglietti d' aereo, c'è segnato il tragitto, dove vi dovete far trovare e chi vi porterà poi nella nostra tenuta >> disse Ernest Dramanov infilando tutto nel taschino alto della giacca di David tirando poi una pacca sulla spalla.

Eravamo a bordo di una lussuosissima Rolls Royce nera anni 50.

L'autista fece un colpetto al clacson, cinque guardie armate in giacca e cravatta si avvicinarono

Uno di loro fece un segno con il capo...il cancello si aprì, era un cancello enorme tutto forgiato in acciaio con delle teste di serpente e di leoni.

Contai i minuti prima di giungere alla tenuta, quattro minuti di auto a 70 chilometri orari, in mezzo ad un verde splendido insormontabili alberi secolari, un prato che si estendeva a vista d'occhio, perfettamente curato, statue perfette e maestose scolpite in siepi alte dieci metri, anche leoni sempre fatti di siepe o qualcosa di simile, stile "Edward mani di forbici ".

<< Solo di giardinieri qui ci vogliono dieci milioni all'anno >> canticchiò David, mentre io gli sorrisi, non ero più arrabbiata con lui, questi misteriosi signori, che non sapevo nemmeno il nome avevano già tolto l'ipoteca alla mia fattoria, al mio ritorno sarei ritornata alla mia fattoria che gioia riavere le chiavi, non vedevo l'ora, non stavo più nella pelle dalla felicità.

C'era non solo un verde maestoso, ma vagheggiava l'ombra del potere tra quell'intenso profumo di cipressi e pini sontuosi, c'era qualcosa di strano, sentivi addosso la potenza e il timore di queste persone, la banca mi scrisse una lettera dopo aver ricevuto il pagamento scalpitando scuse ovunque..." o signora Stanners se sapevamo che lei era una grande amica del signor Luigi Dramanov non le avremmo mai messo la fattoria sotto sigilli "....insomma le alte sfere della banca erano in imbarazzo e mi riempirono di scuse.

Quindi questa è gente molto potente.

Arrivammo finalmente all'ingresso della tenuta, era l'edificio artistico tra i più grandi che abbia mai visto, stile ottocento, c'era una grande fontana stile Bernini al centro facente da rotonda...di fianco alla strada delle stupende statue greche, ma non riproduzioni...proprio statue greche importate. Sui laterali della strada principale correva su entrambi i lati un acciottolato di sassolini a mosaico, gerani oleandri e melograni piantati in grandi vasi antichi, non lontano una gigantesca piscina a fagiolo ricca di edere fresche intorno e un gazebo di canne di bambù in stile moderno.

David mi toccò il gomito in cerca della mia attenzione, alzò il dito, tra la boschiva sulla mia sinistra una statua trasudava stupore e bellezza, era sui sei sette metri, in bronzo, poteva essere Luigi XVI, seduto sul suo trono.

Fuori ad attenderci sei maggiordomi vestiti a puntino, con quei Frack scuri che non si usavano più da un secolo, guanti bianchi e cappello baldanzoso nero smagliante cotonato.

Due di loro aprirono le porte dell'auto gli altri quattro presero le nostre valige.

<< Buongiorno signori e ben arrivati >> disse uno della servitù...

L'auto si allontanò subito costeggiando verso la parte destra della tenuta.

<< Seguitemi prego signori >>.

In paragone la dimora della regina Elisabetta, Buckingham Palace era una bagnarola da due soldi.

L'ingresso era un misto favoloso di marmi e oro, il soffitto era altissimo, ovale pieno di pitture da rimanere solo in silenzio.

Riconobbi una perfetta riproduzione della cappella Sistina, quel lumacone di David si bloccò rapito fissando il soffitto.

Schioccai le dita, David si svegliò dall'incantesimo, riprese la nostra piacevole camminata, quadri e sculture di ogni tempo e di ogni epoca, favolose, una pistola antichissima a pietra focaia brillava in una vetrinetta...mi piacevano molto le armi antiche.

Sfavillava e non meno un servizio di argenteria Reed and Barton, lussuosissimo pezzo unico, i collezionisti si sarebbero sbrindellati a vicenda per averlo.

<< Quello è un Modigliani...e quello vicino è un Van Gogh primo periodo, rarissimo, varrà almeno 100 milioni quel quadro >> dissi a David

<< E quelli Christine, vedi quei vasi cinesi antichi...hanno un valore allucinante >>

Indicai a David la scultura di Victor Hugo, una testa appesa al muro.

David bisbigliò << Al secondo piano c'è la biblioteca privata di Geoffrey Dramanov, libri antichi, hanno una prima edizione del Don Chisciotte e indovina indovina, la Divina Commedia di Dante Alighieri >>

Il mio volto ondeggiò dallo spasimo allo stupore più assordante,

<< Sapevo di edizioni post datate e di molto, ma quella che ha scritto Dante in persona è andata persa >>

<< Invece no, loro hanno l'originale, la prima...autentica, sbalorditivo no...? credo che ad un'asta potrebbe arrivare ad un miliardo di dollari...>>,

Camminammo per circa una cinquantina di metri per poi entrare in un altro grande salone, in fondo la scala a chiocciola più grande che abbia mai concepito l'uomo, con due ascensori ai lati.

Davanti finalmente i padroni di casa, sette persone, una donna quattro uomini e due bambini un maschio e una femmina sui sei sette anni...notai un antico biliardo stranamente molto artistico e lavorato. Piombarono su di me due cani stupendi, alani fecero le fusa le feste, solo a me però, David non lo guardarono neanche.

<< Fu il primo biliardo costruito, 1470, Re Luigi ...>> disse uno dei figli grandi del padrone.

<< Pezzo straordinario complimenti >> risposi

<< Sono Dugan e Frorenn>> disse quello che doveva essere il signor Dramanov.

<< Sono bellissimi adoro i cani >> risposi continuando ad accarezzarli.

<< Signori, facciamo gli onori di casa...Christine Stanners e David Lowell, Lady Doriane e i signori, Ernest Luigi e Geoffrey Gilbert Dramanov... e quel simpatico signore dietro, il

segretario della famiglia UbaldNoss>> disse il capo dei camerieri parlando di fianco a noi, sull'attenti petto in fuori, aria celata seria che non desta imperfezioni ma solo rigida professionalità.

Noss fece un profondo saluto con un lieve ma imponente inchino...

Lady Doriane era una donna stupenda sui cinquanta, fisicamente snella, sembrava un'attrice degli anni quaranta, una star, i suoi capelli divampavano a pioggia, luccicanti, aveva un portamento che non lasciava segni al banale o volgare, indossava un abito credo uno Chanel su misura, con una cadenza da dama, stretto in vita e abbondante fino ai piedi, tra le sue dita palpitavano smeraldi verdi stupendi.

Geoffrey era un uomo sui cinquanta sessanta, baffi da nobile, sguardo penetrante e accattivante, viso squadrato, pacatamente da regnante, teneva perfettamente un vestito antico, pantaloni grandi neri, camicia bianca con una smodata decorazione enorme portante sui bottoni, una mantella rossa, smerigliatrice di sfarzo assoluto, vicuna non cashmere, a tracolla un intrecciarsi di platino a forma di collana in teschi e facce sovrumane, fluenti della grandezza poco meno di un dado, la mantella da lord lo abbracciava come un letto, fino a strisciare sui pavimenti, orologio con catenella da polsino, stile 1700, lievitava la struggente presenza di pancetta. Capelli proprio da barbiere del secolo scorso, con un riccio naturale dietro...

I figli Ernest e Luigi si somigliavano molto, anche se Luigi aveva un modo squisito di porsi, Ernest era piuttosto rude, sui trent'anni, Luigi direi non più di venticinque, entrambi avevano il viso del padre e gli occhi della madre, le creature erano buffe e sorridenti, credo fratello e sorella, forse figli di Ernest. Noss era candidamente trascurato nell'immagine, forse volutamente, una bella pancetta, occhiali tondi piccoli da intellettuale, un uomo sicuramente di straordinaria cultura, pieno di energie, un uomo anche di mondo, in gioventù non mi stupirebbe sapere se dormì sotto un ponte per vedere il suo artista musicale preferito esibirsi.

Notai che Luigi mi guardava, anzi scrutava con un certo stupore, forse mi stava studiando, magari un punto d'intesa o una mia debolezza, ma quando il mio sguardo si incrociò diretto con il suo, ebbe un mancamento, quasi un buffo imbarazzo.

Ci stringemmo tutti le mani.

<< Avete fatto buon viaggio? >> chiese Geoffrey con delicatezza

<< Certamente signor Dramanov>> disse David

<<Georgevich il nostro autista non è proprio il massimo della simpatia >> replicò Ernest cercando subito di rompere il ghiaccio.

<< Tutto perfetto Ernest, veramente >> disse David chinando il capo

<< Sono veramente lieto di avervi come ospiti nella mia casa, fate come se foste a casa vostra >> sancì Geoffrey

<< Anche per noi signor Geoffrey è un vero onore essere qui, io e la mia amica Christine siamo felicissimi >> David era così elettrizzato e contento che sembrava avesse vinto alla lotteria per due volte di fila, non l'avevo mai visto così eccitato ed euforico, neanche al suo matrimonio.

<< Bene, i maggiordomi vi accompagneranno nelle vostre stanze, le valigie sono già

presenti e il vostro guardaroba già ben riposto...diciamo ci vediamo tra un paio d'ore per la cena? >> disse Ernest facendo un gesto verso gli ascensori.

I bambini ridacchiarono e si toccavano come per giocare

<< Marianne e Gabin, non è la prima volta che abbiamo ospiti >>

Ernest accarezzò le teste dei suoi figli.

Mi sembrava di vivere in una favola senza fine, la mia stanza era una tra le decine presenti, era spaziosa, ma non troppo, giusta per un ospite. I maggiordomi se ne andarono mi buttai sul letto sorridendo e facendo un ampio respiro di grazia, sentii subito bussare alla porta.

<< Sono io >>.

David entrò ridendo e sfregandosi le mani,

<< Hai presente l'uomo più ricco del mondo? ...questi se lo mangiano e poi lo sputano >>.

David si sedette sul mio letto

<< Allora...? non dici nulla? >> chiese David

<< Penso che domani ci mostreranno tutta la tenuta >>

<< Ci vorrà una settimana per riuscire a vedere tutta questa reggia...ah sai che non lontano da qui hanno molti cavalli di razza...Luigi mi ha detto che faremo un giro un giorno di questi >>.

<< Ok David...tutto bellissimo da favola...forte...sputa il rospo, chi sono questi e cosa vogliono da te e da me >>.

<< Mamma mia il tenente Colombo...te l'ho detto, sono la punta dell'iceberg dei miei giri....li ho conosciuti, ci hanno invitato, tu non hai mai avuto ospiti a casa tua? >>

<< Non fare lo stronzetto con me David, ti conosco da una vita, so che non me la stai raccontando tutta...la gente così ricca e potente non si mischia mai con gente normale >>

<< Infatti, noi non siamo normali...e dai rilassati un po', sempre queste domande e grugni da lavandaia >>. David scatenò la sua più pacata franchezza, ma, a scapito suo mi era chiaro il disegno che mi aspettava.

<< Ho visto su internet non mi dà nulla...Dramanov...sono ebrei francesi? >>

<< Sì...credo di sì...ma che te frega >>.

David cominciò a gironzolare per la stanza guardando oggetti a caso...

<< Siamo al sesto piano, c'è una vista magnifica....e poi dentro la reggia c'è anche un lago artificiale mi ha detto Luigi >> disse David scostando la tenda.

Luigi andò verso il fratello Ernest

<< Ma sono insieme...? cioè intendo David se la scopa Christine? >>.

Ernest sorrise << Secondo te? >>

<< Secondo me no >>

<< Anche secondo me no, se la scopava, ma molto tempo fa...".

Ci fu una pausa, Ernest si accese una sigaretta

<< Perché ti piace? >>.

Luigi camminò nervosamente intorno al tavolo di mogano rotondo che catturava la scena nella stanza.

<< Affascinante...non so >> rispose Luigi

<< Ricordati che è qui per un motivo...e quello deve rimanere tale.

Luigi è una cacciatrice di Serial Killer, se come ci ha garantito Lowell e nostro padre, quella ragazza ci porterà dritti da Zodiac il mostro di Firenze e da Pink. >> puntualizzò Ernest.

Luigi si contrasse nei suoi pensieri più profondi.

<< Credo che le farò la corte, non c'è nulla di male, domani sera le chiederò di uscire insieme >>

<< Nostro padre non approverà mai che quella ragazza di umili origini possa entrare nella nostra famiglia >>

<< Ma è un'avventura, non una storia, quante lezioni e sermoni Ernest, quanta preoccupazione per nulla >>.

<< Ok fai quello che vuoi, io sono tuo fratello e ti voglio bene, se ti innamori di quella ragazza ne uscirai con le ossa rotte. Quella se è veramente geniale come dicono, ha una mente che può scalfire qualsiasi mente superiore e ridurla in poltiglia, entrare nella psiche di serial killer è qualcosa che ha indubbiamente del soprannaturale, la potenza spaventosa di quella donna potrà solo che metterti al tappeto...non farà altro che farti lunghi lavaggi di testa >>

<< Stai giudicando una persona senza conoscerla minimamente >>.

Ernest catturò l'attenzione del fratello mettendosi faccia a faccia.

<< Mi ha detto Lowell che non è mai stata fidanzata al di fuori di lui, una storia lunga di gioventù, non ha vita sociale, ha solo un'amica che vede ogni tanto...passa a volte giornate intere sdraiata sul letto a fissare il soffitto o osservare foto di gente morta...mi capisci dove voglio arrivare Luigi...? è tutta strana pazza, non è una persona normale, equilibrata, cioè, ha comportamenti un po' da fulminata. Vuoi scoparti una fulminata? >>.

Luigi ottemperò un gracile sorriso gustoso, non era affatto impaurito dalle parole del fratello, anzi, forse ne era profondamente affascinato...e ne trasse del gusto.

<< Sì voglio farmi una fulminata...tranquillo, so quello che faccio...non mi metterò la maschera di Halloween ad Halloween. >>.

Entrambi scoppiarono a ridere e si abbracciarono.

L'indomani di buon'ora dopo un'infinita colazione, mi divincolai dalle ragnatele di Luigi e suo padre per fare una passeggiata da sola nell'immensa tenuta, David mi scorse e in lontananza cercò di catturare la mia attenzione, feci finta di non vederlo.

Costeggiai il lato destro, una capiente massa boschiva dominava il tempo, c'era un magnifico corso d'acqua a fosso che penetrava proprio nel cuore degli alberi, alcuni erano altissimi a tronco stretto, sentivi il delicato scroscio dell'acqua.

Mi appoggiai ad un pozzo, c'era ancora il tinello di un tempo...Nel camminare sentii il profumo dolce e salmastro di molti fiori che pennellavano l'aria, seriamente una pineta avvolta dall'ultima foschia del mattino presto, un antico nero calesse luccicante vicino ad una specie di baracca tutta di legno e sassi.

Continuai verso quella buffa casa, il camino fumava, un portone era aperto, quindi c'era qualcuno.

Mi fermai sull'uscio sbirciando destra e sinistra, il soffitto con travi in legno, muri grigi, c'era una cucina aperta sul locale, con un fornetto anni 70, fornelli vecchi, un barbecue smontato appoggiato ad un mobile bianco, girai la testa, un divano enorme, un televisore...un camino che si stava scemando dal calore della notte, l'ambiente era caldo e confortevole...entrai, una volpe imbalsamata e una testa di cervo catturarono la mia attenzione, un antico comò stile francese del secolo scorso...notai in fondo una porta, la aprii, un bagnetto grazioso tutto di mattonelle variopinte, sulla parete destra della porta d'ingresso, una marea di fucili appesi...saranno stati una cinquantina, fucili che andavano dal 600 ai giorni nostri.

Ne presi uno, *Gran bel pezzo*

Una voce alle mie spalle rauca e piena di un timbro sapiente mi sorprese.

<< Sì, é uno Springfield Model del 1861, un moschetto a canna rigata, è della guerra Americana di secessione... se Ernest ti vede toccare i suoi fucili ti apre il culo...scusi l'espressione >>

<< Ah mi scusi l'intrusione, mi chiamo Christine Stanners, sono ospite insieme a David Lowell >>

<< Ah sì lo so...sei il cacciatore di serial killer...>>. Mi bloccai come angosciata da quelle inaspettate parole.

<< Io sono Pierre Lavagne...sono il giardiniere...non mi guardi così, le voci girano e ormai io abito qui da oltre trent'anni...so tutto di tutti >>.

<< Si spieghi meglio >>

<< Ah non lo sa ancora...? l'hanno convocata qui perché lei possa indicare alla Vostra Signoria Dramanov dei serial killer...aiutarlo a catturarli...poi li rinchiudono in un sotterraneo, cinquanta, cento metri sotto terra, ci sono delle prigioni ragazza mia >>.

Riposi il fucile sul muro con accortezza.

Quell'uomo era sulla sessantina, enorme, dal fisico mastodontico, dalle gambe alle spalle, aveva enormi mani corrose dal tempo e dal lavoro, il suo viso sembrava scavato nella roccia, mi ricordava il vecchio di Hamingway nel romanzo il vecchio e il mare. Era perennemente abbronzato nei solchi rugosi e spigolosi del suo viso, capelli castani occhi pure, indossava una camicia sudicia anni cinquanta, pantaloni rossastro marrone a piana larga, quelli che si usavano per i lavori nei campi, le maniche della sua camicia arricciate alla buona.

<< Era negli alpini in Italia? >>

<< Lei ha buon occhio signorina Stanners...mio padre era Italiano poi ho preso il cognome di mia madre >>

Notai un cappello degli alpini sul tavolo di fianco ad una bottiglia di vino rosso, il cappello pulitissimo, senza neanche un granello di polvere...più pulito dei fucili...

<< Se ne vada di qui, dica a questa gente che lei non sa nulla, >> disse Pierre con aria grave.

<< Io non so perché sono qui >>

<< Allora è sorda, glielo sto dicendo io...tra un po' di giorni Geoffrey Gilbert Dramanov, che è una delle persone più potenti e ricche del mondo, chiederà a breve il suo aiuto nella cattura di qualche serial killer...in cambio naturalmente di denaro...Le dico che è stata veramente dura per tutti quelli che da oltre un secolo lavorano per questa famiglia, soprattutto in faccende losche come queste. Io se fossi in lei taglierei la corda...>>.

<< Posso sedermi? >>

Pierre protese la mano, prese due bicchieri da una mensola e si sedette a tavola davanti a me.

<< Non mi ha detto nulla David...quel furbastro >>.

<< Assaggi questo vino...>> incitò Pierre sorridendo per la prima volta.

Azzardai con un goccino bagnando le labbra, poi lo finii in un sorso.

<< Buonissimo...eccezionale...sono un amante dei grandi vini >>.

<< Ogni tanto Luigi mi gira qualche bottiglia dalle cantine che contano...>>

<< Lei ha l'aria di essere un cacciatore...>> dissi

<< Ogni tanto io e i figli andiamo a cavallo e prendiamo qualche selvaggina...>>

<< Mi piacerebbe vedere i cavalli >>.

<< Sono mezz'ora a piedi, credo che sarà compito di Luigi mostrarle il bellissimo maneggio...sicuramente la porteranno a cavallo a fare un giro nella proprietà un giorno di questi >>.

<< Ora devo lavorare...se non le dispiace...è stato un piacere signorina Stanners>>.

Pierre aprì un cassetto adiacente alla cucina...tirò fuori una piccola pistola e ci mise il caricatore scarrellandola.

<< Sa usare un'arma? >>.

Balzai smarrita...<< Ma per diavolo signor Lavagne...non ho mai avuto armi e non so usarle >>.

Pierre protese la mano

<< La prenda e la nasconda, la tenga sempre con lei, giorno e notte...nessuno deve sapere che è armata...è un bene per la sua incolumità >>. Gli occhi del signor Lavagne si temperarono in un cupo assordante, colsi nel suo penetrante sguardo l'emblema del senso

veritiero delle sue osservazioni.

La presi e la misi nella tasca.

<< Ha sei colpi, più uno in canna, stia attenta a non spararsi nelle gambe, è una delle pistole più piccole al mondo...la potrà nascondere in una tasca, in una borsetta...ne faccia buon uso >>.

<< Lei crede che la mia vita sia in pericolo? ...credo di percepirlo...>>

Pierre uscì senza rispondermi prese a fare un lavoraccio di pulizia su un macchinario da giardinaggio.

Spruzzò un prodotto e cominciò in una certosina pulizia esterna.

Un impalpabile odore acre di sterco arrivò alle mie narici...

<< Una mucca...è dietro >> disse Pierre.

Feci il giro della casa, mi avvicinai alla mucca e cominciai ad accarezzarla.

Il corso d'acqua era veramente a una decina di metri dal retro della casa di Pierre.

La voce del giardiniere << Io d'estate faccio il bagno...smuove il sangue dalle vene...>> gracchiò

<< Sarà freddina >>

<< La fonte è sull'altura, che forse dovrebbe vedere >>.

<< Sì la vedo >>

Ritornai a fianco di Pierre che ora era sotto il motore smanettando con cacciaviti e arnesi vari.

<< Mi passi la chiave del 36 >>...

<< Sulla chiave c'è scritto 36? >> risposi

<< Quella di grandezza media >>

<< Ecco >>, diedi la chiave a Pierre che starnazzò qualche brusio di lamentela mista parolacce.

<< Questo motore è una chiavica...maledizione, e perde olio >>

In lontananza notai David e Luigi avvicinarsi chiacchierando spassosamente.

<< Quelle rose e tulipani sono curati veramente che è il massimo...lei è un'artista, un uomo della natura, complimenti >>.

<< La ringrazio...ogni operazione richiede cura amore ed esperienza >>

<< Mi dica qualcosa ancora sui Dramanov>>

<< Quello che doveva sapere, l'ho detto >>.

<< Lei signor Pierre ha uno dei volti di granito più affascinanti che abbia mai visto >>.

<< E lei signorina Christine, è la donna che io sposerei...>>.

Tintinnai ad un vocino gracile divertito...

<< Si ricordi quello che le ho detto? >> disse Pierre sbucando fuori dal sotto del

macchinario

<< E cioè che mi sposerebbe? >>

<< No,...stia attenta...catturare serial killer è una cosa molto pericolosa, per tutti...e del signor Dramanov e dei suoi figli io non mi sono mai fidato...non che siano farabutti o manchino di mantenere parola...non ho prove contro di loro in tanti anni che lavoro qui, mi hanno sempre pagato...la mia è solo una sensazione, anzi un convincimento...gente così in alto, massoneria di un livello spaventoso...Le saranno parsi gentili e a modo, sicuramente la pagheranno profumatamente se riuscirà nella sua impresa...ma come dicevano i latini, ad un bivio, Mors tua vita Mia...mi ha capito?. Catturare serial killer è una cosa molto pericolosa, anche per gli stessi Dramanov, loro si sentono invincibili, potenti, intoccabili...io se fossi in lei me la squaglierei >>

<< Capisco >>

<< Lei ha studiato la storia? >> chiese Pierre con eccitamento

<< Certo >>

<< Conosce bene allora Churchill...? giusto? >>

<< L'uomo che ha piegato Hitler e rassicurato il popolo inglese...un punto di saggezza e bravura, un uomo potente intelligente, capace...con sotto le palle >>.

<< Benissimo, i Dramanov sono come Churchill...al contrario però >>

<< Ovvero? >>

<< Ovvero fanno del bene per se stessi e basta, non per gli altri, figuriamoci per una nazione, o per il mondo...potrebbero cancellare il debito pubblico degli stati domani mattina con uno schiocco di dita...e invece non gliene frega niente...se non le loro assurde manie...ne hanno tante, collezionare ragni e serpenti, hanno due stanze piene rase di quelle schifezze lì che si fanno mandare da tutto il mondo, ogni vasca contiene un serpente diverso e ogni vasca è tarata con una certa temperatura, ideale per il rettile...vedrà certamente tutta questa immondizia...e poi, la loro mania preferita, catturare serial killer, io la chiamo mania, loro la chiamano passione >>.

Pierre vedendo con la coda dell'occhio avvicinarsi Luigi si staccò subito da me.

<< Hai fatto colazione veloce...ti volevamo lì con noi >> disse David abbracciandomi, nel momento che mi strinse con il braccio sulle mie spalle, Luigi velò un senso di disagio e gelosia.

<< Allora Christine...voglio mostrarti la casa...poi domani o dopo domani i cavalli...va bene? >> chiese Luigi.

Salutai Pierre

<< Ciao Pierre >>

<< Buona giornata Miss Stanners >>

Luigi sorrise << Un pazzo giardiniere mezzo malandato e spesso alza troppo il gomito con gli alcolici...ma tutti qui gli vogliamo bene, una brava persona, un buon uomo >>

<< Quindi Luigi cosa ci devi mostrare di bello?. Qui è tutto bello e prezioso >>concitò David

<< Qualcosa di veramente straordinario, seguitemi >>.

Rientrammo nella casa, un maggiordomo ci versò del succo di frutta, sentii un'auto all'esterno

<< Mio fratello i suoi figli e i miei genitori staranno fuori fino a domani sera...ci siamo solo noi tre in casa e il maggiordomo Gustave...che stasera ci preparerà una cena deliziosa...a base di caviale e ricci di mare...>>. Scrutai una limousine allontanarsi nell'orizzonte.

<< Non sto nella pelle Luigi >> ripeté David strofinandosi le mani.

<< Prendiamo l'ascensore, ultimo piano >>.

Era un intrecciarsi di corridoi e stanze, poi una immensa porta d'acciaio con dispositivo di sicurezza digitale.

23315591, si sentì un suono un bip, poi si accese la luce verde, c'era un carrellino in basso, Luigi lo girò, era una porta di una cassaforte enorme, una camera blindata.

<< Tenetevi forte...non è solo una camera blindata ma è uno studio...qui ci sono >>.

Aprì la porta, era una stanza tutta bianca enorme piena di box scatole trasparenti, disposte a file, con corridoi, un'immensità di ragni...

David quasi si lasciò andare dalla botta visiva.

<< Venite venite, questa è la collezione di ragni e serpenti più grande al mondo >>.

Camminando intravidi i serpenti nell'altro lato della camera, separati dai ragni.

<< Disgustoso >> esclamai sottovoce

<< Ti ho sentita Christine >> disse ridacchiando Luigi.

<< Mai visto niente del genere >> borbottò David tutto elettrizzato.

<< Ci sono 2662 serpenti diversi e 3353 ragni...ogni box fornisce loro la temperatura giusta per l'animale, poi vengono nutriti con acqua e piccole prede, ogni box contiene un piccolo albero, perché l'animale si senta a suo agio…alcuni ragni non hanno ragnatele all'interno, alcuni sì...>>

<< Avvicinai la testa ad una di quelle...osservando da vicino un ragno dei tanti >>

<< Quella è una tarantola del sud America…venite qui vi mostro dalla sala base un po' tutto il meccanismo >>.

Io e David raggiungemmo Luigi, schiacciò un bottone sul muro e dal pavimento uscì una specie di scrivania con bottoni e tre monitor.

<< Qui sappiamo tutto, se qualcuno di loro sta male, il cervellone ce lo segnala...ora guardate, questo tasto è il controllo dell'aria e la qualità, ha un manipolo, bisogna usarlo con accortezza perché se giro troppo può avere la forza di cinquanta fon che usiamo in bagno per asciugarci i capelli, l'animale si schianterebbe contro il vetro, ora un serpente di dieci kg non lo so, ma un ragno di 300 grammi lo puoi uccidere. Poi... schiacciando questo tasto invece e inserendo il numero di cella sul display, ad esempio fila c numero 34. Schiaccio...ora andiamo a vedere cosa succede seguitemi >>.

Andammo nella fila c vicino alla gabbia 34, c'era dentro un ragno enorme giallo e nero tutto peloso. Dal sotto della gabbia si aprì una specie di protuberanza facendo entrare così nella gabbia un piccolo topolino della lunghezza di un dito.

<< Osservate ora l'attacco del ragno >> concitò Luigi carico di adrenalina e piacere...

Il povero topolino scalpitava con le zampette contro il vetro...il ragno con tranquillità gli si avvicino e lo prese nelle sue tenaglie.

<< In fondo c'è molto spazio ho visto >> disse David osservando una parte vuota del locale.

<< Lì la lascio per gli scorpioni...mi devono ancora arrivare le gabbie e i tecnici per l'installazione di tutto >>

<< Eccitante...è vero gli scorpioni ci mancavano >>...

<< In verità è mio fratello che li vuole e li adora, a me piacciono solo serpenti e ragni >>

<< Ma è tutto in sicurezza...? non c'è il pericolo che escano dalle gabbie o che le gabbie si aprano per sbaglio? >> chiesi cercando una risposta rassicurante.

<< Non c'è nessun pericolo, certo però che le gabbie si possono aprire manualmente con ogni chiave, le chiavi sono riposte in quell'armadio in fondo, ma si possono aprire anche dal pc, si inserisce lo stesso codice della porta d'ingresso, seleziona tutte le porte stagne, seleziona tutte le file, si schiaccia ok, poi ok security per conferma e si aprono tutte in un colpo, come i vetri di un'auto che si abbassano partendo da sopra, poi i laterali, e la gabbia scompare >>.

<< Proviamo? >> disse ridendo David

Luigi sorrise, sforzandosi che fosse venuta simpatica e divertente.

Quel giorno...dopo cena

<< Sai Luigi.. io non ho un ragazzo ora... >>

<< Neanche io ho mai avuto una ragazza >>, mi prese la mano, ero estremamente a disagio, non sapevo che l'amore facesse tali effetti sulla psiche delle persone, sembrava governarmi, una nave non può evitare le onde.

Abbassai lo sguardo, ero uno straccio, non avevo il coraggio e la forza di smuovere le palpebre per guardarlo negli occhi.

"Ti amo "pensai

Scappai via impaurita e corsi nei corridoi, ogni tanto aprivo qualche stanza per nascondermi ma erano tutte chiuse a chiave.

Mi rifugiai in una sala aperta adiacente ai corridoi.

La folle paura e il dolore massimo, mi pervasero quando morì mia madre e mio padre.

Lì però piansi di nascosto, qui non riuscii a rendermi invisibile.

Sentii i suoi passi verso di me, la sua presenza forte e plateale.

Mi mise una mano sulla spalla, l'altra mi prese dolcemente per i fianchi, io ero girata di spalle, sapevo che cercava un bacio, sapevo che voleva farmi esplodere, ridurmi alla sua ragazza.

Persi ogni equilibrio e cognizione e mi lasciai andare, Luigi mi baciò e io contraccambiai subito il bacio, ero una rosa indifesa, il bacio da romantico si perpetuò nel vero sesso.

Mi agitò forte sulle spalle, mi strappò i vestiti come un animale, le mie pupille vuote catturavano soltanto un desiderio morboso di amore e sesso oltre tutti i limiti, ne avevo un estremo bisogno.

Mi capovolse come una troia, le sue mutande crollate a terra, mi penetrò con violenza e una forza malsana, il suo spasimo non aveva limiti, mi infilò le sue dita in bocca, io allargai le gambe per far sì che avesse gioco facile, mi tastò le chiappe come un fornaio inforna, lo sapevo che voleva sussurrarmi troia, ma sapevo che forse mi amava, sapevo forse, che una persona abituata ad amare sé stessa stava perdendo la testa per me.

Mi prese poi in braccio e mi portò in una delle stanze, fece il porco innamorato fino all'impossibile e io lo lasciai fare e feci la troia fino in fondo condonando ogni sua richiesta, fino alla penetrazione anale...eravamo sudati fradici due porci sadici bagnati, sentivo l'odore del sesso, l'odore piacevole della sua pelle della sua saliva, del suo corpo del suo pene dentro di me, mi piaceva senza nausea.

Aveva lui l'iniziativa, la prese fino alla fine, non mi lasciò scampo, voleva domarmi, mi voleva sua, voleva comandare lui come un re, lo leccai ovunque tranne che sul sedere, ma volevo tastare il culo con la mano, come lui aveva esplorato il mio ano senza risentimenti, mi aveva sfondata come un animale aveva un pene durissimo ed enorme, e lo sapeva usare bene...sicuramente le mie grida di godimento erano giunte nel mio cuore e forse ai piani adiacenti.

Mi svegliai l'indomani, era una situazione per me nuova e surreale.

Mi alzai prima di lui, dormiva come un ghiro, mi feci una doccia e poi andai sul balcone completamente nuda per fumare molte sigarette, bere champagne e guardare il panorama.

Si sentì uno squillo di telefono.

Luigi si svegliò a rallentatore, lo spiai dal bagno...lasciai rispondere lui.

<< Signore scusi se la disturbo, il pranzo è pronto tra mezz'ora e suo padre la vuole vedere nel suo studio privato in mansarda >>.

<< Grazie va bene >>. Non colse di buon auspicio quelle parole Luigi, forse suo padre voleva rendere conto di quello che stava succedendo tra me e lui.

Passai qualche minuto chiusa in bagno...ero un po' confusa e non sapevo bene cosa fare, aspettai così che lui si rivestisse.

Uscii dal bagno, Luigi alzò leggermente lo sguardo, lo abbassò per poi ammainarlo di nuovo.

Stette per parlare, io anche…

Era imbarazzante la cosa perché lui doveva giustificarsi con suo padre.

Luigi scattò fuori dalla stanza senza degnarmi neanche di uno sguardo, lo presi al volo per un braccio, fece un gesto sorpreso indietreggiando.

<< Tutto bene...? ora possiamo dirci tutto no? >> dissi scioccandolo

<< Dirci cosa…>>

<< Perché io sono qui, mi hai visto su una rivista di moda e volevi sbattermi? >>

<< Non essere così >>

<< Voglio sapere e lo voglio sapere da te Luigi...cosa ci facciamo qui io e David? >>

Luigi chiuse lentamente la porta abbassando lo sguardo, era in un certo senso turbato da ciò che doveva dire….

<< Hai presente Pink? >> disse Luigi tagliando corto

<< Chi diavolo è Pink? >> chiesi scocciata

<< Un serial killer è, sta agendo in Russia ed Europa dell'est, mio padre vuole che scopri chi è, ma prima vuole anche che ci dici chi è il Mostro di Firenze e Zodiac e come riuscire a catturarli... David ci ha assicurato che tu sai >>

<< Ma questo è assurdo >>

<< Mio padre e io non siamo mai stati convinti della colpevolezza di Pacciani Lotti Pucci e Vanni...insomma...abbiamo avuto sempre forti dubbi. Aiutaci Christine, amore, dicci chi sono Zodiac e il mostro di Firenze, e poi indaga su Pink e cattura anche lui, questo è quello che vuole mio padre e mio fratello da te.

Ci sono 90 milioni di dollari se collabori...50 milioni per la cattura di Pink con prove certe, e venti milioni di dollari per la cattura con prove certe del mostro di Firenze e Zodiac. Se dovessero essere defunti, mio padre ti darà comunque un milione di dollari >>.

Mi resi conto che le parole di Pierre erano assolutamente vere...alzai la testa come intontita, non sapevo se andarmene via subito di lì, o collaborare, o provare a penetrare l'animo di Luigi e chiarire se per lui sono un grande amore, o una spensierata avventura come tante.

Luigi mi fece una carezza...<< Adesso devo andare, ci vediamo tra poco a tavola...>>.

Provai almeno in quella volta, in quella situazione ad agire senza istinto e nemmeno ragionare troppo. Così sorrisi e lo abbracciai stringendolo forte sul mio petto.

Luigi mi accarezzò i capelli << Non ti preoccupare...vedrai che finito tutto questo sarà diverso, adesso devo andare, sono atteso da mio padre...ci vediamo tra poco >>.

Il pranzo fu uno spettacolo, io e Luigi continuavamo a parlare e ridere, sembravamo due ragazzini al luna park, tutti ci guardavano sorpresi, perfino i bambini, punzecchiature giocose, gomitate, battutine, avevamo noi la scena.

La signora Dramanov sindacò tra me e Luigi con parole calde e forvianti nei toni.

<< Dormito bene signorina Stanners? >>

<< Mai dormito meglio >> risposi di pancia ma con tono rispettoso, Luigi fece delle smorfie... risatine, molto rumorose, io sorrisi insieme ai figli piccoli di Ernest.

<< Avete dormito nello stesso letto? >> chiese a bruciapelo Marianne, Gabin moderò la risata con una mano sulle labbra

<< Ma...>> esclamò la signora Dramanov

<< Marianne stai composta >> rimproverò con tono grave Ernest.

Poi volsi lo sguardo a David, mentre i camerieri ci servivano l'antipasto, era nero, geloso come la pece, il suo orgoglio scuro ed oscuro di una principessa ferita, stentava nel mangiare quel ben di Dio, l'idea di Luigi nella mia vita lo rese alquanto scalfito nell'anima.

Cercai dunque di catturare il suo sguardo, non volevo che soffrisse inutilmente per me.

Cercò in un cucchiaino uno scacciapensieri, pareva proprio non saper gestire le proprie emozioni.

Sapevo fin dalla nascita che da amore a grande amicizia sarebbe stato un passo monumentale, un uomo ora nella mia vita, anche solo una storia passeggera era un potente pugno allo stomaco, al di sopra del suo equilibrato e sornione autocontrollo.

Geoffrey mi prese in qualche mala occhiataccia, così avvicinai la mia bocca all'orecchio di Luigi e bisbigliai...<< Ti amo >> e poi lo baciai sulla guancia proprio per confermare che non avevamo paura dei giudizi altrui e non dovevamo nascondere nulla.

<< Un brindisi a Luigi e Christine...da oggi ufficialmente fidanzati...ho detto giusto? >> gridò il segretario UbaldNoss, alzando al cielo il bicchiere.

Ebbene sì, quel brindisi si consumò ma per alcuni fu glorioso per altri doloroso, un macigno venuto dal cielo, soprattutto, più di tutti per David, fuori controllo dalla gelosia morbosa che gli usciva dalle tonsille...bo...non so bene...forse mania di protezione o mania di possessione nei miei confronti, lentamente maturata in tutti gli anni che ci conoscevamo, praticamente dalla nascita.

David scalpitava per parlarmi, non vedeva l'ora che finisse il pranzo, una storia d'amore tra me e uno dei figli di Dramanov era una cosa che lui onestamente non aveva messo in preventivo.

Dopo il caffè lasciai Luigi alle grinfie di suo padre, io presi una boccata d'aria sul balcone, al primo piano, sembrava un enorme boomerang incastonato nella roccia, notai le statue di angeli e santi aggraziare le pareti, ma se non erro il mio occhio catturò anche un'immagine mistica esoterica, di un monaco con il saio, avente cadenze e segni evidenti di massoneria americana ed europea.

Decisi di scendere per fare in solitudine due passi, andare a ritrovare Pierre, toccai la tasca, la pistola che mi aveva regalato, volevo metterla in un cassetto della mia stanza o nella mia valigia, ma Pierre mi aveva raccomandato di portarla sempre con me...e la notte sotto il cuscino.Sentii gracchiare da dietro

<< Christine ma che diavolo ti viene in testa? >> urlò David sbattendo le braccia come un bambino e sbattendo la porta della mia stanza.

<< Non si bussa? >>

<< Non sei affatto divertente >>

<< Che diavolo vuoi datti una calmata >>

<< State insieme allora...? dimmi che non è vero...no dimmelo, tirami uno schiaffo e svegliami da questo orribile incubo >>

<< Non stiamo insieme, non mi ha chiesto la mano, ma anche se fosse dov'è il problema...sei geloso? >>.

<< Maledizione...ma che diavolo ti sei messa in testa, sicuramente Geoffrey metterà un freno, farà desistere Luigi dal chiederti fidanzamento... >>

Dovendomi occupare di Pink, per ora qualsiasi rapporto doveva stroncarsi dalla nascita, congelato, rimandato a un futuro prossimo, David mi parlò con uno scontato tono di ripicca.

<< Mi hai detto di divertirmi sono in vacanza...>> il mio sorriso sentenziò la morte sicura dell'animo di David.

<< Non puoi venire qui e fare quello che vuoi >>

<< E dove sta scritto, sono triste da anni, devi farmi sempre sentire una merda?, è questo quello che ti piace? >>

<< Non dire fesserie, grazie a me la tua fattoria è salva e di nuovo di tua proprietà >>

Ci fu una tregua, una piccola pausa

<< Stanotte avete ficcato...giusto? >>

<< Vai via non ti voglio neanche stare a sentire, decido io della mia vita non tu >> mi girai dandogli le spalle.

<< Mi avevi promesso di essere leale, di stare tranquilla e abbottonata, nelle righe, senza fare nulla che possa farti notare, te la ricordi questa promessa? >>

<< E tu ti ricordi invece di dirmi il vero motivo per cui siamo qui...? anche tu sei stato disonesto...quindi la morale falla a qualcun altro, non voglio più starti a sentire, sei geloso possessivo >>

David quasi si diede una sberla in faccia per svegliarsi dall'incantesimo

<< Lo so perché siamo qui, perché mi hai fatto venire qui, devo catturare il Mostro di Firenze Zodiac e Pink >>.

David fece un passo indietro stupefatto...poi scosse il capo.

<< Te l'ha già detto Luigi...? giusto...? tra una scopata e l'altra >>

<< Non fare lo stronzo...>>

<< Geoffrey te ne doveva parlare, non lui...va bene, adesso sai tutto...hai capito quanti soldi questi ci danno...? >>.

<< Sì me l'ha detto Luigi, sono una valanga di dollari...ma ho un brutto sentore, un brutto timore, se non per la presenza di Luigi, me ne sarei già andata >>.

<< Ma quale timore, quali paure hai? >>.

<< Non lo so, non riesco a risponderti a questa domanda, so solo che sento una paura, strana, beffarda, qualcosa di malvagio e potente, come una valanga architettata dal demonio pronta a colpirmi >>.

<< Allora per la miseria, arriviamo subito al dunque senza perdere tempo, dimmi chi è il Mostro di Firenze e Zodiac, Pink ce ne freghiamo, loro catturano subito i due serial Killer ed entro domani ce ne ritorniamo a casa…con tutti quei soldi vivremo di rendita tutta la vita...>>.

<< Parlami di Pink...di questo serial killer >> chiesi mentre cercavo di controllare l'affanno.

<< Non so quasi niente...le autorità tengono la bocca serrata...so solo che rapisce delle bambine dai sei agli otto anni, le tiene chiuse qualche giorno, poi le tortura, cava loro gli occhi o polverizza le pupille con dell'acido, le narcotizza gli spacca il collo e a volte le braccia, ad una bambina le ha anche sfondato il cranio con un martello... le fa ritrovare in posti isolati su un'altalena, tutte vestite uguali, di pizzo ricamato bianco stile anni quaranta...le altalene tutte uguali, di colore rosso, battute in ferro da un fabbro, altalene vecchie, direi in stile anni trenta anni quaranta, ogni altalena pesa 170 kg...e poi infila nella vagina delle bambine un pastello di colore Pink, un rosa chiaro, un lilla >>.

Mi accasciai sul letto mettendo le mani sul volto, non credevo a quello che avevo appena sentito, mi invase un senso di sfinimento.

<< Le autorità brancolano nel buio, ha già ucciso tre bambine così, due in Russia, una in Ungheria...la notizia , ovvero questi particolari così macabri non sono ancora arrivati agli organi di stampa, nei giornali locali o telegiornali, danno la semplice nuda notizia, bambina scomparsa poi ritrovata uccisa e basta...Le autorità russe e ungheresi non hanno assolutamente permesso ai genitori o ai parenti di vedere le proprie figlie morte...solo a pochi è stato dato il benestare per vedere i cadaveri...c'è il serio pericolo che Pink agisca ancora...per quello, ti dico Christine, forse sarebbe meglio che risolvessi anche questo enigma, se non lo fai altre bambine moriranno...e tu le puoi salvare facendo catturare anche Pink. Fallo, poi ce ne ritorniamo subito in America e ci dimentichiamo di tutto questo schifo di tutto questo letame che ci distrugge le meningi e ci fa vivere male...mi capisci...? ho ragione...? .però se non te la senti di metterti sotto a lavorare per catturare Pink, se non te la senti non ti biasimo di certo, ma tu sai già chi sono Zodiac e il mostro di Firenze, dillo subito ai Dramanov e domani mattina prendiamo il primo volo per gli Stati Uniti >>. David

si sedette di fianco a me accarezzandomi la schiena.

<< Allora cos'hai deciso? >>.

Feci un profondo sospiro...

<<é veramente insolito che un serial killer agisce come Pink...è veramente fuori da ogni logica, fuori da ogni schema...mi ci potrebbero volere mesi prima di riuscire a capire chi è....>>.

<< Stai scherzando dei mesi? >> David si alzò di scatto.

<< Ma se dalle carte di mio padre, le hai lette in due o tre giorni se non vado errato, senza nemmeno leggerle tutte, mi avevi detto ho capito tutto so chi è Zodiac so chi è il mostro di Firenze e so anche come prenderli...furono le tue parole giusto...? e poi avevi buttato tutto su dei fogli di carta, avevi scritto i tuoi appunti e analisi... che la professoressa Johanna se ben rammenti, ti aveva trovato sotto il banco e te li aveva sequestrati >>

Mi alzai di scatto pure io

<< Mio Dio, delle bambine, uccise così, torturate...un'altalena...vestite di pizzo...un pastello nella vagina...porca puttana...siamo di fronte ad una mente diabolica >>.

<< C'è un altro particolare, l'assassino fa le trecce a tutte le bambine...>>

<< I bigodini...? >>

<< Esatto...ti posso fare avere tutte le carte i rilievi della scientifica, ogni rapporto, insomma, tutto quello che riguarda Pink, posso avere accesso a tutte le informazioni della polizia e degli organi inquirenti >>.

Ci fu una pausa ...

<< La Russia si è momentaneamente defilata dal chilometro rosso, anche se aderì nel 1991 insieme ai paesi Nato unione Europea e Stati uniti >> disse David

<< Che cos'è il chilometro rosso? >>

<< Se il killer agirà in due paesi Nato, scatterà un protocollo internazionale che si chiama il chilometro rosso, ovvero le ambasciate di tutti i paesi formeranno un'unica task force per le indagini...se succederà ti posso fare entrare come consulente esterno nelle perizie psichiche e mentali dei delitti...quindi sarai in prima persona sul campo >>

David si asciugò le labbra secche e screpolate, si prese una boccata d'ossigeno, cercando di sollevare gli animi.

<< Questo sarebbe fantastico ed eccezionale, un evento unico nella storia, un civile che partecipa a delle indagini top secret su il più pericoloso e famigerato serial killer nella storia dell'umanità. Non indagherai nella penombra, ma sarai nella squadra antimostro...è un cavillo di legge...ed esiste...non sto fantasticando...ti prometto che sarai in prima linea nelle indagini, e me lo concederanno, perché saprò come farmi ascoltare, sulle autorizzazioni la cosa andrà via snella, mi sono già informato e ho già programmato tutto...lavorerai con i migliori detective al mondo >>.

<< Io sono un civile, non ho alcun titolo per entrare in indagini di omicidio >>

<< Allora fai finta di non sentirmi...se scatta il protocollo chilometro rosso, io ti posso far entrare direttamente nelle indagini, servono le firme giuste e le ho in pugno...stai

tranquilla...poi al momento giusto non daremo Pink alle autorità ma lo consegneremo ai Dramanov e prenderemo i soldi >> David strizzò l'occhiolino sorridendo.

A tavola gravò un forte silenzio, ormai tutti sapevano tutto di tutti, che io ho scopato con Luigi e che i Dramanov volevano che io catturassi i serial killer.

Mangiammo primo secondo, contorno e dolce, piatti squisiti quasi nel totale silenzio.

A tavola non c'era la signora Lady Doriane assente e i figli piccoli di Ernest, Marianne e Gabin anch'essi assenti. UbaldNoss il segretario era presente con due telefoni sul tavolo e due pc dalla prima portata, anche Geoffrey aveva accanto due telefoni e tre pc.

Geoffrey prese la parola, quando David fece un segno affermativo con il capo.

<< Allora veniamo a noi signorina Stanners>>.

Anche Ernest prese un pc da un cameriere che schizzò via subito chiudendo tutte le porte.

<< 20 milioni, se non sono in vita 1 milione, basta solo che schiaccio qui e li avrete lei e il signor Lowell subito su un conto in svizzera...>>

<< Avanti Christine, dicci tutto, chi sono, come facciamo a prenderli >> disse Luigi allungando la mano sulla mia.

<< Partiamo da Zodiac, dovete guardare nel primo omicidio, in un raggio di cento chilometri, è un professore di storia, diploma in stenografia, laurea in matematica forse un master, ovvio ora in pensione...era compagno di Allen Arthur Leigh in marina...fu lui a rubare i libri dalle biblioteche...Allen è morto da anni, dovete interrogare qualcuno vicino a lui in marina, il nome salterà fuori, sicuramente ha lavorato all'NSI decifrazioni codici militari. Dovete entrare nel server dell'FBI ed NSI...troverete dei nomi e da quei nomi incrociando le tracce che vi ho dato con eventuali interrogatori avrete il vostro uomo, ha lavorato per FBI ed NSI, nel caso dell'FBI aveva un incarico come particella anticomunista sul territorio, all'NSI lo hanno mandato via, un breve passaggio, per questo la sua ostentazione sui codici…è vero che sono crittogrammi facilmente scrivibili nel caso di lettura e studio anche da un dilettante, parlo dei tre famosi libri scomparsi nella biblioteca della marina militare, ma il fatto che uno dei suoi crittogrammi è ancora irrisolto dimostra la sua stravaganza nell'onnipotenza di un torto subito quando lavorava all'NSI… dopo è stato retrocesso e quindi è passato all'FBI con un incarico molto più dozzinale che decifrare codici all'NSI >> dissi stringendo le mascelle sicura di me.

Dramanov padre prese un telefono e parlò con delle squadre di suoi uomini presenti negli Stati Uniti.

<< Dovete guardare negli archivi...veloci, interrogate pedinate voglio Zodiac, voglio sapere chi è e lo voglio qui da me il prima possibile >>, sembrava non solo parlare con concitazione, ma rimarcava bene le parole il signor Dramanov, quasi a scolpirle nella roccia, a inculcarle nella mente dei suoi uomini come un'assoluta ossessione e missione da non fallire.

CENTRO ATTACCHI HACKER...DLS DISTACCAMENTO DI LOS ANGELES.

<< Signore abbiamo un'interferenza sul settore 15, è velocissimo, mai visto niente del genere >> disse l'agente Burk schioccando le dita al suo capo, il professor Collins responsabile protezione dati.

Collins buttò un fascicolo che aveva in mano su una qualsiasi scrivania.

<< Ora settore 9, stanno scaricando nomi indirizzi, numeri di telefono, la tratta prende San Francisco e alcuni paesi da Vallejo...il server è in stato di attacco livello 5 >> ribadì l'agente Burk

<< Schermate...>> disse Collins a Burke

<< Sono entrati nel server interno nostro, stanno scaricando anche dal cervellone >>

Collins prese il telefono e schiacciò un tasto, poi si mise la mano sulla bocca

<< Non c'è problema signor Dramanov, prima che arrestino l'intrusione avrà le informazioni che vuole...>> disse Collins ghignando sotto i baffi.

Chrstine rilanciò la sua attenzione su Dramanov padre, aveva tre telefoni davanti due stavano squillando, schiacciò attesa.

<< Ho bisogno un altro favore Collins, come ti avevo accennato ieri, dobbiamo entrare negli archivi della marina, lì ci serve un piccolo sostegno...Arthur Leight Allen, tutto su di lui e i suoi compagni in quegli anni in marina >>

<< Certamente signor Dramanov, tra due ore le invio tutto...>>

<< Molto bene...è sempre quello il tuo iban Collins? >> chiese Geoffrey

Collins coprendosi sempre la bocca accennò ad un sorriso...

<< Sempre quello signore >>.

<< Signore dobbiamo avvertire la centrale e passare a status rosso di livello 5, serve la sua autorizzazione >> disse Burke lasciando le mani dalla tastiera del pc.

Collins riattaccò il telefono falsamente spazientito,

<< Levati incompetente...>>, con una manata sulla spalla di Burke, Collins si sedette sulla sua scrivania,

<< Avvisa i colleghi stanchi in fondo, digli di muovere il culo e bloccare l'afflusso con una manovra AK 76 >>

<< Sì signore >>, Burke corse in fondo al corridoio…mentre Collins staccò la schermata per far sì che i tecnici di Dramanov filtrassero tranquillamente le informazioni.

<< Cosa ti lascia perplessa nella sentenza su Vanni Lotti Pucci e Pacciani? >> chiese Dramanov padre.

<< Non c'è un solo indizio contro Pacciani, nemmeno uno, le deposizioni di Lotti e Pucci non sono credibili, ma sotto pressione delle autorità hanno confessato qualcosa che non esiste, Lotti di aver assistito a quattro degli otto omicidi, non attivamente, indicando in Vanni e Pacciani gli esecutori. Il profilo del killer è assolutamente opposto a quello di Pacciani. >> dissi

<< C'è chi dice che sia un poliziotto...la presenza di nuclei d'assalto operativi dei servizi segreti in quel periodo proprio a Firenze >> chiese Ernest

<< Che scemenze, se fosse uno sbirro non avrebbe mandato la lettera al procuratore Della Monica nascondendo i cadaveri perché venisse prima trovata la busta con i feticci e poi i cadaveri, peccato che Della Monica era all'estero, se era uno sbirro l'avrebbe saputo >>

<< è vero cazzo >> esclamò Luigi soddisfatto.

<< Pacciani violentava le figlie >> disse Ernest

<< Sì era un mostro nella vita reale, un violento un pervertito, ma non è il mostro che stiamo cercando >>

<< La pista esoterica il dottor Narducci...le messe nere >> chiese Ernest

<< Suggestioni, dato che il mistero era irrisolvibile ci hanno scaricato il più possibile...in tribunale al vaglio degli interrogatori probatori, si riscontrano pesanti incongruenze...un magistrato ha dichiarato che Lotti e Vanni nei verbali della polizia avevano detto di conoscere Narducci e addirittura di andarci fuori a divertire e a mignotte...falso, Lotti al processo dichiarò testuali parole, il dottore non sapevo chi fosse, ho visto una volta Vanni parlarci insieme in auto, Vanni non ha mai dichiarato al probatorio di conoscere il dottore, i verbali degli inquirenti prima del processo sono stati manipolati e inquinati, per far sì che si trovasse un colpevole, dato che Pacciani aveva vinto in secondo grado, hanno pensato di attaccarsi ai famosi compagni di merende, facilmente manipolabili, come si spiega che Perugini capo della sam, squadra antimostro, in tutti gli anni prima non abbia mai interrogato Lotti e Vanni?, la prima cosa che fai è interrogare le persone vicine al presunto colpevole, moglie amici, e anni dopo la pubblica accusa li fa saltare fuori e come ridere si scivola subito in confessioni...Lotti confessando si sarebbe preso molti soldi dallo stato, una casa di proprietà e pochi anni di galera, perché collaboratore di giustizia. Giuttari fece notare che non c'era la sensazione di una correlazione sicura di un'arma, le analisi non sono certe al cento per cento, le pistole potevano essere anche due, ma le modalità del serial killer sono una sola, una precisa e identificabile. Sa un bravo detective è come un cane che deve trovare l'osso, se lanci un pezzo di legno lo rincorre ma poi si rende conto che non è un osso. Giuttari e Perugini e non solo loro erano convinti che quel pezzo di legno fosse un osso, con ostentazione. Pacciani aveva avuto a che fare forse con una setta del posto, ma non vi è alcuna correlazione tra una setta e il mostro di Firenze, ha sì carattere esoterico il mostro di Firenze, ma pensare ad una setta che dall'alto comanda Pacciani o Pacciani insieme ad altri per commettere delitti, secondo te una setta così potente che ha commesso molti omicidi in tanti anni coprendo come molti sostengono che si arrivi a loro, da Narducci a moltissime morti sospette, gente bruciata incaprettata, simulazione di suicidi, secondo te una setta del genere così perfetta che ha i tentacoli in chissà quanti ambienti potenti, secondo te questa setta ingaggia Pacciani e tre straccioni per uccidere e avere i fetici per le messe nere...? se li potevano benissimo procurare loro no...? sono dei killer perfetti, lo capirebbe anche un bambino dell'asilo >>

<< Il famoso mago Indovino…il sacerdote, molti che hanno avuto a che fare con lui sono morti misteriosamente >> disse Geoffrey come se lo conoscesse di persona

<< E allora come spiega il famoso over killing, sottolineato nella deposizione del Dottor Perugini a processo contro Pacciani, nel primo processo. Un particolare non trascurabile direi, Pacciani nel 1951 o giù di lì, se non ricordo male uccise un rivale in amore, l'amante della sua futura moglie, li ha seguiti senza farsi notare, ha lasciato che si appartassero, li ha spiati dietro un cespuglio e poi ha agito uccidendo l'uomo...Perugini collega questo con il mostro di Firenze, evidenziando il fatto che nel primo omicidio quello del rivale in amore, in cui Pacciani fece mi sembra tredici anni di galera, gli altri omicidi delle coppiette sono identici. L'assassino spia la coppia dietro la boschiva e poi agisce. Perugini disse il modus operandi del killer è unico al mondo, e solo Pacciani aveva operato in tal modo...over killing, il modo in cui l'assassino uccide, la dinamica, i movimenti, tutto coincide con i

delitti del mostro di Firenze...l'assassino si nasconde nella boschiva, osserva e poi agisce e uccide >> borbottò Ernest ardente di curiosità nella mia risposta.

<< Troppo riduttivo no?, conosco le parole di Perugini e la sua classificazione a over killing, lo classificherei Ernest come un indizio, non una prova, è troppo riduttivo focalizzarlo come prova certa, la dinamica dell'over killing è sicuramente un indizio, ma non puoi dire è una prova, è ben diverso, ovvio che Perugini, uno dei massimi poliziotti in Italia con una grande preparazione nell'FBI...diciamo che una sua deposizione vale più di un mio pensiero >> risposi osservando Ernest mentre la sua osservazione si sgonfiava in un nulla.

<< Anche il procuratore generale di Firenze dopo il processo bis e la vittoria di Canessa e Vigna, aveva dichiarato che propendeva per l'assoluzione di tutti in quanto non credeva e non riteneva attendibili Pucci e Lotti...la Cassazione li ritenne invece credibili...non so su quali basi >> dissi.

<< Allora chi diavolo è il Mostro di Firenze? >> chiese Luigi impaziente.

<< Per il mostro di Firenze, dovete guardare persona non sposata professione becchino, quindi vestiva i morti in qualche agenzia funebre di Firenze città o paesi limitrofi, raffinerete la ricerca perché non è sposato e non ha figli, il padre deceduto quando lui era piccolo, la madre lavorava in un istituto per handicappati e anziani della zona...il mostro era iscritto al poligono, raffinerete la ricerca proprio dall'iscrizione al poligono >>.

La squadra dei Dramanov era già presente a Firenze ogni parola mia veniva riferita in contemporanea alla squadra.

UbaldNoss con un microfono iniziò a dare ordini e scrivere sul pc.

A Firenze la squadra per la cattura del mostro era composta da una trentina di persone, il capo squadra nome in codice Peter.

Peter era su un elicottero a diretto contatto telefonico e pc con Ernest Luigi e Noss.

<< Ah me lo sento questa è la volta buona >> disse Geoffrey gustandosi il vino.

CENTRO COMANDO PROTEZIONE DATI HACKER ROMA

<< Signore c'è un tentativo d'intrusione nei nostri sistemi, c'è qualcuno che attualmente sta estrapolando informazioni dal cervellone dell'Inps >> disse Luca Soavi carabiniere sezione informatica protezione dati.

<< Signore abbiamo un altro attacco, server del comune di Firenze e ...in pratica tutti i comuni limitrofi in un raggio di 50 km...>> disse Sergio Castelli, un altro carabiniere di fianco a Soavi.

Il tenente Daniele Crippa si avvicinò ai computer,

<< Sono simultanei gli attacchi signore, è la stessa mano per me >> disse Soavi

<< Stanno già portando fuori i dati...o stanno navigando? >>.

<< Sono nei server di tutti i comuni nella provincia di Firenze e Arezzo, stanno prendendo anche i catasti e stanno entrando nel sistema operativo dei notai...sempre zona Firenze Arezzo >> urlò Sergio balzando dalla sedia

<< Cristo di un santo >> esclamò Crippa strapazzato dalla tensione.

<< Stanno prendendo informazioni e navigando entrambe le cose >> disse Sergio

<< Avviso subito il ministro, chiamo Donati dei servizi segreti, mandate subito un avviso al capo di stato maggiore e agli interni…Io chiamo la procura lì a Firenze >> disse Crippa.

<< Stanno entrando anche nei cervelloni dei tribunali e al palazzo di giustizia di Firenze e procura generale di Firenze >> urlò Sergio

<< Provate a rimbalzarli fuori da tutti i sistemi >> disse Daniele mantenendo i nervi saldi.

<< Ci stiamo provando signore >> rispose Sergio.

<< Allarme, avviso a tutti, voglio che si passi al protocolla 519, stato di allarme >> gridò il tenente Crippa a tutti i presenti nell'ufficio…

Polizia postale Firenze.

Enrico Vailati scattò dalla scrivania, il pc dava serio attacco Hacker in corso livello 4 intrusione nei database di diversi comuni nel circondario di Firenze.

Un suo collega alla macchina del caffè notò l'intrusione dai silenziosi pannelli di controllo centrali della stazione, posti sulla parete ovest dell'ufficio, le spie rosse si accesero, circa una ventina, praticamente quasi tutte, di colpo scattarono anche una decina di allarmi sonori.

<< Mai vista una roba del genere, chiama Mannini, buttalo giù dal letto, è qui sopra in fureria >> disse l'agente Bruno Serafini, mentre, di colpo buttò giù il caffè, bruciandosi le labbra.

Vailati alzò la cornetta e chiamò immediatamente Mannini…che, in un sonno profondo non sentiva neanche il telefono squillare.

<< Vai a svegliarlo >> disse un l'altro agente mentre smanettava al computer della sua postazione. La tensione si tagliava con il coltello. Mannini accese la luce, ore 04.06, si strofinò gli occhi mezzo devastato dal sonno interrotto, con la poca forza e visuale riuscì a prendere la cornetta e rispondere.

<< Giovanni vieni giù, abbiamo un livello 4, anche dagli esterni non riusciamo più ad entrare nei nostri sistemi e respingere l'intrusione >>,

<< Fai un reset di livello kx, prova a respingere l'intruso così, io sono lì tra due minuti >> disse con un filo di voce sbiadita.

<< Allora signore, dal portale dell'Inps, ci risultano una trentina di persone con quelle specifiche caratteristiche, non sposati, senza figli…raffiniamo la ricerca, la madre lavorava in una casa di riposo…>> disse Noss

<< Attenda signore stiamo cercando >> disse qualcuno della squadra operandis ora a Firenze

<< Iscritti al poligono tra il 1960 e il 1970…dai dai >> urlò ridendo Ernest

<< Sto entrando nei vari sistemi…ne abbiamo due iscritti al poligono >> disse Peter parlando dall'elicottero che stava sorvolando Firenze.

<< Come cazzo fai a dire che era iscritto al poligono >> mi chiese Ernest severamente titubante.

<< L'ho dedotto, in uno degli omicidi, quando ha sparato ai fari della macchina mentre lui cercava di scappare, l'auto poi si è arenata in un fosso…dal numero dei bossoli e dalle ferite

dei cadaveri ha sparato due colpi secchi prendendo subito i fari dell'auto...è un esperto tiratore, quindi si allena al poligono >>.

<< Signore, solo uno dei due è single, lavorava in un'agenzia funebre, non ha figli...facciamo un appostamento e lo teniamo d'occhio >> la voce di Peter si sentiva meglio, Noss, aveva alzato il volume.

<< Vogliamo una prova che sia lui...>> ribadì Noss al microfono.

<< Allora ha due abitazioni...una è a Firenze città l'altra è a Rufina, poi un vecchio casolare intestato ancora al nonno a Molin di Bucchio, frazione di Pratovecchio Stia, provincia di Arezzo, non hanno mai fatto una successione, divido la squadra in tre, faremo subito dei sopra luoghi stanotte nelle due abitazioni vuote, per la terza domani, se esce di casa...>> ci illuminò così Peter

Arrivò dello cherry pregiatissimo...

Sentivo già il sapore della vittoria...

Pink era di fronte alla cascina Donatella…

Veronica entrando in macchina notò quell'uomo di fronte all'ingresso.

<< Ha bisogno qualcosa? >> chiese Veronica abbassando il finestrino

<< No no niente…stavo guardando la cascina…è molto bella >>

<< Ah grazie …>> rispose Veronica in imbarazzo

<< Sa dov'è un bar? >>

<< In centro paese, un chilometro più o meno >>

<< Grazie…molto gentile, mi scusi se stavo guardando >>

<< Ma si figuri di niente >>

<< Buona giornata signorina >>

<< Buona giornata a lei >>

Veronica un po' perplessa sorrise ed entrò in corte, Pink svanì subito…

Giorno seguente...nei pressi di Molin di Bucchio

<< Squadra 2 signore, siamo al casolare, ho trovato un taccuino piccolo, vecchio, scritto in francese, sembra di Nadine Mauriot e un quaderno più grande Skizzen Brunner, se è la scrittura del ragazzo tedesco Meyer e la scrittura di Mauriot ci siamo >>

Tutti si alzarono dal tavolo in tensione, mi avvicinai a Luigi, Noss portò la bocca al microfono,

<< Controllate i codici, devono essere antecedenti al 1981, i codici di produzione, di fabbrica, anche Pacciani aveva un quaderno simile, ma l'anno di produzione era 1982, posteriore alla data dell'omicidio dei ragazzi tedeschi >> disse Noss eccitatissimo.

La tensione stava salendo alle stelle, se il quaderno e il taccuino corrispondevano alla scrittura di Nadine Mauriot e a Mayer, era la prova regina che quell'uomo era il mostro di Firenze.

<< Nell'altra abitazione trovato qualcosa? >> chiese Noss all'altra squadra.

<< Nulla signore, per ora >>.

Due giorni dopo...

Zodiac si scoprì corrispondere alla mia descrizione, ma era defunto per morte naturale nel 1988.

Il mostro di Firenze fu invece catturato, quando entrò da quel portone era legato e stava su una specie di carrello, che si alzava fino al collo, simile a quando spostarono Hannibal Lecter nel " silenzio degli innocenti ", solo che non aveva alcuna maschera da hockey, era quindi libero di poter parlare. Era legato con cinghie d'acciaio.

<< Eccoti qui brutto figlio di puttana, ti abbiamo scovato finalmente >> disse Ernest assottigliando maleficamente il suo timbro di voce.

Era sicuramente sedato, mezzo moribondo intontito, sconvolto per l'accaduto, così si presentava il mostro, anziano, sui 75, viso cupido, il collo indolenzito gli faceva fare piccoli movimenti rotatori, era innocuo e malconcio, intravidi dei lividi al collo in faccia e sulle mani, i collaboratori dei Dramanov l'avevano sicuramente pestato.

<< Abbiamo rinvenuto anche la pistola di tutti i delitti, era sotterrata vicino al suo casolare, i tecnici hanno confermato in pieno i due taccuini, erano quelli di Nadine Mauriot e Meyer... >> disse uno degli assistenti soddisfatto

<< Ottimo lavoro ragazzi, sono fiero, riceverete tutti un grosso compenso >> disse Geoffrey felice come non lo avevo mai visto.

Luigi mi sorrise, << Allora ti va quella cena romantica a St Tropez...? >>

<< Non ho ancora visto i cavalli... >> dissi sorridendo

C'erano un centinaio di persone nella sala, erano i professionisti che avevano compiuto le operazioni di ricerca e cattura, negli Stati Uniti per rintracciare Zodiac e in Italia per il mostro di Firenze, poi c'era altra gente che non sapevo chi fosse.

I Dramanov si avvicinarono al mostro per osservarlo bene da vicino, come se fosse un culto o una reliquia antica e preziosa da sbandierare.

<< Nei sotterranei...poi che i cuochi si diano da fare in cucina e i camerieri facciano andare veloci le mani, ci sono tanti affamati qui oggi, pranzeremo in giardino grande festa! >> urlò Geoffrey...

Ci fu uno struggente applauso... Quando l'applauso si spense, Geoffrey alzò la mano per tenere in pugno ancora l'attenzione dei suoi ospiti...

<< Questo applauso era per tutti voi le squadre e i tecnici...ora voglio un grande applauso a Christine Stanners>>.

Tutti si girarono verso di me e mi applaudirono, io sorrisi visibilmente emozionata, la moglie di Geoffrey era assente, come i figli di Ernest, capii che loro non sapevano nulla dei serial killer e di tutte queste cose. Erano all'oscuro di tutto.

L'applauso durò cinque minuti abbondanti.

Poi entrarono anche altre persone ...

<< La banda...>> annunciò Noss

<< Perfetto, piazzatevi in giardino, non voglio musica da chiesa, voglio jazz e rock, voglio musica veloce e divertente. >> disse Geoffrey battendo le mani e guardando di nuovo il mostro di Firenze. Sembrava un bambino che aveva ritrovato il suo giocattolo preferito andato perso.

Quello che doveva essere il capo della band annuì

<< Certamente signor Dramanov, a sua disposizione >>

Alcuni operai presenti presero in braccio un pianoforte per portarlo fuori.

<< Ne abbiamo già due fuori pronti per suonare, ne serve un terzo...poi ho chitarre pregiate, batterie, sax, violini, trombe, ogni strumento musicale o apparecchiatura è presente in questa casa...e se servirà alla band per dare il massimo...che cominci la festa! >> urlò Luigi eccitato.

<< Venga signorina Stanners, anche lei signor Lowell...seguitemi >>.

Entrammo negli ascensori, Geoffrey schiacciò meno 7, l'ascensore era dotato di un lettore di impronte digitali…l'ascensore sprofondò nella sotterranea della tenuta sembrava l'inferno di Dante.

<< Tra un paio d'ore finirà l'effetto del sedativo signore >> disse uno della squadra d'assalto.

<< Molto bene...a signor Noss, tra due ore il detenuto deve mangiare >> disse Geoffrey

<< Certamente signore >> rispose Noss

<< Non vedo l'ora di mostrarlo a tutti i miei conoscenti ed amici >> esclamò Geoffrey strofinandosi le mani.

<< Complimenti signorina Stanners e complimenti dottor Lowell, ora facciamo visita alle celle qui sotto...tenetevi forte >> disse Noss.

Quando uscimmo dagli ascensori, ci trovavamo in un posto umido, tunnel di roccia nera, illuminazione scarsa, pavimento rotto con sassi quadrati piccoli…camminammo per una ventina di metri, poi una porta d'acciaio, Ernest l'aprì, catturai la combinazione digitale, ma ci volevano anche due separate chiavi.

Nel corridoio tante celle e ad ogni cella una sedia davanti.

<< Eccoci arrivati, signorina Stanners...ecco dove ho tenuto Jack lo squartatore...o meglio il mio caro nonno ebbe la fortuna di ospitarlo >> disse Geoffrey sorridendo con impagabile gusto.

<< Avete catturato Jack lo squartatore? >> esclamai stupefatta

<<Precisament Mademoiselle...fu un caso fortuito, un ragazzino vide nell'ultimo omicidio di Jack cadergli una specie di medaglia o qualcosa di simile, era un'iscrizione sportiva, recante

il suo nome e cognome, fu facile catturarlo >> disse Ernest.

<< Qui invece signor Lowell, negli anni venti abbiamo catturato altri due serial killer...sono deceduti prima del secondo conflitto mondiale >> disse Geoffrey

<< Quando è deceduto Jack? >> chiesi a Luigi

<< 1904...una funesta polmonite >>.

Noss aprì una cella con delle chiavi e una specie di chiave elettronica.

Portarono dentro il Mostro di Firenze, alcuni assistenti lo sciolsero dalle catene di sicurezza, poi lo presero in braccio e lo riposero sul letto.

<< Non si preoccupi signorina Stanners, ogni serial killer qui riceve cure mediche e buon cibo, ed è guardato a vista, ventiquattro ore su ventiquattro per far sì che non si uccida o ferisca e non riceve alcun tipo di maltrattamento >> disse Geoffrey abbracciandomi.

<< Ora signori veniamo ai pagamenti, 21 milioni, 10,5 al signor Lowell e 10,5 a lei Stanners>> disse Ernest facendo un segno a Noss.

Noss pose un pc tra le braccia di Geoffrey che schiacciò velocemente alcuni tasti.

<< A posto…bonifici fatti >> poi porse a me e David un bigliettino...

Central Bank di Zurigo, c'era scritto l'iban completo, titolare Christine Stanners. Misi il bigliettino in tasca, David mi strinse il braccio in silenzio, sapevo che voleva urlare di gioia, ma data la situazione e i presenti si trattenne.

<< Molto bene signori, torniamo su >> disse Noss alzando un braccio per catturare l'attenzione di tutti.

<< Ci aspetta un grande pranzo, ho una fame da lupi >> disse Geoffrey.

Luigi lesse un messaggio sul suo cellulare

<< Papà arriva tra poco la mamma con Marianne e Gabin >> disse Luigi

<< Non vedo l'ora di festeggiare con i miei figli...oggi è uno dei giorni più belli della mia vita...e della nostra vita >> disse Ernest, tutti si abbracciarono Ernest Luigi Geoffrey e il segretario Noss.

Riuscii a sgattaiolare via da tutti senza dare nell'occhio, tornai nella mia stanza, Dugan mi seguì frapponendosi sempre fra le mie gambe.

Entrai nella mia stanza gettandomi sul letto.

Non volevo catturare Pink, mettermi sotto in una snervante impresa, avevo già molti soldi e la possibilità di cancellare il mio passato in un secondo, la possibilità di andarmene.

Potevo andarmene subito ma ormai avevo promesso ai Dramanov che avrei catturato anche Pink...

Ebbi un brivido sulla schiena, non avevo mai avuto paura nella mia vita, ma, questo serial killer qui, me ne incuteva assai, e anche se tentavo di scacciarla, di reprimere i miei demoni nutriti da quell'altro demone, un essere immondo e spregevole che si annidava nella personalità di Pink, dovevo affrontare assolutamente la situazione...

Dugan salì sul mio letto cercando delle coccole, cominciò a leccarmi in faccia, entrò Luigi

<< Giù Dugan giù...daiii>> batté un paio di volte le mani Luigi e Dugan scappò fuori dalla stanza.

<< Non ti ho più vista, ti stavo cercando...>>

<< Volevo solo rilassarmi una mezz'ora >>

<< Dai vieni che ti stanno aspettando tutti ...sei la star del momento >>

<< Ma quale star >> mi girai infilando la faccia nel cuscino.

Luigi si sedette di fianco a me, sentii il suo peso nel materasso affondare.

<< Ma che ti prende...posso saperlo? >>

<< Ho un brutto presentimento Luigi...>> mi girai guardandolo dritto negli occhi

Luigi lesse nel mio sguardo la paura. Poi accennò ad una carezza ai miei capelli, mi alzai di scatto

<< Cosa temi? >>

<< Questo Pink...non solo ho la sensazione che non lo cattureremo mai, che non riuscirò a capire chi è, ma ho proprio la netta consapevolezza che possa farci del male >>.

Luigi scoppiò a ridere...si contorse talmente la risata da forte a incontrollabile.

<<é un serial killer come tutti gli altri, forse più astuto, ma lo prenderai...>>

<< Non è un serial killer come tutti gli altri, è di una potenza e di una intelligenza mai vista >>.

Luigi si alzò e il suo volto tornò serio.

<< Non vuoi lavorare a questo caso...? dillo...comunicherò a mio padre la tua decisione...è la decisione definitiva? >>.

Trovai la forza di un sorriso

<< Sì...è quello che voglio >>

<< Peccato...50 milioni non sono bruscolini...comunque...se ti fa star bene >>, Luigi mi accarezzò le braccia.

<< Ti prego non dirlo adesso a tuo padre, gli rovinerai la festa...domani >>

<< Facciamo dopodomani, lascerai la tenuta dopodomani...domani mattina voglio fare una bella passeggiata a cavallo con te Christine, ti mostrerò il maneggio, poi domani sera cenetta sul mare...? a lumino di candela? >>.

Esitai un attimo...<< Va bene...ci sto...allora me ne andrò dopodomani >>.

<< A meno che, non riesca a farti innamorare di me in 24 ore e farti rimanere per sempre. >>

La notte giunse veloce, tutti i commensali erano brilli e divertiti, l'indomani avevo una giornata con Luigi, il suo elicottero ci avrebbe portato al mare...il fatto di aver rinunciato alla cattura di Pink mi fece provare spasimo e una liberazione dal fondo della mia anima, mi ero liberata di un macigno. Avrei dovuto dirlo a David, ma avevo intenzione di ritornare negli Stati Uniti senza di lui e senza dirglielo.

Diedi un bacio sulla bocca a Luigi, rimase immobile senza contraccambiarlo, ma il suo sorriso era indubbiamente sincero.

Mi fece una carezza sul viso, feci due passi indietro

<< A dopo...>> gli dissi continuando a guardarlo

Luigi fece un segno impercettibile con la testa

ti amo anch'io...a dopo

Ritornai nella mia stanza, trovai David con una bottiglia di champagne e due bicchieri e un sorriso stampato in faccia, nella sua testa stava contando i soldi.

Agitò la bottiglia di champagne e me la spruzzò addosso...provai a divincolarmi ma ero ormai tutta bagnata, scoppiammo a ridere come ai vecchi tempi quando eravamo adolescenti spensierati.

Cecoslovacchia

A trenta chilometri da Rakovnik

Faceva un caldo assordante, i mandriani avevano già ritirato le bestie per la macellazione in luna piena.

Il cuore della folta boschiva era ammaliante, c'erano una gran quantità di cinghiali e volatili squisiti da catturare.

Pink prese il fucile e mirò preciso ad un fagiano.

Pink si avvicinò, il fagiano esalò l'ultimo fiato, << Sarai la mia cena insieme al gatto…credo che farò qui una bella brace >>.

Pink tornò al furgone glorioso del suo bottino, il cassonato era simile a quelli delle consegne dei corrieri. Lo aprì e mise il fagiano in un cellofan insieme ad un gatto selvatico, ancora integro, ma con il naso rotto, la botta aveva fatto uscire del sangue al felino perfino dagli occhi.

In fondo al furgone, agglomerata da un enorme rete da zanzariera verde riavvolta più volte su se stessa, Catherina seduta sull'altalena. Pink salì sul furgone avvicinandosi alla vittima.

Pink notò già un po' la durezza del cadavere della bambina, a fatica riuscì a posizionarla come voleva lui, sull'altalena, le mani devono stringere salde le catene.

Catherina Diomic, otto anni era morta ormai da diversi giorni.

Pink accese le braci e rosolò le sue prede, nel frattempo tirò fuori l'altalena dal furgone, posizionandola dove l'erba era più alta. Una vecchia Renault bianca sfrecciò veloce nella polverosa stradina adiacente, una coppia di giovani ubriachi con volume alto sfrecciò via senza vedere nulla. Pink prese un binocolo e continuò ad osservare l'auto allontanarsi, non l'avevano manco notato.

Pink diede un colpetto all'altalena osservando la bambina che ondeggiava sul seggiolino, su e giù, l'altalena andava su e giù, su e giù.

La bambina morta su e giù su e giù

Posò in terra, a pochi metri, un pastello rosa. Ormai la carne era cotta.

<< Gioca Catherina gioca, ora puoi giocare per sempre, non sei più in questo mondo cattivo … ora sei in paradiso bambina mia >>. Pink diede occhio alle treccine, se erano in ordine, controllò la lacerazione degli occhi con l'acido, perfetta…lavoro eccellente.

Dublino

Vincent lasciò come ogni giorno la bambina a scuola.

Scese dall'auto e aiutò la bambina a mettersi la cartella.

<< Ciao amore >>, la bambina scattò dentro la scuola, Vincent la guardava fino all'ultimo per essere certo che varcasse l'uscio. Rachel York camminava indisturbata per i corridoi insieme ad altri bambini, andò un secondo in bagno a fare la pipì, si lavò le mani e uscì sempre in corridoio, a secondi avrebbe suonato la campanella per l'inizio della prima ora di scuola. C'era un brusio di un via vai di bambini vispi, man mano che i secondi passavano, lo sciame si faceva meno intenso, più debole, i bambini pian piano stavano entrando nella loro classe.

Si aprì di poco la porta di uno stanzino per gli addetti alle pulizie, Rachel notò il movimento della porta senza vedere uscire nessuno.

Si fermò un secondo... Si avvicinò qualche passo.

<< Ciao...sono Pink...il nuovo bidello >> disse una vocina tenue e strozzata.

Rachel sorrise...<< Ma il signor Arold? >>

<<Arold non ci sarà più...>>

<< Perché ti nascondi? >> chiese Rachel aprendo di colpo la porta.

C'era solo una piccola lucina accesa, Rachel entrò ridendo

<< Signor Pink gioca a nascondino...? ma dov'è? >> la bambina entrò nello stanzino, c'erano aspirapolveri scope, prodotti per le pulizie.

<< Sono qui Rachel, dietro lo scaffale alla tua sinistra...sono qui >> disse la vocina strana

<< Ma che voce ha signor Pink...ha subito un'operazione alla gola? >>.

<< Non prendere in giro la mia voce >> rispose Pink

<< Perché non ci sarà più il signor Arold? >>

<< Purtroppo è morto, un colpetto al cuore, cose che capitano >> rispose Pink sempre girato di spalle a Rachel. La bambina si avvicinò a passi lenti, poi si fermò, non vedeva bene Pink, tra lei e lui c'era un grosso scaffale alto da superare, e l'illuminazione era molto poca.

<<Arold è morto? >> chiese Rachel dispiaciuta e incredula.

Pink non rispose rimanendo immobile come una statua, sempre dando le spalle alla bambina.

<< Devo andare altrimenti faccio tardi e la maestra, la signora Fox mi mette un'altra nota >> disse Rachel.

Rachel invece proseguì in avanti, girò intorno al grande scaffale e vide una persona di spalle mentre puliva un banco di scuola, era vestita con pantaloni marroni scamosciati, una camicia giallo opaco i capelli azzurri riccioli, sembrava una parrucca da clown.

<< Lei non indossa la tunica blu che ha sempre su Arold? >>, la bambina fece ancora qualche passo ... era ad un metro da Pink.

<< Hai fatto i compiti Rachel...? in storia ultimamente stai andando da schifo >>, Pink, in quell'istante si girò velocissimo e prese per un braccio Rachel che urlò nello stesso instante fortissima, assordante, la campanella in tutta la scuola, poi la strinse e le mise un fazzoletto imbevuto di sonnifero in bocca e sul naso, la bambina cercò di dimenarsi per scappare, ma Pink la teneva saldamente.

Dopo qualche istante la bambina, si lasciò andare priva di forze e cadde in un sonno letale.

Pink si tolse la parrucca, si mise una giacca da addetto alle pulizie, si mise velocissimo una maschera facciale, aprì un borsone enorme e ci infilò la bambina, poi caricò il borsone sul carrello delle pulizie.

Uscì dallo stanzino e percorse il corridoio non incrociando nessuno, all'uscita c'era il portinaio che salutò sorridendo, il portinaio non accennò ad un minimo sguardo e continuò nel suo gabbiotto a leggere il giornale e bersi il suo caffè.

Pink fece gli scalini e andò verso un vecchio furgone scassato blu arrugginito anni 80, un modello giapponese. Aprì il portellone e ci infilò il borsone con dentro Rachel. Chiuse ed uscì indisturbato dal perimetro della scuola.

Il sergente Nick Host osservava il nastro, sia della camminata di Pink, che del suo furgone all'uscita. Di fianco a lui altre persone in borghese, poliziotti.

<< Si riesce a fare un ingrandimento del viso? >> chiese Xavy Simon, detective sezione sequestri di persona.

Il tecnico del computer scosse la testa...

<< Dobbiamo portare tutto al laboratorio criminale, con gli strumenti che abbiamo forse possiamo fare un identikit >> disse Barry White, polizia di Dublino, esperto di telecomunicazioni e reperti della scientifica.

<< Si è mascherato >> osservò Host preoccupato.

<< Prova ad andare indietro? >> chiese Xavy...

White riavvolse il nastro e schiacciò nuovamente play

<< Cammina in modo strano...forse, anzi, senza il forse, vuole eluderci sul modo di camminare...ultimamente molti giudici la prendono come prova certa nei tribunali, il modo di camminare >>.

<< Se è un professionista, e penso che lo sia, poteva tranquillamente staccare le telecamere della scuola >> disse Host ancora più preoccupato.

<< Tutto in laboratorio >> disse Simon dando una pacca a White.

Piangevo per le bambine morte, soffrivo dentro nell'anima.

Il luogo era lugubre, l'odore era quello macabro di metallo e vecchio.

Rachel era in un ex porcile, c'erano ancora le impalcature per le mangiatoie, qualche secchio per il cibo dei maiali, residui alimentari vecchi incrostati ovunque... i finestroni sporchi di fango e sterco non permettevano una buona illuminazione.

Rachel si svegliò piano piano, aveva un fazzoletto rosso gigante legato alla bocca, era seduta su una sedia di alluminio, ben legata mani e piedi.

Aprì gli occhi, vide un po' sfocato, davanti a lei ad una decina di metri quell'uomo che l'aveva rapita, affilare dei grossi coltelli e mannaie ad un macchinario molto vecchio e arrugginito, un'affilatrice con una livella grossa da falegname collegata a una presa elettrica, vide scintille a pioggia e subito l'uomo sfiorare con il pollice la lama per accertarsi del buon risultato.

Il macchinario faceva molto fracasso, la bambina cercò di parlare, di gridare, ma riusciva solo a piangere e le sue lacrime invasero il suo viso.

Pink si girò un attimo e si accorse che la bambina si era svegliata.

Ci fu un cinguettio vivace di uccellini, Pink sbirciò fuori prestando attenzione, era un intrecciarsi di uccellini vivaci per l'acchiapparsi in innamoramento.

<< La natura è la cosa più bella e importante al mondo, l'uomo non fa più parte della natura, è un essere a parte, così putrido da essere cagato dal demonio e dimenticato da Dio. Mia piccola Rachel, *mia piccola povera Rachel* la tua fine è il frutto dell'ostile potere che vagheggia in questo brutto mondo.

Adesso ti tengo in vita un paio di giorni, forse tre, poi ti metterò delle sostanze nel tuo sangue, che ti faranno volare, vedrai le immagini distorte e molti colori variopinti...>>.

Pink prese un porta oggetti in pelle raggomitolato, quello che usavano i dentisti e parrucchieri un tempo, era zeppo di coltelli e seghetti di tutte le dimensioni.

Con il telecomando accese una piccola tv vecchia riposta sul tavolo degli orrori.

<< Dublino è sotto shock...Rachel York è stata sequestrata questa mattina da un uomo, ecco le immagini, la polizia si è messa in moto immediatamente, chiunque riconosca questo individuo è pregato di avvisare le forze dell'ordine >> disse il giornalista, Pink cambiò canale e mise su una partita di calcio.

Un contropiede velocissimo...

<< Gol... gol... bellissimo >> urlò Pink, poi scattò con passi lunghi in avanti verso Rachel, le sciolse il fazzoletto alla bocca e le cavò un dente.

Rachel cominciò a urlare e piangere dal dolore. Singhiozzava, Pink le fece una foto con quelle macchinette usa e getta...

<< Molto bene, adesso apri ancora... ho detto apri, devo disinfettarti la ferita >>.

Giorno seguente

Pink mosse la mano della bambina, era addormentata, perfetto.

Prese un carrellino e lo portò di fianco alla povera vittima.

Tolse il fazzoletto alla bocca e gli mise una specie di museruola che si stringeva dietro con un gancetto. Prese la pozione di acido presente in un bicchiere strano, non di vetro comune, ma di qualche ghisa speciale resistente, strinse i capelli di Rachel facendole chinare il capo all'indietro, il viso verso l'alto.

Gli versò dell'acido muriatico negli occhi, le pupille si dissolsero in fumo denso tipo sigaretta, asciugò con cura l'acido in modo tale che non sciogliessero o danneggiassero le guance della bambina, poi la slegò, Rachel era ancora addormentata, ma si stava svegliando, non poteva sentire dolore, Pink le aveva iniettato potenti sedativi, la buttò per terra le spaccò le braccia con due colpi secchi d'arte marziale, la bambina riprese a lamentarsi piano piano

<<MMMmmm...mmmm...>>

Poi la prese per il collo con quelle prese forti a due braccia, tac, le spezzò il collo con un colpo, Rachel era clinicamente morta, poi le sfilò le mutandine e la denudò, i vestiti della bambina li buttò in terra, le infilò nella vagina un pastello di colore lilla, le rimise le mutandine, poi prese il vestitino di pizzo bianco e con molta lentezza la vestì.

Prese il corpicino e lo caricò su un furgoncino, al cui interno c'era un'altalena di ferro, colorata a sprazzi di rosso e arancione.

Pink uscì dalla mangiatoia e dall'esterno aprì il portone, risalì sul furgone, richiuse il portone, verso la sua destinazione preferita.

7 dicembre ONU

David Lowell al suo ritorno negli States prese un appuntamento con i vertici dell'FBI e gli ambasciatori di Irlanda Russia Cecoslovacchia e Ungheria.

La riunione si tenne in una sala segreta all'ONU.

<< Signor Lowell si accomodi >> disse Henry Sochin vicedirettore dell'FBI...presenti anche John Fall, responsabile relazioni internazionale FBI, al tavolo gli ambasciatori di Russia Cecoslovacchia Ungheria e Irlanda... e il ministro affari esteri Antony Clops e il direttore dell'Interpol crimini violenti Albert Harqui e il comandante della polizia militare sovietica ZwammengBalakov.

Sochin prese la parola...

<< Signori, siamo qui oggi per un problema, il serial killer denominato Pink, sappiamo che con ogni probabilità è lui che ha rapito Rachel York tre giorni fa a Dublino, in una scuola elementare in periferia. A breve secondo le nostre menti dell'intelligent ritroveremo la bambina su un'altalena, morta e nelle modalità che credo tutti voi sappiate. Il protocollo impone che se in due paesi dell'unione Europea avvenga un crimine efferato dalla stessa mano, scatti la riserva a chilometro rosso. Ovvero una task force di massima taratura e professionalità, per la cattura del soggetto.

Il soggetto è pericolosissimo, astuto, non lascia tracce o impronte, sembra un fantasma. Con molti ritardi ma ci siamo, il protocollo può essere attivato subito, è di estrema urgenza. Un protocollo scritto è solo scritto, cosa vuol dire, è anche possibile evitarlo, esistente prima per i soli paesi Nato e Stati Uniti, poi sottoscritto anche da tutta l'Unione Europea e Russia. Possiamo sciogliere la riserva e ognuno fa per se e ci salutiamo tutti subito, ogni stato indagherà sugli omicidi nel suo territorio per conto suo e la sola indagine internazionale sarà a carico dell'Interpol...oppure signori, oppure fondiamo questa Task Force, la sottoscriviamo in tutti i passaggi legali e ogni stato potrà mettere due uomini di punta nelle retrovie, ma la punta di diamante sarà una persona soltanto, una sola, che deve essere eletta all'unanimità secondo le disposizioni interne degli articoli...dobbiamo decidere se continuare così le indagini oppure formare questa squadra antimostro. >>, Sochin si sedette dando un'occhiata ai volti dei presenti.

David Lowell si alzò con molta calma e prese parola quasi come un politico ad un comizio elettorale.

<< Ringrazio il dottor Sochin...Signori, ho una proposta importante da farvi...io combatto serial killer da anni, e vi posso assicurare che così non lo prenderemo mai...>>

<< Cosa propone? >> chiese Balakov.

<< L'attivazione del protocollo km rosso, quindi la creazione di una squadra antimostro ma al comando dovrà esserci questa persona...Christine Stanners...>>.

Clops prese il sopravvento nella discussione

<< Io sono contrario, si spenderanno un sacco di soldi per nulla...anche perché crediamo che possa attaccare qui negli Stati Uniti ...>> Clops prese dalla tasca una busta di plastica, la aprì, c'era dentro un dentino insanguinato...

<< Questo è un molare appartenente a Rachel York, è pervenuto questa mattina ad un distretto di polizia qui a New York, con una lettera scritta a macchina

Buongiorno signori della squadra antimostro

questo è un dentino della povera Rachel York, vi allego anche una foto, di lei ammanettata...presto la ritroverete sull'altalena felice come le altre bambine...

Apprezzo il soprannome che le autorità sovietiche mi hanno appioppato... Pink...mi piace

A non affannatevi troppo a catturarmi, sarebbe un peccato fermarmi ora, il gioco è così divertente.

Qualcuno proporrà di far scattare il chilometro rosso, il protocollo internazionale per un serial killer che agisce in più stati...dategli retta...

a presto

ps adesso è ora di rapire e uccidere anche qualche bambina qui in America, L'Europa è troppo affascinante e storica per queste piccole sventure...

Cordiali saluti
il vostro Pink

La stanza si raggelò...

<< Questo è un malato di mente psicopatico da sedia elettrica o da carcere a vita in isolamento...non possiamo permettere che, un individuo tale, giri liberamente, tra un po' esploderà il caso e i giornali e tv ne parleranno incendiando l'opinione pubblica...questo Pink potrebbe puntare a farsi molta pubblicità >> disse John Fall.

<< Per ora le acque sono calme, ma se qualche giornalista fa scoppiare il caso...>> disse Sochin preoccupato.

<< Ci vuole spiegare signor Lowell chi è questa Stanners che ha nominato prima? >> chiese l'ambasciatore Vladimir Boick, ambasciatore russo.

<< Una sensitiva...>> rispose David non traspirando un leggero imbarazzo.

Tutti i presenti si girarono attoniti verso David Lowell.

<< Non possiamo mettere una civile in un'indagine così >> disse Harqui

<< Si può perché è negli accordi di questo protocollo, pagina 86, versetto f...>>

<< Che cosa intende fare...? come vuole muoversi? >> chiese Balakov

<< La squadra di diamante la faccio io, scelgo io gli uomini >> disse Lowell, tutti si guardarono negli occhi

<< David ci conosciamo da molti anni...sì sei un ottimo elemento, hai catturato due serial killer qui negli Stati Uniti, ma molti tuoi colleghi hanno il tuo stesso curriculum ma con più anni di lavoro...perché affidarti a te il timone della nave >> chiese Sochin

<< Signore dobbiamo fare presto, dovete avere fiducia in me, io ho messo sempre la faccia, Pink ucciderà a breve, dobbiamo intervenire >>

<< Io sono contrario a mettere una civile, poi una malsana sensitiva alla guida di un'operazione così grande e complessa >> disse il ministro Clops trovando in Harqui le medesime ragioni.

<< Signor ministro, attualmente mentre noi non ne veniamo a capo e stiamo qui a litigare, quel maniaco sta uccidendo con una velocità impressionante...in un mese e mezzo cinque vittime e le autorità brancolano nel buio totale, io so che lo posso catturare, ma Christine Stanners vi sbalordirà, per conoscenze della materia, tecnica…intuito >>

Rachel fu rinvenuta il giorno seguente da un cacciatore di fagiani, era immersa nella boschiva, a cinquanta chilometri da Dublino.

Le autorità locali giunsero sul posto insieme a Xavy ed Host allertati dalla sede centrale di Dublino.

Due furgoni, uno della scientifica ed uno del sindaco del paesino stavano arrivando a passo lento, un fuori strada fra piccole dune di fango e grandi sassi quasi sbatteva contro un masso.

Host cominciò a fare delle foto alla bambina sull'altalena, girandole intorno.

<< Non voglio curiosi ficcanaso e quindi non voglio giornalisti, il governatore è stato chiaro >> disse Host ad uno dei suoi assistenti che portò tutti gli agenti a disporsi a perimetro cinquanta metri dal corpo, con l'ordine di non far passare nessuno.

<< Verter polizia locale >> disse quell'omone ciccione ad Host.

<< Piacere >> sergente Host omicidi

<< Ah ..mmmm, nessuno dei suoi uomini deve parlare con la stampa, siamo intesi?, riterrò lei responsabile...>> Host puntò il dito con tono gravoso, quasi minaccioso.

<< Noi ne siamo fuori, lo so, mi hanno chiamato cinque minuti fa...le servono i miei uomini o no? >>, chiese Verter senza seccatura ricevuta o alcun fastidio.

<<Finchè stanno là a questa distanza per me va bene >>.

<< A deve firmare qui sergente, tre firme, può portare via lei il cadavere della bambina >>, Verter pose un documento timbrato e fresco di stampa.

Host firmò nervosamente

<< Porto via anche l'altalena...>>

<< Nessun problema sergente >>.

Quattro giorni dopo
Quantico, laboratorio criminale.
Il professor Connor capo redattore e la sua equipe.

I cadaveri di Catherina Diomic e Rachel York giacevano ognuno su un letto...
I cadaveri furono sottoposti ad autopsia e analisi approfondite.

<< Perché non abbiamo tutti i cadaveri >> chiese Fawell nervoso

<< La riesumazione non è stata concessa >> rispose Sochin

<< Ogni stato e autorità deve dare la massima collaborazione >>

<< Lo so Fawell, non c'è stato verso, Russia Cecoslovacchia e Ungheria non ci danno i cadaveri, è inutile >> rispose Sochin firmando dei documenti in una cartellina

<< Il modus è lo stesso, lo potete leggere dai rapporti, dalle altre autopsie sulle altre tre vittime, non a tutte e tre le bambine risulta sia state rotte le braccia dal maniaco, a due no, ma a tutte è stato rotto l'osso del collo >> disse Connor, un suo assistente si avvicinò con una sedia e un gesso di dimensioni di un bambino, fece dei movimenti simulando Pink come uccide.

<< Un colpo secco... così >> disse il dottore mostrandolo con lentezza a tutti i presenti esattamente il movimento di Pink

<< Lo sappiamo come si rompe un collo >> bisbigliò David a Fawell

<< Certo che lo sappiamo dottor Lowell l'ho sentita, il discorso è un altro, nel movimento potrebbe lesionare la mascella, di conseguenza quel gesto è una chiara firma dell'assassino, non tutti quindi nel movimento spezzano un collo nella stessa maniera, come esempio nella stessa maniera un killer si può differenziare da un altro nello strangolamento...quindi anche se un collo rotto è sempre un collo rotto, io posso capire dai movimenti se è mancino l'assassino, e se è stata la stessa persona a ucciderli entrambi o due persone diverse, ci sono degli indizi evidenti >>

<< Grazie dottor Connor>> disse Sochin tirando un'occhiataccia a Lowell.

<< Sulle labbra di Rachel, abbiamo rinvenuto un filamento sottilissimo, è di un indumento, color blu, acrilico misto cotone...non ci dice nulla troppo comune, probabilmente mentre le ha spezzato il collo è rimasto attaccato alle labbra della vittima >> disse Connor.

<< Altre tracce...? >> chiese David Lowell

<< Nulla, né sul cadavere ne sui vestiti delle vittime, almeno su queste due vittime, sulle

altre tre mi devo attenere come voi ai rapporti che mi hanno consegnato...per quanto riguarda l'acido, è un comune muriatico appesantito con altri acidi che ne rafforzano la virulenza, comunemente si possono comprare ovunque nel mondo, in qualsiasi ferramenta e fatti artigianalmente naturalmente da una mano esperta >>

<< Ci sono altre domande signori? >> chiese Sochin

<< Possiamo dirlo ritualistico lo spezzare il collo...? mi sembra molto fuori luogo per un serial killer uccidere così, quindi non utilizza coltelli >> chiese Harqui

<< Solo in un caso, la prima vittima in Russia, la sua prima vittima, non ha utilizzato l'acido per sciogliere gli occhi, ma bensì li ha cavati fuori con un arnese da taglio piccolo, potrebbe essere uno da dottore per le operazioni, o, come leggo nei rapporti un banale coltellino per tagliare i limoni, è a doppia punta all'estremità, con zigrinature nella sua lunghezza, ma non ne sono sicuri, io nemmeno perché non ho potuto visionare quel cadavere e nemmeno gli altri due...comunque non è stata fatta perfetta l'asportazione, ma grossolanamente, dalle foto lo si può vedere, poi l'aspetto psicologico dottor Harqui, in effetti i serial killer uccidono con armi da taglio, armi da fuoco, molto anomalo...molto, non saprei dirle altro, come anche asportare o dissolvere le pupille >>

<< Un coltellino da limone...>> disse Fawell bisbigliandolo nell'orecchio di David.

<< Faccio una scappata in ufficio...caffè? >> chiese David

<< Sì, ci vuole un bel caffè, ti faccio compagnia, non badare al dottor Connor, è solo un dottore, siamo noi i the mentalist, nel primo omicidio l'autopsia dice soffocamento, causa della morte >> rispose Fawell sorridendo con leggerezza.

<< Quindi potrebbe aver spezzato il collo della bambina utilizzando un'altra presa diversa dalle altre, e che la bambina sia morta un'istante prima che gli spezzasse il collo...quindi potrebbe essere che una mano di Pink fosse alla bocca, chiude il naso con le dita >>

<< Esattamente, non devono essere necessariamente due persone diverse, è un indizio ma non una prova, considera che la mano poteva chiudere magari solo la bocca e non il naso, chiuso e non in grado di respirare per l'acido negli occhi, o rigetto di sangue dallo stomaco causato sempre dall'acido, dipende quanto tempo è passato dall'utilizzo dell'acido alla presa per spezzare il collo, se lo ha fatto in sequenza è anche possibile che il naso fosse quindi bloccato, la bocca non utilizzabile perché la bambina respirasse naturalmente, a causa di uno stordimento tale e la debolezza della vittima...e questa è un'altra ipotesi >>

<< Quindi nel primo omicidio potrebbe essere morta prima che lui le spezzasse il collo? >> chiese David

<< Esatto Lowell...allora me lo offri sto caffè? >> chiese Fawell drizzando il busto.

<< Per ora è tutto signori >> disse Connor levandosi gli occhiali da vista e porgendoli nel taschino del suo camice bianco.

Marine Corps base Quantico

L'ufficio era all'ultimo piano di un complesso molto suggestivo, c'era anche l'accademia dove giovani reclute diventavano agenti speciali operativi dell'FBI. All'ingresso David posò il suo tesserino magnetico e si aprì lo sportello, un agente si avvicinò

<< Questa è una esterna Christine Stanners, autorizzazione a tesserino provvisorio >> disse David mostrando un foglio all'agente, che se ne andò per poi tornare due minuti dopo

<< Signorina Stanners prego, passi il badge ed entri pure >>.

C'era uno strano via vai di persone quella mattina, calda intensa, David era particolarmente nervoso. Facemmo un giro del palazzo, David mi mostrò gli uffici e diversi dipartimenti, mi parlò di test esami e protocolli, un po' come una guida al museo. Eravamo in anticipo, tra un giro e l'altro ci fermavamo sempre alle macchinette automatiche di bevande.

Aveva già bevuto quattro caffè, eravamo quattro a uno per lui…Era teso David, punzecchiava sempre l'orologio e non faceva altro che dirmi "Parla il meno possibile, ti faranno delle domande, risposte secche e sicure…non farti impressionare, il loro lavoro è impressionare gli altri ".

Quella mattina c'era finalmente la ratifica della task force squadra antimostro protocollo km rosso, mancava solo la firma di Walter Grama, il numero uno dell'FBI, il direttore, ma David immaginava forse qualche trappola, temeva Grama e i suoi metodi. Quattro anni fa la nomina di Grama, la sua nomina fu approvata dal Presidente degli Stati Uniti e dal senato.

David mi parlò di Grama, per lui era una persona sì di grande carriera e molto istruito, ma era tagliente e viscido più di qualsiasi altro essere vivente, David non ci aveva mai parlato di persona, l'aveva intravisto una volta al centro Codis, poi una volta in un corridoio di questo palazzo…

Proprio qui David, come suo padre diventò un agente FBI, superò tutti gli studi elegantemente, tutte le prove fisiche, tutti gli esami e test alle varie unità di addestramento e ricerca, David lavorò in quattro agenzie FBI dislocate negli Stati Uniti, la cattura di quei due serial killer lo aveva carambolato ai piani alti, lui e Sochin, vicedirettore si davano del tu, con John Fall altro pezzo da novanta si davano del tu e giocavano a golf insieme…è diventato grande amico anche di George Fawell, ufficio tattico FBI e supervisore, con delega ai comandi operativi Swat..

Calpestando quei pavimenti mi vennero quasi i brividi, io volevo essere nella mia fattoria lontano da cadaveri assassini omicidi e lontano dall'FBI…ma ormai c'ero dentro fino al collo, vietato lasciare, ora ero davanti alla porta dell'ufficio di Grama, la prova del nove.

David aprì la porta, l'ufficio di Grama era grandissimo all'ultimo piano, moderno, sedie in pelle Italiana, scrivania bianca grandissima, computer, un salottino a parte a quadrato con quattro poltrone guardarsi l'un l'altra, una stampante in fondo alla stanza, un posacenere d'argento luccicante, i vetri delle finestre obliqui, un ufficio incantevole, presenti tutti da Henry Sochin vicedirettore dell'FBI, John Fall, responsabile relazioni internazionale FBI, il direttore Interpol crimini violenti Albert Harqui, il comandante della polizia militare sovietica ZwammengBalakov, George Fawell supervisore tattico e altre tre persone che non sapevo chi fossero, forse polizia Ceca Ungherese e Irlandese.

Sochin era un nanetto con la faccia da saputello e la carnagione olivastra, sui cinquanta passati, pizzetto, capelli bianchi ridicoli pettinati con la riga in mezzo. Fawell era sui quaranta, bell'uomo, magro, viso pulito innocente, carnagione molto chiara, Fall anch'egli sulla quarantina, affabile, occhi pungenti, sguardo profondo, una corporatura robusta ma dalle movenze eleganti, capelli biondi che sparavano ovunque.

Balakov era sui settanta, faccia severa rude, occhiali enormi e spessi, indossava l'alta uniforma marrone della polizia militare sovietica, con i gradi in bella mostra, una gamba non perfetta gli obbligava l'uso del bastone.

<< Prego signori mettetevi comodi >> disse Grama stando in piedi.

Ci fu un po' di silenzio mentre passeggiava intorno a noi Grama, fissai la parete in fondo, medaglie, foto con presidenti, foto con capi di stato eserciti marina, medaglie laccate d'oro, encomi al valore civile e militare, alla parete alle mie spalle un quadro enorme della bandiera americana

<< Sembra una turista in un museo >> disse Grama dandomi la mano, mi alzai e strinsi la sua grande profumata e ben curata mano. Grama era un uomo micidiale, dall'aspetto inquietante, sui sessanta, un uomo ben curato, irradiava potere e sudditanza, carnagione colorita, capelli bianchi perfettamente pettinati, occhi spigolosi, portamento distinto.

<< Signore è un piacere e un onore >>

<< Non ha risposto alla domanda, lei sembra più una turista che una sensitiva cacciatrice di assassini, abile nel vedere cose che noi umani non capiamo >>. Ora capivo perché Grama stava sulle palle a David.

<< La natura umana è molto più grande di quello che si pensa >>

Grama avvertì un eccitamento nel mio carattere, cercai di mollare la sua mano, ma lui tenne stretto ancora qualche secondo.

<< Si sieda…>> disse Grama voltandomi le spalle e tornando alla scrivania, si sedette bucando lo sguardo solo su di me.

<< Noi siamo dotati signorina Stanners di un computer, o meglio un cervellone, si chiama " AvantLatent ", non è quello che fu inventato negli anni settanta per le impronte digitali o reperti che, inseriti in un incrocio dati danno dei nomi, ma questo cervellone traccia un profilo del serial killer, ci dà delle informazioni…si inseriscono luoghi date nomi delle vittime e modalità di esecuzione e dopo 48 ore il computer ci dà il suo responso…lei era a conoscenza di questo computer in nostro possesso? >>

<< No signore >>

<< Quindi ricapitolando lei è una sensitiva, a dir del signor Lowell con poteri incredibili,

molto bene, spero che sia così per lei signorina Stanners, altrimenti quella è la porta e andale! >>.

Si sentì bussare, << Avanti >>

una donna entrò e diede una tazza di caffè a Grama.

Grama iniziò a sorseggiare il suo fumante caffè.

Tutti i presenti si voltarono un poco per fissare il mio viso, David era tesissimo…

<< Avanti signorina Stanners ci illumini, ci dia il profilo del serial killer, e se non azzecca almeno una delle cose che AvantLatent ci ha profilato, almeno una ne deve azzeccare, se ne può anche andare subito…deve indovinarne almeno una…avanti sono tutto orecchi >>. Capii che era il mio momento, il primo passo da fare, un test fondamentale, o dentro o fuori.

<< Il serial killer ha un'età compresa tra i 35 e i 55 anni, è bianco. Direi che è anomalo come serial killer, proprio per la troppa operosità nel modus operandi, Adora Hitler ed è un nazista puro, ha aderito a qualche nucleo nazista, in passato in età giovane ha commesso sicuramente un crimine, direi omicidio, ma anche aggressione e lesioni gravi con l'acido, il suo libro preferito è " IT " di King, mangia gatti vivi, ha una laurea in chimica, esperto di bombe e ordigni di quel tipo, esperto di acidi, sicuramente ha sfregiato con l'acido qualcuno in passato come ho già detto, detesta il sesso femminile e i genitori che mettono al mondo figli non maschi, le bambine non devono vedere, l'acido negli occhi si riferisce ad un remoto fatto che in gioventù lo ha scosso e fatto soffrire, creando in lui una repulsione sfrenata e un odio nei confronti del padre, è ossessionato dal denaro, un ossessione morbosa >>

<< Stop! >> disse Grama alzando una mano.

Ci fu una pausa di circa venti secondi, sembravano minuti, David era preoccupato che Grama mi volesse mettere alle strette e farmi fare la figura della pescivendola senza distintivo.

<< Tutto quello che ha detto, signorina Stanners…è tutto giusto, è tutto esatto, il cervellone ci dice esattamente le stesse cose che lei ha appena elencato, molto bene signorina Stanners, veramente sbalorditivo >> David tirò un sospiro di sollievo

Grama si alzò venendomi incontro allungando di nuovo la mano,

<< Congratulazioni è nella squadra, firmerò il documento, poi dopo la mia segretaria le darà dei documenti da firmare…poi, per il comando tattico avrà pieni poteri ma quando è presente Sochin ha lui l'ultima parola, ha qualche obiezione? >>

<< No signore >>

<< Molto bene…ah dimenticavo, le autorità Ucraine Repubblica Ceca e Irlanda hanno firmato il via libera per il km rosso, ma non manderanno uomini loro sul campo, faranno indagini nazionali, limitandosi a condividere le informazioni con noi, quindi signori dovete arrangiarvi voi, stessa cosa per te Fall, rimarrai qui, non posso dislocare tutti i pedoni in un'altra scacchiera, con Huster dell'Interpol procederai al setaccio di gruppi nazisti qui sul suolo americano e in Europa, vediamo se salta fuori qualcosa, gli altri parteciperanno al km rosso in prima linea…il mandato internazionale su Pink è già attivo, in caso di arresto Fall divulgherà ai vari procuratori generali dei vari stati dove sono stati commessi i crimini tutto l'iter sulle pratiche, Harqui per l'Interpol farà da se sul lato burocratico e sarà con voi in

prima linea, signori è tutto potete andare >>.

Uscimmo dallo studio di Grama, David era tornato sereno, mi prese per un braccio mormorandomi

<< Brava brava, sei stata bravissima…ora passa dalla segretaria di Grama firma quello che devi ritira il tesserino e vai giù, aspettami lì, ci vediamo all'ingresso vai ti raggiungo tra poco, sei un amore >>, mi allontanai mentre David parlottava con gli altri della squadra

<< Ha fatto la divisione dei pani e dei pesci Grama…ti aspettavi il massimo? >> chiese Fawell

<< Va bene così, saggia scelta…vedrai ce la caveremo >> rispose David

<< Il tuo asso nella manica è un vero gioiello, ha fatto centro >> disse Balakov

David sorrise

<< Non capisco ossessione per il denaro, non c'è alcuna richiesta di riscatto >> chiese Fawell

<< Essere ossessionati dal denaro non vuol dire necessariamente desiderarlo >> rispose David

<< Ossessionato da chi ne ha tanto, ci può stare come spiegazione, oppure ossessionato dal denaro in sé, come merce di scambio >> disse Harqui masticando una gomma

<< Allora signori, mettiamoci al lavoro >> disse Sochin

David si diresse verso l'uscita, canticchiando *Knockin'onHeaven's Door*

New York...Brooklyn

Tra Gowanus e Park Slope, una zona molto tranquilla, buone scuole pubbliche, affitti alti, Prospect Park lo adoravo, feci molte passeggiate, andavo anche spesso dopo il lavoro con una coperta a leggere libri, ha una natura più selvaggia di Central Park, affascinante, colori raggianti autunnali a marroncino, lo preferivo, mi garantiva quella tranquillità a New York che cercavo, non arricciavo più cattivi pensieri di voler morire, mi sentivo molto meglio rinata, avevo conosciuto Luigi Dramanov, mi piaceva moltissimo, pensavo spesso a lui, quindi sentivo che era una persona importante nella mia vita, avevo salvato la mia fattoria, ridando lustro alla memoria di mio fratello e dei miei genitori, avevo molti soldi in banca, mi sentivo con una nuova voglia di vivere provare emozioni, essere felice, con queste nuove forze con questa nuova linfa dovevo incanalare tutte le mie nuove energie sulla cattura di Pink, questo poteva significare scavare negli abissi del male.

Avevo appena appeso il cartello sulla porta dell'ufficio

InvestigationStanners chiuso per cessata attività

Al proprietario del locale non avevo ritirato la caparra, gli regalai una piacevole giornata.

A Bedford ricordo l'anno scorso in estate un caldo assurdo, aprii un idrante sulla strada, per rinfrescarmi, effetto spray, nei chioschetti e bar, qui ci sono i migliori banana bred al mondo. Presi un taxi,

<< Bushwick...da Arturo...>>

<< Pizza fenomenale, la migliore di New York >> disse il taxista ripensando alle mille pizze divorate.

Bushwick, quartiere incantevole, atmosfera creativa dei murales, localini da vivere anche di giorno non solo la notte. Williamsburg andavo di rado, troppo affollata, mi piaceva più la quiete di New York che il caos.

Il taxi si fermò davanti alla pizzeria, scesi ed entrai nella mia pizzeria preferita.

<< Ciao Christine >> disse Arturo facendo sbucare la sua testolina simpatica dalla cucina.

<< Ciao Arturo...>>

<< Sei di fretta? >> chiese Arturo mandandomi un bacio

<< Forse...>>

<< Sei bellissima, radiosa, ti trovo bene, è un pezzo che non ti fai più vedere >>

<< Ero in Europa >>

<< In Europa dove? >>

<< Non lo so neanch'io...>>

Arturo si incendiò in una delle sue risate lunghe, non lo faceva apposta, rideva tanto, ma quando parlavo io, anche la battuta più squallida del mondo, rideva a crepapelle, gli stavo simpatica, lo sapevo.

<< Torno in cucina Milady...>> disse Arturo

<< Ci vediamo caro...>> risposi baciandolo con gli occhi.

Arturo era un siciliano che vent'anni fa aprì qui il suo ristorante pizzeria...è sempre pieno, si mangia bene, le pizze erano il top.

<< Il solito? >> chiese Carmine mentre girava le pizze nel forno.

<< No Carmine...fammi...fammi una mozzarella funghi carciofi e asparagi fritti, quella alta, non bassa, olio piccante >>

<< Agli ordini principessa...>>.

Mi sedetti ad uno sgabello e presi dal frigo vicino una birra, sbucò dal salone Arianna la figlia di Arturo

<< Ma che sorpresa, Christine Stanners>>

<< Ciao Arianna, mi siete mancati voi e la vostra cucina >>

<< Ti faccio portare subito le posate e un bicchiere...ti vedo bene, ci stavamo tutti chiedendo dov'eri finita >>

<< Lavoro...>>

<< E infatti >>

Arianna sorrise, alcuni clienti entrarono di colpo come una mandria di bufali rumorosi.

<< Signori siete...in nove...? prego accomodatevi >> disse Arianna facendo strada ai clienti che parlottavano tra di loro a tono alto e ridendo.

Io mangiavo la mia pizza in un angolino all'ingresso, vicino al forno di Carmine, non mi accomodavo mai in sala.

Con l'accendino stappai la birra ...presi il New York times...una veloce lettura il tempo che si faceva la pizza.

Una Buick grigio acciaio parcheggiò storta, scese un individuo, pareva "Lee "nel "Corvo "

Entrò nella pizzeria, tratti somatici dell'est, grosso impermeabile, un cappello da sbirro.

Cominciò a scrutarmi facendo finta di leggere il menù. Poi si avvicinò mentre la mia pizza fumante era quasi pronta.

<< Kjuss, polizia sovietica...e così lei è la famosissima Christine Stanners >>

Porsi la mano, << Un onore signore >>

Kjuss sorrise

<< L'altro in auto è Fanney, reparti speciali >>

<< Mi deve portare a Quantico...>>

<< Esattamente, i miei capi vogliono che prima facciamo amicizia >>.

<< Avete fatto analizzare gli indumenti delle bambine? >> chiesi

<< Niente, solo che sono di produzione tedesca, la fabbrica ha chiuso il 4 agosto 1965, quarant'anni fa...niente... vicolo buio >>.

<< Dove si trova questa fabbrica? >>

<< Dussendorf >>

<< Ci vediamo a Dussendorf, dica alla squadra di recarsi lì con tutti i fascicoli, speravo di averli ieri >>

<< Burocrazia...ma che diavolo va a fare a Dussendorf? >> chiese Kjuss sorpreso.

<< Dammi l'indirizzo di quella fabbrica >>. Kjuss sbuffando prese uno dei suoi taccuini presenti nelle tasche dell'impermeabile e cominciò a sbirciare tra i fogli...

Lo strappò e me lo diede.

<< Eravamo concordi nel tracciare un profilo con comparazione tutti insieme a Quantico...la squadra antimostro sarà già in viaggio... verso Quantico però >>.

<< Chiama, cambio programma, falli venire a Dussendorf, organizza tutto, finisco la pizza, lei chiami, grazie >>.

Kjuss sfilò dalla tasca piena di taccuini un telefonino annunciando all'autista dell'aereo che saremmo andati a Dussendorf e non Quantico.

<< Eccoti Christine, la tua pizza >> disse Carmine, il vecchio saggio delle pizze, mentre tirava un'occhiataccia a Kyuss, mi fece un gesto interrogativo con la mano...come per dire..." chi è questo tizio? "

<< Tranquillo Carmine il signore è con me, non mangia, tieni ti pago, mangio veloce e vado, salutami tutti >>.

<< Va bene Christine >>.

Squillò il telefonino di David

<< Sono Fanney, ci stiamo dirigendo in Germania, la fabbrica dei vestiti delle bambine ...dovete venire anche voi >>, David riagganciò.

<< Ragazzi giriamo i tacchi, si va in Germania, ordine del grande capo >>.

Il laboratorio sito in Dussendorf, era abbandonato da molti anni.

Sentivo che quello era il primo indizio che Pink aveva lasciato perché voleva giocare con noi, con le autorità.

Uno degli agenti spaccò con una tenaglia la serratura, entrammo, eravamo una quarantina di persone compresi gli agenti armati e i tecnici.

Si sentì un uccello svolazzare e nascondersi subito, era una vecchia piccola fabbrica, c'erano ancora alcuni macchinari presenti, una montagna di polvere disgustosa, un puzzo di chiuso, ma peggio di tutti una maleodorante puzza insopportabile di olio industriale putrefatto.

David mi guardò cercando di capire che cosa stessimo facendo lì.

Feci un gesto e mi feci capire, una perlustrazione.

Accendemmo tutti delle torce, anche se era giorno le vetrate della fabbrica erano così sudice da far trasparire poca luce.

<< Vediamo se è stato toccato qualcosa, se ci sono tracce di vestiti in giro, se l'assassino ha portato via della merce da qui di recente. >> dissi a Kjuss.

Dopo tre ore il verdetto fu unanime, nessuno ci aveva messo piede da decenni...

Proprio nel momento di uscire, la mia torcia prese qualcosa che sembrava pulito e inerme alla polvere, mi avvicinai, vicino ad una taglierina tessile...a terra, quasi nascosta, c'era proprio una traccia del Killer.

Quasi dietro la gamba del macchinario, un pastello rosa.

Lo presi con i guanti e lo consegnai ad un nostro del team dell'FBI che lo mise in un sacchetto.

Fuori tutti mi guardavano come per dire e adesso?

Fanney e Kjuss cominciarono a discutere per organizzarsi.

<< Guarda David, produttori di altalene artigianali, fabbri che le fanno ancora ...in tutta la Germania >>.

David prese il pc e cominciò ad indagare sul da farsi.

<< Ci vorrà del tempo, lo sa Stanners quanti produttori di altalene forgiate a mano potrebbero esserci in Germania?.>> disse Harqui grattandosi il capo.

<< Stiamo perdendo solo tempo, io volgerei le indagini in maniera diversa, stiamo seguendo una pista buia, non vuol dire nulla quel pastello che ha appena rinvenuto >> disse Balakov agitandosi coi gomiti.

<< Guarda David gli ordini di altalena di quella misura, chi ad esempio ne ha ordinate dieci

in un colpo solo, raffina la ricerca >> dissi a David.

<< Un attimo un attimo, non sono superman>> rispose David.

...

Attraversai la strada ed entrai in un caffè con David per fare un primo punto della situazione, chiesi dell'acqua e due caffè lunghi.

Non feci in tempo a finire il caffè che alcuni fuori ci fecero segni vivaci di muoverci.

Uscimmo riattraversando la strada di corsa.

<< Blast di Hannor Blast, fabbro forgiatore a mano di altalene, cittadina di Willich 5668 Rue Koran>> urlò Harqui.

Si sentirono urla, " andiamo andiamo ", risalimmo sulle auto, verso fuori Dussendorf, avevamo tre elicotteri, uno per le forze armate, l'altro della squadra antimostro, l'altro per le attrezzature.

In un'ora potevamo essere nella città di Willich.

<< Ci bruceremo l'effetto sorpresa, per me è meglio non entrare ma aspettare, microspie ovunque, negozio casa di questo tizio, Hannor Blast, se l'assassino si rifarà vivo lo prendiamo >> disse Balakov guardando tutti i presenti in elicottero e armando il cane di una vecchia pistola.

Fanney Kjuss Harqui e Lowell sembravano d'accordo, sulla stessa scia di Balakov.

Tutti mi guardavano cercando il mio consenso.

<< No dobbiamo subito entrare e trovare qualcosa...il serial killer agisce a catena, questo è solo uno dei primi anelli, non ci guadagneremmo nulla da un appostamento tattico, perderemmo solo tempo >>.

<< Che intende è uno dei primi anelli? >> chiese Harqui facendo saltellare una liquirizia nella bocca.

<< Significa che ci stiamo avvicinando piano piano, un passo alla volta, ma la catena è ancora lunga >>.

<< Host e Xavy polizia di Dublino ci hanno mandato i filmati di Pink che entra ed esce dalla scuola >> disse Kjuss girando lo schermo verso di me.

Osservai dal pc le immagini, aveva un borsone, sufficientemente grande da contenere una bambina rannicchiata, aveva un'andatura diversa, nell'entrata della scuola e all'uscita, un travestimento impeccabile…era praticamente irriconoscibile.

<< Cosa ne pensi Christine? >> chiese David

<< Non c'è di alcuna utilità questo filmato, anche ingrandendo sul viso, lo ha fatto apposta a farsi riprendere >>.

<< Dobbiamo scoprire in primis il luogo di consegna di queste altalene…ne ha ordinate nove >> disse Fanney.

<< Esattamente >> risposi guardando Willich dall'alto.

L'autista dell'elicottero si girò e ci disse che atterreremo vicino al campetto di calcio, la bottega di Blast è a cento metri.

L'irruzione fu quella che si vede comunemente nei film, entrammo mostrando distintivi, alcuni degli agenti erano armati di mitra, al signor Blast venne quasi un infarto, di riflesso stava mettendo mano sul telefono per chiamare la polizia pensando ad una rapina...

<< Vogliamo i registri di ordini di acquisto, sapere chi ha fatto questo ordine e dove c'è stata la consegna, o se le ha ritirate qui >> disse Fanney a Blast.

<< Questo è un ordine fatto ad un luna park, è….dato che è statale l'ordine lo ha fatto il sindaco >> rispose Blast.

<< Ha altri ordini ultimamente di altalene di queste dimensioni…? a noi ci risulta che sono quattro. Può controllare? >> chiese Kjuss.

Blast era un uomo sulla cinquantina, mani usurate dal lavoro, calvo con degli occhiali finissimi, di fianco a lui un impiegato giovane terrorizzato.

Ci stampò gli indirizzi nomi e cognomi...

<< Niente da fare cazzo >> urlò Balakov sbattendo i pugni sul tavolo.

<< Ordini internazionali? >> chiesi a Blast,

<< Qualcosa ho avuto mi faccia guardare >>

<< Russia, Repubblica Ceca Ungheria e Irlanda…sono località vicine ai luoghi dei delitti, brava Christine ci siamo >> urlò David mangiando con gli occhi il pc di Blast.

<< Mi dica chi ha fatto questi ordini, come ha pagato >> urlò Fawell prendendo Blast per il collo.

<< Ehi calma calma >> disse Kjuss cercando di togliere la presa sul collo di Blast.

<< Oslo Wagner…carte prepagate >> disse Blast tossendo.

<< Sarà un nome fasullo, controlla David >> dissi.

<< A tutte le unità, il ricercato è Oslo Wagner…ripeto Oslo Wagner >> disse Harqui parlando da un cellulare.

<< Quindi questo tale, Oslo Wagner non l'ha mai visto di persona >> chiese Fawell rimboccandosi le maniche della camicia

<< No signore, tutto al telefono >>.

<<Ah….c'è stato un altro ordine di altalena, è partita l'altro ieri, non l'ho ancora registrato, sempre Oslo Wagner, stessa altalena >>.

<< Destinazione? >> chiese Balakov.

<< Stati Uniti, Richmond, 347 Mean Street >>.

David prese il cellulare, << A tutte le autorità priorità massima, Richmond 347 Mean Street >> urlò David schiacciando diversi bottoni sul suo cellulare.

<< Quindi é già stata consegnata l'altalena? >> chiesi a Blast,

<< Esattamente considerando il fuso, 8 ore fa >>

<< Cazzo cazzo>> parlottai trattenendo la furia.

<< Stati Uniti, Richmond, ucciderà negli Stati Uniti, Pink ora è negli Stati Uniti, in prossimità di Richmond >> urlò Balakov al suo telefono.

Richmond ore 05.57 del mattino.

Lo sceriffo di Richmond, Dennis Pry stava crogiolando un piccolo sonnellino, si toccò la panza pensando che un giorno sarebbe ritornato atletico come in gioventù.

Bevve un sorso del suo caffè bollente e si asciugò i baffi, il sergente Calann gli bussò dal vetro e si fecero un bel sorriso.

Una volta al mese lo sceriffo aveva il turno di notte... ancora tre minuti al cambio

Squillò il telefono

Rimise le gambe conserte e appoggiò il caffè

<< Sono Sochin FBI, i miei uomini stanno arrivando questo è l'indirizzo, mandi tutte le pattuglie lì, 347 Mean Street codice 9988 serial killer. >>

Pry si ricordò la grammatica di quel codice, anche se era la prima volta che lo udiva.

<< Sì signore >>, con uno scatto fulmineo Pry schiacciò un segnale di emergenza dalla sua tastiera di fronte e si avvicinò il microfono alla bocca.

<< A tutte le unità emergenza assoluta 347 Mean Street >>

Si affacciò alla finestra

<<CalannCalann! >> gridò lo sceriffo

Dalla sua radio Calann aveva già sentito la diramazione dell'emergenza.

Pry prese la giacca e si lanciò fuori dall'ufficio, Calann gli si fece incontro con l'auto a motore rombante.

<< Oslo Wagner esiste veramente, ne ho sei qui in Germania >>...disse Fawell sventrando le dita sul pc con una velocità impressionante.

<< Cercami David bambine scomparse…qui in Germania >>.

<< Un attimo un attimo >> anche David si stava spaccando le meningi sul suo pc.

<< Dobbiamo restringere la ricerca >> disse Kjuss.

<< Tra pochi minuti avremo tre nostri uomini e la polizia a quell'indirizzo di Richmond >> disse Harqui con il fiatone.

<< Bambine scomparse me ne dà una marea, mi si apre il mondo >> disse David.

<< Fammi vedere >> risposi a David prendendo io il sopravvento sul pc.

<< Ci abbiamo già guardato prima …non è nulla correlabile con le nostre indagini >> disse David trasudando tensione e nervosismo.

<< Al nostro serial killer piace il vecchio, l'antico, vediamo se siamo fortunati >> risposi a David quasi come una madre.

<< Il mistero del collegio di Van Mayer, il collegio dove scomparirono sette bambine...beccato, ecco…nella piccola cittadina di Neersen>>, apparirono immagini e trafili di giornale in bianco e nero...

<< Riprendiamo gli elicotteri saremo lì in mezz'ora >> urlò Fawell ruotando la mano verso

gli agenti armati, in due secondi uscimmo dal negozio di Blast che si girò a guardare il suo impiegato irrobustito come una mummia.

<< Interessante ecco il nostro uomo, Olso Wagner, 65 anni, ai tempi viveva di fianco al collegio a questo indirizzo. Ci risulta più volte rinchiuso in istituti psichiatrici, ora è a Bonn, istituto privato Merks...che è anche uno dei dottori che lo ha seguito da piccolo. >> urlò David sorridendo.

<< Prima andiamo a Neersen, avvisa questo Merks, dobbiamo interrogare lui e Oslo Wagner, non cantar vittoria David, siamo ancora lontani dalla verità >> dissi ai presenti.

<< Ho il dottore Merks al telefono >> disse Fawell, che mi passò il cellulare.

<< Dottor Merks, sono Stanners, Christine Stanners, abbiamo urgenza di incontrarla, riguarda Oslo e il collegio Van Mayer...>>

<< Capisco...domani mattina se vuole vengo a Neersen...forse almeno voi dell'FBI e Interpol avrete la forza di rompere il silenzio su questa brutta faccenda, un silenzio che dura da decenni...ci sono dei documenti segreti che andrebbero analizzati...sono rinchiusi nel comune di Neersen...>> disse Merks con voce profonda

<< Di quali documenti parla >>

<< Non ne parliamo ora al telefono, sono fuori città ma posso essere a Neersen domani, non mi mandi degli agenti nella mia clinica, domani sera sarò a Neersen...ci vediamo al comune diciamo verso le 16 >>

<< Va bene dottor Merks, la ringrazio a domani...e riguardo a Oslo >>.

<< L'ultima volta che è uscito dalla clinica è stato sei mesi fa...gradirei se mantenesse la parola, non ha nulla da temere, Oslo Wagner non è la persona che state cercando, lo potrà interrogare ma in mia presenza >>.

<< Va bene dottore a domani >>

<< Allora mandiamo una squadra? >> chiese David...

<< No per ora no, domani vedrò Merks a Neersen, adesso dobbiamo analizzare e dare un'occhiata a questo collegio >>.

Harqui parlò un attimo con l'autista dell'elicottero

<< Signore atterreremo proprio dentro il collegio...non c'è problema >>

<< Va bene >> rispose Harqui appoggiando una mano sulla spalla del pilota.

<< Il killer è negli Stati Uniti, dovremmo andare subito a Richmond e lasciar stare questo collegio >> disse Balakov indispettito.

Balakov sedeva di fronte a me nell'elicottero, appoggiai la mano sulla sua, il gesto non fu subito accolto bene dal capitano.

<< Io la rispetto capitano Balakov, ma per arrivare a catturarlo dobbiamo ripercorrere tutte le tappe di questa storia, snodare tutti i dubbi e anello per anello arriveremo a Pink. Deve avere pazienza capitano >>.

Balakov mi guardò arricciando sottile lo sguardo, era tagliente come un rasoio, esattamente come il clima che si respirava.

Arrivò una telefonata a David

<< Signore il garage è vuoto, non c'è traccia né di persone sospette né di un'altalena >> disse l'agente FBI Sammer di fianco allo sceriffo Pry che impartiva ordini su eventuali posti di blocco.

David appoggiò il cellulare sulla spalla

<< Troppo tardi, ha già spostato l'altalena e probabilmente ripulito tutto >>

Scossi la testa...

<< Ascolti, faccia venire la scientifica, impronte, qualsiasi cosa, poi voglio che interrogate il corriere che ha fatto la consegna >> disse David

<< Si signore >> rispose l'agente Sammer.

Il viso di David si accartocciò in un preoccupato misto rabbia, voleva catturare Pink in un giorno, ma si stava realmente rendendo conto della portata psicologica di questo serial killer.

<< Quindici minuti all'arrivo a Neersen signore... sta arrivando un bruttissimo e violento temporale, dobbiamo fermarci c'è un serio pericolo di fulmini >> disse l'autista dell'elicottero che nel mentre ci parlava indicava al suo collaboratore le brutte previsioni meteo a Neersen e dintorni.

I tre piloti degli elicotteri si scambiarono informazioni sul da farsi, il temporale era mostruosamente violento.

Fawell mi tirò un'occhiata e David cercò anche lui di analizzare la situazione.

<< Sta arrivando un'altra squadra da Parigi, saranno qui domani mattina >> sentii le parole in viva voce di Sochin rimbalzare per tutta la cabina.

<< Aspetteremo domani mattina, >> disse Harqui osservando snervamente le mie labbra muoversi.

<< Alloggiamo in questo albergo…è l'unico ostello con dieci camere presente a Neersen, >> disse David.

<< L'altra squadra è attrezzata anche per le esterne, o possiamo alloggiare qui fuori Willich>> disse Kjuss

<< L'altra squadra deve stare di fianco a noi, alloggeremo tutti in quell'hotel >> disse Fawell tagliando il discorso.

Venne un vento fortissimo, un freddo incredibile, era più simile ad una bufera che a un forte temporale, le pesanti scrosciate d'acqua non erano di un normale acquazzone, tre secondi ed eri lavato fradicio, il vento era così forte che quasi ti levava i vestiti di dosso.

Gli elicotteri fecero brusche manovre per l'atterraggio.

Erano quasi le sette di sera, non si vedeva nulla se non poche case, una chiesa, una cascata di acqua, lampi e tuoni che laceravano i timpani, la giornata lunga laboriosa e faticosa ci aveva ridotti a dei minuscoli esseri contro la natura, forse questa bufera era proprio Pink contro di noi...una metafora.

Mezza FBI stava traslocando da ogni parte del mondo a Richmond.

Invece noi eravamo lì, in un piccolissimo paesino sperduto della Germania, Neersen.

Pink aveva previsto sicuramente anche questo.

Il temporale era datato fino alle 4 di notte...

Entrammo nell'albergo, il proprietario davanti come una statua sogghignava sguardi attoniti ma anche fieri, qualche soldo finalmente sarebbe entrato in cassa ...

<< Che tempaccio signori...non c'è problema per gli elicotteri possono rimanere lì, è comunque mia proprietà >> disse il proprietario accennando ad un lievissimo senso di inferiorità...

<< Siete dell'esercito...o della marina? >> chiese un ragazzino appoggiandosi di fianco al padre.

<< Quanti clienti alloggiano ora? >> chiese Harqui

<< Vuoto, solo una coppia di turisti austriaci al pian terreno, non badate a loro, se ne vanno domani mattina >>.

Entrammo naturalmente lavati fradici, David prese subito da parte il proprietario dell'albergo, mettendogli la mano sul braccio e quasi trascinandolo un poco distante, gli vociferò nell'orecchio qualcosa in uno stretto tedesco.

<< Mostra le stanze ai signori >> disse il proprietario al ragazzino.

Il ragazzino prese un mazzo di chiavi...

David parlò ancora qualcosa in privato con il proprietario dell'albergo, lievemente preoccupato di tutto quel via vai di agenti mitra pistole e distintivi.

Concordammo di mangiare ognuno nelle sue stanze, poi all'indomani prestissimo visita al collegio.

Io ero in stanza con David.

Mi buttai nella doccia, calda, mentre i vetri delle finestre tremavano e ogni sorta di rumori provenire dal burrascoso tempaccio. Sbuffai e osservai lo specchio...passai un colpo di asciugamano sui capelli. Cambiai l'intimo e indossai una felpa e un maglione quelli da campo, pantaloni di lana calda.

Sfiorai i caloriferi il proprietario li aveva appena accesi.

Mi accaparrai una sigaretta e mi lasciai andare sul letto stanca, entrò David.

<< Mi cambio anch'io mi lavo…tra un'ora arriva la cena >>.

Il sipario del silenzio fece da padrone.

<< Bè che c'è...ottimo lavoro oggi Christine, passi da gigante >>

<< Non lo prenderemo mai David, fattene una ragione >>

<< O non dire fesserie...invece lo prenderemo, è un serial killer come tutti gli altri >>

Alzai il busto di scatto ma stando sempre seduta sul letto.

<< Non è un serial killer come tutti gli altri >>

<< Hai già catturato diversi serial killer, cosa cambia in questo, la tua sta diventando una fissa >>

<< Sta giocando al gatto con il topo...e noi siamo il topo >>.

David cambiò volto, si sfilò la cravatta con impeto e la buttò sul divano, slacciando la camicia sfibrò un bottone che cadde a terra.

<< Vuoi rovinare una camicia da 300 dollari? >>.

David non rispose e mi prese ad occhiatacce poi scappò in bagno per la doccia sbattendo con forza la porta.

La cena fu in totale silenzio, bussò solo una volta Lowell per chiederci se era tutto a posto.

David prese il letto singolo, di fianco al mio matrimoniale.

Eravamo entrambi svegli, la luce dei fulmini illuminava a sprazzi la stanza, le tapparelle non erano state abbassate del tutto e nemmeno chiuse le persiane...il rumore dei vetri della finestra che tremava era un dolce fievole verso il sonno... ci piaceva anche quella luce dei fulmini entrare ed illuminare i nostri volti...sinceri e pensierosi, quella luce dei fulmini irradiava nella stanza anche un Cristo appeso alla parete, di fronte a me.

Squillò il cellulare di David

<< Pronto >>

<< Lowell buonasera, scusi per l'orario...ho saputo di notevoli passi avanti >> disse Ernest Dramanov.

<< Sì...abbiamo fatto grandi scoperte, siamo sempre più vicino, lo prenderemo...lo prenderemo >>

<< Molto bene...>>.

<< Colpirà a Richmond, siamo più che certi, un'altalena è stata fatta recapitare dalla Germania negli USA...>>.

<< Lo sa signor Lowell che non devono prenderlo le autorità, mio padre lo vuole, e anche mio fratello Luigi...trepidiamo tutti dalla voglia di avere Pink nei nostri sotterranei, sarebbe il miglior trofeo di sempre >>.

<< Lo so Ernest, al momento giusto lo sfileremo dalla mano dell'FBI facendogli sentire solo l'odore di Pink, Pink lo catureremo e ve lo daremo noi, gli accordi non si rompono...con Zodiac e il mostro di Firenze siete stati più che soddisfatti >>.

<< Esatto, esatto...molto bene...buona notte >>

<< Buona notte >>,

David chiuse la telefonata con Ernest, mi arrivò un sms da Luigi...

" Come stai...? tutto bene ? " con due specie di cuoricini vicino.

" Sto bene Luigi, ma starò meglio quando questa storia sarà finita...mi viene da vomitare...il mostro è pronto a rapire ed uccidere ancora un'altra bambina ".

Dopo due minuti mi arrivò la risposta di Luigi

" Ricordati che mio padre e mio fratello sono convinti che non ce la farai, nonostante hai preso il mostro di Firenze e hai individuato chi è Zodiac, più altri due serial killer negli Stati Uniti, loro sono convinti che Pink sia imprendibile, anche per una eccezionale come te, anche per una dalle sensazionali capacità e intuizioni come te, e loro ti stimano parecchio voglio ribadirlo ci tengo, ma per loro Pink è un animale troppo forte, anche per una forte come te. Ovviamente loro sperano nel contrario, che tu e David ce la fate a prenderlo, sperano naturalmente in un miracolo, ma per me non lo sarà...lo catturerai con facilità, un cacciatore cattura sempre la sua preda.

Solo io ho scommesso su di te...non deludermi ...

ti amo..."

Le luci del mattino si mischiavano a quella sottile nebbia.

In fretta e furia ci preparammo, David notò che avevo una pistola, ma non mi degnò nemmeno di uno sguardo o una minima considerazione. Presi atto di ciò e mi posizionai anch'io in egual maniera come lui, silenziosa e riservata, niente di personale deve interferire a gamba tesa in questa storia...quindi cominciai a comportarmi come lui, mi dai picche...? anch'io rispondo picche...non era più una questione di soldi, Pink andava catturato il prima possibile.

Il collegio era davanti a me.

Gli agenti piallarono via le enormi catene strette al cancello principale. Era una tenuta di grandi dimensioni…la cosa che mi balzò all'occhio erano le finestre di cornice bianca, mi facevano rabbrividire, e infine l'altalena, il ferraccio enorme... eccola.

Mi avvicinai per guardarla meglio, più da vicino, Fawell mi passò le foto delle altalene delle vittime…era veramente sorprendente la somiglianza di questa altalena con quelle delle vittime, anche nei particolari più stretti, le catene i bulloni, la pianta della struttura dell'altalena erano identiche...

Sfiorando l'altalena ebbi un flash back...una bambina vestita con un pigiama bianco e un coltello insanguinato in mano correre sui divani al pian terreno del collegio, saltava da un divano all'altro. Poi si ferma e si gira a guardarmi.

Il suo viso era coperto da lunghi ma pochi capelli spelacchiati.

<< Forse questa pesa di più…>> elargì tristemente Fawell..

<< Ce la fa un uomo da solo a caricare e scaricare da un furgone un'altalena di quel peso? >> chiesi a Fawell.

Fawell rispose senza indugio

<< Questa no di sicuro, ci sarà un pollice in più di ferro, più robusta, direi che questa pesa sui 250 300 kg…quelle altre delle bambine sono sui 170 kg...un uomo forte può da solo spostarla...ma non questa, comunque è pressata a terra da bulloni…Signor Holomm, venga qui, stacchi da terra questa altalena, voglio pesarla...>> disse Fawell prendendo la radiomobile dalla cinta.

<< Sì signore >> rispose Holomm facendo un gesto con la mano e rosicchiando dal silenzio radio un ordine.

Altri aiutarono, presero misure e altri rilievi dell'altalena.

<< Signor Fawell è della stessa misura delle altalene in cui furono rinvenute le

bambine...stessa tecnica di forgiatura, molto simile a questa mano, solo che questa altalena direi che potrebbe avere cento anni. >>

<< Grazie Kenneth >> disse Fawell.

Mi girai guardando tutti i presenti, << Massima prudenza >>.

David estrasse la sua pistola dalla fondina...

I ragazzi dei reparti speciali aprirono la porta principale.

C'erano tre pianoforti accatastati un po' così, cinque violini, due violoncelli sui divani arricciati nel cellofan, era completamente pieno di polvere, si palpava con mano che fosse un ambiente chiuso da anni, ma, ma non sembrava così disabitato ad osservarlo con più cura, era tutto tremendamente immacolato, qualcuno gironzolava ancora in questo posto, le pareti fino a due metri da terra erano tutte rivestite con un raso elegante, un misto con cotone trattato e lucidato, un verde acqua con striscette a verde più intenso, i soffitti erano a cupola con delle magnifiche decorazioni di angeli e bambini, i bordi in legno avevano delle sporgenze in stile romano.

Di fianco alla sala ingresso, sulla sinistra un'altra grande sala, delle poltrone di pelle bianca un vecchio televisore e uno splendido enorme pendolo alto circa quattro metri.

A destra invece la cucina, spaziosa, una porta che dava in un'altra grande stanza, una sala da tè o dove mangiavano, un lungo tavolo rettangolare di dodici metri.

<< Secondo quello che sappiamo è quarant'anni che qui è disabitato, dal 1964 >> mormorò Sochin illuminando le pareti della sala ingresso.

Alcuni agenti e Kjuss presero le scale verso i piani superiori. Sochin si chinò a terra e con uno strumento avanzato cercò di individuare eventuali recenti presenze nel collegio osservando con cura il pavimento, in cerca di possibili tracce.

Io e David andammo verso sinistra, verso la cucina.

Sfiorai col dito il lavello il tavolo e alcune sedie, poi aprii degli armadietti, David mi fece luce con la torcia per vedere meglio.

<< Non c'è polvere...guarda David >> bisbigliai piano, Balakov e due agenti entrarono anche loro nella cucina pistole in pugno.

<< Cos'hai Christine non ho capito >> mi chiese David a bassa voce.

<< Non c'è neanche un granello di polvere qui in cucina, come invece dovrebbe esserci...>>

<< E che diavolo vuol dire questo, la polvere c'è dove ci abita qualcuno, altrimenti non c'è >>

<< Almeno un velo, dovrebbe esserci, controlla i mobili il tavolo all'ingresso...lì un filo di polvere c'è >>

<< E quindi? >> concitò David impaziente

<< Vuol dire che dobbiamo capire che cosa Pink ci vuole indicare >>.

Harqui ruppe il silenzio mentre scendeva le scale di corsa.

<< Ho trovato un coltello macchiato mi sembra sangue e un pastello rosa in una stanza al secondo piano...scientifica >>, Harqui diede il coltello e il pastello ad un altro agente.

Si sentì un urlo improvviso provenire dal secondo o terzo piano e subito diversi colpi di arma da fuoco.

Scattammo tutti sulle scale, poi un secondo urlo ma più soffocato.

<< Qui sopra signore terzo piano a destra stanza cinque...>> si sentì urlare da chissà chi.

Corremmo tutti di scatto sulle scale.

Arrivammo tutti di prepotenza al terzo piano e poi nella relativa stanza...

C'era un agente in terra e il suo collega che lo stava aiutando a rialzarsi.

<< Che diavolo sta succedendo >> chiese David

Dinnanzi alla finestra, c'era una bambola gigante di dimensioni umane, con il vestito di pizzo, immersa nella penombra, con sembianze umane, le treccine lunghe castane...con una corda al collo, una bambola impiccata…impiccata ad una corda agganciata al soffitto...l'agente aveva colpito il pupazzo, la bambola ondeggiava per i colpi d'arma da fuoco ricevuti.

<< Cristo Santo >> qualcuno disse, tutti gli agenti alla vista della bambola ondeggiante alzarono le armi puntandole verso la finta bambina.

<< Abbassate le armi è solo un maledetto pupazzo >> esclamò un agente mentre dava una mano al suo collega a rialzarsi. Tutti sembravano dimenarsi come zanzare impazzite. Nel lato della stanza, nella penombra, con un colore acceso vermiciattolo, dietro l'uscio traballante di un armadio aperto e schioccante per il vento della finestra aperta, appariva ai nostri occhi una vanga così su due piedi, indefinibile, assolutamente fuori luogo in una stanza, una vanga con del sangue ancora fresco rappreso sui bordi.

Laggiù c'era una vanga,

si interruppe un silenzio surreale, viscido, non so quanti di noi conservassero buon umore, io no, buon'anima agli sciocchi, inchiodati tutti come balzane oche cercavamo la benevolenza di un'autorità inesistente, io non lo ero quell'autorità, la seggiola inchiodata in fondo alla stanza sembrava uguale a quella che si sedette l'ultima volta mio nonno Gene, il giorno prima di morire, quando diede l'ultimo assedio al pacchetto di Marlboro.

" Mocciosa vai a prendermi la pipa, poi voglio quel vecchio Braulio che tuo padre tiene dietro il frigor, lo ha nascosto apposta lo so "

" Non puoi bere nonno lo sai "

" Stai zitta e muoviti, altrimenti scendo io le scale, schifosa "

" Distenditi nonno, non posso portarti alcolici, me l'ha detto la mamma "

" Maledetta lurido pattume, sei una tubercolosi che striscia nelle viscere dell'inferno "

" Anche tuo figlio Elijah mi ha raccomandato per la tua salute, per il bene del nonno non portargli alcolici "

Il nonno scatarrò sul pavimento per dichiarato affronto, poi, con la testa bassa e la panza che sporgeva malsana dall'irriconoscibile canottiera alzò il pugno in senso di sfida.

" Fatti la doccia...poi ti porto vestiti puliti, freschi, nuovi, ti sentirai meglio "

" Io voglio scopare e bere per Dio, non posso scopare fatemi bere per la Madonna " sgridò scomodamente il nonno tirando un pugno feroce sul comodino e spaccando qualcosa...forse un piatto di avanzi di giorni fa.

Le sue sbracciate violente da baronetto non facevano paura a nessuno, era un fuoco di paglia, ardeva e si spegneva, si accendeva e si spegneva, ma alla fine innocuo, anche se le sue parole quando avevo dodici anni facevano male...

" Che angolosa e fantoccia mente ti ritrovi ragazzina "

" Devi lavarti e mangiare, se ti lavi e mangi poi di nascosto ti porto due bicchieri di Braulio, promesso "

Si sentì un ruggito dallo stomaco del nonno, si sedette sul letto pensieroso.

" Che bel vestitino che hai mocciosa "

" Allora siamo d'accordo? ".

Come Dio volle, dopo un lungo digiuno, il nonno Gene accettò il pesante compromesso, doccia e vestiti puliti, in cambio di un po' di Braulio.

Passivamente accettò la mia mano destra per sorreggerlo, l'acqua della doccia era tiepida, fumosa, invitante per una bella lavata dalle sudate e appiccicose corpulenze che portava, con timidezza e dolcezza lo accompagnai al bagno, la cipolla di vapore era invitante, il nonno accettò che lo aiutassi nei movimenti, i suoi stenti nei movimenti più semplici gli fecero chiusa la bocca dai molti insulti che voleva dire...

Il suo brutale e languido viso si contorse come vossignoria comanda, prima mi indicò il water con un gesto della mano, esplose un barile di merda puzzolente, molle e dura, un fardello, sospirava e si sforzava come un campanaccio, la serva puledra al cavallo maschio, non aprii la finestra, la stanchezza sembrò stravolgerlo a dir misura,

" Il peggio è passato nonno, dai che la fai "

Il nonno tacque incredibilmente e mi osservò con canonico occhio.

Il nonno si grattò il culo per la cagata mal pulita, le sue dita raccolsero residui di feci, ma lo aspettava la doccia, evitò che gli dessi una mano a pulirsi nelle parti intime, annaspò un attimo sulle mattonelle, ma la catenella della doccia la tenevo io in mano, quindi passai l'acqua abbondante sul suo sedere sporco, per pulirlo a dovere, presi una spugna e azzardai nel toccarlo, il nonno non disse nulla, gli passai bene il culo, poi misi nella spugna altro liquido schiuma disinfettante, il suo corpo sembrò prendere altri benefici, si sfogò tirando qualche pugno nella doccia, gongolava maledettamente chiuso nella sua ferocia, la lavandaia nipote lo stava pulendo a dovere, il nonno arrossì un attimo alla mia possibile vista del pisello accartocciato e completamente inetto, cercò un sapone in terra sul pianerottolo, per far vedere che sapeva fare qualcosa, bestemmiò in un americano schiuso, mi degnò di uno sguardo lucido, nel frattempo il suo pene si indurì all'improvviso come una colomba trepidante, cambiò ruspante il suo volto, non completamente avvilito mi indicò di sciacquare il viso, dall'alto, quindi mi alzai, appoggiandosi al muro di rimpetto invocava acqua in viso e sulle spalle, era gracile simil ad un grissino, quindi tenevo sempre una mano di sicurezza sul bacino, crollando a terra poteva farsi male, quella miccia del suo pisello si fece sempre più verticale e grosso e duro, da paralitico sembrò eccitarsi, tirò indietro il collo come se cercasse di bere, il mio braccio alzato non arrivava sopra la sua testa...non sapeva più che dispiaceri procurarmi quindi si orientò nella delizia, si lasciò andare in un affabile inconsueto piacere privato, io ero lì come una fessa a fargli da schiava, si girò di colpo, il suo pisello era sufficientemente duro ora, voleva scoparmi, mi guardò intensamente, nella mia bocca succosa, nel mio culo succoso, nella mia figa vergine succosa, stava girando nella mente la perversa ruota, buttai la canna della doccia in terra e corsi via, presi l'intera bottiglia di Braulio e la portai nella sua camera mentre si stava asciugando, la posi sul letto, vicino, un bicchiere pulito.

Il giorno seguente, Gene l'equilibrista tra una minestra e la sigaretta, tremava cadendo, la foglia appassita dall'albero, è la morte che sta giungendo inquieta, morbida, ma anche solidale, che catapecchia, arriva l'uragano...il nonno Gene se ne andò.

David mi toccò ad un braccio, << Ehi ci sei...? >>, mossi il capo come un risveglio dopo l'incantesimo << Sì sì…ci sono…>>

<< Vediamo di mettere la luce in questo posto qui, non voglio altri scherzi del genere o altre trappole >> disse Fawell.

<< Allora...? sta corrente? >> disse un agente mentre parlava alla radiomobile.

<< Dieci minuti e ci sarà la luce signore >> gracchiò una voce alla radio.

<< Ok...bene, passo e chiudo >> rispose l'agente.

<< Chiedo a tutti un attimo di attenzione...scusate…>> dissi mentre sfioravo con le dita il mobilio e qualche porcellana presente nella stanza, mossi i polpastrelli...c'era una sottile polvere...ma non in cucina pensai.

<< Allora chiedo ai tecnici di analizzare la cucina al piano terra... Pink vuole dirci qualcosa...e questa risposta è nella cucina, c'è polvere in tutta la casa tranne che in cucina...come mai? >>.

David mi scansava con freddezza, ma ora il mio unico pensiero era fermare un assassino che uccideva bambine a caso.

Scendemmo tutti al piano terra, in cucina.

I tecnici si misero subito in azione, con delle strumentazioni di rilevamento...

<< Ma di preciso signore cosa stiamo cercando? >> chiese uno dei tecnici.

<< Qualcosa...ma non si sa che cosa >> risposi al tecnico sferrando un sorrisino magnanimo.

I minuti passavano...spostarono mobili, il forno, il piano cottura il grosso armadio.. ma nulla

<< Di preciso saprai qualcosa, cosa cerchiamo se non sappiamo neanche cosa cercare >> bisbigliò Kjuss nel mio orecchio

<< Qualcosa di anomalo...di strano…si dice così...no? >>

<< Signore sembra che qui sia vuoto...il muro dico >> disse un agente,

<< Un passaggio segreto >> dissi cercando l'attenzione di tutti.

<< Ci deve essere una leva da qualche parte >> disse David

<< Guardi qui signore, la striatura sul pavimento di novanta gradi >> disse un agente che sdraiato per terra analizzava il pavimento.

<< Se si osserva attentamente si apre questo pezzo di muro, ci sono i segni vicino alle piastrelle, un passaggio segreto esatto, la leva deve essere qui vicino >> disse Fanney passando l'indice sul muro

<< Butta giù vediamo, non perdiamo tempo >> disse Fawell. I tecnici presero dei picconi, quattro colpi e il passaggio segreto era davanti ai nostri occhi. Balakov accese una torcia, << Entriamo distanza minima, occhi aperti >> disse Balakov, finalmente l'austero e mai contento capo della polizia sovietica Balakov mi degnò di uno sguardo soddisfatto, forse eravamo sulla strada giusta.

Una volta entrati si accese la luce e si illuminò anche il passaggio segreto...era una specie di tunnel scavato alla buona, piuttosto stretto che girava attorno alla casa con una pendenza rilevante sotto terra. All'ingresso era subito a spiovente verso il basso, senza accortezza potevi ruzzolare giù e ammazzarti.

Il passaggio segreto man mano che lo calpestavamo si allargava leggermente...Lowell pestò un topo << Cristo ...maledizione >> urlò David.

<< Sei un pezzo da novanta dell'FBI e hai paura di un topolino >>

<< Stai zitta Christine >>.

Proseguimmo cauti e passi lenti per una trentina di metri, passai la torcia sulla scuola delle scarpe, c'era una specie di terriccio rosso, grezzo e umido, pareva lettiera per gatti,

<< Fermi tutti! >> gridai.

Notai in terra un topo lacerato, quasi mummificato e un odore di naftalina da torcere lo stomaco, superai quella manciata di agenti che mi precedevano, passi molto lenti, la torcia catturò una conca a terra, una scavatura, perfettamente mimetizzata con il terreno che stavamo calpestando, in realtà nella conca c'era dell'acido pericolosissimo. Presi da terra un piccolo sasso, lo gettai nella conca, si polverizzò in pochi secondi, una fiala chimica appannò le narici, tutti presero a tornare indietro per non inalare portandosi le braccia sul naso.

<< Non mettete piede lì dentro, attenzione…un piccolo saltello >>.

<< Ma che succede >> disse Sochin superando la fila.

<< Una conca di acido, una trappola, attenzione >> disse David a Sochin.

Dopo circa duecento metri, di pareti giallastre e topi...si sentì un odore acre e furibondo, malsano, tipo vomito e muffa...a quel punto la pendenza prese invece verso l'alto...notai appeso alla parete del corridoio segreto, un quadro di Hitler, proseguimmo per circa ancora un centinaio di metri, tanto che dopo un po' ci trovammo di fronte a degli scalini...quindi presumibilmente il tunnel partiva dal pian terreno della casa...per poi andare sotto terra circumnavigando un lato del collegio, per poi ritornare in superficie.

Terminati gli scalini eravamo in una specie di aula bunker, una specie di grossa caverna, piuttosto voluminosa, c'era un tavolo rotondo, sul tavolo delle candele, appesi al muro dei sai neri e uno rosso. A quel punto arrivò la corrente, l'ambiente si illuminò un poco, c'erano tre lampadine sporche in tre angoli e una lampadina penzolante al soffitto. Era il posto più terrificante che avevo mai visto in vita mia, un brivido mi assalì dalla schiena,

Davanti a noi, in un angolo in fondo sulla destra, c'erano sette corpicini, umani, ammassati uno sopra l'altro, ormai ridotti in scheletri. Poco più avanti un cancello d'acciaio, si scorgevano piccole fessure di luce tra le sterpaglie che lo ricoprivano.

Ebbi subito un *flash back, delle persone incappucciate intorno al tavolo, il sacerdote con il saio rosso alza la coppa, tutti bevono sangue, di fianco a loro, un bambino piccolo, sui quattro cinque anni che osserva la scena...*

Pensai immediatamente che qui in passato avvenivano messe sataniche segrete, l'ombra di una setta…riti occulti, adorazione del diavolo.

<< Mio Dio...sono corpi umani, di bambini >> disse Harqui passandosi un fazzoletto sulla fronte sudata,

<< Buttate giù quel cancello d'acciaio e rasate via quelle sterpaglie >> disse Balakov.

Arrivò una telefonata a David...

<< Il professor Merks è già arrivato, è in comune ci sta aspettando >>.

Vicino ad uno dei corpicini ...per terra, un altro pastello rosa...lo feci vedere a David e agli altri illuminandolo con la torcia, David accennò con un pesante sguardo squadrista e disgustato.

<< Pink è stato qui e ha lasciato un altro pastello, come quello trovato dal signor Harqui poco fa e uguale a quello trovato nella fabbrica a Dussendorf>> osservai.

Harqui fece un cenno con la testa,

<< Vengo io e la mia squadra, gli altri staranno ancora qui al collegio per setacciare e investigare ulteriormente nelle stanze e sulla zona esterna del giardino >> disse Harqui.

<< Organizzatevi per portare via i cadaveri, autopsia, la scientifica al lavoro grazie, signori muoviamoci >> ordinò Sochin.

Il dottor Merks era seduto su una panchina vicino al comune.

Aveva sicuramente più di novanta anni. Era un po' magro e deperito in volto, i suoi occhi olivastri e tristi, persi, dicevano tutto su quello che mi avrebbe detto. Era vestito con un completo cashmere marrone chiaro, un cappello datato grigio con finiture rigate nere.

Si alzò per darmi la mano.

<< Sono il dottor Evander Merks>>

<< Christine Stanners>>.

<< Mi hanno detto tutto di lei...so che ha catturato due serial killer negli Stati Uniti...>>

Rimasi di sasso, questa era una cosa che sapevamo solo io e David.

<< Solitamente David non svela queste cose >> dissi sulle difensive.

<< Non si scompigli signorina Stanners, ne sia invece orgogliosa, la mente umana può arrivare dove nessuno immagina...io ho accettato di aiutarvi a patto che sapessi nome per nome chi sono le persone qui oggi a Neersen>>

<< Quindi ha dovuto sputare il rospo segreto >> risposi a Merks ridendo.

<< Oh non vi preoccupate...rimarrà un segreto...e tale rimarrà...ha la mia parola signorina Stanners>>.

Ci fu una piccola pausa...

Il tempo era migliorato, si schiariva il cielo lasciando un azzurro pulito, c'erano ancora nuvole brontolone sopra la nostra testa, ma meno cattive, il vento era calmo ma non inetto...il sole giocava a nascondino ...

<< Credo che lei sia l'unica persona che possa far luce su questa faccenda...credo nelle sue straordinarie capacità investigative, lei ha un dono signorina Stanners...vede e capisce ciò che le persone più acute non arrivano a comprendere, e questo fa di lei un detective perfetto, una macchina da guerra, una perfetta cacciatrice di serial killer, anche se qui non solo parliamo di questo Pink, ma ci sono misteri ombre, cose incredibilmente misteriose e malvagie che hanno avvolto questo paesino e quel collegio per più di un secolo >>.

<< Poco fa abbiamo rinvenuto i cadaveri delle sette bambine scomparse >> dissi a

bruciapelo mentre Merks stava tirando fuori dalla sua borsetta di pelle alcuni documenti e fascicoli.

Merks si paralizzò.

<< Il collegio era dotato di un passaggio segreto sotterraneo >> dissi fissando il professore.

<< Incredibile >>

<< Mi dica tutto dottore, dobbiamo fermare Pink al più presto ha già rapito un'altra bambina negli Stati Uniti >>.

<< Moltissimi anni fa avevo in visita Oslo Wagner, un bambino che viveva con la sua famiglia vicino a quel collegio...c'è tutto scritto qui...nel breve le dico che c'è sicuramente stato un demone in quel collegio, e quel demone abbia attaccato Oslo e attaccato e colpito la sua insegnante Carla Vonnell...questi sono i documenti di un tempo, alla donna fu fatto un doppio esorcismo, entrambi andarono male, il primo, Don Byronn si prese un ictus e poi morì a distanza di poco tempo, il secondo, il cardinale Di Gregorio si ritirò subito dalla chiesa e da quello che so di lui non si sa più nulla, ha aderito al voto del silenzio >>.

<< E sarebbe? >>

<< Non può più parlare con nessuno, chi prende questo voto deve rigidamente stare nel silenzio più totale, solitamente si ritirano in posti isolati o si fanno rinchiudere in conventi sperduti chissà dove, per evitare contatti umani >> rispose Merks

<< Leggo qui di Oslo visioni e visioni veritiere...mi spieghi la differenza >>.

<< Sicuramente il demone direi ceppo madre >> alzai la mano

<< Ho letto qualcosa sul ceppo madre...è molto raro e potente ...forse l'ho letto su qualche libro esoterico >> dissi interrompendo il dottor Merks

<< Esattamente ad esempio il mostro di Firenze è ceppo madre >> disse Merks, alzai di nuovo la mano sbiancando

<< Che c'è? >> chiese di petto il dottor Merks notando il mio viso mutarsi, i miei occhi luccicarono di paura, tremai, il mio corpo si indebolì all'improvviso.

<< Sto bene nulla nulla...mi parli di queste visioni dottore >>.

<< Allora sicuramente alcune delle visioni di Oslo erano incubi e basta...ma io sono convinto che alcune di quelle visioni, ricordi ...siano fatti reali e accaduti a lui in tenera età, parliamo di fatti brutti >>.

<< Quindi sta parlando di una persona fisica che posseduta da questo demone abbia torturato Oslo? >>

<< Esatto esatto, il demone in una terza persona che colpiva Olso, comunque Oslo su mio consiglio la famiglia si trasferì lontano da qui...Oslo venne in cura in età adulta ancora altre volte nella mia clinica...quel passato in quel collegio lo ha segnato per tutta la vita, lo ha proprio distrutto >>.

<< L'altalena è un elemento di unione tra le bambine e Oslo...e lo è ora per Pink... le sette bambine rinvenute stamattina nel collegio sono vestite in maniera identica alle bambine che uccide Pink, il cadavere è sempre su un'altalena, identica a quella nel giardino dell'ex collegio Van Mayer >>.

Merks scosse la testa divorato dalla paura.

<< Leggo qui...tra i suoi vecchi appunti, spostamenti di oggetti nel collegio...anche quando era disabitato...lei quindi lo ha ispezionato più volte >>

<< Esattamente...la prima volta che ci entrai notai che era stata spostata l'altalena, sono i segni della presenza di questo potentissimo demone >>.

<< Ci sono molti nastri di Carla Vonnell, è solita prassi registrare i suoni e quello che dicono i posseduti >>

<< Esattamente, qui ho i miei nastri, naturalmente non ho a disposizione alcuni nastri che invece registrò Iacopo Di Gregorio l'esorcista incaricato dopo Byronn dell'esorcismo e della guarigione di Carla Vonnell...ma, se le può interessare >>

<< Li ascolterò...se ho eventualmente qualcosa da chiederle posso chiamarla? >>

<< Certamente >>, Merks dalla tasca cercò con imbarazzo il suo biglietto da visita...

<< Ah eccolo...c'è anche il numero di casa >>

Christine prese il biglietto del dottor Merks e lo mise nella sua borsetta

<< Leggo ancora non mi convince Carla Vonnell...poi in comune nascondono qualcosa di orrendo su quel collegio...nessun sindaco mi ha mai voluto dare queste informazioni >> chiesi porgendo elogio al lavoro del dottor Merks

<< Esattamente signorina Stanners>><< Benissimo...leggerò meticolosamente tutto in due giorni, c'è molto materiale, adesso possiamo tranquillamente rompere questo muro di omertà >>.

Ci alzammo stringendoci la mano.

<< Lei è un mentalista, uno psicologo e psichiatra e grande esperto di esoterismo...due dottorandi a Francoforte...ma leggo nel suo curriculum che non è un esorcista...è esatto? >> chiesi mentre leggevo il suo impressionante curriculum e stato di servizio.

<< Esatto...tutto quello che so e che ho scoperto su quel collegio e su Oslo, su questo demone, lo troverà scritto in quelle carte che le ho appena dato >>

<< Lei è un professionista straordinario dottor Merks>>, Merks sorrise

<< Ora io ho novantadue anni...mi deve scusare, ho il mio autista che mi riporterà a Bonn, mi tenga informata signorina Stanners>>. << Sarà fatto >>. Merks strinse un minuscolo sorriso abbassando un poco il bavero del cappello in segno di saluto...poi, lo guardai mentre si allontanava lentamente.

Mi diressi con passo veloce verso la squadra, feci un segno a David.

Entrammo nel comune, c'erano due impiegati e il sindaco che ridacchiava al telefono seduti alla meno peggio su una scrivania.

<< Ma chi siete che state facendo >> disse un impiegato alzandosi di scatto.

<< Lei rimanga seduto e faccia silenzio, FBI Interpol, abbiamo un mandato tutti fuori >> urlò Harqui.

Il sindaco mise in fretta e furia in chiusura la telefonata.

<< Ma chi siete che diavolo sta succedendo >>

<< Lei è Reiner il sindaco, buongiorno, dove sono gli archivi vogliamo i fascicoli sul convento di Van Mayer...>> disse David mostrando il mandato di perquisizione...

<< Ma deve essere firmato da un giudice >> borbottò Reiner

<< Legga bene sindaco, in caso di Km rosso no...è capace di leggere? >>.

Una decina di agenti armati varcarono i sotterranei del comune, accesi la luce, c'era molta carta vecchia in giro.

<< Trovate tutto sezione U ultimo scaffale >> disse Reiner sempre contrariato da questa intrusione, sballottò nervosamente i fogli di autorizzazione.

<< Ultimo scaffale sezione U >> urlò Harqui.

C'erano tre fascicoli, presi e aprii, c'erano delle fotografie vecchissime, direi dell'ottocento di tombe aperte...e cadaveri...

1887 alla tenuta dei Van Mayer trovato il braccio di un uomo defunto giorni prima e sotterrato al cimitero di Neersen...

1897...a Neersen il terzo caso di cadavere estratto dalla tomba...

dottor Fropp, medico legale, il tombarolo mangia i cadaveri, trovati tracce di cannibalismo...brandelli di carne mancanti...

Notai diverse foto in primo piano, dove il cannibale aveva mangiato parte della pancia o delle gambe...

La polizia cerca il cannibale di Neersen...

<< Che cosa c'è...? trovato qualcosa? >> chiese David.

<< Vado in albergo devo leggere bene tutta questa roba e i documenti anche del Dottor Merks, non voglio essere disturbata, trovati un'altra stanza voglio rimanere sola...domani partiamo per gli Stati Uniti, organizza tutto, dobbiamo andare a Richmond, prepara le squadre. >>

Il gelo tagliava l'aria, David mi prese per un braccio

<< Il dottor Merks ti ha dato dei documenti? >>

<< Sì...>>

<< Voglio sapere di che cosa si tratta, voglio capire che cosa unisce questo paesino di merda con Pink >>

<< È quello che sto cercando di capire anch'io...>>

<< Ehi...ma che ti prende...siamo una squadra, non dimenticartelo >>

<< Lasciami lavorare, fai quello che ti ho detto...>>

<< Non c'è un'altra stanza è tutto pieno, siamo in metà di mille in un albergo che può

ospitarne venti persone al massimo… Christine …non è il momento di fare i capricci >>

David con la sua flemma fece quasi da moderatore, cercava una comunicazione e una reciproca collaborazione.

<< Va bene ci vediamo in stanza...analizzeremo tutto...e lo faremo insieme >>.

Giorno seguente

Una parte della squadra aveva già raggiunto Richmond, Fawell e Balakov.

Il sindaco di Richmnod, Ron Konrad servì un liquorino a tutti i presenti, sorridendo tra i suoi baffetti spioventi, assaporando già la vittoria.

<< Signori abbiamo appostamenti ovunque, su tutte le strade che danno fuori dalla nostra città e anche quelle interne, posti di blocco ovunque e controlliamo ogni furgone o camion, qualsiasi mezzo che possa contenere un'altalena di quelle dimensioni...non ha via di scampo, credetemi...lo staneremo quel gran figlio di puttana >>,

<< Potrebbe essere fuori Richmond in qualche piccolo borgo o paesino e aver già lasciato la città >> rispose Balakov

<< Se così fosse ho già avvisato tutti da qui fino a confini e tutti gli stati confinanti, ci sono appostamenti ovunque in tutto lo stato, anche se è a trecento chilometri da qui non ha alcuna possibilità di trasportare la bambina e un'altalena senza che venga segnalato. Ho provveduto a tutti i residenti di chiamare le forze dell'ordine, insomma ci siamo organizzati al massimo delle forze con meticolosità, era quello che ci avete chiesto...no? >> rispose Konrad con tono grave.

Fawell prese in disparte Balakov continuando la conversazione intimamente in un angolo della stanza.

Bronson e Shimann dal distaccamento FBI di Dallas erano in attesa di una eventuale contromossa.

<< Il governatore è già stato messo al corrente, ma chiede riserbo sulla faccenda e chiede inoltre qual'è la prossima mossa dei federali. >> chiese Melany ispettore capo di Richmond.

<< Stiamo aspettando ordini dall'alto >> rispose Shimann versandosi anche lui del liquorino.

<< Signori per cortesia non scaldiamo l'ambiente, siamo tutti qui per un solo scopo, fermare un serial killer...serve collaborazione ma anche comprensione >> elargì Konrad.

<< La comprensione l'ho finita ieri, ci hanno comunicato che David Lowell e una certa Christine Stanners, una civile e mentalista sono a capo della task force...ma noi non possiamo aspettare che con comodo vengano qui...sono ancora in Germania insieme a Sochin e tutti gli altri >> disse Bronson concitando le frasi con ampi schiocchi di dita.

<< Sappiamo che è qui vicino, non può essere lontano, aveva solo due o tre ore di vantaggio su di noi, è ancora a Richmond...dobbiamo aspettare che esca allo scoperto e lo prenderemo >> rispose Fawell guardando acidamente i suoi colleghi.

<< Stiamo controllando depositi e magazzini abbandonati o garage noleggiati di recente >>disse Melany

<< Ottima mossa >> disse Balakov.

<< Signori rimaniamo in allerta domani da Washingtonn arriveranno altre squadre di agenti dell'FBI...ora se volete scusarmi >> disse il sindaco Konrad sedendosi lentamente.

Dalle carte a me date dal dottor Merks e recuperate dagli archivi del comune, mi balzò indubbiamente all'occhio chi per un certo periodo portò il demone dentro il suo corpo.

Ovvero Carla Vonnell...è l'unica che poteva sapere dove fossero le sette bambine e come fare per ucciderle e nascondere i cadaveri. Lo appresi inizialmente dalla lettera che Oslo scrisse a lei la sua maestra come compito in classe...le bambine forse narcotizzate, poi uccise e messe lì a marcire nel sotterraneo. I corpi erano a Monaco per l'autopsia, ma ben poco mi sarebbe servita questa informazione.

Quindi la bambina che si aggirava nel collegio e che faceva i dispetti a Olso quando era piccolissimo era sicuramente Carla Vonnell...Carla Vonnell partecipava alle messe sataniche con i coniugi Van Mayer e la signora Stuart, Carla Vonnell è deceduta nel 1968 e la scomparsa delle sette bambine è datata 1964.

La signora Van Mayer è deceduta di morte naturale dieci anni fa, suo marito si è suicidato nel 1964, otto anni fa è deceduta la signora Stuart, una delle insegnanti del collegio...rimane in vita il suo successore, la professoressa di musica Dorothy Halann... presi il pc di David, cliccai Dorothy Halann...

Richmond Virginia.

Sobbalzai dal letto, presi il cellulare

<< Sì sono Fawell>>

<< Richmond via Monroe 16 interno 9 è lì che è la prossima vittima...ci abita una certa Halann Dorothy! >> urlai a squarciagola.

<< A tutte le unità, Richmond via Monroe 16 interno 9, muovetevi massima urgenza >>

Il sindaco e Balakov presero la notizia dalla radiomobile della polizia.

Tutti presero a salire in gran velocità sulle automobili, tranne Balakov che si accese una pipa e iniziò a gironzolare nervosamente nella centrale di polizia di Richmond, come un poliziotto azzoppato dalla puzza sotto il naso.

Shimann e Bronson annunciarono che erano già giunti sul posto, per primi, erano a bordo di un elicottero che sorvolava la città. L'elicottero atterrò in un giardino privato di una casa accanto a quella di Dorothy Halann.

Pistole in pungo gli agenti si avvicinarono all'ingresso per l'irruzione mentre si vedevano già alcune volanti della polizia nella penombra avvicinarsi a forte velocità.

Shimann picconò due porte con un tronchese, una aveva il lucchetto, una volta dentro la casa gli agenti urlarono

<< FBI!!! >>.

Shimann e Bronson fecero l'entrata proprio da protocollo, coprendosi le spalle a vicenda, come il loro insegnante in accademia spiegò di fare, come esattamente i libri di testo e le esercitazioni dicevano di fare.

Si parlavano ora con i gesti delle mani, al piano terra e al primo piano non c'era nulla..ora erano nei pressi della cantina e del garage dell'abitazione, nessun segno d'effrazione alle finestre o porte, nessun segno di lotta o sangue in giro, Bronson accese una piccola torcia che portava nella caviglia degli stivali, si notava un automobile impolverata molto vecchia, anni sessanta, cartaccia in giro, un bidone dell'immondizia, una mansarda con attrezzi da giardino e robaccia un po' alla rinfusa...sulle pareti del garage quadri di animali del nord Europa...

Shimann in mancanza della luce elettrica aprì una delle due cler, la luce del sole inondò la cantina, in fondo l'altalena, c'era una bambina, era sull'altalena in posa, occhi lacerati e bigodini proprio come le altre bambine, sempre quel vestitino di pizzo bianco, Bronson toccò la gola della bambina, si sentì il chiasso delle sirene e delle molte auto che stavano giungendo sul posto

<< Posso dire che il cadavere è ancora caldo, è morta da non più di due ore >> disse Bronson parlando alla radiomobile. Shimann fece un segno a Bronsonn,

<< Una lettera...guarda...mittente Pink...destinatario il cacciatore di serial Killer Christine Stanners, >>Shimann si mise i guanti e prese il foglio all'interno, aveva una scrittura da bambini piccoli

Sarai sempre un passo dietro di me mia cara dottoressa Stanners...La bambina è ReganeFost, la nipote della signora Halann ah a proposito la signora Halann l'ho dovuta uccidere, mi spiace pace all'anima sua, l'ho sciolta nell'acido presente in quel bidone in fondo è sigillato, fate molta attenzione agenti è pericoloso

un abbraccio il vostro amico Pink

poi una faccina da clown disegnata sempre da una mano da bambino.

Lo sceriffo Pry entrò nel garage...

fece il segno della croce

<< Mio Dio...>>.

<< Non toccate nulla, la scientifica sarà qui a breve, dobbiamo aprire quel bidone la in fondo, dovrebbe contenere il cadavere di Dorothy Halann...è pieno di acido, lo devono aprire i tecnici con dei guanti e maschere apposta >> disse Shimann.

Fawell entrò nello scantinato...scuotendo la testa e grattandosi la nuca.

<< Calligrafia, mandiamo la lettera ai periti forensi >> disse Bronson consegnandola a Fawell, che annuì con il capo.

Interrogatorio Oslo Wagner

C'era una grande strada, costeggiata da alberi immensi secolari, il sole si nascondeva timido tra le nuvole. La clinica del Dottor Merks era appena fuori città, in fondo a questo grande vialone.

Il tassista mise la retro, stava sbagliando strada, poi imboccò il vialone, c'erano un groviglio di persone a metà strada, il tassista rallentò, due uomini sulla carrozzina che venivano portati da assistenti vestiti di bianco, e quattro uomini di mezza età giocare a quei giochini che si fanno all'asilo, io ti tocco la spalla mentre sei girato e devi indovinare chi ti ha toccato.

Il suolo stradale in prossimità del convento si estendeva di un corpulento manto sassoso a mosaico, bianco e nero. All'ingresso per quei pochi scalini delle rose rosse impeccabilmente curate. Il dottor Merks mi ricevette nel suo ufficio, quando entrai Oslo Wagner era intento a guardare le pagine di un libro, come se cogliesse in pieno la magnificenza di quella sartoriale rilegatura.

<< Dottoressa Stanners si accomodi >>

<< Dottor Merks è un piacere rivederla >>.

Mi adagiai su una delle lustrissime poltrone del Dottor Merks, sfiorando con le mani la freschezza e la morbidezza della pelle.

<< Dottoressa Stanners...Oslo Wagner >>

Oslo lasciò il libro su uno scaffale, si alzò dalla sua poltroncina verso di me facendo un maldestro inchino.

Oslo era piuttosto alto e robusto, pochi capelli spettinati e umidi da luccichio che gli cadevano a spuntoni sulla fronte, la lingua era perennemente appoggiata al labbro inferiore e sporgeva fissa. Aveva profondi occhi castano chiari, lo sguardo era approssimativamente spento, vuoto, triste.

Camminava come se avesse un mal di schiena, indossava dei pantaloni neri molto usurati e un maglioncino sgualcito marrone con il girocollo. Diedi la mano, ma Oslo non contraccambiò, ritornò subito sui suoi passi, poi, si girò, si bloccò per qualche secondo, e si lasciò cadere a peso morto sulla poltrona, come fanno i bambini, o gli adulti che vogliono fare i bambini, o i malati di mente.

<< Ora Oslo, la dottoressa Stanners ti farà qualche domanda...pochi minuti...va bene Oslo? >>

<< Va bene >> mormorò Oslo biascicando le parole.

<< Oggi come ti senti? >>

<< Molto bene Dottoressa Stanners...>>

<< Mi fa piacere Oslo, so che sei spesso qui in clinica in compagnia del dottor Merks, so che hai vissuto per diversi periodi anche in una casa tutta tua, e facevi il garzone, qualche lavoretto...>>

<< Sì...ma non mi piace tanto lavorare >> rispose Oslo toccandosi continuamente la punta dell'indice destro con la mano sinistra.

<< Quindi ti piace di più stare qui che stare in città, nella tua casa...>>

<< Comprensibile se vado là mi fanno lavorare...io starei anche a casa mia, ma devo stare chiuso e arrivano spesso gli assistenti sociali a ficcare il grugno >>

<< Non ti piacciono i ficcanaso >>

<< Esattamente...>>

<< Hai incontrato qualcuno nella vita fuori da qui che invece ti piace? >>.

Oslo continuava a toccarsi l'indice come un nevrotico, fissò il soffitto come per pensare alla risposta

<< Mi piace la cameriera di un bar in centro...>>

Sorrisi.

Ci fu qualche secondo di silenzio, Merks ripose la biro in un cassetto, si accarezzò le mani, poi si pose comodo con la schiena, mani in conserte, si rifugiò in se stesso cercando di inquadrare meglio il mio interrogatorio, avvinghiando lo sguardo su di me.

<< Se io aiuto te Oslo, tu aiuterai me? >>

<< Come posso aiutarla? >> rispose Oslo incuriosito

<< Tu sai chi è Pink...? conosci la storia? >>

<< Lo conosco, so la storia...>>

<< E chi te ne ha parlato? >> incalzai

<< Non lo so, una voce >>

<< Spiegati meglio Oslo, chi è questa voce? >>

<< L'ho trovato scritto su un foglio a casa mia, c'era scritto Pink...l'assassino che uccide le bambine con un pastello rosa >>

<< Hai ancora quel foglio...? >>

<< Forse...anzi no, l'hanno buttato via gli assistenti sociali >>

<< Quanto tempo fa è successo Oslo? >>

<< Qualche mese fa...>>

<< Hai avuto altri contatti con la persona che ha scritto quel foglio? >>

<< Una volta mi ha chiamato al telefono, Pink, ricordati che uccido le bambine, una frase del genere >>

<< E tu cosa hai detto al telefono? >>

<< Mi sono messo a ridere...>>

<< E poi? >>

<< E poi è caduta la linea...tutto qui >>.

<< Capisco...quindi non hai avuto paura a parlare con Pink? >>

<< Lui uccide bambine, nessun timore quindi >>

<< Ma non sei rimasto sorpreso della sua telefonata >> dissi ondeggiando tra il tono affermativo e interrogativo.

Oslo sembrò rifletterci.

<< Forse sì, ma non ricordo con esattezza, anzi sì, ero un po' sorpreso >>.

Ci fu un po' di silenzio, feci finta di annotarmi qualcosa su un taccuino.

<< Le posso chiedere qualcosa in ricordo del nostro incontro? >> chiese Oslo a bruciapelo fissandomi negli occhi.

<< In che senso qualcosa? >>

<< Un oggetto che possiede nella borsa, qualcosa di suo, così io mi ricorderò per sempre di lei >> disse Oslo con tono affettuoso.

Aprii la borsetta e diedi a Oslo un foulard di seta misto azzurro e gelsomino.

<< Un foulard...è bellissimo >>

<< Grazie...sei contento? >>

<< Contentissimo...>>

<< Ora sarai anche contento Oslo di sapere chi ti torturava quando eri piccolo, chi ha ucciso le sette bambine del collegio >> risposi secca, portando la conversazione su altro livello, Merks chiuse gli occhi come se disapprovasse totalmente questo mio ultimo intervento a gamba tesa e scrollò leggermente il capo come a desistermi nel continuare su quel punto.

<< Direi che è un argomento che dovrebbe interessarti Oslo, no? >>

Oslo cominciò a ruotare il capo osservando sempre il soffitto, mise le mani nei capelli chiudendo gli occhi in una smorfia grezza e accattivante.

<< Carla Vonnell, la tua maestra, è lei...è un serial killer...era lei che ti faceva del male quando eri piccolo, era lei che amava torturarti, è stata lei a rapire le sette bambine, nasconderle in un sotterraneo del collegio e poi ammazzarle a badilate con una vanga, ha ucciso come sta facendo ora Pink con altre bambine...la tua maestra poi è stata preda del demonio, l'esorcismo non le ha salvato la vita, è morta dalla potenza malefica del demone dentro di lei, è stata a sua volta divorata e uccisa dal demone...eri tu Oslo il bambino piccolo che assisteva alle messe sataniche, in quelle messe c'erano i coniugi Van Mayer la signora Stuart e Carla Vonnell adulta, il ricordo che hai della signora Stuart che uccide i gatti non era un sogno ma bensì realtà, uccideva i gatti perché poi alle messe veniva bevuto il loro sangue >>

<< Se è venuta fin qui per dirmi questo >>

<< Sono venuta fin qui per dirti esattamente questo, perché chi è invaso dal demone ma non uccide e a sua volta non viene ucciso è perché è una persona buona...come te Oslo...tu sei buono...puro, il demone non ti ha fatto commettere omicidi ne ti ha preso l'anima...ti ha massacrato con incubi tremendi sì, ti ha fatto soffrire sì, ma non ti ha piegato come invece è successo a Carla, hai superato con forza questi ostacoli, sei stato bravo, sei solo imploso però ora in un piccolo handicap mentale...mi capisci...? sono stata chiara?. Questa è l'ultima tua sfida Oslo, devi abbattere l'handicap, la partita con quel demone non è ancora finita, devi fare un ultimo sforzo >>.

Merks osservò l'orologio a pendolo sulla parete.

<< Bene, credo che sia tutto, la dottoressa Stanners ha finito >> concitò Merks con grave preoccupazione stringendosi nelle spalle.

Mi alzai stringendo la mano al dottore e accarezzando Oslo sulla spalla, senza guardarmi Oslo prese ad odorare con intensità il mio foulard.

<< A presto...grazie dottor Merks...arrivederci >>.

All'uscita il tassista stava finendo una sigaretta, la gettò a casaccio, mi aprì la portiera con un gesto fulmineo...un secondo prima di salire alzai lo sguardo al terzo piano, quella che doveva essere la finestra dello studio del dottor Merks, fissai per un secondo la finestra, c'era una magnifica tenda decorata bianca che la copriva completamente, ma ad un tratto, di colpo, Oslo spostò la tenda, tenendola scostata con il braccio sinistro, con la mano destra e il suo pene nel foulard, cominciò a masturbarsi guardandomi fissa negli occhi, mi bloccai qualche secondo osservandolo nella sua masturbazione barbara...poi risalii in auto...pensierosa e stanca.

<< Sono Sochin come va? >>

Fall si aggiustò la cornetta del telefono spulciando delle carte

<< Grama mi ha dato altro personale, stiamo setacciando ogni pista di eventuali estremisti di destra, ho oltre trecento agenti che stanno lavorando giorno e notte, abbiamo già fatto oltre cento interrogatori e analizzato più di quattrocento fascicoli di vari gruppi estremisti, per ora nulla signore >>

<< L'Interpol? >>

<< Loro si cuccano i fascicoli dell'Europa, noi i fascicoli negli States, per ora nulla anche da loro >>

<< Ok Fall, buon lavoro, continuate così >>

<< Grazie signore...a proposito mi hanno chiamato dal nucleo comando, Murphy mi ha chiesto per le conferenze stampa >><< Nulla, assolutamente, categorico >> rispose Sochin<< Agli ordini signore...ho però in linea privilegiata Beatty e Delahant del Washington Post, chiedono di conferire per loro in esclusiva, sono in sala d'aspetto da più di un'ora, cosa devo fare signore? >>, << Hai fatto bene a chiedermelo Fall, dieci minuti, solo dieci minuti...c'è altro Fall? >><< Nulla signore >><< Buona giornata allora >><< Buona giornata anche a lei signore >>.

Fall per l'enorme mole di lavoro non rincasava neanche più, dormiva in ufficio, l'obiettivo era trovare l'indizio che collegasse un gruppo di estremisti di destra a Pink, e di conseguenza avere il nome del serial killer.

Fall schiacciò un pulsante sul display del telefono

<<Rodrine? >>

<< Sì signore? >>

<< Faccia entrare i giornalisti grazie >>

<< Subito signore >>.

Dopo cinque minuti Debora Beatty e Roger Delahant varcarono l'uscio dell'ufficio di Fall. Fall si alzò per stringere le mani.

Fall diede una rapida pulita alla scrivania, levò due cartacce e versò il posacenere nel bidoncino sotto la scrivania.

<< Dieci minuti signori, solo dieci minuti >>

<< Dottor Fall ci risulta che Pink forse non agisca da solo...>> chiese Beatty

<< A quanto ci risulta agisce da solo >>

<< C'è una particolare rilevanza nel come uccide e dove? >>

<< Dove no, la geografia dei delitti è casuale, il come ci indica uno squilibrato indubbiamente, sono modalità che rientrano in quella che è stata sicuramente la sua infanzia >>

<< A che punto sono le indagini? >>

<< Abbiamo una pista solida, importante, una pista trasversale che ci porterà a breve alla sua identificazione >>

La parola passò a Delahant

<< Nello specifico Dottor Fall l'altalena è una presenza anomala sui luoghi dei delitti, alcuni esperti dicono che è massoneria, servizi segreti...>>

Fall sorrise riponendo una biro nel suo astuccio.

<< Questi così detti esperti che cita lei, dovrebbero sapere che le bambine non sono uccise dove le ritroviamo, ma altrove, quindi nello specifico il ritrovamento delle altalene non è nei luoghi dove viene compiuto il delitto e la tortura delle bambine, è ben diverso >>

<< Allora qual è il significato figurato dell'altalena...? lo si potrebbe comparare al significato figurato dei pastelli? >>

<< Ammetto che è anomalo la presenza delle altalene, anzi direi unico caso al mondo, ci stiamo studiando sopra ma non credo che cancelli tutti i libri di testo di criminologia di questo mondo >>

Fall continuò a rispondere alle domande iniziando però a guardare l'orologio ogni minuto, non vedeva l'ora di comunicare ai presenti " Signori, i dieci minuti sono passati grazie ".

Agenzia FBI dislocamento Nashville

Tirava un vento micidiale quella mattina, le foglie giallastre svolazzavano come farfalle per le strade, la corrente era già andata via due volte, l'agente Cotton si accorse di avere la camicia bianca con il colletto sporco.

Due suoi colleghi entrarono in ufficio con un uomo anziano ammanettato,

<< Voglio parlare con il mio avvocato brutti stronzi >>

<< Stai zitto vecchio e siediti...>>

Cotton osservava la scena divertito...non aveva mai fatto un arresto in vita sua.

Il vecchio dall'aspetto trasandato e mal vestito, nel sedersi osservò quale delle quattro sedie scegliere. Ci mise un bel pugno di secondi prima di scegliere l'ultima sedia, poi si alzò e si sedette su quella di fianco che era identica, ma sembrò garbarla.

<< Chi è? >>

<< Frank Gundogann...>>

<< E chi cazzo è >>

<< Il barbone ricco, l'ha beccato Quaide mentre rovistava nei cassonetti alla periferia di

Gravel…era latitante da tre anni >>

Cotton si avvicinò per guardare meglio Gundogann

Gundogann alzò il viso notando Cotton che lo scrutava

Era proprio un vecchio con la faccia da sadico maledetto, un naso enorme occhi senz'anima, rughe sgualcite dalla rabbia…

<< Tu chi cazzo hai da guardare >> esclamò Gundogann

Cotton tirò un calcio nella pancia di Gundogann che cadde a terra col fiato mancante.

<< Tu glielo dici a tua sorella >> disse Cotton ridendo

I colleghi si girarono mentre stavano firmando scartoffie.

<< Tienilo vivo, deve fare due ergastoli >> disse Quaide sorridendo

<< Maledetto…mi hai tirato un calcio fortissimo, bastardo >> disse Gundogann dolente in terra mentre si stringeva le braccia alla pancia

<< Quarantanove bancarotte fraudolente non male per un barbone che ha cento milioni alle isole Cayman >> disse Cotton

<< Su su dai adesso in piedi Gundogann, dai alzati >> disse l'agente Manney, che con un braccio lo aiutò a rialzarsi, l'agente West che passava di lì diede una mano anch'egli a Gundogann, prendendolo da sotto il braccio.

<< Allora per stanotte dormirai alla suite nove, domani arriverà la firma del procuratore e ti porteremo in galera…domani potrai fare la tua telefonata all'avvocato… >> disse Quaide che fece un segno ad altri due agenti.

Gundogann fu allontanato e scortato in una cella al terzo piano.

<< Un mio vicino di casa investì tutto in uno dei suoi investimenti, è rimasto in mutande >> disse Manney mettendo a posto il colletto della camicia di Cotton,

<< Giustizia è stata fatta…sono felice, a vermi simili dovrebbero accendere le camere a gas >> rispose Cotton

<< Non hai niente da fare stamattina? >> chiese Manney,

<< Sono il fortunato come metà ufficio >>

<< Pink? >>

<< Pink, esatto >>

<< Non ti invidio, perderai tre decimi di vista >>

Cotton sorrise, << Ritorno alle scartoffie…a dopo >>

<< I biglietti per la partita? >>…

Cotton abbassò il capo sconsolato

<< Ti sei dimenticato? >>

<< Cazzo cazzo >>

<< Dai ci penso io…la partita è tra tre settimane, ne troverò ancora qualcuno in giro di sicuro, non ti preoccupare Terry >>

<< Scusami William me ne sono dimenticato, con tutto il lavoro su Pink, non andiamo neanche a pisciare >>

<< Ti capisco >>Manney uscì dall'ufficio a caccia di biglietti

L'agente Cotton ritornò alla sua scrivania, aprì un cassetto e prese una banana.

Rosicchiava e leggeva, rosicchiava e leggeva, il tempo scorreva, Cotton si buttò sulle noccioline, divorò due pacchetti mentre continuava a leggere un fascicolo dietro l'altro.

Interruppe di colpo la masticazione, colpo di scena inaspettato.

<< Ehi Jim vieni qui un attimo…>>

Jim stava finendo delle fotocopie, aveva l'aria stravolta.

<< Ci stiamo morendo con tutti questi fascicoli da leggere…>>

"Guadagnatelo lo stipendio "disse una voce in fondo all'ufficio.

Jim alzò il dito medio alzando il braccio, poi si avvicinò all'agente Terry Cotton, che pian piano riprese la masticazione delle ultime briciole di noccioline.

<< Guarda Jim, corrisponde…dimmi la tua >>.

Jim prese il fascicolo e diede una rapida lettura

<< Cazzo cazzo, chiama Fall alla sede centrale, mi sa che ti becchi la promozione e l'aumento Terry…>> urlò Jim.

<< Ok chiamo, mando una mail con dentro tutti i faldoni >> rispose Terry

Due ore dopo

<<Fawell buongiorno sono Fall…ascolta forse ho una dritta interessante ci arriva dai nostri colleghi a Nashville, il gruppo neonazista sovversivo "le bestie di Hitler ">>

<< Sono in aeroporto, mandami tutto a Washingtonn>>

<< Ti giro tutta la squadra, ora siamo in 215 agenti FBI e 90 dell'Interpol sulle pratiche, li gestisci tutti tu ora >>

<< Allora è una dritta di ferro >>

<< Direi di sì, inutile scavare ancora, mettiamo tutte le forze lì, ci concentriamo solo qui >>

<< Grama? >>

<< Grama è d'accordo con me…>>

<< Molto bene, avviso Sochin, ci sentiamo >>

Quattro giorni dopo

Carcere di Spring Creek Correctional Center

Alaska

Tra le montagne innevate e una strada pericolante dal ghiaccio, Fawell raggiunse il penitenziario, aveva un forte dolore alla schiena, aveva finito il cortisone, il riscaldamento dell'auto gli dava fastidio al viso, gli fischiavano anche a tratti le orecchie per lo stress accumulato.

Si grattò i testicoli, era tre giorni che non si lavava, non aveva più l'appetito che aveva prima di indagare su Pink…Fawell si fermò davanti al cancello della prigione, l'auto si spense, dei poliziotti gli diedero una mano a spingerla dentro nel parcheggio, una faticaccia, la neve incrostata sulla strada rendeva la manovra più difficoltosa. Fawell notificò i suoi documenti in segreteria, entrò con aria svogliata e con il suo borsone…il calduccio dell'ufficio sembrava apprezzarlo, i suoi occhi erano piatti, schivi, forse era un po' depresso dall'enorme mole di lavoro.

<< Poi signora mi deve mettere un timbro qui, questo del governatore rimane a voi >> disse Fawell

<< Vuole parlare con il direttore del carcere? >> chiese la segretaria

<< No no, mi serve solo un suo autografo >>

Entrò Anton Grise, capo delle guardie

<< La stavamo aspettando dottor Fawell >>

<< Facciamo veloce…è importante >>

<< Lei sta già avviando le pratiche di scarcerazione senza aver ancora parlato con il detenuto >>, *si gioca a scacchi non a dama coglione, secondo te vuol rimanere ancora chiuso qui dentro per altri vent'anni?*

<< Non si preoccupi signor Grise, mi porti da lui >>

<< Sì signore >>.

Fawell mostrò il tesserino, due agenti aprirono con tre giri di chiave la porta dalle grandi sbarre d'acciaio.

Dentro una piccola stanza poco illuminata, ammanettato Tom Boulke, cittadino americano, arrestato dieci anni fa per sovversione allo stato americano e cospirazione.

Fawell prima di entrare diede un'altra sbirciata alla cartella del detenuto.

Fawell entrò nella stanza e si sedette.

<< Buongiorno signor Boulke, io sono George Fawell, FBI >>

<< Io ho già detto tutto quello che sapevo, che cazzo volete ancora da me >>

Fawell sbuffò contrariato e si scompigliò i capelli.

<< Non sono qui per questo…ho letto tutto di lei e ricordo anche i giornali >>

<< E saprà anche che mi avete condannato a trent'anni per aver fatto un cazzo >>.

<< Tagliamo corto…ho bisogno di un'informazione, di un nome e cognome, o di un indirizzo…e lei è il solo che può aiutarmi, il suo socio Frensdann è morto l'anno scorso >>

<< Non capisco lei chi è e cosa vuole da me, non sono più un nazista, lo dica al giudice, io non ho mai ucciso nessuno e mai ordinato a qualcuno di uccidere >> disse Boulke

<< Non ha mai ordinato a nessuno di uccidere qualcuno per il buon nome della sua organizzazione >>

<< Per il nome dell'organizzazione che è stata sciolta dieci anni fa >> replicò Boulke non cadendo nel piccolo tranello di Fawell.

Fawell sorrise divertito continuando a fissare Boulke negli occhi.

<< Un gay, un afroamericano, un ebreo e due nomadi sinti Ungheresi…qualcuno però li ha uccisi…no? >>

<< Ho detto tutto al processo maledizione >>

<< Eh sì è proprio una maledizione oggi, eccola qui >>, Fawell scaraventò un documento davanti a Boulke.

<< Lei è un uomo libero signor Boulke, firmata dal procuratore e dal governatore…una bella grazia…>>

A Boulke gli si sgranarono gli occhi, mentre leggeva il suo sorriso si allargava conquistando tutto il volto.

<< Tutti i membri del vostro gruppo sovversivo sono stati arrestati, tutti tranne uno, ne manca uno, dai vostri archivi risulta Arnold Rick Bowe, un nome fasullo…>>

Fawell tornò al silenzio.

Boulke alzò il mento verso il poliziotto.

<< Era un tipo strano ricordo, è venuto a tre o quattro riunioni, tre in Europa e una qui in America, vestiva come Hitler, diceva che era una delle uniformi del Fuhrer, aveva anche le divise della SS, non so dove si fosse procurato quella roba, perché era autentica…diceva che aveva ucciso a badilate suo padre a 16 anni, perché non gli voleva dare i soldi per le vacanze…aveva carisma forza fisica e psicologica, ci sovrastava insomma >>

<< Aveva quindi più carisma dei due fondatori, te e Frensdann>>

<< Esattamente…noi fondammo "le bestie di Hitler "… naturalmente volevamo mantenere saldamente il comando, non volevamo qualcuno che minasse la nostra autorità, Bowe era proprio una bestia, anche mentalmente, sapeva soggiogare le menti meglio di me e Frensdann, una volta mangiò un gatto crudo, anzi ancora vivo, lo scannò con uno stiletto davanti ai nostri occhi, ad una riunione, era una bestia, aveva tre passaporti ricordo, disse

che era nei corpi speciali sotto Milosevic >>

<< Quindi ha fatto la guerra nei Balcani? >>

<< Non lo disse mai espressamente >>

<< Veniva da solo?, o lo accompagnava qualcuno dei militanti alle riunioni? >>

<< Veniva solo, Igor Djostovich fu lui a farlo entrare >>

<< Abbiamo perquisito l'abitazione di Djostovich, nulla, lui non ricorda nulla di questo fantomatico Arnold Rick Bowe, ho letto le duemila pagine del processo negli ultimi cinque giorni dormendo tre ore al giorno, nulla…dobbiamo trovare ora adesso qualcosa Boulke, altrimenti marcirai qui per altri vent'anni >>

A Boulke gli si strozzò la gola come un nodo, il pensiero di altri anni qui era un macigno di dolore.

<< Noi siamo nati come gruppo di estrema destra, sì è vero qualche rapina rissa…ma noi facevamo per noi stessi, non c'era l'intento di voler violare la pubblica sicurezza o fare sovversioni politiche, noi adoravamo Hitler e il nazismo, basta, ma doveva rimanere lì la cosa >>

<< Il giudice non fu d'accordo, insomma siete partiti in due, dopo due anni eravate in 300, bruciavate le bandiere americane, le foto dei reali d'Inghilterra, messe nere che invocavano il demonio e Hitler, i pericoli per la sicurezza c'erano eccome. Tutti hanno avuto pene dai cinque agli otto anni, tu sei l'unico ancora dentro >>

<< Senta signor Fawell, quell'individuo che voi cercate, io…io….era un tipo furbo e riservato, non so altro, poi nella sentenza c'è istigazione ad omicidio e complicità esterna in omicidi di primo grado…ma io non ho ucciso nessuno >>

<<Boulke io non sono qui oggi a giudicarti, ne per discutere la sentenza. Ho ancora 189 persone da interrogare, potrei chiedere a loro…*tic tac il tempo passa* >>.

Fawell e Boulke si fissarono come segugi.

Boulke capì che aveva i minuti contati, la grazia era lì davanti a pochi centimetri dal suo muso.

<< Ho tutto il tempo che vuoi…io non mi alzo da questa sedia se non sei tu a dirmi di andare…quindi...? un caffè? >>.

Boulke cominciò a trapanare la sua mente a caccia di ricordi, di qualcosa su questo tizio.

<< Caffè? >> chiese Lowell accovacciando le gambe e incrociando le braccia.

Era così concentrato Boulke che non sentiva neanche più la voce di Fawell.

Fawell bussò al vetro, indicando alla guardia due caffè.

Dopo i caffè, Fawell diede una sigaretta a Boulke…

<< Con calma Boulke, cerca di ricordare, cerca di concentrarti, perché magari qualcosa salta fuori…non ti metto fretta >>.

Boulke assaporò per pochi secondi la libertà per poi vedersela strappata, ora quella libertà è in pericolo, è in bilico in un precipizio tra ricordi e fortuna.

Fawell si accese pure lui una sigaretta, Boulke la spense tremando dal nervoso.

<< Mi pestarono gli sbirri dieci anni fa, volevano sapere di quell'uomo >>

<< Era l'unico che mancava all'appello, probabilmente responsabile di quei cinque omicidi, un gay, un afroamericano, un ebreo, due nomadi >>.

<< Vi parlava di lui...? >>

<< Ricordo vagamente che detestava i più deboli, che aveva avuto una brutta infanzia, odiava le persone che avevano soldi e che potevano permettersi cose che lui non poteva…aveva molti vestiti del circo, dei clown soprattutto, che suo padre non lo portava mai a vedere il circo, possedeva un vestito originale di…di…>>

Boulke si mise le mani negli occhi ….

<< Ah sì di Moira Orfei…>>

<< Ti disse così...? >> chiese Fawell rizzando la schiena.

<< Sì...ho ricordi vaghi, ma mi sembra...sì...Orfei >>

A Fawell gli si illuminò una direzione.

<< Aspetta vado a fare una telefonata arrivo >>.

Fawell uscì frettolosamente dalla stanza, si rannicchiò in un angolino, prese il cellulare e parlò per una manciata di minuti. Poi tornò nella stanza galvanizzato.

<< Eravamo…? >> chiese Fawell

<< Eravamo che non so nulla…mi dispiace, possiamo stare qui anche mille ore…>>

Squillò il telefonino di Fawell

<< Ci siamo, si chiama Zagorf Victor, serbo, il figlio di Moria lo conosce ma non lo vede più da anni, un loro fan, comprava a prezzi esorbitanti i loro indumenti, abita, o meglio ha la residenza a San Martino frazione del comune di Codroipo, proprio il comune di nascita di Moira Orfei, noi siamo ancora in Germania, tre ore e lo arrestiamo…è lui, ho qui lo stato penale per fax, uccise il padre e si fece 7 anni di riformatorio in Italia a Venezia…aveva una sorella, morta misteriosamente in un incidente, lui aveva 11 anni all'epoca, laurea in chimica, avviso gli altri faremo un irruzione, se non c'è, bollettino internazionale, solito protocollo, lo mettiamo nei dieci ricercati più pericolosi al mondo >> disse David girandosi verso di me

<< Abbiamo un nome Christine…è lui… è Pink, si chiama Zagorf Victor >>

<< Bene bene, sono d'accordo…calvario finito, grazie David mi hai salvato il fegato >> disse Fawell

<<Sochin è partito ieri per gli Stati Uniti >> disse David

<< Lo tengo informato io >>

Fawell riattaccò e si alzò di scatto dalla sedia,

<< Addio Boulke…mi raccomando fai il bravo adesso che sei un uomo libero >>, Fawell mise l'ultima firma sulla grazia e la lanciò sul tavolino verso Boulke.

Boulke scattò anche lui in piedi tirando un sorriso da un orecchio all'altro, poi urlò di gioia alzando le braccia.

La casa di Zagorf era a due piani, una specie di baracca in mezzo al nulla, lì vicino un'altra baracca più piccola, un'anziana donna stendeva i panni al sole.

Harqui prese un binocolo per vedere se nella casa ci fosse il nostro uomo. Gli elicotteri furono parcheggiati lontano, per non insospettirlo.

La casa fu circondata…Fanney dispose a perimetro i suoi uomini, David fece un segno con la testa, subito dopo Harqui confermò

<< Al mio via intervenite,…via >> disse alla radiomobile Fanney.

Una ventina di agenti armati fecero irruzione nell'abitazione di Zagorf buttando giù la porta.

<< Libero libero! >>

<< Piano di sopra libero >>

<< Signore è vuoto…>> disse un agente alla radiomobile

<< Lo prendiamo lo prendiamo, un attimo di pazienza e calma >>

David prese il cellulare

<< Dimmi David >> rispose Fawell

<< Qualcosa in più...? in casa non c'è…ha una seconda casa? >>

<< Negativo…ho controllato passaporti carte di credito, dovrebbe essere in Italia, almeno da quello che mi risulta da un'analisi incrociata >>

Notai la vecchina simpatica dei panni appesi avvicinarsi

<< Signora si allontani, è un'operazione di polizia >> disse Harqui appoggiando una mano sulla spalla.

<< Ma ancora siete qui? >> disse la vecchina

Gli sguardi di tutti si attorcigliarono sospettosi

<< In che senso siamo ancora qui >> chiese Harqui

<< Quasi un'ora fa, altri come voi armati sono venuti a cercare Zagorf>>

<< Altri come noi? >> alzò la voce Harqui.

<< Chi erano signora? >>

<< Ho chiesto a uno di loro mi ha detto polizia >>.

<< Maledizione >> disse Fanney

<< Hanno preso Zagorf? >>

<< No…non c'è qui, io dissi a uno di loro che poteva essere a casa di suo zio, ha le chiavi e ci va spesso…>>

David riprese comunicazione con Fawell.

<< Lei si ricorda in quanti erano? >>

<< Un setto otto, meno di voi, avevano mitra e anche bombe a mano allacciate sui pantaloni >>

Kjuss si avvicinò ad Harqui

<< C'è qualcun altro che sta cercando Pink, e non è nessuna autorità pubblica >> disse Kjuss visibilmente preoccupato

<< Che casino…>>

<< Spero che lo prendiate quel Zagorf, un maledetto, io l'ho visto crescere, un criminale psicopatico >> disse la vecchina appoggiando una mano sul braccio di Kjuss

<< Catturava gatti randagi, li teneva dentro in quella baracca, li uccideva a badilate e li mangiava, spesso crudi, una volta a sedici anni, anni prima di uccidere suo padre, spezzò le braccia a sua madre, così per motivi futili, una vera belva, un animale >>

<< Ci ha mai parlato insieme >> chiese Fanney

<< Che seccatura!.. pochissimo, me ne ravvedo bene, uno così potrebbe ammazzarmi con un dito, tutti hanno una paura folle di lui, una volta in vena di chiacchiere, mi fermò mentre lavavo, ho un lavatoio dietro casa, in fondo al giardino, lì con sapone ed acqua pulisco i panni, iniziò ad attaccare con il nazismo, che è un concetto giusto, che non è morto del tutto, la Germania con Hitler non aveva un disoccupato, funzionava tutto alla grande e non c'era corruzione, mi disse che era un esperto di armi e acidi, e poi…non ricordo >>

<< Grazie signora…>> disse Kjuss

<< Andiamo alla casa dello zio, poi vediamo in paese…magari lo becchiamo lì >> urlò David

Due ore dopo…squillò il cellulare di David

<< Puoi parlare? >> chiese Noss a David

<< Sì…>>, David fece un gesto verso di me, mi avvicinai

<< Non è lui, abbiamo controllato le due date degli ultimi due delitti, ha un alibi…>>

David cambiò viso, ora sembrava una maschera da funerale.

<< Sicuri...? cioè voglio dire…>>

<< Più che sicuri signor Lowell. Lo rilasciamo, ti scrivo l'indirizzo, beccatelo lì e arrestatelo…>>

<< Lo interrogheranno, parlerà dicendo che è stato sequestrato da qualcuno, apriranno un'inchiesta interna per fuga d'informazioni e tradimento, più altri reati ed è possibile che decideranno di sciogliere la task force km rosso >>

<< Effetti collaterali del mestiere, ma sono sicuro che lei e la signorina Stanners ne uscirete puliti, saranno tutti sospettati, non solo voi, ma non ci saranno prove contro nessuno la saluto signor Lowell, ci terremo a contatto >>

<< Ma sarà più difficile per noi indagare signor Noss>>

<< Siamo anche noi un FBI signor Lowell non se lo dimentichi, forniremo a lei e alla signorina Stanners qualsiasi supporto tecnico logistico e umano di cui abbiate bisogno, non si preoccupi, adesso è andata male, poteva anche succedere, sono costernato quanto lo è sicuramente lei…ora la saluto >>

David chiuse il cellulare,

<< Non è lui Christine, Zagorf Victor non è Pink…mi dispiace >>

<< La storia si sta complicando più del dovuto…allora Pink è un emulatore >> presi a gironzolare a cerchio per rattrappire il nervoso della sconfitta, cercai di pensare.

<< In che senso? >>

<< Nel senso che uccide non come vuole lui ma emula un altro modo di uccidere di un altro tipo di serial killer, per confonderci… >>

<< Mi sembra troppo macchinoso Christine, per me il profilo è giusto, solo che abbiamo preso un'altra persona che ha quell'identico profilo ma non è Pink…ma è comunque un assassino te lo rammento, Zagorf verrà arrestato comunque e si farà l'ergastolo per gli omicidi a scopo razzista di cinque persone…>>.

Guardai un secondo David poi ripresi un'altra camminata a zonzo, cercando di riflettere, questo non era solo un semplice ko, forse era ad insaputa di tutti, una definitiva sconfitta e l'incoronazione di Pink come maniaco perfetto, e imprendibile.

Urbino Italia giorno seguente.

L'intenso profumo della natura avvolgeva la città, gli uccellini giocavano veloci nel cielo e cambiavano direzione con incredibile rapidità, il cielo azzurro infinito dava candore a quel bellissimo edificio antico..., il sole sfiancava le pietre che restituivano dei luccichii e un color sgranato grigio perfetto. Il mistico e medioevale, la saggia natura e la grande sapienza, restituivano al paesaggio un profumo d'immagine teatrale, lusinghiera forviante, il candore delle stelle incontrastato, era anch'essa una splendida stella, ma non nel cielo, ma su questa terra.

L'università di Urbino una stella, a cui le stelle nel cielo la notte prestavano attenzione ed elogio, lo scollinare dell'occhio a vista perduta era al di sopra di ogni emozione.

Presi una viuzza stridula, che costeggiava lateralmente dal basso l'università di Urbino, comprai una macchina fotografica di quelle di basso costo e un cappellino, poi t shirt bianca e pantaloncini rossicci da boy scout, in pratica ero perfettamente simulata ad una turista straniera. Posai gli occhi su un caffè...

<< Desidera signora >> chiese il barista di origini meridionali con accento pugliese...

<<Un deca macchiato, una soda con ghiaccio e limone, sia spremuto che due fette >>.

<< Subito Mademoiselle... si siede? >>.

<< Mi accomodo fuori al tavolino >>

<< Come vuole >>.

Un signore grassissimo era seduto su una panchina poco distante da me.

La stradina era poco trafficata, c'era una scolaresca elementare un po' vivace che faceva tribulare i maestri nel mantenere la fila ordinata e sul marciapiede, un signore, con cappello e vestiti pregiati mentre leggeva il corriere della sera.

Tutta la squadra era ormai negli Stati Uniti... David era in una località segreta in Toscana... io invece qui a Urbino.

Dopo Richmond avevo avuto il sospetto che fossimo continuamente seguiti, pedinati, non è facile pedinare l'FBI e una task force di quel livello, ma c'era una fuga di notizie, quindi mi separai dalla squadra, perché Pink sapeva ogni nostra mossa e sapeva le tempistiche, quindi suggerii a David di lasciarmi andare fino a data da destinarsi.

Ero veramente sicura, ora, adesso, in questo momento di non essere pedinata?.

Nessuno sapeva dove fossi e nessuno doveva saperlo, questo ci avrebbe creato un vantaggio a sorpresa su Pink.

Un cameriere mi portò quello che avevo ordinato su un luccicante vassoio di argento…

<< Scusi, so che il professor Mendici Ignazio che insegna qui all'università abita nei dintorni e quasi tutte le mattine fa colazione qui...>>

<< Esatto Mademoiselle, a volte si fa vedere anche per pranzo…ora sono le 15...solitamente non più tardi delle 14 >>.

<< Mi sa dire che cosa mangia? >>. La domanda turbò leggermente il cameriere, che sulla sua trentina d'anni ebbe una sua buona dimestichezza nel superare l'imbarazzo.

<< Lei mi scusi non è Italiana, giusto? >>.

<< Americana >>

<< Lo parla divinamente l'Italiano, si ha quel piccolo tintinnio di anglosassone >>

<< una piccola pepata di note che cadono alla fine un po'…un po' da Americani >>.

<< Esattamente >> rispose il cameriere irradiando un sorriso elastico.

<< Comunque il dottor Mendici mangia soprattutto primi, abbondante…sono fatti in casa...ma non declina a volte un fritto misto o una bella fiorentina al sangue >>.

<< Se lo vede gli dia questo biglietto e gli dica di chiamarmi...gli dica che sono una vecchia amica di un Gran Maestro ... il maestro più grande che lui conosca >>.

<< Va bene...>> lasciai cinquanta euro sul tavolo, il cameriere sorrise con finissimo garbo, li prese e si allontanò verso altri clienti.

Aspettai la notte passeggiando con la mia ventiquattro ore per i vicoli, tappai un buco con una pizza e coca cola, poi aggiunsi una nota vivace alla giornata…il riposo della mente...

in fondo al vicolo, sotto poco l'università c'era uno dei tanti bed and breakfast per studenti, io ormai ero fuori età direi e nessun professore alloggiava qui...cercai quindi di spacciarmi per una giornalista, una rivista americana piccola di contea...

inciampai quasi col tacco dentro una pietra nella rombante e scoscesa pavimentazione antica della città, bussai nell'androne con l'anello d'acciaio…attesi per un po' risposta, poi suonai il citofono Bed and Breakfast la locanda di Cesare e Camilla.

Una voce femminile rispose, si sentivano al citofono schiamazzi e risate...

<< Chi è? >>

<< Susan Will, ho una prenotazione per questa notte >>...il portone si aprì, varcai l'uscio, c'era un piccolo cortile, poi attraversai un'altra porta già aperta, mi si fece incontro una ragazza giovanissima

<< Sono Claudia piacere, siamo vicine di stanza, il bagno è in fondo al corridoio, se ti va di farti una doccia, Cesare e Camilla non ci sono, forse li vedrà domani mattina...>>, in corridoio un via vai di studenti dell'università, alcuni in mutande che si lanciavano cuscini altri che cantavano con le chitarre, mi sentivo un po' a disagio data la mia età non più di studentessa.

<< Vieni vieni non badare al casino, dopo le 22 qui regna il silenzio è una regola...a proposito lei chi è? >> chiese Claudia spostando un chupachupa nell'altra guancia.

<< Sono una giornalista >>.

<< ah giornalista wow...ok, questa è la sua stanza, prego >> entrai mentre Claudia urlò qualcosa in dialetto strozzato, a qualcuno in fondo al corridoio.

La stanza era piccolissima, c'era solo il letto un comodino e basta...la finestra dava una vista mozzafiato...tirai la tenda e mi levai le scarpe.

Qualcuno mi infilò un biglietto da sotto la porta.

Tra un'ora grigliata sul terrazzo...la giornalista è invitata...vietato rifiutare

Mi buttai sul letto facendo riposare un poco i piedi.

Ritornai sui nastri registrati dal professor Merks...ne avevo ancora uno da ascoltare...circa due ore.

" Vedo il tuo passato...i tuoi pensieri...se di un luogo malvagio hai toccato, io lo saprò...

è forse è proprio lì che ci vedremo...e io ti ucciderò o mi impossesserò della tua buona anima...

se proprio vuoi tu uccidermi devi aspettare che io non sia così forte in quel momento

se proprio mi vuoi, devi trovarmi...e per trovarmi devi ascoltare ciò che il silenzio della morte può vociferare, la mente del demone, è la madre della mente del demonio...

ognuno ha una madre...anche il demonio...

Chi di stesso mio sangue è, la madre non lo ucciderà...ma lo trasporterà nel massimo splendore del crimine e della morte...eleverà la sua potenza fino a indurlo ad uccidere e uccidere ancora per glorificare e nutrire la madre...il demone madre ti renderà sempre più forte, saggio, furbo, potente, nessuna mente avrà forza di sfidarti.

Io madre, io demone madre, sarò immortale per sempre e nella carne umana sviscerò feroce, sfruttando il corpo e le menti più deboli disidratandole verso la morte e quelle a me affine per rafforzarle e renderle mie mani di morte sulla terra, i miei cavalieri, uccideranno a raffica per me ".

A pagina 191 del dottor Merks, proprio in riferimento a queste parole pronunciate da Carla Vonnell con un tono soffocato e gutturale, si nascondeva una spiegazione su questo demone.

Il demone madre coglie una persona fragile e la uccide...esempio un suicidio, o le fa compiere un omicidio per poi sbarazzarsene, o anche la domina facendola diventare una posseduta, o come nel mostro di Firenze o Zodiac, quando il demone madre trova il suo sicario perfetto ne entra in sintonia e lo nutre di potenza intelligenza scaltrezza, aumenta il suo odio radicato nella sua anima per indurlo liberamente a commettere omicidi seriali. Carla Vonnell qualche anno prima di morire era stata sia in Italia zona Firenze che Negli Stati Uniti zona San Francisco...lì è sicuramente venuta a contatto fisico con quello che poi diventeranno loro i famosissimi, mostro di Firenze e Zodiac.

Staccai l'auricolare...cercando di riflettere ed elaborare queste preziosissime informazioni.

Aprii il mio taccuino zeppo di appunti su Pink, le foto delle scene del delitto, le guardavo e riguardavo continuamente...poi presi nota

14 novembre 2005. Urbino

Ragazzi vivaci al bed and breakfast...sulla parete della mia piccola stanza un riquadro anni sessanta di una pubblicità di una fiat 500.

Sulle tracce di Pink...Ma perché qui...?

Perché qui a Urbino...?

L'altra notte sognai dei ragazzi vivaci, un'università, libri di giganti...giovane età infranta, il giovane senza demone è puro, ma il demone la madre si sta avvicinando...è nell'aria, è tra quelle nuvole tra quelle piante...è annidato nascosto, non lo vedi ma c'è, ed è pronto a colpire...

La madre è stata veramente qui ad Urbino...? Non ho ancora la certezza e nessuna prova.

Sentii bussare

<< Sì avanti >>.

Davanti a me una decina di ragazzi

<< Signora Will giusto...? la aspettiamo sopra ci siamo tutti manca solo lei...le va della carne e del vino rosso...? >> chiese uno dei presenti.

Si preannunciava un clima festoso, ma non sapevo come evitarlo, nel senso che preferivo riflettere sul caso e continuare nei miei appunti.

<< Sicuramente deve scrivere un articolo...giusto? >> chiese qualcuno in mezzo alla massa.

<< Fate passare, non state qui tutti in corridoio >> disse una ragazza che a spallate si fece largo entrando nella mia stanza

<< Sono Giulia...non badi a questi animali >>

<< Va bene arrivo, cinque minuti >> risposi.

I ragazzi sorrisero e richiusero la porta della mia stanza.

Andai a mangiare con i ragazzi, ma una cosa veloce, evitai qualsiasi confidenza quella sera, ma senza essere maleducata o taciturna con i ragazzi, poi mi coricai per un sonno profondo.

L'indomani già mi frullava nelle orecchie il baccano pesante degli studenti durante la notte, loro erano lì a divertirsi giustamente e studiare, io dovevo catturare Pink...il mio umore simile a una mela marcia non presentava spiragli nel fare feste o amicizie.

Finalmente un uomo sui 75 anni in mezzo alla strada, fece un gesto quasi di accendere una sigaretta, poi si avvicinò al mio tavolino.

<< Ha da accendere? >>

<< Certamente >>.

L'uomo si tolse il cappello era vestito di punto e a capo di nero, solo il colletto bianco della camicia luccicava, cappotto lungo scurissimo, sciarpa nero lucido, pantaloni di flanella neri...un viso cupo, smagrito occhi vispi verdi, un naso enorme a becco.

<< Signorina Stanners...? >>

<< Esatto, si accomodi signor Mendici>>.

<< Ho trovato un vocale sulla mia segreteria telefonica dell'università ...>>

Il cameriere si avvicinò, il signor Mendici fece un segno come a dire il solito...

<< La disturbo dottor Mendici, perché devo rintracciare un certo Iacopo Di Gregorio...lei lo conosce bene...esatto? >><< L'hanno informata male, non lo vedo più dal 1969 mi sembra >><< In gioventù eravate molto amici, compagni di banco e di stanza all'università...>>

<< Senta signorina Stanners, Padre Di Gregorio è stato per me un grande amico in gioventù, ma io non so dove si trova...so solo che dopo l'esorcismo in Germania...si è ritirato a vita solitaria, ai tempi un conoscente nella Chiesa mi disse che si era ritirato come un'eremita in Francia, in una baracca, vive di caccia e pesca, senza alcuni contatti con il mondo esterno >><< Lei sa signor Mendici in quale parte della Francia è...sono sicuro che o Di Gregorio o qualcuno glielo deve aver detto >>.

<< E anche se fosse non me ne ricordo...chieda alla Santa sede...interloquire con il Vaticano non le sarà impossibile, vada da loro perché lo chiede a me? >>.

<< Il Vaticano non ci aiuta, Di Gregorio ha fatto e ottenuto voto di silenzio e per la chiesa il silenzio è reciproco..rigoroso>>.

<< Capisco i suoi problemi signorina Stanners, ma io non posso esserle d'aiuto <<.

Arrivò il cameriere con un bicchiere gigante di frullato...

<< Sa che non è possibile interloquire con una persona che ha fatto voto di silenzio assoluto, significa che non può comunicare a voce o in altra maniera, quindi neanche a gesti, con nessuna persona...se lei deve parlare con Di Gregorio anche se lo trova non le sarà possibile comunicare con lui, appunto perché ha fatto voto di silenzio...>>

<< Rispetto chi fa un voto del genere, chi si ritira in un convento senza avere più contatti con il mondo esterno, rispetto le persone di fede che fanno questo, ma ci tengo a fare un tentativo...>>

Mendici si conciliò in una smorfia indelicata.

<< Se si ricorda qualcosa mi chiami a questo numero >>, diedi un bigliettino al signor Mendici, presi di scatto la borsetta e mi allontanai abbassando il capo in segno di saluto...

VICINO A Firenze.

Presi un affitto in nero un piccolo appartamento, nella periferia di Firenze, diedi 500 euro per una settimana...

<< Non voglio essere disturbata per tutto il mio soggiorno qui, io sarò qui solo la notte...>>

<< Va bene...nessuno le darà alcun fastidio...garantito >> disse il signor Franco, trovato da me su un piccolo ritaglio di carta, un piccolo annuncio in un bar.

La natura era come l'avevo vista nelle inchieste sul mostro di Firenze, vaste distese, brulle, chiazze erbose e giallo salmastro, una piatta vista infinita di natura come mossa dalle onde su un mare, e il cielo, così bello con il sole, così buio e immobile al calare delle notti, quelle notti che hanno ucciso sedici persone, sedici coppie appartate in intimi momenti di gioventù ed euforia, ricordai quando andai in camporella più volte con David...diciassette diciotto anni, noi andavamo nei cinema all'aperto, ultima fila.

Girai con una jeep a noleggio, seguendo il perimetro che esternamente marcava un'altra linea rispetto alle strade principali, ovvero le coppiette, i nascondigli, le stradine, naturalmente calpestate anche da cacciatori e agricoltori della zona, ebbi l'assoluta certezza di come agisse e le vie di fuga.

Visitai diversi bar della zona e piccole osterie, sicuramente frequentate anche dal mostro...ero vestita come una fiorentina che cercava solo forse compagnia, indossavo quindi vestiti locali e un piccolo fare che non dava minimamente nell'occhio.

Qui la paura del mostro era ancora tanta, la sua presenza era quasi ormai una forma culturale di costume della zona...ma io dovevo catturare Pink, sicuramente un killer molto più esperto degli altri, in grado di camuffarsi e agire in posti lontanissimi l'uno dall'altro, in grado di spostarsi senza essere notato.

Visitai uno ad uno i luoghi dove uccise il mostro di Firenze, l'importanza essenziale era sia nel profilo di Pink che nella sua perversione assoluta e credente di un'anima malvagia che anteponeva lui stesso a Dio. Profilo e dinamica...la dinamica spiega quei fattori anche aleatori e accademici in cui il killer si muove a suo agio, e niente sembra destarne il suo di agio, è un animale camaleontico, vive nell'acqua e sulla terra, si nutre di tutto e non ha rivali, non c'è un predatore...lui è il predatore...lui è la bestia più pericolosa.

Delle ville indicate come la pista esoterica, ce n'erano due...più l'abitazione del Dottor Narducci, dove risiedeva la sua famiglia.

Il mostro di Firenze stava scontando la sua condanna negli inferi sotto la reggia dei Dramanov. Presi costante nota di ogni mio movimento o scoperta, le mie intuizioni, il mio pensiero mi diceva di scavare in questa che fu sempre considerata la pista esoterica del mostro di Firenze, ovvero il livello superiore, massoneria potente e uno stregone che all'epoca dei fatti faceva messe nere molto potenti invocando lo spirito madre attraverso i feticci delle vittime del mostro, questa almeno era una verità processuale, o meglio un'adduzione tra due fatti in simbiosi, anche se avevo dimostrato il contrario, ciò era noto solo a me Lowell i Dramanov e la loro stretta cerchia di amici fidati che facevano la fila come al museo per vedere il mostro di Firenze in carne ed ossa.

Sapevo che benché non credetti mai a tali storie, ebbi la sensazione che il ceppo madre, il demone potente fosse veramente passato per queste ville, le due indicate nella propaganda, poi quella del Narducci e la famosa clinica per anziani e handicappati dove lavorò la madre del mostro di Firenze.

Risalii sulla mia Jeep, di tanto in tanto soffiavo l'occhio sugli specchietti retrovisori per verificare se qualcuno mi stesse seguendo.

Mi fermai in una piazzola, presi una sigaretta e annotai sul mio taccuino... Pink ho la sensazione che sia passato di qui...David mi manca molto, è da una settimana che non ci sentiamo...

Mi mancava tantissimo più di tutti Luigi…

nessuno della squadra antimostro sapeva dove fossi e cosa stessi facendo.

Paura tanta.

Visitai uno ad uno gli otto luoghi dove colpì il mostro di Firenze. Scandagliai bene bene i terreni. Rinvenni un solo pastello, Scopeti, l'ultimo delitto del mostro, negli altri sette luoghi no, Pink aveva già ritirato i pastelli. Visitai il casolare dove viveva il famoso mago indovino, un rudere grande abbandonato, non rinvenni alcun pastello.

Presi la Jeep verso le ville dei misteri, due ville segnalate come luoghi in passato di sette sataniche che organizzavano messe sataniche nel cuore della notte anche con sacrifici umani.

Aspettai il giungere della notte...entrai attraversando il giardino, la villa era disabitata, con un cacciavite ruppi una serranda e il vetro della finestra.

Non c'erano più mobili, girai per le stanze buie accesi la torcia, poi andai nei piani superiori ma non trovai nulla, sfiorai la pistola che mi aveva dato Pierre, il tocco freddo del metallo.

Eccolo un pastello nell'angolo di una finestra rotta.

Presi nota sul taccuino. Trovato un pastello di Pink...

Toccandolo subii un violento flash back...

un tavolo rotondo grande, gente vestita con il saio,

una donna nuda e morta sul tavolo, di uno di loro il saio era rosso,

gli altri erano di color nero.

tipografia

chiesa di Sermide

speciali fogli di carta

canzoni po' di Venezia...

Rosellina non fu fucilata fu messa in un cimitero.

La madre aveva la casa a Sermide
Caso esoterico
Veli di un sogno diverso
si vive, metti nel buio i profili di Miriam.
Insieme il tuo silenzio, il battito del cuore.
Verbale agli inquirenti pieno di bugie
mi appello alla legge
testimone o imputato...

Rincasai e provai a dormire, avevo il sangue di ghiaccio e gli occhi sofferenti.

Giorno seguente

Stazione di Firenze. Armadietto numero 334.

Lo aprii, dentro un fascicolo top secret persone uccise o scomparse, l'ombra di una o più sette sataniche.

Ripresi l'auto, destinazione….

Seconda villa disabitata, in anch'essa trovato un pastello al secondo piano...un altro pastello di Pink su un tavolo zoppo, sgualcito dal tempo e mezzo scrostato, se tra queste mura ci fosse una verità...io dovevo scoprirla.

Ma cosa univa Pink alla setta rosa rossa?

Forse era veramente implicato anche il mostro di Firenze con il livello superiore?

Io avevo detto no, Nadine Mauriot quando fu uccisa e allontanata dalla tenda fu mutilata seno sinistro e il pube, quei feticci mandati a Silvia Della Monica unico magistrato donna che si stava occupando del caso.

Un eventuale implicazione con ambienti alti, massonici, il mostro avrebbe saputo che Della Monica non era in ufficio…

Eppure avverto qualcosa, qualcosa che lega il mostro di Firenze a Pink, non solo la madre, il demone il demone madre, il demone è lo stesso…ma…

Presi il mio block-notes e cominciai a rileggermi degli appunti

Perugia rituali di sette segrete, sette sataniche e destra eversiva.

Lunga scia di morti e suicidi sospetti.

Milva Malatesta muore il 20 agosto 93 insieme al figlio di tre anni Mirco, il corpo carbonizzato e mutilato viene rinvenuto in una scarpata dentro la sua Fiat panda.

Milva era la figlia dell'amante di Pacciani e del mago Indovino.

Renato Malatesta trovato impiccato nel 1980.

Vincenzo Limongi muore in carcere nel 91, convivente di Milva Malatesta, ha fatto il carcere insieme a Pacciani.

Milvia Mattei, muore nel 94, il cadavere bruciato nella sua casa, conviveva con il figlio di Francesco Vinci, uno dei sospettati della pista sarda.

Maurizio Antonello trovato impiccato il 14 maggio 2003, uno psicologo impegnato nelle indagini sulle sette sataniche e massoniche, in particolare la Rosa Rossa, di cui faceva parte il dottor Narducci.

Alessandra Vanni, muore strangolata, 8 agosto 97, mani legate dietro la schiena.

Elisabetta Ciabani morta 22 agosto 1982, cadavere presenti lividi e una coltellata al pube.

Maria Mugnaini la sacerdotessa

Salvatore Indovino, il mago di San Casciano

Gabriella Ghiribelli, una prostituta di San Casciano parla delle messe nere (Christine contrasta queste dichiarazioni)

Lorenzo Nesi testimone non attendibile

Izzo, la strage del circeo…parla in un interrogatorio di un festino dove fu uccisa una ragazza, non è ancora arrivato nei verbali ufficiali, tutto segretato.

Comune politica tra Izzo e Narducci…

Nel lago viene ripescato il cadavere di Narducci…ma non è il suo, viene scambiato.

Giuttari ha dimostrato che le pistole potrebbero essere due, e non si può collegarlo al 68, in quanto non vi è la prova certa che appartenessero alla stessa arma, la h sui proiettili era molto comune.

Pacciani in due occasioni subito dopo il delitto o subito prima faceva i depositi postali, quindi veniva pagato dal livello superiore…giudizio Christine Stanners, questo è un indizio ma non una prova...

Lotti nelle sue dichiarazioni sono spesso errate, troppi errori incongruenze,

Salvatore Indovino, il mago di San Casciano, il sacerdote, la stanza sempre chiusa

Cappuccio nero, bevevano in bicchieri pieni di sangue, dei ricchi partecipavano a queste messe nere.

Pacciani morto nella sua casa di Mercatale, alcuni ritengono sia stato ammazzato

Il cadavere di Pacciani è stato spostato, aveva assunto un farmaco assolutamente da non prendere per i problemi fisici che aveva, si è suicidato o qualcuno lo ha obbligato ad assumerlo, il corpo avvolto con uno strano straccio intrinseco di varechina. Perché non è stata fatta l'autopsia sul corpo di Pacciani?

Perché non è stata fatta?

Altre 15 morti misteriose, festini a luci rosse.

Chi è passato dall'Indovino ha perso la vita.

Francesco Calamandrei…il farmacista

Chicago Rippers…caso negli Stati Uniti, donne rinchiuse e sequestrate, rituali di satanismo dice Giuttari paragonando quel caso negli States a queste morti.

Rosa Rossa società segreta

Mignini e Giuttari sotto processo per abuso d'ufficio…innocenti

Iniziai a scrivere sul mio block-notes

la pista è attendibile, ovvero esiste una setta o sette potenti con gente potente e ricca e membri dei servizi segreti mafia sarda, ma non coinvolge il mostro di Firenze, essendo Pacciani innocente, non vi è alcun dubbio che se le sette volevano dei feticci, potevano tranquillamente incaricare i loro killer, forse mafia o killer appartenenti ai servizi segreti, non avevano di certo bisogno di Pacciani e tre straccioni per procurarsi i feticci, quindi l'indagine sul mostro di Firenze si è casualmente intersecata con una setta satanica che agiva sul territorio, è questa la verità, è logica, il dottore che prende i feticci da quattro scemi cattivi da rissa da bar, avevano tutti gli strumenti per uccidere e procurarsi qualsiasi feticcio volevano, avendo ucciso 15 persone legate alla setta, partecipazioni in festini e messe, avevano la tecnologia e i mezzi, QUINDI IL MOSTRO DI FIRENZE NON C'ENTRA NULLA CON LA SETTA ROSA ROSSA, LA SETTA AGIVA PER CONTO PROPRIO….

Pink pastello rosa…collegamento del rosa alla setta rosa rossa….

Uscii dalla villa e ritornai nell'appartamento che avevo affittato.

Aprii il faldone circa cento pagine, Fall, dal centro direzionale a Quantico, tramite le autorità Italiane ha raccolto diverse informazioni e poi me le ha fatte spedire. Questo fascicolo era considerato topo secret.

Il fascicolo parlava della scomparsa di Rossella Corazzin…e i diversi intrecci, ci sono molti nomi e particolari delicati. Forse Pink era un adepto di una di queste sette, valeva la pena incrociare le indagini su due fronti.

Appostamenti la prima pista satanica la seconda.

Rossella Corazzin, 17 anni scomparve il 21 agosto 1975 a Tai di Cadore (BL), secondo le dichiarazioni di Angelo Izzo, "Il killer del circeo ", la ragazza fu portata in una villa nei pressi del lago Trasimeno, fu violentata da diverse persone e poi uccisa.

La suddetta abitazione apparteneva al medico perugino Francesco Narducci.

Izzo dichiara di aver conosciuto Narducci ad Arezzo, il Narducci confiderà alcuni particolari dell'omicidio del mostro del 1974, particolari sconosciuti all'opinione pubblica, elementi esoterici e tralcio di vite nella vagina.

La giornalista Gabriella Carlizzi interroga in carcere Izzo.

Escono il nome della setta "rosa rossa " e della setta " nove angoli ".

Il Narducci apparteneva alla massoneria, "Concordia 110 ", la loggia militare USA pisana "Benjamin Franklin 521 ".

Izzo descrive la villa sul lago Trasimeno in maniera meticolosa. Tutto corrispondente al vero, quindi c'è stato veramente in quella villa.

Izzo fa due nomi e cognomi di persone presenti a quella messa esoterica che portò la morte per strangolamento della Corazzin.

Possibile connessione tra altre logge massoniche presenti sul territorio, esponenti della piccola criminalità locale e Narducci, un intreccio che potrebbe riguardare le morti attribuite al mostro di Firenze.

Narducci viene ucciso.

2002. Il professor Giovanni Pierucci, dipartimento medicina legale dell'università di Pavia, viene incaricato dal pm di accertare le cause della morte. Certificati di morte e del comune contraffatti. Scambio di cadaveri.

Narducci poteva essere morto anche molto dopo l'85. Morte per strangolamento.

Poi una sfilza di fatti, telefonate, intrecci, testimonianze, minacce, legate alla sparizione del dottor Narducci e i delitti del mostro di Firenze.

Arrivai esausta fino a pagina 62, mi si chiudevano gli occhi

Caddi in un sonno complicato…

Alla fine cercavo un nome per arrivare a Pink, un nome, un appiglio che mi potesse portare a Pink…o forse stavo sbagliando strada…

Il tempo scorreva sempre

Le ore passavano…
Ritornò nuovamente lo stesso incubo…
Sempre quell'incubo agguantarmi nel sonno e straziarmi di giorno…

Intorno al tavolo bevono sangue, il saio mette una mano sul cappuccio,
sta per levarselo…
tra poco vedo il suo viso
manca ancora poco e vedrò il suo volto
Vedrò il volto di Pink

L'incrocio dati dell'intelligent dei Dramanov nella cattura del mostro di Firenze, dava nei pressi di Bagno Ripoli, RSA Villa Santa Teresina, fondata nel 1934, la struttura dove lavorò la madre del mostro.

Un ex istituto di suore, ora centro ricovero per handicappati e anziani, dove la madre del mostro di Firenze lavorò come infermiera. La donna andò in pensione nel 1961, morì nel 1973.

Entrai percorrendo un selciato di sassolini, c'era un parcheggio per i visitatori.

Degli anziani stavano giocando a carte in giardino, strillavano come bestie, qualcuno aveva giocato l'asso troppo presto.
Attraversai l'ingresso, una donna giovane straniera vestita da Oss, camicie e pantaloni azzurri mi venne di proposito incontro.
<< Buongiorno...è venuta a trovare un parente >>
<< No, mi chiamo Christine Stanners, ho cercato giorni fa un appuntamento con il direttore della struttura, Marcello Cerbatta, ma con scarso successo, passavo perché volevo conferire un attimo con il direttore >>
<< Il dottor Cerbatta è sempre molto impegnato >>
Un'altra donna su di età si avvicinò camminando piano con le stampelle, aveva ancora moltissimi capelli bianchi come la neve per la sua età, il viso smagrito, delle rughe molto vistose, un sorriso dolce e una dentiera perfetta.
<< Figlia mia, ciao >> disse l'anziana donna
<< Magda dai, non è tua figlia questa ragazza...adesso andiamo fuori a prendere una bella boccata d'ossigeno >>
<< Ma è mia figlia Michela, sì è mia figlia >>, la donna allungò la mano verso il mio viso.
Arrivò un altro operatore oss, un omone sui quaranta
<< Angelo me la porti fuori un attimo, arrivo subito >>, Angelo prese l'anziana signora accompagnandola verso l'uscita.
La ragazza mi fece un segno di sedermi, non lontano su un ripiano un telefono.
<< Quindi dico Christine Stanners...a che proposito? >>
<< FBI >> mostrai il distintivo provvisorio che la segretaria di Grama mi aveva consegnato, poi mostrai anche un documento protocollato della procura generale di Roma.
<< L'altra volta mi ero annunciata come giornalista...ma avendo poco tempo non posso più tornare, quindi mi serve proprio poco tempo...le chiedo di annunciarmi al direttore ma non legga per cortesia quel documento >>
La giovane oss era partita in quarta dalla curiosità nella sfavillante lettura di quelle due pagine.
La ragazza andò verso il telefono continuando a guardare con magnificenza la placca del Federal Bureau Investigation. Era molto sbigottita, sicuramente l'aveva vista nei film, ma mai avrebbe pensato che un giorno ne avrebbe maneggiata una.

Altri anziani entravano ed uscivano dalla struttura, diedi un'occhiata alla ragazza che attendeva ancora al telefono con un viso cupo.
Dopo due minuti la ragazza mi venne incontro.
<< La accompagno venga il direttore la sta aspettando >>
Prendemmo le scale, poi a destra un lungo corridoio, ad angolo vista chiostro interno, l'ufficio del direttore.
<< Dottoressa Stanners, prego si accomodi...>> disse Cerbatta.
Diedi la mano...l'ufficio modestissimo piccolo e umilissimo, ma la scrivania era di un ottimo noce Italiano. Alle sue spalle la foto dell'attuale presidente della repubblica Italiana.
<< Mi hanno detto che è dell'FBI, a cosa dobbiamo questo onore >>
<< Questi sono i documenti, faccia pure delle copie, devo dare un'occhiata all'istituto, e farle qualche domanda >>.
Il direttore era giovane trent'anni, affabile, accento meridionale, occhi neri profondi sopracciglia esposte, viso paffuto, vestito da capo a piedi impeccabile, completo blu, pungente pochette rosa a righine bianche.
<< Mi dica tutto >>
<< Gli armadietti che tengono il personale di servizio di che anno sono?....intendo sono ancora quelli vecchi degli anni cinquanta sessanta? >>.
<< Direi di no...mi faccia guardare sui registri...così vecchi non penso proprio >>.
Cerbatta aprì il suo computer, bazzicò da un capo all'altro del pc, poi si alzò
<< Arrivo subito mi scusi >> uscì verso una stanza archivi.
Tornò dopo cinque minuti.
<< Sono stati cambiati l'ultima volta nel 1988... >>
<< Per caso nello scantinato avete un inventario della roba non uscita, intendo non buttata via >>.
<< Sicuramente abbiamo qualcosa, ma l'inventario di quel piccolo magazzino è andato perso con le planimetrie elettriche dello stabile. Moltissimi anni fa...>>
<< Vorrei dare un'occhiata allo scantinato e poi volevo chiederle se avete in archivio storico, su album vecchie fotografie di questa casa di riposo, dalla sua fondazione ai giorni nostri e magari anche filmati amatoriali >>.
Il direttore sembrò pensare, si grattò il mento stringendo le spalle, poi fece un numero di telefono.
<< Bonanomi? >>
<< Direttore buongiorno mi dica >>
<< Ti ricordi nell'84 il cinquantenario io non c'ero, ma tu c'eri giusto? >>
<< Avevamo fatto la mostra >>
<< Abbiamo ancora le foto...? e foto ancora più vecchie da qualche parte? >>
<< Dovrebbe essere tutto nello scantinato, alcune foto le abbiamo appese in giro per la struttura >>
<< Filmati, anche roba vecchia d'archivio? >>.
<< Nell'84 è stato girato da una televisione locale fiorentina, ma dopo lo avrebbero mandato al macero, forse nello scantinato c'è qualcos'altro.
Nello scantinato lì c'è una parete con tutto questo archivio insieme a tavoli sedie tappeti altra roba in disuso da buttare...potremmo chiamare un paio di furgoni e ci liberano tutto direttore >>.
<< Magari lo faremo, vieni qui nel mio ufficio, devi accompagnare una persona agli archivi >>

<< Arrivo direttore >>.
<< Ecco fatto dottoressa Stanners, se c'è qualcosa lo troverà sicuramente nello scantinato dove teniamo roba vecchia...bè...spero di esserle stato utile, se deve guardare la struttura faccia pure, non c'è problema, ecco l'autorizzazione se qualcuno in giro la ferma e le chiede spiegazioni lei mostri questo foglio, c'è la mia firma ha il via libera totale >>, il direttore firmò rapidissimo un foglio prestampato.
<< La ringrazio direttore è stato gentilissimo...volevo solo chiederle, posso se trovo qualcosa nell'archivio tenermelo? >>
<< Certamente se è lì a noi non interessa...buon lavoro >>
<< Grazie direttore >>.
Ci scambiammo dei benevoli sorrisi, *avvertivo che moriva dalla voglia di sapere che cavolo ero lì nel suo istituto di anziani e aveva una voglia sfrenata di scoparmi, ma si comportava all'opposto per non ledere la sua dignità la sua professionalità e il suo orgoglio di bisessuale.*
Si sentì bussare alla porta, entrò il signor Bonanomi, un uomo sui sessanta, il jolly della struttura, elettricista, falegname, muratore, giardiniere...e cocchino del direttore.
<< Buongiorno, venga l'accompagno >>
<< Grazie >>
Prendemmo delle scale, c'erano diverse porte con lucchetto e in fondo una con un vecchio catenaccio arrugginito.
<< Queste stanze con il lucchetto sono per l'impresa di pulizie e le dispense per il cibo e acqua, lo scantinato è quello in fondo >>.
Bonanomi aprì il catenaccio, accese la luce
<< L'ultima volta che ho messo piede qui è stato tre anni fa...prego, apri pure quelle piccole feritoie così circola un po' d'aria, è molto viziata, quando ha finito chiuda tutto e mi riporti la chiave grazie >>
<< Grazie a lei >>
L'illuminazione era a neon, c'era un disgustoso odore di chiuso, aprii le feritoie, finestrelle piccole quadrate a filo con il terreno...
C'erano sedie tavoli, vecchi comodini, due bidet, indumenti...un sacco di robaccia una decina di vecchi armadietti a doppio comparto, per il vestiario in alto, mentre in basso per le scarpe, li aprii tutti ispezionandoli con una torcia.
L'ispezione durò circa una mezz'ora, niente di utile, ma nell'ultimo che aprii, una vecchia foto di un bambino e calcato con un qualcosa di appuntito una scritta quasi illeggibile dentro l'armadietto sulla parete destra interna, in piccolo
la mamma è vicino con te sempre
Presi la foto e diedi una pulita con un fazzoletto...poi la misi nella tasca.
Mi concentrai ora sulla parete sinistra in fondo al locale un modico armadio archivio in metallo. Aprii tutti i cassetti erano tutti vuoti tranne due, in uno c'era della carta documenti anni trenta quaranta e cinquanta della struttura, diedi un'occhiata, niente che mi potesse interessare, nell'altro delle vecchie foto sopra un album e un vecchio rullo 16 mm. Presi a pulire tutto con altri fazzoletti e misi tutto in una borsa di plastica trovata lì vicino.
Se ero fortunata forse avevo trovato quello che cercavo.
Uscii dall'istituto, rincasai non prima di essere passata a Firenze centro per un proiettore che leggesse la bobina trovata.
Trovai quello che mi serviva da un antiquario di film documentari e cineprese.
Con una rocambolesca corsa contro il tempo, rincasai prima del previsto.

Le foto erano state tutte scartate, tranne quella nell'armadietto...il bambino.
Il bambino indossava un corpetto nero, una bella camicia bianca con quei fiocchetti che si usavano negli anni quaranta e delle bretelle blu...la foto non era stata scatta nella struttura "Teresina "ma bensì altrove.
Azionai il filmato, era del 1948...l'audio non c'era a causa della pellicola rovinata.
Lo guardai tutto, molto artigianale, quasi dozzinale, circa quaranta minuti, era festa, carnevale, c'era gente anziana, probabilmente gli occupanti dell'epoca, i loro famigliari e diversi bambini, tre tavoli lunghi cibo vino qualcuno ballava. Era stato girato il giorno di carnevale, i bambini erano stati vestiti e indossavano maschere ed alcuni erano truccati in faccia, chi da Arlecchino chi da Nappa, Gianduja, Pulcinella, Dottor Balanzone, Brighella... Erano tutte scene di vita quotidiana che normalmente riguardano un'antica usanza, la festa di carnevale.
Non trovai nulla che catturò la mia attenzione, accesi una sigaretta e mi sdraiai...rimisi il nastro a capo e lo rividi con estrema cura.
Sbuffai, il nastro del filmato finì di nuovo, nel posacenere dieci sigarette, dondolai il capo delusa, ero sfinita, decisi di riposare, feci una doccia bollente e più lunga del solito.
Buttai l'acqua per una pasta. Raccolsi tutti i miei pensieri e li scaricai in quel mezzo chilo di pasta esagerata. Sentivo lo stomaco tirare e la ginnastica mancare, accesi il televisore e guardai un film per distrarmi, squillò il cellulare...numero privato
<< Pronto >>
<< Ehi ciao sono io >>, mi alzai di scatto dal divano, la sua voce morbida mi mancava da impazzire, volevo averlo qui di fianco a me, mi sentivo così sola…
<< Ciao Luigi, che piacere sentirti...scusami se non ti ho mai chiamato, sono molto impegnata >>
<< Immagino…ogni tanto un messaggio buttamelo...così so che stai pensando anche a me >>
Io penso sempre a te amore
<< Sono egoista non mi conosci >>
<< Come stai? >>
Di merda cazzo
<< Bene dai, tutto sommato bene >>
<< Non ti chiamo per sapere delle indagini, volevo sentire la tua voce e sapere come stai >>
<< Il mio posacenere parla da solo >>
<< Svuotalo >>
Sorrisi
<< Almeno ti ho fatto sorridere…>>
<< Sta diventando un macigno questa indagine, non vedo l'ora che tutto sia finito >>
<< Anch'io >>
<< Lo so che vuoi sapere qualcosa sulle indagini, magari tranquillizzi tuo fratello e tuo padre ce l'hai sulla punta della lingua lo sento >>
<< Tu senti sempre tutto, probabile...non voglio nascondermi dietro un dito >>
<< Sto lavorando su due fronti, appostamenti e un altro filone, massonico, forse Pink è un membro di una delle potenti logge massoniche esoteriche nella zona di Firenze Perugia >>.
Luigi non prese bene quelle ultime mie parole, sentivo ora il suo respiro preoccupato.
<< Di che sette stai parlando? >>
<< Rosa rossa… nove angoli >>
<< Ascolta Christine molla tutto, da adesso, parlerò io con mio padre non ti preoccupare >>

<< Ma che ti prende, mi avete ingaggiata voi per le indagini e lo voglio catturare >>
<< Se Pink è un adepto di una di quelle sette ti uccideranno, se ti avvicini troppo a Pink ti faranno fuori in due secondi >>
<< Devo correre questo rischio >>
<< Io non voglio che muori per diamine! >>
<< Io non mi defilo Luigi >>
<< Ascoltami Christine, non hai neanche un'idea di che gente è quella, sono dei macellai pervertiti e adorano il demonio, è gente intoccabile, non puoi neanche immaginartelo >>
<< Starò attenta…>>
<< Non capisci allora, non fare la testona, sei in pericolo, siete tutti in pericolo anche Lowell…vengo a prenderti, dove ti trovi? >>
<< Lo sapete benissimo dove mi trovo, anche voi Dramanov siete dei massoni e sapete ogni nostra mossa, mia di Lowell e di tutta la squadra >>
<< Noi siamo massoni ma non siamo assassini e pervertiti, la mia famiglia è una famiglia per bene Christine…vengo subito e ti porto via di lì >>
<< Sprechi fiato e tempo, non ti scomodare, non mi muovo da qui ho delle indagini da portare avanti >>
Chiusi il cellulare…
Luigi provò diverse volte a contattarmi, lo lasciai squillare con il silenzioso.
Gli scrissi un messaggio…
"Non ti preoccupare amore…un cacciatore non viene ucciso, uccide…scusami se prima ho sbagliato a parlare…non sono perfetta e a volte sono proprio una stronza cocciuta…scusami ancora per quella frase che ho detto prima…perdonami…buona notte un abbraccio "
Presi una coperta, domani mi aspettava un'altra dura giornata, investigare più a fondo su quella foto e quel filmato...mi coricai sul divano avvolgendomi a batuffolo nella coperta.

Trezzo sull'Adda...ore 22.36

il pastello di Pink nelle antiche mura del castello di Trezzo sull'Adda e un anagramma avvolto in una pergamena.

Quei vicoli anneriti, acquosi, dove morenti uno dietro l'altro cadono condottieri e innocenti, dove fantasmi che non possono raccontare un mistero ma lo devono proteggere, il male che difende sé stesso e si annida a riccio velenoso tra le mura e i sotterranei del castello.

Il pastello uccide, tutti noi da bambini usavamo i pastelli per fare i disegni, ma perché...? che significato ha il pastello...? cosa vuole dirci Pink di se stesso...vuole raccontarci forse la sua storia o una storia, o la nostra storia...perché una volta nati e piccoli...noi adulti abbiamo tutti una storia da bambini da raccontare...forse Pink ha una storia diversa dalla nostra, non proprio felice e serena come tutti i bambini...allora io devo scoprire la storia di Pink quando era bambino, quando aveva cinque sei anni ...solo così potrò smascherarlo e catturarlo.

Ma è possibile ciò...? è possibile avere informazioni non scritte e che nessuno sa al di fuori di Pink...?

é possibile...? no...ovviamente è impossibile...

a meno che...

a meno che non riesca a chiederlo al demone dentro di Pink, il demone madre, a meno che il demone non riveli a me qualcosa di Pink,...se solo potessi avere l'occasione di incontrare padre Di Gregorio avrei da chiedergli queste cose, potrebbe avere delle informazioni importanti sul demone madre e di conseguenza anche di Pink...essendo padre Di Gregorio il massimo esperto e studioso di demoni e il più grande esorcista del secolo scorso, avrebbe informazioni preziose sicuramente che mi sarebbero utili...

Solo così finirà la sua lurida carneficina di bambine...

Solo così la sua sete di morte sarà sgozzata d'innanzi alla giustizia.

Solo così potrò fermarlo per sempre...

Solo così quel demone morirà.

Posizionai a trapezio telecamere e sensori, ne avevo molti nella borsa, dovevo posizionarli tutti, ci voleva tempo, il problema era anche posizionarli nella maniera migliore con un senso logico.

Mi arrampicai su diversi alberi, per un'altezza di circa quattro cinque metri, per le telecamere, sui sensori ad un metro da terra, ben camuffati tra cespugli e rami.

Avevo con me un portatile a misura di palmo di mano, che se si fosse attivato un sensore, mi avrebbe avvertito. I sensori erano molto avanzati, non scattavano per il vento o il riflesso della luce, se qualcuno passava di lì io lo avrei saputo subito.

Le telecamere erano perfettamente funzionanti anche di notte, erano a visione notturna a infrarossi e si regolavano con la luce del giorno.

Illinois 3 gennaio 2006

Carbondale contea di Jackson

Pink entrò in una farmacia del paese, poi non contento in una profumeria e comprò del mascara, rossetto, assorbenti, un profumo da donna di Chanel, e un kit completo per le unghie con smalto rosso e nero.

<< Desidera ancora qualcosa? >> chiese l'impiegata di una gioielleria. Pink aveva comprato un orologio da donna a polsino stretto artigianale...

<< Mi interessava quell'anello >>...

<< Uno di questi qui...? sono splendidi >>

<< Hanno come tema il cruciverba...così come sono lavorati >> disse Pink

<< Ha perfettamente ragione >>

<< Provo questo, primo a sinistra >>.

L'impiegata sorrise e aprì la vetrinetta.

Clarissa Enfield si trovava al parco con sua sorella più grande Stefy.

Si dovevano incontrare verso il torrente, lì c'era un grosso braciere da barbecue per i turisti di passaggio e i giovani in cerca di allegria e passatempo.

Squillò il telefonino a Stefy che in quell'attimo lasciò la mano di sua sorella Clarissa.

<< Ti muovi...? sei in ritardo, è un'ora che ti aspettiamo, qui c'è birra fumo musica...>>

<< Sto arrivando Iris, dovevo passare a prendere mia sorella da violino...>>

<< C'è Lukas che sta addosso a Margot...ma magari a te non interessava >>

<< Stai dicendo scemenze. Quando fai così >>

Si sentiva musica metal in sottofondo e risate ...

<< Al ballo mi porterà Lukas, ho già parlato con lui non è interessato a Margot, ma magari eri interessata tu...dato che finora hai sempre fatto la suora >> disse Stefy infastidita

<< Infatti sto aspettando il principe azzurro, io stasera qualcuno me lo faccio...chi c'è c'è...>> disse Iris ridendo

<< Arrivo deficiente >>, Stefy si girò ma sua sorella Clarissa non era più di fianco o dietro di lei.

Ero in auto…squillò il cellulare…era David Lowell

<< Christine ascolta ne ha rapita un'altra, è lui c'era un pastello rosa vicino a dove è successo, la vittima è Clarissa Enfield, sette anni, stava andando con sua sorella ad una festa tra compagni di classe…ascoltami devi venire qui negli Stati Uniti >> disse David con tono disperato.

<< Non posso ora David, sto seguendo una pista, e devo andare in fondo >>.

<< Te lo dico, qui sono tutti incazzati, da Fawell a BalakovHarqui, già nessuno ti ha mai gradito, poi se sparisci così, è dieci giorni che sei in giro da sola, ora dove ti trovi? >>.

<< Sto andando a Trezzo sull'Adda >>

<< Dove diavolo è questo posto >>

<< Ci sono stata da ragazzina a sedici anni, è un paese ad una trentina di km da Milano, è vicino a Verderio alla corte Donatella, ti ricordi?, dove vivono i parenti di Margherita, >>.
<< Christine Pink è qui negli Stati Uniti non è in Italia, mi capisci quando parlo? >>

<< Si sposta continuamente Pink, fidati, può uccidere dall'altra parte del mondo e poi venire qui in Italia…e ci viene, me lo sento, perché deve riprendere i pastelli >>

<< Non ha mai ucciso nessuno a Trezzo che diavolo ci stai andando a fare? >>

<< Ha lasciato dei pastelli David…sia sui luoghi dei delitti del mostro di Firenze che anche in due ville abbandonate nella zona di Firenze…e sicuramente troverete dei pastelli anche suoi luoghi dove uccise Zodiac in passato, e c'è un pastello anche qui a Trezzo nel castello >>

<< E anche se fosse, ora Pink è qui negli Stati Uniti…e tu pensi di catturarlo così…? solo per i pastelli? >>.

<< Sono sensazioni David >>

<< Sono sensazioni che non portano a bel nulla, non ti riconosco più, ma che diavolo ti gira nella testa…? Le tue stupide e inutili sensazioni sui pastelli mettile da parte, devi venire qui da me, è qui che ci servono le tue sensazioni magiche >>

<< Verrò presto non ti preoccupare e non starnazzare sempre come un bambino viziato, Pink si farà vivo proprio qui a Trezzo…senti…solo a livello informativo, noi abbiamo qualche spia, intendo dei nostri servizi segreti tipo al Vaticano? >>

David girò su sé stesso come una trottola nervosa, si passò le mani tra i capelli sbuffando e fece quasi il gesto di scagliare il cellulare per terra.

<< Certo che abbiamo spie in tutto il mondo Christine…anche al Vaticano, ma si può sapere perché mi fai questa domanda? >>

<< Devi chiamare qualche tuo superiore, ho bisogno che qualcuno mi dica dove è stato nascosto o si nasconde un certo ex Cardinale Di Gregorio, segnatelo, Di Gregorio Iacopo…devo sapere qualsiasi informazione su di lui…devo averle al più presto, è l'ultima persona che ha visto Carla Vonnell viva ed è il massimo esperto e studioso di questi demoni così feroci e potenti >>.

David si grattò la nuca cercando di dire la cosa giusta, ma soprattutto di capire eventuali mosse da sbirro atte alla cattura di Pink, ma era troppo agitato per rimanere concentrato sul pezzo.

<< La storia del collegio, ancora sta diventando una solfa…questa Vonnell è morta >> brontolò David

<< Lo so...se segui il demone, se segui il percorso del demone madre arriverai a Pink >>.

<< Io non inseguo demoni, ma persone reali >>

<< Ti devo lasciare…l'attrezzatura è straordinaria grazie >>

<< Lo so…>>

<< Ciao David a presto >>

David non rispose subito, passarono diversi istanti, rimasi in attesa della sua voce, di un suo saluto, di una sua parola confortevole.

<< Ti farò avere quelle informazioni su Iacopo Di Gregorio >> assicurò David.

La telefonata stridula si smorzò così, David non mi salutò, sapevo che era incazzato nero, ma io dovevo seguire i miei istinti.

Il cellulare fischiettò di nuovo

<< Dottoressa Stanners? >>

<< Sì buongiorno, sono Guidi del centro sperimentale di fotografia di Bologna…>>

<< Buongiorno dottore, ha qualcosa per me? >>

<< Esatto la fotografia del bambino è un falso, è una sovrapposizione…per quanto riguarda il video, a livello d'immagine non c'è nulla di strano di anomalo ed è originale il nastro, poi siamo riusciti a estrapolare il sonoro con delle apparecchiature sofisticate e ho trovato qualcosa di strano, verso la fine del filmato si sente ampliando l'audio questa frase "sarai mia per sempre ", una voce tetra molto lugubre, aggiunta artificialmente >>.

<< Grazie dottore ottimo lavoro >>

<< A disposizione…>>

Una foto falsa, costruita a computer e una voce che non rientra nel video ma è stata aggiunta... " sarai mia per sempre "

Mi trovavo sulla tangenziale est di Milano, presi l'uscita Usmate Velate, controllavo spesso lo specchietto retrovisore, avevo l'impressione di essere pedinata, ma non con un pedinamento dozzinale, ma di alto livello, quindi da non trovare un unico focus in una sola auto che mi stava dietro.

Mi fermai al centro commerciale Globo, parcheggiai l'auto lontano dall'ingresso, in maniera un po' rudimentale agganciai allo specchietto retrovisore una piccola telecamera, grande quanto un accendino, era tutta roba che mi aveva fornito David su mia richiesta.

Entrai nel centro commerciale, dalla borsetta tirai fuori una piccola macchina fotografica, ogni tanto di scatto mi giravo all'improvviso e facevo una foto, camminai per circa venti minuti, ogni tanto guardavo qualche vetrina di qualche negozio, mi fermai ad una tavola calda e mangiai un boccone, mi guardava spesso intorno, e ogni tanto scattavo foto.

Presi un coffee in un bar, poi ritornai all'auto con passo svelto. Feci un'altra foto, dietro di me, poi una al lato sinistro poi una al lato destro.

Dal portatile controllavo le telecamere e i sensori di movimento posizionati al castello di Trezzo sull'Adda, per ora avevo installato dodici telecamere e ventitré sensori…dal monitor osservai ogni singola ripresa in diretta…tutto veniva meticolosamente registrato sul mini cd e nella memoria di ogni singola telecamera.

Mi accesi una sigaretta. Gustai una profonda boccata.

Chiusi il portatile.

Superai Trezzo d'Adda, un uomo che c'era in una delle foto scattate mi sembrava il conducente di una Opel che dal Globo era ancora dietro di me…ma la distanza era troppa tra la mia auto e la sua, trenta metri, non si avvicinava troppo, di conseguenza non ero certa che fosse la stessa persona. Continuai a guidare imboccando la statale "Francesca "verso Cologno al serio, mentre guidavo osservai la foto, stempiato sui cinquanta giubbotto grigio pantaloni neri….

Attraversai il centro storico di Cologno al serio, era tipo una grande roccaforte medioevale rotonda, ai bordi un canale d'acqua con papere che sguazzavano. Il canale fu costruito all'epoca come difesa da assalitori banditi e nemici

Uscendo dal paese mi fermai ad un noleggio auto, all'interno della struttura parlottai per pochi secondi con un impiegato gentile, poi chiesi di andare in bagno, presi una scatola con un cellulare nuovo la aprii lacerando con fretta la confezione, poi ci misi una nuova scheda, utilizzai una prepagata e feci il numero di un altro noleggio auto, a Busnago, il paese del centro commerciale Globo.

Uscii dal bagno, l'impiegato gentile mi venne incontro.

<< Firmi pure qui signorina Stanners, l'auto sarà lì tra mezz'ora >>

<< Grazie…>>

Firmai e uscii scattando altre foto, in tutte le direzioni.

Ritornai al Globo, parcheggiai di nuovo l'auto, poi di corsa uscii nella direzione opposta, salii su un'altra auto a noleggio, le chiavi erano dietro la ruota davanti, nel frattempo il noleggio auto di Cologno al serio mi parcheggiava un'altra auto, in un'altra entrata.

Misi in moto e velocemente lasciai alle spalle il Globo e spero anche chiunque mi stesse seguendo, ritornai a Trezzo sull'Adda, in appostamento, dovevo posizionarmi all'ingresso del castello, installare altre telecamere e altri rilevatori di movimento.

Notte fonda

Perché qualcuno ti stava seguendo…? fattela questa domanda Christine…o forse è solo un'impressione errata, ma se fosse vero…? Christine ti prego devi rispondere a queste domande, sono importanti, perché hai queste strane impressioni?

Un cacciatore di serial killer caccia, non viene cacciato

Un cacciatore uccide non viene ucciso e nemmeno si sente una preda

Un cacciatore vince sempre, la preda perde sempre…è natura

Mi rammentai di un documentario dove avevo osservato uno scorpione ucciso da un ragno, e poi un altro scontro tra uno stesso ragno della stessa specie contro uno scorpione della stessa specie, stessa scena, ma vinse lo scorpione…duelli all'ultimo sangue, memorabili.

Mi venne anche in mente, meglio ancora un altro documentario in Africa, un piccolo e innocuo topolino notturno, grande non più di pochi centimetri, alle prese con un grosso scorpione, il topolino era decisamente spacciato pensai, ma quella particolare specie di topo, era inerme per natura al veleno dello scorpione, il topolino coraggioso si piombò addosso allo scorpione e con i denti gli frantumò la testa, il topolino mangerà lo scorpione e ritornerà nella tana a stomaco soddisfatto

Forse era il suo momento migliore, ritirare il pastello sfruttando il buio della notte.

Appoggiai il binocolo a infrarossi sul mio naso, cercando di non tremare dalla stanchezza, puntai dritto sull'ingresso al castello…solo da lì poteva passare a riprendersi il pastello, da quello spiazzo di terreno e alberi, solo da lì poteva passare. Pink aveva anche lasciato in più oltre al pastello rosa, un anagramma scritto su un piccolo pezzo di carta avvolto in una pezza di tessuto, molto tenace e arrogante.

L'anagramma non lo avevo ancora decifrato, ma era compito mio farlo e velocemente.

Mi sentivo un cacciatore che con il fucile spianato aspetta la preda, la inquadra nel mirino e la uccide.

Mangiai del cibo freddo in scatola, indossai un maglione di lana per contenere il freddo della notte…lunga…difficile.

Era un appostamento troppo pesante, al mattino ero sempre stanchissima, senza aver dormito e riposato mi sentivo più vecchia di trent'anni.

La pelle del viso guasta e secca tirava, mi sciacquai il viso con dell'acqua fresca, inghiotti un frullato di yogurt.

Dovevo chiamare David e chiedergli del personale, non potevo stare sveglia ventiquattro ore su ventiquattro per troppi giorni di fila, avrei perso forza e soprattutto la mia vista sarebbe scivolata in una tempesta d'immagini fasulle, l'estrema stanchezza porta ad uno stravolgimento sensoriale, per quanto riguarda la vista avrei avvertito pesanti allucinazioni, Mi serviva personale, tre squadre tre persone turni di otto ore a testa, questo doveva essere un lavoro di squadra, non potevo fare tutto da sola.

Sentivo che Pink era vicino, avvertivo il compulsivo senso elettrico di una presenza nei paraggi, ero sicura che Pink si trovasse qui nei dintorni di Trezzo sull'Adda, e che stava studiando come riprendersi il pastello rosa senza essere visto e catturato, frugai sapientemente nella tasca dei Jeans, era la pistola di Pierre…il metallo della pistola, il suo contatto mi dava fiducia e speranza, faccia faccia l'avrei ammazzato subito senza esitazioni…da morto valeva poco per i Dramanov ma non pensavo più ormai alla ricompensa.

Era una questione di giustizia divina.

O forse mi avrebbe ammazzato lui, poi mi avrebbe incatenato ad un'altalena e mi avrebbero trovato con una lettera vicino, "ecco il vostro detective invincibile, Pink vi saluta e vi da un abbraccio forte ", perché questo è il suo stile, pungente ironico, maledetto…

Mentre facevo il numero di cellulare di David, mi balenò un pensiero nella testa…mi fermai per qualche secondo a riflettere, non schiacciai call sulla chiamata.

Se faccio venire gente, Pink magari non proverà a riprendersi il pastello. Se Pink sa che sono qui da sola, magari ci prova e magari cerca anche di uccidermi.

Se sono sola lui si farà vivo, non avrà paura del confronto.

Cancellai i numeri sul cellulare e lo riposi nella borsa decisi quindi di non chiamare David per i rinforzi.

Ho bisogno di dormire, posiziono altri due sensori strategici e schiaccio un pisolino…

Ero quasi certa che Pink si sarebbe esposto di notte, mai di giorno.

Due giorni dopo

Il cinguettio sinfonico degli uccellini era maestoso imperdibile, aprii con un po' di fatica le pupille accasciate, la luce del mattino prestissimo con il velo della notte si divampava mischiandosi con la fresca rugiada dell'erba e dei fiori, lo scroscio del vento sulle piante un messaggio dolce e sofisticato, un vero massaggio d'armonia divina, una purezza meravigliosa nell'aria del mattino, il sole si stava preparando al grande assaggio giornaliero.

Provai a schiarire un sorriso a favore del mattino che la natura mi concedeva.

Buttai all'aria il sacco a caccia di dolciumi.

Trovai un invitante dolce al miele e dei biscotti al cioccolato.

L'aria sembrava acqua, la luce sembrava un bacio.

Ripresi per l'ennesima volta il cannocchiale, scesi nelle grotte del castello, il pastello e il lembo di tessuto erano ancora lì… Pink non si era ancora mosso.

Ero consapevole di aver tirato una bella dormita, l'orologio non sbagliava, avevo dormito circa quattro ore…un lusso. Ogni quarant'otto ore dovevo cambiare i mini cd all'interno delle telecamere. Avevo la fissa di registrare tutto, un maniacale scrupolo che mi possedeva.

Se Pink si fosse avvicinato alle segrete del castello o anche a me, sarebbero scattati degli allarmi sonori, mi sarei svegliata subito pronta per ucciderlo.

Non poteva individuare i sensori da me posti sul terreno nell'arco di cinquanta metri, altrimenti avrebbe avuto più tecnologia di me, e questo significava solo una cosa…la mia sicura morte e la sua vittoria.

Dopo circa mezz'ora mi pervase una voglia terribile di caffè, lo desideravo, volevo un caffè, mi mancava follemente, mi accontentai di una caramella al caffè.

Le bestemmie nervose che tiravo erano brutti sintomi…dovevo stare tranquilla e concentrarmi.

Mio Dio quanto mi mancava un bel caffè caldo, qualunque fosse, lungo ristretto corto all'Italiana all'americana, mi mancava il caffè…

Aprii una delle mie borse dove tenevo un po' di cose alla rinfusa.

L'anagramma lo avevo riscritto su un altro foglio di carta.

Ed è proprio su quel foglio che provai a immagazzinare idee stando lontana dai pregiudizi.

Dai Christine decifra questo cazzo di anagramma di Pink…è alla tua portata, non fare i capricci, concentrati, guardalo leggilo e trova la chiave…

Analizzai l'anagramma per l'ennesima volta, era un misto lettere e consonanti sparse a casaccio.

Sembrava scheggiarsi come un mosaico alle lettere di Zodiac, a quelle lettere scritte in codice, una delle lettere di Zodiac datata 1969 dal nome 340 Cipher è tutt'ora insoluta, un crittogramma ancora avvolto nel mistero, devo rasserenarmi che l'anagramma di Pink è molto più semplice ed è lontano anni luce dai crittogrammi in codice complessi di Zodiac, perciò, gambe in spalla e risolvilo Christine, ora però lo devi risolvere, tirai una fluida e pacifica boccata d'ossigeno *comene ero nostalgica.*

Provai a separare le consonanti dalle vocali.

Provai a osservarle una ad una...forse mi serviva un server dell'FBI o un semplice programma via internet mi avrebbe aiutato...

Ogni tanto prendevo il binocolo e osservavo la zona, l'ingresso al castello e nei limitrofi.

Nulla, di Pink neanche l'ombra.

Appoggiai il binocolo...concentrandomi sull'anagramma...

Era semplice troppo semplice, quindi nulla di importante?

O nella sua semplicità nascondeva qualcosa di concreto, qualche informazione determinante su Pink?.

Dubito che Zodiac nel suo crittogramma più complesso sveli la sua identità...

Come dubito che Pink sveli la sua in questo anagramma...anzi dubito che sveli qualcosa di solo minimamente utile...vuole solo giocare...vuole solo divertirsi...come un bambino...vuole giocare a nascondino...vuole provocare...vuole stuzzicare, così che una miriade di pensieri ci mandano in pappa il cervello, la foto del bambino e la voce nel nastro trovati nella casa di riposo, anche lì vuole solo giocare Pink...? o c'è qualcosa di determinante.

Ripresi il binocolo, un signore molto anziano con un bastone in mano e un sacchettino tastava il terreno...un cercatore di funghi, lo osservai attentamente, se quello è Pink io sono Cleopatra...un sensore scattò, lo spensi e resettai. L'uomo gironzolando fece scattare altri sei sensori sonori, spensi e resettai, spensi e resettai dal portatile, poi finalmente se ne andò.

Riposizionai la mia vista stremata sull'anagramma.

Che palle questi giochini... Pink fatti vedere, mostrati, vieni a riprendere il tuo scettro.

Di norma i serial killer uccidono e basta, evitano di giocare con le autorità, perché giocare significa sfida, e le sfide non sono solo una questione di cervello e tattica, ci sono molte variabili, imprevedibili, fattori x che non sono dettati dalle volontà umane e possono giocare a favore o a sfavore.

Mi faceva scervellare fino a fondermi le meningi questo Pink, come una lava selvaggia che esplode in un vulcano e già ti sta sciogliendo i piedi.

Messaggio di David

"Vieni qui negli Stati Uniti per la madonna, ho la merda che mi sta arrivando al collo, ragazza mia, forse ti stai sbagliando no...? rispondimi Christine ti prego, Grama mi ha appena chiamato, è nero carbone, le sue parole sembrano una tonnellata di plastica che ti arde sotto il naso...hai presente la puzza della plastica bruciata...? Non so quanto ossigeno mi rimane, anzi, quanto ossigeno ci rimane..."

Chiusi il cellulare senza nulla rispondere a David...i suoi capricci mi guastavano la concentrazione, e i capricci di Sochin e Grama erano insopportabili, in un lasso di tempo così limitato e con gli indizi che abbiamo pensavano che avrei avuto la bacchetta magica...? pensavano di catturare Pink come se fosse un ladro di carburante al casello dell'autostrada...? sono pazzi pazzi...

Ripresi a concentrarmi sull'anagramma e tutto il resto.

Provai a risvoltare totalmente i miei pensieri, le mie certezze, le mie supposizioni, un po' come un osservatore prende un dipinto in mano, non ne capisce e vede nulla, ma magari girandolo si vede qualcosa.

Così presi tutti i miei pensieri e li girai, tutti capovolti all'improvviso, non solo come un osservatore prende un quadro e lo capovolge, ma anche come un lettore legge non più da sinistra a destra una frase, ma bensì il contrario, da destra a sinistra.

Quindi era inutile fare appostamenti nei luoghi di Firenze o dove negli Stati Uniti uccise Zodiac e nemmeno dove Pink ha fatto rinvenire le altalene con le bambine uccise…perché la preda ora deve scegliere dove andare a ritirare il suo pastello, e dove va una preda per agguantare la sua preda?...e dove va...?

Pink è troppo furbo e astuto, se sa che un luogo è pericoloso non va…non cerca assiduamente un confronto con me, ma deve ritirare da squilibrato quale è i suoi pastelli ma in totale sicurezza…

Chiamai subito David

<< David metti sotto osservazione tutti i posti dove ha ucciso Pink e agli Scopeti dove uccise il mostro di Firenze e due ville abbandonate, ti mando la localizzazione, e anche dove uccise Zodiac, i luoghi de sei delitti conclamati, così Pink verrà qui da me e lo prendo io…>>

<< Per la miseria Christine anche se ci vedi giusto, devo avere l'autorizzazione di Sochin>>

<< Vedi di fartela dare e subito…fammi sapere >>

<< Tu come stai? >>

<< Non è il momento di fare conversazione >>

<< Lo sai che se mettiamo nostri agenti e per miracolo di Dio si fa vivo Pink perdiamo la taglia? >>

<< Pink non ritirerà mai nessun pastello se sono sorvegliati, verrà qui da me, è troppo intelligente per essere catturato da voi >>

<< Parlo con Sochin…poi ti faccio sapere >>

<< Avete smosso centinaia di agenti FBI per i fascicoli sulla setta le "Bestie di Hilter" e adesso Sochin ti falcia in scivolata per pochi agenti in sorveglianza? >>

<< Non è questione di pochi o tanti agenti testa di rapa, quell'ordine l'aveva dato Grama in persona, quindi Fawell Fall e Sochin hanno potuto smobilitare mezzo mondo…qui invece si tratta di un ordine mio e tuo è ben diverso, c'è una bella differenza capisci tra un ordine di Grama e uno nostro...? lo capisci? >> rispose David tossendo nervosamente

<< Ma sbaglio o Grama aveva detto che io ho pieni poteri direzionali sotto la supervisione di Sochin? >>

<< Christine Christine io sono in questo ambiente da anni, da molti anni e ti posso garantire, anzi, ti posso assicurare che quella frase di Grama che ho udito anch'io con le mie orecchie nell'ufficio di Grama quel giorno, fa buon viso a cattivo gioco…è come le stagioni oggi c'è domani non c'è…secondo te tu sei l'imperatrice a cui tutti noi siamo sudditi obbedienti?, il fatto che tu non sei qui ma sei da sola in Italia a fare non si sa che cosa, ha urtato tutti, quindi quelli che erano i tuoi alleati e ti sorridevano stringendoti la mano, ora girano la testa

e quando parlo di te e quello che stai facendo non mi stanno neanche a sentire… ho reso l'idea? >>

<< E allora andatevene tutti a fare in culo brutti stronzi, ho reso l'idea? >> buttai giù la conversazione gettando il cellulare in mezzo al prato.

<< Pronto…pronto…Christine…cazzo! >> disse David ramificando in volto un pessimo presagio e un broncio di totale disgusto.

Quattro giorni dopo

Il cadavere di Clarissa Enfield giaceva in una palestra abbandonata in periferia, un senzatetto diede l'allarme.

Harqui fece dei segni alla scientifica, la bambina aveva gli occhi scavati dall'acido, indossava il solito vestitino bianco ricamato a fiori e i bigodini appena fatti, nella vagina un pastello rosa, il collo spezzato, l'aureola violacea sul collo ne era l'ennesima prova.

C'era un odore acre putrefatto di sigaretta vecchia e calce maleodorante, l'aria impregnata di una sottile acida foschia di chiuso e intonaco bruciato.

La piscina era vuota tutta sporca di rottami e fanghiglia. In giro un sacco di mobili sedie, attrezzi per i pesi colmi di ragnatele, le vetrate erano così sporche e polverose e sembravano anche unte di grasso o qualcosa del genere. Il chiuso sviscerava anche in un'altra macabra puzza, acido o qualcosa simile alla vernice.Fawell guardò con occhi stanchi David Lowell che inchinò il capo affranto.Balakov osservando più da vicino la povera Clarissa, notò del mascara sulle ciglia...

<< Sembra che sia stato messo non più di ventiquattro ore fa...>> disse Balakov dando la torcia ad Harqui...

Alcuni tecnici della squadra antimostro presero a fare delle fotografie...

<< Abbiamo segmentato ogni ordine di altalena forgiata in qualsiasi piccola e media zincheria qui negli Stati Uniti, non sono molte...>> disse Harqui cercando di catturare l'attenzione su di sé.

<< Ordini anche fatti all'estero, Canada, Messico, Panama...dobbiamo controllare ogni pista, seguendo l'altalena giusta, l'altalena ci porterà da Pink >> disse David con fare poco rassicurante, sul limite del rassegnato diede una pacca sulla spalla ad Harqui.

<< Stiamo controllando gli ordini elettronici, quelli bollati ci vuole tempo >> disse un agente mentre sfogliava la rubrica del suo cellulare.

<< Mettiamoci al lavoro, allora telecamere della zona, visioniamo i nastri, David dacci una mano...Balakov intercettazioni ambientali poi raggiungi la centrale, vediamo se salta fuori qualcosa, dobbiamo chiamare Sochin e tenerlo aggiornato, altrimenti inizia a rompere le palle >> disse Fawell battendo le mani.

David notò vicino ad una sedia mezza rotta, non lontano dal cadavere della bambina un pastello rosa, il solito pastello.

<< Lo dico a tutti non toccate il pastello...è di Pink...ma lasciatelo qui >> urlò David a tutti i presenti.

<< Dobbiamo portarlo in laboratorio >> disse un agente alzandosi la cintura dei pantaloni...
<< Tu fai quello che dico io...>>

Wyoming

città Laramie.

Contea di Albany, una settimana dopo

Era forse una giornata come tutte le altre...

Il fiume costernato di molte pietre, sgrezzava un dolce suono intenso che solo l'acqua può fare. L'odore simile al miele del fresco vento delle bacche e dei pini, scivolava maestoso fino a valle, fino alla vecchia cava di Carman, una volta, cento e passa anni fa, era una miniera prolifica per minatori e costruttori, ci cercarono oro ma trovarono molto rame, lì fiorivano alberghi per turisti e negozi di ogni genere, prosperava il caldo quanto la moneta sonante che la cava e la miniera rendevano al paese...non furono mai disboscate zone, la legna si vendeva a buon prezzo ma limitata, limitata soltanto al consumo personale per riscaldarsi.

E le ferree regole furono mantenute per decenni, Laramie, ora, da un piccolo paese era una media città moderna, immersa perfettamente nella natura.

Il cadavere di Nora Helbert si trovava in prossimità del fiume che costeggiava la città di Laramie, alcuni uccelli e insetti la stavano divorando, Gus Nolan, giovane cacciatore della zona, residente vicino alle antiche rovine di Fort Sanders, notò qualcosa di insolito poco scostato dai grandi alberi, ad una decina di metri dalla riva del fiume, quel via vai di volatili concentrati in un solo punto del fiume lo incuriosì.

Lui era dall'altra sponda del fiume a circa cento metri...prese il suo cannocchiale masticando del tabacco, poi carpì qualche sputo.

<< Con tutti quegli uccellacci mi spaventano i salmoni...>> borbottò tra sé e sé.

La sacca da pesca era ancora sul furgone, voleva fare almeno venti chili, cinque li avrebbe tenuti per se, gli altri li avrebbe venduti in città...sbuffò non capendo bene che cosa attirasse l'attenzione dei volatili, forse una carcassa di volpe o un giovane daino...

<< Sono in ritardo e devo pescare ancora...gli altri sono la domenica a divertirsi, io come uno scemo qui al fiume a pescare salmoni...dovevo invitare Megane, forse le avrebbe fatto piacere pescare con me, poi un fuoco, un bel salmone grigliato, e magari dormivamo qui accampati sotto le stelle...ci scappava una bella e dinamica ginnastica da letto...oppure no, non sarebbe successo nulla, sempre meglio comunque che stare in giro da solo come un cane...anzi forse mi sto facendo le seghe mentali, magari non sarebbe neanche venuta...domenica prossima glielo chiedo...mi devo fare coraggio >> disse parlando da solo Gus...

Gus dopo l'ennesimo sbadiglio...andò al suo furgone, prese il fucile, ritornò nello stesso punto dove era pochi istanti prima, sparò due colpi in aria...gli uccelli sparirono in un secondo spostandosi in cielo...ma seguendo una scia di ritorno.

Gus appoggiò il fucile per terra e riprese il suo potente binocolo...

<< Oh mio Dio...mio Dio! >>.

Christine entrò in un bar, il fax di David arrivò puntuale.

Lo presi tra le mie mani e cominciai a leggere.

Hallo Christine

Non capisco perché al posto di parlare al telefono ci parliamo per corrispondenza scritta...è ridicolo, hai paura che intercettino le nostre telefonate o i nostri messaggi al telefono...queste cose sono il mio campo, e ti assicuro che non siamo controllati come invece tu pensi testona...

Comunque a parte ciò... ho pessime notizie, non riusciamo ad avere accesso a quelle informazioni che mi avevi chiesto in merito al cardinale Iacopo Di Gregorio...le ho provate tutte, credimi, purtroppo senza successo.

Le cimici e le spie dirette che ho interpellato nello Stato Vaticano si sono messe al lavoro subito, con priorità assoluta. Ci sono delle informazioni sicuramente ma sono ben protette negli archivi segreti del Vaticano, protetti da pochi stretti fedelissimi, e sono nei conservatori segreti, catalogati come AA.

La polizia del Vaticano la Gendarmerie, ha scritto al nostro ministro della difesa, Klugmann, capo della Gendarmerie ha avvallato strani movimenti nella santa sede per colpa del nostro governo degli Stati Uniti che sta facendo pressioni e cercando informazioni che non riguardano rapporti commerciali politici tra lo stato Vaticano e il nostro.

Ha esortato con pacatezza la resa di queste infiltrazioni dei nostri servizi segreti contro la Santa sede...quindi Christine siamo stati scoperti e proprio un'ora fa mi ha chiamato il segretario del Presidente nostro e mi ha detto stop, non possiamo rovistare nella Chiesa e nemmeno cercare con altre vie informazioni...mi capisci Christine?

Neanche a corromperli con tutti i soldi del mondo ci darebbero quelle informazioni...

Allora tu mi dirai che me la sto facendo nei pantaloni...non è così, ho un'altra soluzione, un altro diciamo così, canale alternativo, soluzione bilaterale la chiamiamo così noi dell'FBI.

Ti faccio un nome importante che spero ci dia una mano con questo rebus.

Sebastian Keaton...

Sicuramente non lo conosci...

Sebastian Keaton è nostro funzionario in primis in Italia...ti lascio con un piccolissimo e sottilissimo barlume di speranza. Ho contattato Keaton, un maestro di saggezza e di tattica.

Keaton mi ha detto che forse può trovare qualcosa da qualche altra parte, senza ostinarci per forza sugli uffici segreti della santa sede, secondo Keaton, mettendo le mani avanti e non assicurandoti niente Christine, si può provare nei Dossier riservati e scottanti, li chiamano dossier di ferro, erano appartenuti al famoso giornalista Mino Pecorelli...ucciso dalla mafia l'anno seguente all'omicidio di Aldo Moro.

Molti di quei fascicoli, sono stati distrutti perché contenevano informazioni piccanti riservate scabrose, e pericolose su politici magistrati mafiosi funzionari di polizia, e anche la Chiesa...ed è qui che Keaton andrà a battere cassa...vediamo se trova qualcosa, speriamo...Non chiedermi dove sono ancora questi pochi fascicoli scritti da Mino Pecorelli e miracolosamente scampati alla carneficina, questo non lo so, ma Keaton ha una pista solida verso quei fascicoli...

Speriamo...Keaton è un ex funzionario del Sisde, dieci anni fa è stato promosso a relatore competitor ed è entrato nei nostri servizi segreti, copre la zona atlantica Roma Cairo.

Pink è scatenato, sta uccidendo con un ritmo impressionante

Ti farò sapere

ti amo Christine...

in bocca al lupo

26 gennaio 2007

Roma...a due passi da palazzo Chigi

Keaton aveva un'aria spagnola, da avventuriero, o almeno così lo definivano i suoi tratti somatici, molto marcati. Aveva un fare assordante, solo il suo viso provocatorio e arrogante o come si muoveva, destava nelle sue cadenze interesse timore ma anche un fascino misterioso.

Era un pezzo d'uomo dalla testa ai piedi, il suo viso era follemente intelligente indagatore, era una specie di spacca ghiacci, appena dicevi due parole sapeva già quello che stavi pensando e non solo di lui, in generale, se eri finocchio maldestro o avevi un punto debole o una ferita aperta ti beccava subito, capiva tutto di te in un istante, i nervi gli tiravano dal viso in tutto il corpo in una corda da violino, in un suono, un vincitore, si dissipava come una volpe pregiata, era più sensibile che intelligente, ma il raffronto vantava due vincitori, la sua estrema sensibilità e intuito spaventavano le persone che per la prima volta lo vedevano, chi lo conosceva bene sapeva i suoi punti deboli, ma era privilegio di pochi, sembrava un demonio addomesticato, i suoi occhi affilati neri facevano veramente timore, un corpo atletico perfetto, viso spregiudicato da vincente, cadenze da intellettuale e uomo vissuto, così Keaton, Keaton il bellissimo si aggiustava una cravatta di poco valore, si tolse gli occhiali da sole e diede una sbirciatina in giro, aspettando qualcuno e forse un'informazione.

Il caldo dissipava i gelati ordinati...

Nel frattempo una donna con un cane enorme si affiancò al tavolino esterno dove seduto Keaton, raffreddava una cioccolata.

Keaton sorrise e accarezzò il cane, la donna era molto bella, vestito pezzo intero giallino che sul classico dava a gonnella ricamata di visi medioevali, aveva un enorme cappello lavorato a mano di tela, occhiali da sole rosa, la donna prese la tazza di cioccolata di Keaton e ci appoggiò sotto un foglio di carta piegato, poi riprese la sua camminata come una qualsiasi turista straniera di Roma. Keaton sorseggiò la cioccolata ormai non più bollente...si pulì la bocca con un suo fazzoletto riposto a pochette.

Archivio 9. Procura di Roma sezione reperti conservatoria di stato, ultimo piano del palazzo.

Sezione G 768 N

Documentazione archiviata sull'inchiesta P2. Referti rimandati al pubblico ministero. Non ancora in archiviazione nazionale o macero.

Lì c'è un blocco di ferro di Mino Pecorelli che parla nel paragrafo 11...stato chiesa ed esoterismo ed esorcismo.

Keaton mise il foglio nel portafogli, lasciò venti euro sotto la tazza e si allontanò furtivamente con ottimo passo.

Keaton girò l'angolo e prese il suo cellulare.

<< David sono io >>

<< Ciao Keaton...aspettavo con ansia tue notizie...>>

<< Forse ci siamo, se c'è qualcosa da sapere su quell'uomo...forse ho il fascicolo che ti interessa >>.

David si trovava nella cittadina di Laramie, ultimo posto dove aveva colpito Pink, erano le dieci di sera, il posacenere era gonfio di mozziconi...era al terzo piano del palazzo di giustizia, in fondo al corridoio KjussHarqui e altri agenti che parlottavano, il capo della polizia di Laramie, un giovanotto di 150 kg alto due metri, Jordan Nansy che gesticolava in maniera pronunciata mentre parlava con il procuratore, con una certa irruenza e nervosismo.

Sicuramente non si viaggiava sull'onda dell'entusiasmo e della tranquillità, ogni pista su Pink si afflosciava in un attimo, era sempre avanti agli inquirenti, non sapevano neppure più da dove venissero quelle altalene, forse non più forgiate in Europa ma in qualche zincheria artigianale, magari proprio negli Stati Uniti o in Canada. L'assenza di Christine era stampata sul volto di David, che ora sperava in questa disperata telefonata di Keaton.

<< Vengo io a prenderlo...sono lì dopodomani a Roma...non muoverti >>

<< Non sarà così facile sfilarlo, si trova al palazzo di giustizia...ma dovrei farcela >>

<< Sei il migliore Keaton, quando intendi entrare e rubarlo? >>

<< Anche questa sera, farò scattare l'allarme antincendio, l'unica cosa è che sicuramente è catalogato e sigillato in qualche cassetta di sicurezza, non è su uno scaffale alla portata di tutti o in un cassetto aperto...ma ben custodito e protetto in un ufficio chiuso.

Dovrò quindi scassinare la cassetta di sicurezza...dai mi organizzo e appena ce l'ho tra le mie mani ti mando un messaggio >>

<< Ottimo...>>

<< Lì come va? >> chiese Keaton

<< Qui è una merda, questo Pink ci sta fottendo la testa, non riusciamo a prevedere neanche una sua mossa, o a capire un suo punto debole, non abbiamo prove, non abbiamo reperti concreti che ci stabilizzino su una pista solida, tutti vicoli ciechi, è un maledetto questo serial killer, la più brutta bestiaccia che abbia mai visto in vita mia >>

<< Profili psicologici...? c'è un sacco di materiale, da quello che ho sentito da Fawell, proprio la settimana scorsa abbiamo scambiato due chiacchiere su questo Pink >>

<< Qui ognuno la pensa in un modo, siamo una squadra ma senza un regista, un capo...se ti dico che non ci stiamo capendo un bel niente ci credi? >> rispose David

<< Ma l'asso nella manica, la tua sensitiva Stanners...? vi ha indirizzati in Germania...il collegio...pista giusta da quello che mi hanno detto >>

<< Sì siamo partiti benissimo, sulla pista giusta ma ora siamo in mezzo ad una foresta equatoriale senza bussola...non so che altro paragone farti >>

<<Stanners cosa dice? >>

<< Ha il cervello in pappa, è rimasta in Europa, è lì in Italia adesso, sta seguendo le mosse e le strategie di Pink, a quello che dice lei sta analizzando luoghi e cose che fanno parte di questo killer…si è isolata, come in un'indagine parallela…se mi chiedi cose nello specifico, ti dico che ne so meno di te >>.

Keaton diede un colpetto di tosse…

<< Piano con le sigarette fanno male >> disse David parlando come un buon padre.

<< Ma esattamente questa Stanners sta seguendo una pista esoterica…cioè sta seguendo la direzione di un demone chiamato madre…cioè sta seguendo uno spirito maligno…mi hanno informato bene?, sono queste le voci di corridoio? >>

<<Mi viene da ridere ma è così >> rispose David soffocato dalla disperazione.

<< Io non giudico nessuno…ma non ho mai visto catturare un serial killer non seguendo fisicamente lui, ma bensì seguendo la sua anima dove è stata, che luoghi ha visto, un'anima in fase di putrefazione perché attaccata da un demone, da un fantasma…Stanners segue la puzza di morte che si trascina questo demone, è una cosa incredibile allucinante >>.

<<Fawell ha la bocca larga, sono cose che si è ingessato lui nella testa…sì comunque la sostanza di quello che ti ha detto è vera…più o meno è così…ma ti ripeto Keaton, non so bene quella ragazza che diavolo stia facendo in Italia e cosa stia cercando, non lo capisco e nemmeno me lo vuole spiegare per filo e per segno, si tiene tutto dentro, a me dice solo qualcosina buttato lì…sembra una situazione paradossale…>>

<< Eh immagino…>>

<< Qui ci stiamo giocando il culo, per primo io, mi sto giocando reputazione carriera e forse anche la pensione >>.

Keaton scoppiò in una baldanzosa risata, poi si accese una sigaretta sedendosi su una panchina.

<< Sei troppo drammatico David…cerca di non far cadere i nervi, altrimenti è finita…cerca di rilassarti, ci sono passato anch'io in momenti così difficili, bui, che per districarmi dovevo fare Houdini >>.

David fece un lungo sospiro…apprezzando le parole di un amico.

<< A tornare indietro non mi sarei buttato su questa nave, ma avrei girato largo…lo sai Keaton che se un caso del genere va in cenere qualche testa la fanno saltare…? politici pezzi da novanta dell'FBI, in un attimo mi buttano in mezzo alla strada, ti umiliano, ti danno del grande asino, hai speso un sacco di soldi dei contribuenti senza risolvere il caso, hai millantato il tuo bellissimo tesserino dell'FBI e le tue magnifiche imprese che ti hanno fatto fare carriera, e non sei riuscito a prendere Pink, non l'hai catturato e nemmeno sentito la sua puzza a distanza, non ti sei neanche avvicinato, sei un asino signor David Lowell, prendi il tuo cesso di cervello fumante di merda e pedala via…ecco è così che succederà vedrai >>

<< Sei troppo pessimista David, non esagerare, ci sono un sacco di persone che stanno svolgendo le indagini insieme a te, la colpa non potrà essere solo tua…è ridicolo >>

<< Certamente, ben detto Keaton, ma la mia testa sarà la prima a saltare, mi sono assunto io tutte le responsabilità dell'operazione km rosso e la formazione della sam, squadra antimostro, ho messo dentro Stanners una civile, facendola passare per essenziale e bravissima in quanto preziosissima per indagini di questo tipo, ho coinvolto e messo a capo

direzionale una civile…il comando tecnico delle indagini è mio…e sarò il primo a cui incendieranno le chiappe. Sochin non aspetta altro, la sua testa rimarrà in piedi sarà la mia a cadere >>

<< Non è ancora finita David...non hai ancora perso...tieni duro... Pink è in vantaggio ok...ma non ha ancora vinto…devi avere fiducia in te stesso nella tua squadra e in Christine Stanners>>.

La conversazione si interruppe d'improvviso, la linea del cellulare saltò.

David scosse il capo rimettendo il cellulare in tasca, Keaton buttò il mozzicone in terra...aveva una missione delicata ed importante quella notte…prendere assolutamente quel fascicolo di ferro scritto dal giornalista Mino Pecorelli sulla P2 e alcuni membri della chiesa...

Christine giaceva quasi morta sulle rive del fiume Adda, era magrissima, piena di punture di zanzare, intorno a lei molte carte di caramelle macchine fotografiche e dispositivi notturni per registrazioni audiovideo, Lorenzo Spini, agente della locale si avvicinò al corpo di Christine, vicino due tecnici dell'azienda acqua a2a per dei rilievi, Lorenzo toccò il collo di Christine, batteva ancora.

<< Un ambulanza subito...massima urgenza, ponte di Capriate San Gervasio urgente!..voi due datemi una mano dobbiamo portarla su, prendetela per i piedi >>. I tecnici lasciarono le borse in terra e si affrettarono a dare una mano a Lorenzo.

11 febbraio

Ospedale di Zingonia

<< Sono David Lowell...devo vedere Christine Stanners, è ricoverata qui da tre giorni >>.

<< Mi spiace è in prognosi riservata...è in coma, sotto farmaci >>.

Gli occhi di David si spensero guardando nel vuoto, si gonfiarono di molte lacrime...

<< Voglio parlare con il dottore che la sta seguendo, per cortesia >>.

L'impiegato fece un cenno di consenso e alzò la cornetta schiacciando tre tasti.

<< Dottor Galbusera, è la call, le mando su David Lowell...per Christine Stanners>>.

<< Non nel mio ufficio, sala due d'aspetto >> rispose Galbusera.

<< Ascensore terzo piano in fondo a sinistra sala d'aspetto >>

David non prese l'ascensore, in un balzo arrivò al terzo piano dalle scale, il dottor Galbusera stava aprendo la stanza.

<< Si accomodi >>

David diede repentina la mano al dottore

<< Che diavolo è successo >>.

<< Deperimento fisico, stress, probabilmente non mangiava da almeno tre giorni, qualcuno giorni fa l'aveva vista bere dal fiume Adda...molto male, quell'acqua è inquinata, la sconsiglierei anche per farsi solo un bagno...comunque...l'abbiamo trovata in fin di vita, conciata, ora stiamo facendo il possibile per tenerla in vita >>

David si astenne dal parlare.

<< La polizia ha detto che questa ragazza, cittadina Americana, stava spiando qualcuno, o nascondendosi per vedere qualcuno...in prossimità delle entrate nel castello di Trezzo. Aveva inizialmente una tenda da scout, spazzata via da una bufera notturna...dormiva così su una coperta...secondo me i primi giorni di appostamento aveva acqua e viveri, dopo ha

continuato a lavorare ed osservare il castello anche con sedici telecamere, ritrovate dalla polizia locale, ma lo sforzo eccessivo e continuo senza pause...l'ha deperita, poi tramite questa ossessione nell'osservare quello che sperava di trovare insomma, l'ha indebolita a tal punto che dopo un morso di un calabrone qui sulla caviglia sinistra...è caduta in un sonno che la stava tranquillamente portando alla morte. Le punture di zanzare almeno una trentina hanno aumentato un particolare effetto di aritmia cardiaca... direi che ha passato 24 ore in quello stato, ora è in coma, incrociamo le dita >>.

<< Posso vederla, solo cinque minuti, la prego dottore >>.

Il dottor Galbusera fece un sospiro

<< L'ospedale ieri ha ricevuto questo fax...viene dal ministero degli interni, è firmato dal ministro.

In oggetto si spiega che la paziente è un detective con delega dell'FBI con incarichi investigativi e di osservazione...bla bla bla...

Cosa ci fa l'FBI qui a Trezzo sull'Adda...? >> chiese il dottore con enciclica curiosità.

<< Il serial killer...quello delle altalene >> rispose David guardando il pavimento.

Il dottore indietreggiò stupito

<< Cristoforo Colombo...sì l'ho sentito, ci sarà anche uno speciale su Sky nei prossimi giorni e anche una delle nostre emittenti Italiane affronterà l'argomento, è terribile, il serial killer delle bambine con l'altalena, inaudito >>, esclamò il dottor Galbusera con i brividi che gli ghiacciavano il sangue nelle vene.

David apprese ogni cosa, anche le sillabe del dottore a malincuore.

<< Prego...venga con me...la accompagno >> disse il dottor Galbusera sfiorando di conforto il braccio di David.

David entrò nella stanza dove Christine intubata giaceva irriconoscibile.

David scoppiò a piangere.

<< Oh mio Dio...bambina mia...bambina mia...non ti lascerò mai più sola >>.

David cominciò a emanare parole soffocate, quasi incomprensibili chinato il mento tutto a testa in giù, gli usciva la bava, la saliva dalla bocca...tremava e piangeva dalla disperazione

<< Solo colpa mia, non lasciarmi ti prego...non lasciarmi…ti scongiuro Dio non farla morire, salvala, ti prego, fa sì che guarisca, è un angelo questa ragazza, non farla morire Dio ti prego, salvala Dio ti prego salvala, tutta colpa mia ti ho lasciato sola >>.

David pianse per dieci minuti, con la sua testa china sul letto di Christine, giaceva pallida, magrissima, il suo viso scarno era quasi irriconoscibile, appesa ad un filo tra la vita e la morte.

David dopo un'ora lasciò l'ospedale, l'equipe medica lo aveva fatto allontanare.

David salì in auto e prese un albergo lì a due passi dall'ospedale.

La polizia locale di Trezzo sull'Adda consegnò tutto il materiale trovato sparpagliato nella boschiva dove Christine si era nascosta.

Centinaia di foto e appunti, David aprì a caso.

Pink lascia il pastello e poi lo viene a riprendere, Scopeti Firenze, l'ho visto in terra ma non l'ho raccolto.

Domanda...Come faceva a sapere Pink di questo castello che visitai in gioventù...? Solo le mie cugine e cugini sapevano di quella notte, il 28 maggio 1990, la mia prima escursione al castello di Trezzo, dove giacciono molti fantasmi, molte brutte storie sono avvenute qui tanti secoli fa, una giovane donna figlia di Visconti si innamora di uno stalliere, il padre la uccide, come non si sa bene, se murata viva o buttata nel pozzo pieno di lame...ma cosa c'entra questo posto con Pink...? perché ha messo un pastello nel secondo cunicolo sotterraneo...? come fa a sapere Pink di questo castello...? ora sta uccidendo negli Stati Uniti, lascia gli stati Uniti per venire qui in Italia a raccogliere i pastelli che aveva messo e poi ritorna negli Stati Uniti per uccidere...?

particolare interessante.

Sicuramente Pink ritorna sui luoghi dei delitti, dove sono state rapite le bambine e dove le fa ritrovare. Ps...devo comunicare questo importante particolare alla squadra...chiamare David al più presto. Ps... Pink si traveste sicuramente quando ritorna sui luoghi dei delitti... Io smaschererò nessun suo travestimento potrà mai ingannare la sottoscritta.

3 febbraio ore 18

Ora vado a prendere qualcosa da mangiare in qualche negozietto...accendo telecamere 1, 2, 3 erano guaste le ho aggiustate...brrr che freddo

la notte è fredda... la mia povera tenda è stata scorticata da un violento temporale che mi ha guastato altre due telecamere, ne posso usare quattordici e non più sedici.

Io aspetto ancora cinque o sei giorni massimo...Se Pink non si fa vivo devo andare negli Stati Uniti e raggiungere David.

David prese tra le mani un fax, era datato cinque giorni fa...da un giornalaio di capriate...

Cara Christine...attendo con ansia tue notizie, so che è un'indagine difficile, e dalle telefonate ultime mi hai assicurato, veramente difficile. So che state battendo due piste, David è negli Stati Uniti tu sei l'unica della squadra a seguire un'altra pista in Italia. Ora sono molto indaffarato con gli affari di mio padre, anche mio fratello Ernest è molto impegnato.

Appena avrò tempo ci dobbiamo rivedere, che sia in Italia o America, ovunque tu sia mi manchi, non vedo l'ora di abbracciarti e stringerti nelle mie di braccia, ti penso sempre, giorno e notte...mio padre non pensa ad altro che ai suoi affari e al potere ovviamente, ma anche a Pink...lo vuole a tutti i costi.

Se hai bisogno di qualsiasi cosa chiedi pure...

Se vuoi la verità ora non mi importa tanto più di Pink, di sapere chi è e della sua cattura...credo che ci siano cose molto più importanti nella vita...

prenditi cura di te...un bacio...

Conserva questo mio scritto, io sono sempre vicino a te

Ti amo

Luigi

David uscì d'impeto dall'hotel prese l'auto e andò al castello di Trezzo. Prese il sentiero che dal ponte dava verso la dimora nelle sue parti basse, muraglia e i pozzi. Si inoltrò nei cunicoli del castello, accese una torcia...sentiva le gocce dell'acqua che dai soffitti tintinnavano sulle mattonelle ai suoi piedi, mura scrostate e segni di colore rossastro, tirava un gelido freddo tra quei sotterranei, finché il buio si aprì come un palcoscenico, David tirò fuori la pistola mentre con la torcia seguiva il corridoio...vicino ad una parete un pastello rosa per terra, David voleva raccoglierlo per la scientifica ma sapeva che non c'erano impronte e secondo Christine Pink sarebbe ritornato per riprenderselo.

Sul muro, appoggiato vicino, una specie di lembo di tessuto arricciato con una cordicina, uno spago non troppo stretto, David prese un guanto e lo aprì, c'era una piccola pergamena molto antiquata, scritto con un pastello rosso, anzi ad osservarlo meglio sembrava rossetto da donna, David ne ebbe prova quando avvicinò il lembo al suo naso...era rossetto...scritto in piccolo...delle lettere...strane

D f l o r u c h h i o p r s t c e e k n u s o l o a a e m n r v y

David sentì dei rumori, forse passi, rilasciò appoggiato il lembo a terra e pistola pronta ritornò indietro correndo e con la torcia ben salda...quando uscì dai cunicoli un urlo silenzioso liberatorio, si guardò intorno, non c'era nessuno, la notte stava calando veloce, salì in auto e ritornò in albergo frettoloso...si fece una doccia, ordinò due hamburger e sfogliando ancora le carte e le fotografie fatte da Christine, scoprì un libro...di Eucken, un Nobel tedesco filosofo dell'inizio del novecento...solitamente Christine faceva altre letture, autori meno sconsacrati ed esautorati dai loro paesi per le loro idee, poi accese il VHS con mini cd che Christine aveva registrato, ce n'erano circa un centinaio, ognuno durava tre ore, quasi dodici giorni di riprese su nastri, collegò la presa del VHS al televisore...

Il filmato, il primo era muto, potevano essere le sei di sera, ancora luce, Christine si filma posizionando la telecamera sulla cima di un albero a tre o quattro metri di altezza, poi sempre Christine sistema la sua roba e si sposta dall'obbiettivo...vedersi trecento ore di filmati era una cosa poco collegiale per uno come David, che pensò di filtrare il materiale a qualcuno di fiducia nel suo ufficio, per appunto vedere se saltava fuori qualcosa. David portò avanti il video, era quasi notte...poi porta avanti ancora ed è notte, la camera ha un obiettivo che scattava sul notturno...si vedeva sembra la sagoma di un gatto, poi una coppietta che andava in riva al fiume...poi un insetto...una specie di uccello notturno...David spense il nastro e si coricò sul divano di fronte il telecomando pensieroso, appostamenti vecchia scuola...riprese le carte di Christine leggendone qualcuna a caso.

Si alzò di colpo, in uno dei blocchetti di Christine scritti a penna nervosa e poco leggibili.

Sento avvicinarsi il demone, spero non mi uccida o si impossessi di me.

Ho paura.

dfloruchhioprstceeknu solo aaemnrvy (Anagramma di Rudolf Christoph Eucken...lo scrittore tedesco più Oslo Van Mayer, quindi il collegio in Germania, in quel lembo Pink tira giù un semplice anagramma

Per la miseria disse David sobbalzando dal letto...è un anagramma...non ci avevo pensato

Ps...bisogna ritornare al collegio dei VanMayer, nella prima ispezione ci è sfuggito di analizzare nella libreria bene, bisogna trovare quel libro di Eucken, Pink ci darà un altro importante indizio di chi è ... e forse come prenderlo...come prenderlo sembra più difficile del primo.

Bisogna ritornare al collegio e con meticolosità trovare e analizzare millimetro per millimetro quel libro, anche se è già stato fatto questo lavoro dalla squadra antimostro deve essere ripetuto...

Importante...

Importante è anche qui da molti giorni la mia presenza nella boschiva vicino all' entrate del castello... Pink ci ritornerà e io lo prenderò.

Sono sicura sicurissima che Pink ritornerà, è qui a Trezzo o lo sarà a breve...me lo sento.

Steve Holland si stava crogiolando sulla sua barchetta a largo di Mikonos. Sui cinquanta, baffi neri ben curati, capelli castano un riccio tenue, un viso da amante delle auto donne e gioco d'azzardo, occhi verdi, un uomo da rivista di copertina, un viso tenace scarno di rughe, quei volti molto particolari che non ti scordi, il "duro "era soprannominato dai suoi colleghi, era un ex FBI ora ai servizi segreti statunitensi.

Assaggiò una spremuta appena fatta, la ragazza giovane e bella salì dallo scafo con due birre.

<<Dindin ti va? >> chiese la ragazza

<< Che macabra scoperta, conosci tutti i miei punti deboli...il giorno che ti dirò di no uccidimi >> disse Holland sfogliando il giornale Times.

<< Dopo mi farò una doccia...la farai con me? >> chiese la ragazza camminando sulla barca e avvicinandosi a Holland, fece una specie di balletto stile Marrakech sculettandogli davanti.

<< Sviolini una birretta e poi mi pugnali con una doccia...>> disse Holland togliendosi gli occhiali da sole.

Un marinaio della barca fece un segno al signor Holland...poi si avvicinò con un cellulare in mano.

<< Per lei signore...ah...mi spiace ma dobbiamo tornare a riva, si sta facendo troppo mosso il mare signore >>.

<< Va bene va bene...chi cavolo è che mi rompe i coglioni >>, brontolò Holland prendendo il cellulare

<< Holland buongiorno sono David Lowell...sono solo io che posso romperti i coglioni >>

<< Ciao David...quanto tempo...>>

<< Sonnambuli ancora nelle scartoffie dell'FBI? >> disse David annotando una gracchiante risatina

<< Siamo mica tutti geni come te...>>

<< Ti va un lavoretto extra? ... doppia carota con tre zeri...ma devi prenderti un extra tempo te e almeno altre due persone...ho bisogno un prospetto non in troppo tempo >>.

<< Per tre zeri e una doppia carota ti faccio anche un massaggio sotto la doccia >> rispose Holland prendendo carta e penna e ondeggiando felice sulla sedia, sentendo già l'odore di molti soldi facili.

<< Sono trecento o forse più ore di nastri registrati su mini cd da telecamera, puntate fisse giorno e notte...me le devi guardare tutte bene dalla a alla z, mi raccomando mi fido di te, è

un compito importante >>

<< Si tratta del serial killer Pink? >> chiese Holland fissando il culo della ragazza

<< Esattamente...ti mando per corriere la roba, ti faccio un bonifico...mi raccomando che rimanga tra te me e i tuoi collaboratori >>

<< Hai la mia parola, silenzio stampa...te li guardo bene, senza fotterti...hai la mia parola >>

<< Grazie Holland…>>.

<< Esattamente questi filmati che contesto hanno? >>

<< Puntano a scovare Pink, magari in una delle sequenze c'è lui ...e possiamo ingrandire l'immagine e sapere chi è...>>

<< Capisco... Poi vuoi un appostamento vecchia scuola...>>

<< Esattamente, devi farmeli in questi posti, ti mando tutto via fax...Scopeti dove colpì l'ultima volta il mostro di Firenze e due ville disabitate >>

<< Ok...ma ti costerà e lo sai già quanto…per quanto tempo gli appostamenti? >>

<< Un mese a partire da dopodomani >>

<< Ok...>>

<< Ti saluto...chiamami se vedi qualcosa di strano... di importante...>>

<< Contaci, ciao David...a presto >>.

Amsterdam

Gregor Van Toolse stava mettendo con cura dei libri antichi in uno scaffale della sua biblioteca privata, il cinguettio dei suoi passerotti indicava la fame insopportabile che avevano.

<< Un attimo...calma ragazzi >>.

Gregor Van Toolse era un uomo piccoletto, mite, paffuto, sui sessanta e passa.

Era in grave sovrappeso, ultimamente mangiava solo yogurt e verdure, fece carriera tardi, cinque anni direttore agenzia FBI a Mineapolis, gli ultimi quattro anni vicedirettore CIA in Bolivia. Ai tempi divorava dolciumi e gelati come ridere, con la dieta aveva perso molti chili, ma la sua corpulenza era ancora grassoccia e il viso tondo. Portava dei buffi occhiali da vista rossi tondi.

Gregor andò in cucina e prese del cibo per i suoi volatili, poi si diresse verso la stanza piena di uccellini. Distribuì abbondantemente il mangime nelle varie gabbiette, poi prese il suo preferito e con il pollice dell'altra mano gli accarezzò la testina

<< Sei un amore >>

Squillò il telefono, il cordless si collegava alla stanza degli uccellini pregiati e rari.

<< Ciao ciccione >>

<< Chi parla >>

<< Sono io David Lowell >>

<< Sfacciatamente insubordinato, anni fa ero il tuo capo >> disse Gregor tranciando con un morso una pesca che aveva dimenticato quasi in tasca nella vestaglia da letto.

<< Ciao Gregor come stai...? quanti anni...So che te la spassi in pensione >>

<< Con la fame di pensione che mi danno >>.

<< Hai voglia di guadagnare un po' di grana facile? >>

<< Sarebbe a dire? >>

<< Vai a questo indirizzo, te lo mando via sms...c'è un collegio, entra e senza lasciare neanche un capello sfila dalla biblioteca un libro...ti sto scrivendo tutto via sms...poi portamelo qui...io sono in Italia ti sto scrivendo l'indirizzo...sono 20000 euro, più mi devi organizzare una squadra, 8 persone sei ore al giorno, appostamento h24, il massimo voglio, sempre al collegio, devi appostare telecamere in diversi punti...se vedi qualcuno entrare potrebbe essere il killer >>.

<< Ti costerà una vagonata, ho qualche mercenario professionista che accetterebbe, ma ti costerà >>

<< Pink...il serial Killer, hai capito di chi sto parlando? >>,

<< Ti costerà il doppio allora, i rischi aumentano 700 mila euro tra personale e strumenti >>

<< Ti faccio un bonifico dal mio pc, 720 mila euro ...mandami l'iban su sms...>>

<< Ok...dammi ventiquattro ore e avrai la tua squadra lì al collegio...il libro te lo porto di persona >>.

<< Una scusa per una bella cena e tanto vino >> si sforzò David ghignando.

<< Brutta faccenda questo Pink, perché ti sei carambolato su una grana rognosa di questo tipo? a volte è meglio schivare certi casi, è su tutti i giornali e televisioni in tutto il mondo >>

<< Lo so potevo lavarmi le mani e fare altro...ma...>>

<< Ma >>

<< Ma ritengo di poter accettare i rischi, ormai ci sono dentro fino al collo >>

<< Se lo catturi ti fanno capo dell'FBI...poi senatore…poi ti gratificano con una poltrona in qualche consiglio di amministrazione alle isole Cayman...>> disse Gregor con tono nostalgico

<< Non sono più buoni come una volta…ora la ciccia è più corta >>.

Gregor scoppiò divertito in una risata completa.

<< Come posso darti torto…è da un bel pezzo che non ci sentiamo...mi fa piacere sentirti...>>

<< Ti fa piacere perché in un mese di lavoro ti fai due anni di pensione furbastro >>

<< Non dire così dai...mi fa veramente piacere sentirti, sei un amico >>

David sorrise pensando a tante battaglie, tante ore di duro lavoro insieme a Gregor, anni fa.

<< Mi godo la pensione, sai non ho vizi, non ho grilli per la testa, e sono felice con me stesso...>> disse Gregor finendo l'ultima boccata di pesca

<< Dovrei fare così anch'io...hai molte sagge cose da insegnarmi Gregor >>

<< Dopo questa faccenda vienimi a trovare >>

<< Basta che non mi fai vedere la tua stanza piena di bestiole >>.

I due si salutarono ridendo.

18 febbraio

<< Ti prego Christine...svegliati...non mi lasciare...>>, David prese la mano di Christine con una cura che mai aveva pensato nella vita, le sfiorava le dita e piangeva, il dolore che fino ad allora era un sentimento assai lontano dalle grinze di David Lowell, bè...in quei momenti capì esattamente cosa fosse il dolore estremo, perdere una persona importante, che ami...

David era in quei giorni tra l'hotel e l'ospedale dove Christine risiedeva, David era un uomo ormai finito...non pensava più a Pink o a come condurre delle indagini a livello personale...le sue energie rarefatte e incollate a Christine non gli permettevano di sollevare pensieri o soluzioni su come mandare avanti l'indagine.

David era immerso anch'esso in un coma, si sentiva perso, solo, triste, il dolore così lacerante per quello che stava attraversando Christine e il rischio di morire erano un macigno insormontabile per lui...la notte faceva fatica a dormire, sentiva di rado la sua famiglia negli Usa...vecchi amici manco a parlarne...tutti i suoi pensieri ruotavano su Christine la sua amica d'infanzia, il suo lume, il suo successo nella vita lo doveva a lei...David si accorse incredibilmente di amarla oltre la sua vita, senza saperlo aveva vissuto tanti anni di fianco a lei non sempre trattandola bene e con dignità, ora rivangava i suoi meschini errori e sotterfugi, ora era libera la sua mente, non gli importava di nessun altro nella vita, di nessuno, né dei soldi né della carriera né del potere, David Lowell si rese finalmente conto che tutta la sua vita era Christine Stanners...lei era il sole la luce, l'ossigeno, l'acqua, la libertà la felicità il tempo la terra ...è l'amore infinito così potente da essere indelebile a tutto...ora Christine appesa ad un filo tra la vita e la morte, lui la guardava sempre in viso e le accarezzava dolcemente le mani, ogni tanto qualche bacio sulla fronte o sulla guancia.

<< Sei così pallida e debole amore...ma la tua vita non può cessare ora, io ho bisogno di te, non posso vivere senza di te...>> sussurrò disperato David nell'orecchio di Christine mentre con la mano le accarezzava i capelli e fissava la sua bocca in un tubo di plastica.

<< Signor Lowell il tempo delle visite è finito...mi spiace >> disse un'infermiera scostando la porta della camera di Christine.

Nella stanza era presente anche una signora anziana taciturna, ricoverata per ictus, la donna anziana era seduta su una sedia, vicino alla finestra, poi un altro ragazzo giovane, in coma per overdose di cocaina ed eroina.

David chiese più volte alla direzione di spostarla in una stanza singola, ma non c'era spazio, anche se l'assicurazione di Christine pagava profumatamente la struttura per degli extra...lo spostamento in una clinica privata era troppo rischioso, la paziente doveva fare meno movimenti possibili, i rischi erano troppi.

Quindi David decise di lasciarla nella struttura ospedaliera di Zingonia.

David uscì dall'ospedale e ritornò nella hall dell'hotel, intravide una grossa automobile americana stile limousine, l'autista parcheggiò sul davanti in bella vista, scesero due uomini che aprirono le portiere…erano Luigi ed Ernest Dramanov, Luigi si abbottonò subito la giacca azzurra, Ernest sistemò il colletto e la cravatta, David fece un respiro profondo e si sedette tirando d'un fiato il black russian, << Cameriere un altro >> disse schioccando le dita

<< Sì signore >>.

Luigi ed Ernest varcata l'entrata videro subito David seduto sui divanetti. Le loro facce cupe e troppo serie non annunciavano niente di buono.

David si alzò come se li avesse riconosciuti solo ora,

<< Ernest Luigi…è un piacere accomodatevi…vi faccio portare qualcosa? >>, i tre si strinsero le mani, Ernest fulminò con una brutta occhiata David che digerì subito il colpo.

<< Due toniche >>…disse Luigi con tono decadente

<< Due toniche Alberto! >>

<< Sì signore…arrivo…>> urlò Alberto mentre ultimava il black russian

<< Ma che diavolo state combinando qui >> ruggì Ernest spaccando con gli occhi David, che scansava il suo sguardo fissando il drink ormai finito.

<< Mentre tu stai qui da giorni a ubriacarti dalla mattina alla sera, quel mostro è fuori che continua ad uccidere >>

<< Lo so Ernest…le indagini della squadra sono finite…ora è in mano tutto alla polizia >>

<< Non me ne frega un cazzo a me della polizia, hai preso un impegno con mio padre nel catturare Pink…e guarda i risultati >> disse Ernest cercando di trattenersi

<< I risultati sono che vi ho consegnato il mostro di Firenze e sapete chi è Zodiac, non è stato tutto un fallimento per diamine Ernest, io non so come mandare avanti le indagini senza Christine >>

<< Come sta? >> chiese a bruciapelo Luigi smorzando un po' i toni.

<< La prognosi è riservata…ma clinicamente ci sono dei miglioramenti >>

<< Se non si sveglia dal coma o si sveglia tra due anni, noi cosa facciamo…? dobbiamo per caso aspettare…? secondo te mio padre ed io siamo gente che piace aspettare? >> disse Ernest stringendo i pugni.

<< Ho mandato i nastri a dei miei uomini fidati e capaci, anche ad ex FBI…ora piccoli mercenari…vediamo un attimo…riprendo io le indagini, il patto tra me e voi è ancora valido >>.

Il cameriere appoggiò le sode e il drink.

<< Porto qualcosa da stuzzicare signori? >>

<< Niente grazie >> rispose Ernest mentre pungolava con lo sguardo David…

<< Ci vuole tempo…ci vuole tempo Ernest, ti prego, rassicura tuo padre…il lavoro sarà portato a termine…ho mandato dei miei uomini di fiducia a Firenze nella località di Scopeti,

lì il pastello non è stato ancora raccolto, è ancora lì nell'esatto punto dove i due ragazzi francesi furono uccisi nll'85...ho delle squadre specializzate in appostamenti, armate, che si alternano giorno e notte, sono lì a distanza di trenta quaranta metri, ventiquattro ore su ventiquattro con turni di otto ore, li sto pagando di tasca mia...seguiamo la pista che Christine ci ha illuminato.

Pink lascia sui posti dove uccide questi pastelli, ha lasciato svariati pastelli anche a Firenze, nei luoghi dove uccise il mostro e in due ville, poi ne ha lasciato uno anche qui a Trezzo. Ho una squadra d'appostamento anche al collegio dei Van Mayer in Germania a Neersen.

Il famoso pastello rosa, lo lascia lì qualche giorno e poi viene a riprenderselo, ora stiamo aspettando se Pink si fa vivo lo arrestiamo... mi dovete procurare però del personale che faccia un appostamento ventiquattro ore su ventiquattro al fiume dove è stata trovata Nora Helbert e nello scantinato a Carbondale dove hanno trovato Clarissa Enfield...sappiamo che ritorna sui luoghi dei delitti, e lì lo prenderemo...se negli Usa potete occuparvene voi, qui in Italia me ne occupo io >>.

<< Perché Trezzo sull'Adda...? perché Pink ha messo un pastello anche qui?..non sappiamo di una bambina uccisa da Pink qui...>> chiese Ernest

<< Ha messo un pastello più in un piccolo lembo di tessuto con un anagramma...ho già mandato qualcuno in Germania al collegio, questa pista del lembo porta lì, porta ad un libro...però, tornando alla tua domanda Ernest, non lo so perché Pink interagisce proprio in questo posto, Christine mi ha detto che qui era un luogo della sua infanzia, la sua prima volta in un posto con dei fantasmi, il castello di Trezzo sull'Adda >>

<< Ma come fa a sapere Pink che Christine è stata anni fa qui? >> chiese Luigi

<< Bella domanda, non ne ho la più pallida idea >> rispose David sorseggiando il drink.

Ernest sfilò dalla tasca un assegno e lo firmò.

<< Sono un milione di dollari per le spese, dato che ormai è diventata un'indagine casalinga, gli stati non pagano più, hai delle spese altissime, utilizza questi soldi >>

<< Utilizzo i miei, tieni l'assegno Ernest...ho molti soldi in banca, quelli che ci avete dato per il mostro di Firenze e Zodiac, utilizzerò i miei soldi…l'unica cosa che ti chiedo sono due squadre ben addestrate negli USA, nei luoghi dove hanno trovato le ultime due bambine Clarissa e Nora, Pink ritorna nei luoghi dove fa ritrovare i cadaveri >> David allungò la mano portando la mano di Ernest con l'assegno alla tasca della giacca.

David fece un profondo sospiro, i suoi occhi luccicarono.

<< Ok...a questo ci pensiamo noi...metterò dei miei uomini di fiducia, se torna lo prenderemo >> disse Luigi sorseggiando la soda.

<< Questa informazione che ritorna sui luoghi dei delitti è alle orecchie della polizia...? intendo è un'informazione ancora riservata a noi o è di dominio pubblico? >>.

David tossì con durezza, sigarette e stress... << No no, nessuno lo sa, non ho passato l'informazione a nessun inquirente e nemmeno alla Sam, anzi dovrei chiamarla ex Sam, la mia ex squadra antimostro...>>. David passò le mani sul suo viso sconvolto.

<< Mi spiace per Christine...veramente...non siamo disumani...sia io che mio fratello stiamo anche noi soffrendo, vogliamo bene a quella ragazza e speriamo che vada tutto bene >> esclamò Luigi tagliando il sottile clima malsano e velenoso fluttuante nell'aria.

<< Grazie...grazie di cuore >> rispose David mettendosi le mani in faccia e piangendo...

<< La mia bambina...la mia bambina >>.

Luigi ed Ernest si incrociarono nello sguardo...

Ernest mise una mano sul ginocchio di David in segno di conforto.

<< Staremo qui stanotte...andiamo all'ospedale a trovarla...vieni David? >>

<< No….vengo dall'ospedale…vi aspetto qui tra due ore per la cena…sarò al tavolo sette del ristorante...vado a farmi una doccia >>

<< Ci vediamo dopo >> disse Luigi alzandosi.

Luigi e Ernest uscirono dall'hotel verso l'ospedale a trovare Christine.

<< Siamo nella merda >> disse fuori dall'hotel Ernest accendendosi una sigaretta.

<< In che senso >>

<< Luigi quell'uomo non regge, è distrutto, non è in grado di continuare questa indagine da solo, piange e beve dalla mattina alla sera e sta sempre in ospedale a guardare Christine tenendole la mano e piangendo come una scolaretta, e questo sarebbe un duro dell'FBI? E questo qui mi cattura Pink...? dai...siamo seri...è un uomo finito...e senza il cacciatore di serial killer Christine Stanners, le nostre speranze di catturarlo stanno a zero.

Lowell non c'è più con la testa...siamo nei casini fratello mio >> disse Ernest

<< Dici che dovremmo trovare qualcun altro che provi a catturare Pink...? se è così nostro padre deve dare il via libera non noi >>.

<< E a chi diamo l'incarico...a quei quattro pezzenti che in trent'anni non hanno catturato che le loro mutande quando dovevano metterle nella lavatrice...? a chi...? di chi stai parlando Luigi...non abbiamo nessuno a cui affidare questo incarico, non c'è nessuno all'altezza per la miseria! >>

<< Quando nostro padre saprà che l'indagine nostra è ferma da settimane e che Christine è in coma...andrà su tutte le furie >> rispose Luigi preoccupato.

<< Puoi dirlo forte >> disse Ernest.

I due autisti si affiancarono a Luigi ed Ernest con motore acceso...

<< Andiamo all'ospedale qui avanti >> disse Luigi scuotendo il capo, Ernest buttò la sigaretta in terra ed entrò in auto sbattendo la portiera.

David riprese l'appostamento nei pressi del castello di Trezzo sull'Adda.

C'erano diverse telecamere puntate, molte di più di quelle che aveva installato Christine...

David si accese una sigaretta...ogni tanto con il binocolo guardava, ogni tanto si spostava in diversi punti, nascondendosi, mimetizzandosi con la selva.

Aveva anche installato delle telecamere sulla strada, la statale che costeggiava il castello dal ponte fino agli inizi del paese confinante con il comune di Busnago.

Buttò la sigaretta in terra, ce n'erano un centinaio in terra, David sorseggiò un goccio d'acqua e da un monitor tra le sue mani, visionava in diretta le riprese di tutte le telecamere...

Ad un certo punto David notò qualcuno avvicinarsi all'ingresso dei sotterranei, prese il binocolo per osservare meglio, la persona era di spalle, una donna, alta magra capelli lunghi, una volgare tinta blu azzurro elettrico.

Pistola in pugno David si destreggiò tra le piante e la boschiva. Quella persona era già entrata nei sotterranei, David entrò anche lui, con passo felpato cercando di capire chi fosse quella persona cosa stesse facendo lì...David sentì dei passi mischiarsi ai suoni delle gocce d'acqua del sotterraneo, un vento gelido ti tagliava la faccia, David non accese apposta la torcia per non essere scoperto, i cunicoli si diramavano in tre direzioni, David non aveva ancora capito dove delle tre direzioni quella persona fosse andata.

David cercando di non fare il più assoluto rumore ebbe l'istinto di andare verso il punto esatto dove giaceva il pastello e il lembo con l'anagramma. David camminò con cautela fino al punto esatto. Il pastello e il lembo dell'anagramma non c'erano più. David sentì dei passi veloci, corse così verso l'uscita correndo, accese la torcia, vide la donna sbucare fuori e correre sul prato dinnanzi al fiume, David aumentò vertiginosamente la corsa, la donna aveva dei tacchi molto alti e la sua corsa era molto più lenta di quella di David

<< Fermati mani in alto! >> gridò David, la donna non smise affatto di correre, David riprese la corsa era ormai ad una ventina di metri, la donna si girò per guardare, David sparò un colpo di arma da fuoco in alto, la donna rallentò David la raggiunse e le sferrò un calcio allo sterno buttandola a terra.

<< Ma che maniere >> disse la donna con accento brasiliano da chiaro transessuale.

La persona di fronte a David era un travestito, di quelli più brutti truccati e vecchi che si possano incontrare.

<< Tieni le mani dietro la testa...non muoverti >>

<< Sei un poliziotto, ma che maniere sono queste >> disse il travestito cercando di prendere fiato dalla corsa.

<< Chi diavolo sei? >>.

<< Sono Moira Fernandez, tu chi sei, mi vuoi sparare? >>

<< Dammi un documento, forza, molto lentamente >>

Il travestito era molto magro, secco, era vestito con una minigonna di pelle scadente viola scuro, calze a rete, scarpe di pessima fattura con tacchi di otto centimetri, una maglietta fucsia...una piccola borsetta bianca.

Il viso era proprio di un uomo pesantemente truccato, un uomo su di età, i capelli che sembravano naturali ossigenati di un azzurro luccicante volgare, in realtà era una scadente parrucca.

Il travestito prese dalla sua borsetta il passaporto e la carta di soggiorno in Italia...li porse a David che continuava a puntare la pistola.

<< Raimondo Andreas Vignolo...>>

<< In arte Moira Fernandez...batto qui a Zingonia, nella zona industriale...mi hai messo una paura folle >> disse il travestito con forte accento gay.

<< Che ci fai qui? >>

<< Faccio faccio, faccio che ogni tanto vengo a nascondere la droga...ho sette grammi in mia borsetta >>

<< Perché hai toccato cose non tue? >>

<< Ma di che diavolo stai parlando >>

<< Di quello che nascondi nella tua borsetta, il pastello e il lembo di tessuto, quello che hai raccolto poco fa, non prendermi in giro >>.

<< E che diamine, stavo nascondendo la mia roba, ho sentito dei passi, in terra ho visto questo, ho illuminato con mio telefonino, pensavo a soldi nascosti...non so, poi mi sono messa dietro, ho visto te che andavi a destra e io poi sono scappata verso l'uscita >>.

<< Ridammi il pastello e il lembo >>

<< Ma certamente...no problema >> la voce del travestito si fece meno agitata, più morbida,

<< Tieni tieni>>

David fece una foto ai documenti di Vignolo...

<< Puoi alzarti...>>

<< Ho qui molta coca...in realtà non sono sette grammi, ne ho una ventina...buona qualità...non vorrai mica fregarmi la roba o denunciarmi...? mi vuoi portare dalle guardie in caserma? >> chiese il travestito.

David scosse la testa contrariato.

<< Hai viso stano bell'uomo...molto stanco...hai bisogno di ritornare a stare bene >>

<< Dai vattene, non chiamo gli sbirri sparisci >>

<< Ok...caro...se hai bisogno di qualcosa...o adesso o magari stanotte... lavoro sono al capannone 4 >> disse Vignolo ridendo facendo l'occhiolino a David

<< Ma sparisci brutto mostro, sei inguardabile, non ho mai visto un travestito più schifoso

di te >> disse David dando un calcio nel culo a Vignolo che fece un balzo in avanti cercando di difendersi con la mano.

<< Ma che maniere...vaffanculo...mostro a me ma ti sei visto...e poi è la sostanza che conta...in tutti i sensi >> urlò il travestito allontanandosi con passo lento e sculettando…poi si girò ancora a guardare David, sorrise e si mise a posto la parrucca pettinandosi con le unghie lunghissime le due estremità.

David tornò in albergo, non cenò, prese super alcolici uno dietro l'altro, anche amari molto forti, era ubriaco fino al limite, prese la sua auto e gironzolò nella notte a Zingonia tra vicoli e strade piene di prostitute transessuali travestiti e spacciatori. Gironzolò per quasi un'ora, poi vide vicino ad un capannone industriale un bidone incendiato, due travestiti nei pressi a scaldarsi. Si avvicinò lentamente, David riconobbe a fatica con la sua vista sgranata dall'alcol, il travestito Moira Fernandez...mentre chiacchierava con un altro travestito che aveva tra le mani una bottiglia di rum ormai finita.

David si avvicinò lentamente ai due travestiti, poi in fondo al viale girò lentamente al lato opposto della carreggiata, si avvicinò di nuovo a passo lento…abbassò il finestrino

Moira riconobbe subito David, si staccò per qualche passo dalla compagnia dell'altro travestito.

<< Il pistolero selvaggio...come va? >>

<< Molto bene >>

<< Dalla faccia sei colmo di alcolici...non è così? >> Moira rise

<< Anche tu, sei in forma >>

<< Cosa vuoi, cosa ci fai qui? >>

<< Hai ancora la coca? >>.

Il travestito Moira si avvicinò al finestrino di David e mise una mano dentro l'auto... sul pene di David...cominciò un massaggio delicato.

<< Certo che ho la coca amore...ma >>

<< Ma >>

<< Ma devi venire con me...la pippiamo un po' insieme >>

<< Va bene, ma dove andiamo? >>

<< Quante domande pistolero...>>

<< Posso salire sulla tua bellissima auto? >>

<<Ok sali >>

Moira salutò la sua collega bruciando parole strette in brasiliano.

Moira appena salita slacciò subito il Jeans di David e chinò il capo prendendo il suo pene in bocca.

<< Ti piace ...ti piace amore >>

<< Sì mi piace...da morire >>

<< Al semaforo vai a destra, poi la seconda a destra, vai in fondo c'è un piccolo

boschetto…pippiamo lì se vuoi >>

<< Vuoi venire in albergo da me? >>

<< Alloggi al Palace? >>

<< Esatto...>>

Moira ritornò in posizione eretta e rimise il pene di David nelle sue mutande, riallacciando il Jeans.

David parcheggiò l'auto, i due sorseggiarono un drink nella hall, poi presero l'ascensore…David appena in stanza consumò subito grandi quantitativi di cocaina, Moira pippava con lui tenendo il passo, i due dopo due ore strafatti si buttarono nel letto mezzi nudi, Moira sopra David continuava a mettergli lo specchio con la riga sotto il naso

<< Il mio pistolero...ti farò volare questa notte >>

David aveva la vista completamente annebbiata, era in uno stato di alterazione da droga ai limiti dell'impossibile...

<< Ora bevi un po' di champagne >> Moira stappò una bottiglia e dopo un sorso la passò a David che sdraiato sul letto faticava nei minimi movimenti.

Quattro giorni dopo

David prese il cellulare, fece il numero di Holland.

<< Ciao David, sono rincasato l'altro ieri a Baltimora, mio figlio festeggiava i 18 anni...sai, sono venuti tutti i parenti, un festone incredibile, al posto mio ho messo uno fidato...non ti preoccupare, io rientro in appostamento lunedì...>>

<< La cifra rimane la stessa, se ti assenti voglio il lavoro fatto bene, guarda che poi leggerò tutti i tuoi rapporti e guarderò tutti i filmati...senza perdere neanche un secondo >>

<< Ti ci vorrà un'eternità...io il lavoro te lo faccio bene stai tranquillo >>

<< Allora trovato qualcosa...? visto qualcuno? >>

<< Il nulla più assoluto...il pastello è ancora lì, nessuno si è fatto vivo >>.

David si aggrappò al pilastro di un faro della luce e si accese una sigaretta.

<< I filmati di Christine...? .li hai visti? >>

<< Quasi tutti, ma non ho trovato nulla nei filmati...solo in uno si vede un ragno passare sopra la telecamera, vedendo la grandezza non può essere un ragno europeo, bensì o sudamericano o africano >> disse Holland servendo latte e biscotti alla figlia di otto anni.

<< Un ragno...? >> rispose David.

<< Esattamente un brutto ragnaccio...niente di più...>>

<< Ok...grazie...continuate l'appostamento fino al trentesimo giorno...vediamo se si fa vivo il nostro killer, se si fa vivo catturatelo, ma vivo… Capito? >>

<< Ok David, hai pagato ancora per 20 giorni, avrai il tuo lavoro ben fatto, i ragazzi sai che sono in gamba e ben motivati, catturarlo vivo...lo vuoi vivo, no problem>>

<< Ben motivati dai soldi...giustamente >>.

<< Fare appostamenti di quel livello è un lavoraccio... lo sai, ventiquattro ore su ventiquattro... >>

<< Il pastello è ancora lì...? >>

<< Ovvio...fidati che chiunque si avvicini per raccoglierlo, anche se fosse la madonna lo prendiamo...stanne certo, non può sfuggirci, siamo disposti su tutti i lati a maglia...non so se hai presente David >>

<< Sì, stile militare, imboscata al nemico >>

<< Bravo genio >> disse Holland sfoggiando il petto all'infuori.

<< Ci sentiamo Holland...grazie >>

<< A te...>>.

David aprì il pacco che gli era stato appena recapitato dal custode dell'albergo, consegnato da un collaboratore di Gregor.

Ciao David...ho analizzato cima a fondo il libro, " La visione della vita nei grandi pensatori ", Nobel nel 1908, non ci sono impronte e niente per la scientifica, il libro è completamente pulito, non ci sono segni che indicano in qualche modo, qualche anagramma o stenogramma, nessun trucchetto da killer seriale malato e giocoso, il libro è completamente integro, abbiamo analizzato le pagine coi macchinari, a lenti e raggi, non c'è nulla...

Te lo mando...vedi tu...se c'è qualcosa chiamami… Sono a tua disposizione

Gregor.

David scosse la testa, un altro vicolo cieco, un'altra informazione che non ha alcun significato e non porta nulla di concreto nelle indagini.Squillò il cellulare di David.

<< Sono Harqui...allora...? che diavolo stai facendo lì in Italia...? >>

<< Esattamente il tuo stesso lavoro, sto indagando...>>

<< Christine...? la tua amica? >>.

<< Ancora in coma...>>

<< Non sei fuori dalle indagini, la sam continuerà, ho convinto Sochin a darci altro tempo >> disse Harqui.

<< Mi fa piacere che non sono ancora disoccupato >>

<< Mi dispiace...senti, qui abbiamo un filmato di un furgone che sosta vicino allo scantinato, due notti prima che Pink ci ha contattato, però è buio e i tecnici hanno già dato parere negativo, troppo buio e troppo sfocato per qualche informazione...tu invece...? hai qualcosa di positivo da dirci? >>.

David si sdraiò sul letto e cominciò a fissare il soffitto, come un malato in clinica sul punto di un collasso isterico, poi si passò le dita sugli occhi, stiracchiandosi come un bambino.

<< Nulla Harqui...per ora nulla...ci sentiamo dai >>.

Harqui chiuse la telefonata…pioveva molto, dall'altro lato della strada un caffè aperto nel cuore della notte, David uscì dalla sua stanza d'albergo, attraversò la strada correndo e coprendosi con il bavero dal freddo e pioggia.

Entrò nel caffè come se stesse entrando a casa sua.

<< Tutto bene...? >> chiese la cameriera mentre puliva il bancone con uno straccio.

<< Mi dia qualcosa di forte...un amaro...grazie >>.

<< Sì signore >>.

David sapeva che aveva ancora un compito importante da fare...analizzare e leggere attentamente il fascicolo che Keaton gli aveva procurato, sottratto dal palazzo di giustizia.

David aveva letto una cinquantina di pagine, non trovando ancora nulla sul cardinale Di Gregorio.

3 marzo
New York...

Entrava un filo di luce dalle persiane...l'ufficio era semibuio, di fianco ad un pennino d'oro sulla scrivania di mogano scuro, un posacenere d'avorio, con una sigaretta abbandonata ancora accesa...il suo volto era immerso nell'oscurità, si avvicinava un macabro fallimento.

<< La squadra è sciolta David...ne abbiamo trovata un'altra di bambina mezz'ora fa, nello Utah, a Cedar City, in uno scantinato abbandonato, questa volta Pink, talmente si sente braccato che ha avvertito lui le autorità che l'omicidio è suo, telefonata anonima >> disse Sochin imbestialito

<< Ti prego Henry, lo prenderemo >>

<< Non dire sciocchezze David, avevi il comando tattico di tutta la squadra, ti ho dato tutto, e non hai in mano un bel niente di niente, Grama è sulla mia linea >>

<< Questa é la prima volta che l'assassino ci avverte del cadavere con una telefonata...>> disse David pensieroso

<< Pensa quanto si sente in svantaggio, quanto si sente braccato >> urlò Sochin sferrando un pugno ad un mobile archivio documenti in metallo di fronte a lui

<< Parlami del gruppo armato che ha sequestrato poi rilasciato Zagorf>>

<< Nessuno sa chi fossero, potevano essere suoi vecchi nemici, o qualche conto da regolare con qualcuno in guerra...Zagorf è stato un buco nell'acqua, lo ammetto, ma comunque abbiamo arrestato un assassino, sei vuoi aprire un'inchiesta fai pure >>

<< Vuoi continuare le indagini per conto tuo...? è questa la voce che gira, no problem fai pure, ti revoco lo stipendio per 18 mesi, scegli...>>

David strinse i pugni arrostendo dalla rabbia

<< Questo è il serial killer più bravo e scaltro nella storia del crimine, non potete revocare le nostre indagini, ci vuole tempo Henry e tu lo sai...>>

<< Non sappiamo da dove arrivano quelle altalene, si sposta come un fantasma, e quella tua psicopatica di sensitiva, il gioiello catturerà subito Pink...abbiamo la stampa addosso, ormai è di dominio pubblico, ogni caso sarà riservato alla polizia nel luogo dove è stato commesso il crimine, nessuna task force >>

<< Henry se scioglierai la squadra le indagini delle singole polizie non porteranno a nulla, per questo è stato istituito il protocollo km rosso...dammi ancora un po' di tempo >>

<< Non posso David, con tutto il cuore, in due mesi state a zero assoluto, devo tagliare i

fondi a questa operazione, l'Interpol e gli altri stati in Europa sono d'accordo con me...puoi andare >>, Sochin alzò il mento, il suo viso assunse i tratti di un pastore tedesco, Lowell capì che la task force km rosso era soltanto una pagliacciata inventata da chi sa chi con la presunzione di catturare serial killer internazionali in tempi strettissimi, impossibili, meglio se non la inventavano, Lowell sull'uscio della porta si girò un'ultima volta per guardare Sochin negli occhi, la sua faccia era un rudere senza sentimento, Sochin fece un segno volgare con la mano rivolto a David, come a dire sparisci non ti voglio più vedere e sentire, in fondo alla stanza, rannicchiato in silenzio con spalle alla parete, nella penombra, George Fawell in completo silenzio.

16 marzo
Ademuz Spagna.

Il cadavere di Estela de la Corazon giaceva nelle campagne tra Aragona e di Castiglia ...
L'altalena era un po' inclinata verso un albero d'ulivo ben grosso...
La bambina giaceva lì da ormai più di una settimana...

Sergente Miguel de la Torre stava parlando nel suo registratore privato, mentre con un bastone cercava altri indizi tra gli arbusti, una ventina di poliziotti avevano sigillato la zona...La vittima è Estela de la Corazon, otto anni, viveva con i nonni in una baracca fuori Valencia, orfana da quando aveva cinque anni, genitori morti in un brutto incidente stradale. Scomparsa di casa dieci giorni fa...i nonni hanno dato notizia della scomparsa nella notte di nove giorni fa.

Occhi scavati, stavolta non più con l'acido, ma si direbbe forgiati a caldo con una tenaglia rovente, indossa sempre quel vestitino bianco di pizzo, i bigodini fatti a treccine un po' arruffati dal vento forte delle notti, non era più però sull'altalena, ma ad una trentina di metri da essa, il suo corpo era stato divorato dai lupi, il vestito di pizzo completamente sbrindellato, c'erano pezzi in giro ovunque.

<< Direi morta da almeno una settimana, l'autopsia ci dirà di più. L'altalena è tutta in ferro, forgiata da qualche privato, il rivestimento del seggiolino in legno.

Lavoro alla buona, la vernice ha intaccato le piccole assi di legno del sedile...fatta velocemente >> disse il sergente ad un agente.

<< Dobbiamo avvisare il procuratore, forse noi non prenderemo il caso...c'è una squadra speciale, tipo un ibrido tra Interpol FBI e specialisti nel settore che ci chiederà di scansarci e prenderanno loro le indagini >> disse un agente al sergente che fissava un punto nel vuoto, come sconvolto.

<< Si chiama Pink...il serial Killer è soprannominato dalla stampa Pink...perché lascia un pastello rosa vicino ai cadaveri...ne ha ammazzate parecchie di bambine >> continuò l'agente cercando di far parlare il sergente De la torre.

<< Troverete anche un pastello nella vagina della bambina...ne lascia uno anche lì >> disse l'agente mentre osservava Miguel parare colpi di tosse nervosa.

<< Fate comunque i vostri rilievi...il cadavere sarà a disposizione dell'autorità giudiziaria fino a data da definirsi >> disse Miguel con sicurezza e fermezza.

<< Si chiama protocollo chilometro rosso, quando un serial killer colpisce in più stati...non è

mai successo un chilometro rosso nella storia, questo è il primo, l'allestimento di un'elite di esperti di serial killer. Quindi in poche parole una squadra antimostro. >> spiegò l'agente mostrando un sms sul suo telefonino a Miguel

<< Questo è mio zio, >> l'agente mostrò l'SMS a Miguel

<< Lui è segretario personale del nostro ministro della sicurezza e difesa...è stato lui a dirmelo...la squadra è stata sciolta, ma non ancora ufficialmente...manca ancora una firma su un documento >>

<< Vedo che ha amicizie altolocate agente...agente? >>

<<Mallas, Enrique Mallas>> disse Mallas mettendosi sugli attenti.

Non posso che ringraziare Dio...appena riaprii gli occhi vidi uno sfocato che si mescolava continuamente, la luce al neon della stanza...bianca, un sole di luce divina immensamente inondava di vita la stanza e il mio animo scampato alla morte.

Continuai a tossire e agitarmi nel letto, due infermieri provarono a calmarmi...dopo quasi due mesi di coma, tra la vita e la morte ...aveva vinto la vita.

Vidi un ago e una puntura e le facce degli infermieri sorridenti.

<< Christine...Christine >>.

<< Sono io Christine Stanners...>>

<< Ben tornata…ti stavamo aspettando >> disse una donna sui sessanta ridendo.

<< Scusate, ma adesso devo andare...>>

<< La dimetteremo settimana prossima signorina Stanners, non può andarsene così, dobbiamo fare altre analisi e prescriverle dei farmaci >> disse la dottoressa di turno firmando una cartella tesa da un'altra infermiera più giovane.

Mi sentivo debole, dissanguata dal sonno, le gambe indolenzite. Con la misera forza che avevo mi diedi quasi un colpetto e mi alzai dal letto tenendo ancora le braccia sul materasso, provai due passetti,

<< Signorina Stanners si rimetta subito a letto >> disse la dottoressa con tono severo.

<< Mi lasci stare, sto abbastanza bene, devo sbrigare cose importanti >>, l'infermiera e la dottoressa mi presero per le braccia, con uno scatto mi divincolai e balzai fuori dalla stanza a piedi nudi levandomi il camice che avevo addosso, verso un telefono. Feci il numero di cellulare di David.

<< David! >>

<< Christine o mio Dio sia ringraziato il cielo >>

<< Sono qui all'ospedale vienimi a prendere >>

<< Arrivo subito >>

<< Ti aspetto fuori, portami un paio di scarpe jeans e una maglietta >>

<< Sei sicura che ce la fai? >>

<< Non fare domande idiote, muoviti! >>

<< Arrivo...>>.

Dieci minuti dopo

<< Un casino Christine, un casino, ufficialmente non ho più il caso... Pink non è più

ritornato sui luoghi dei delitti, almeno nei primi trenta giorni, che ormai sono abbondantemente passati >>

<< Devono essere sorvegliati ventiquattro ore su ventiquattro sempre >>

<< Sai quanto cazzo costa?, ho già speso quasi un milione di dollari...non posso tirare fuori soldi di tasca mia >>

<< Ha commesso altri omicidi? >>

<< Uno dietro l'altro...l'ultimo è in Spagna...è ritornato a colpire in Europa...credo Christine che dobbiamo arrenderci, defilarci, parlerò io con i Dramanov, Geoffrey vedrai che sarà ragionevole >>

<< Non dire fesserie David, lo voglio prendere e lo prenderò >>

<< Sa che i posti erano controllati, non si fa vivo a riprendere i pastelli è furbo...non hai una pista un 'indizio >>

<< Il libro nel collegio...? anagramma, trovato altro? >>

<< Negativo passo dottoressa Stanners, ho fatto analizzare il libro di Eucken è pulito e lindo come la fica di una suora >>

<< Keaton, il fascicolo su Di Gregorio...? >>

Osservai David mentre salivamo nella sua stanza d'albergo, lì tacque come preso di sobbalzo.

<< Ho trovato la posizione di Iacopo Di Gregorio, adesso ti do la parte del dossier dove si parla di lui >>,

David aprì la porta della stanza con la carta magnetica e un pizzico di nervosismo.

<< Non c'è un minuto da perdere >> dissi rovistando come una pazza tra le carte di David

<< Dopo l'esorcismo di Carla Vonnell, l'anno seguente, il cardinale Iacopo Di Gregorio valutando il demone a livello massimo mai visto, ne ebbe così paura che diede le dimissioni da cardinale e andò a vivere come eremita in località nascoste e protette conosciute solo dalla chiesa >> disse David

Presi i fogli sul tavolo della stanza di David

<< Leggo Alaska, Sud America fino a tre anni fa, adesso Francia...ok, dov'è questo posto? >>

<< Abbiamo longitudine e latitudine, credo che sia nella boschiva nei pressi di Gourgniz...sono solo campi e boschi, non c'è nulla nessun paese nessuna fattoria…credo che viva di caccia, come un eremita, staccato completamente dal mondo >>

David osservò fuori dalla finestra...

<< Senti hai fame...? faccio portare il servizio in camera >>

Continuai a leggere alla rinfusa rapporti foto tutti i documenti di David sulla scrivania.

<< Va bene...molta frutta >>

<< Osserva questa foto, ti dice qualcosa? >>, porsi la foto del bambino a David.

<< Che diavolo è? >>

<< L'ho trovata nella casa di riposo dove lavorava la madre del mostro di Firenze >>

<< Non mi dice nulla...>>

<< Si tratta di un fotomontaggio...>>

<< E quindi? >>

<< E quindi ti chiedevo una mano >>

<< Sei tu il cacciatore di serial killer, sei tu che devi dare una risposta a questi rebus...>>

<< Grazie tante...>>.

Un incubo mi scosse nel cuore della notte

Sentivo la notte le urla delle bambine, mi chiamavano, erano sull'altalena e piangevano...

Sentivo le grida delle bambine che scappavano dal collegio...

Sentivo le grida di aiuto di Oslo Wagner, le ucciderà, le bambine devono morire, perché la bambina cattiva, il demone mi ha visitato tante volte nella culla, facendomi del male.

Vedevo il signor Van Mayer prendere una corda ed impiccarsi al lampadario della sua camera matrimoniale...

Vedevo un ragno enorme nella culla di Oslo...

Vedevo il demone madre, la bambina con il volto travisato e un velo bianco leggerissimo correre nel collegio nascondendosi nel sotterraneo e i veli del suo vestito di pizzo bianco ricamato sollevarsi nell'aria,

Vedevo braccia, arti di gente morta, lacerati ai loro cadaveri...

Vedevo qualcuno che si nascondeva nel cimitero di Neersen...

Il dottor Merks che cercava il demone, ne avvertiva la sua ingrata e bruta presenza nell'aria, vedevo l'altalena muoversi nel giardino del collegio, ma nessuno era seduto...

Vedevo Pink vestito come la bambina demone con quei veli bianchi sottilissimi sollevarsi quando correva, vedevo una parrucca color verde quella che mettono i clown in testa per far divertire i bambini.

Vedevo ora solo incubi frustrarmi la psiche e la notte li accoglieva aspettando il mio primo piccolo sonno...

Tutte le bambine uccise sulle altalene, fragili, indifese, senza più occhi, senza vita

Vedevo il pastello rosa che come una lama uccideva le bambine innocenti...

Una mano stava per sollevare il suo cappuccio e svelare il suo viso...

Vedevo la faccia di Pink nella penombra con la parrucca verde, ridere...vedevo che rideva di me.

Squillò nel pieno della notte il telefono della stanza di David...David si era appena alzato per andare a pisciare, ore 03.40

Il telefono squillava, si sentì lo sciacquone provenire dal bagno, David si bloccò di fronte allo specchio, il viso teso, gli occhi non più stanchi dal sonno, io ero nel letto, scattai da sdraiata a seduta, abbracciai le ginocchia continuando a fissare il telefono della camera che squillava...

David aprì piano la porta del bagno...

Feci uno scatto e alzai la cornetta ma senza dire pronto...

Dall'altra parte il silenzio assoluto, i secondi erano lunghi come macigni, silenzio assoluto anche dall'altra parte del telefono…poi udii un lievissimo respiro…lievissimo...

<< Mamma...>> era la mite voce di una bambina, di una bambina di giovane età, feci un segno a David come ad indicare è lui...è Pink...

<< Mamma...>>

aspettai ancora qualche secondo a parlare...

<< La rivedrai presto la mamma non ti preoccupare >> dissi cercando di confortare la bambina.

<< No sono io Christine...buongiorno...ben tornata tra di noi...come è stato il viaggio nel mondo dei morti? >> disse Pink con una voce cupa, vetroso misto inquieta

<< Sarà il viaggio che farai a breve tu! figlio di puttana >>

Si sentì ridere, una risata macabra squillante beffarda, insopportabile, tremai leggermente

<< A digli al tuo amico David che a letto non è niente male, non sapevo che gli piacessero i travestiti e la cocaina…buon proseguimento nelle indagini cara…>>

Incarnai le sopracciglia, squadrai David per un attimo.

<< Proprio incredibile è la vita ehh...David Lowell che dà la caccia a Pink...e senza saperlo se lo porta a letto, che magica nottata…la vita è strana eh Christine? >>, si sentì ridere forte…e poi Pink rifece la voce finta della bambina...

<< Mamma...mamma...vieni a salvarmi >> e poi ancora una risata fragrante

<< Figlio di puttana >> urlai...poi Pink riattaccò la comunicazione.

Mi alzai dal letto prendendo la sagoma di David per distruggerlo con le mie mani.

<< Cosa ti ha detto? >> chiese David cercando di capire perché lo stavo guardando male.

<< Ti sei portato a letto un travestito e hai usato cocaina…fin qui contento te contenti tutti…ma indovina chi era quel travestito...indovina un po' genio >>

David fece due passi indietro...<< Mi viene da vomitare ...no...non è possibile >> disse David mettendosi le mani in faccia.

<< Era Pink, ti sei portato a letto Pink e avete fatto sesso…ti rendi conto che cazzo di storia? >>

David portò le mani in testa, una pesante sudorazione di vergogna e delusione traspirò ovunque

<< Ma non è possibile...io...io, mi viene da vomitare >> David parve sconvolto completamente insabbiato nel suo essere, nella sua anima, nel suo orgoglio, un uomo ucciso nel suo onore.

<< Raccontami tutto...che cazzo è successo? >>.

<< Ero in appostamento, un travestito si era intrufolato nel tunnel, in uno dei tunnel del castello di Trezzo, aveva raccolto il pastello e il lembo, la tasca di stoffa >>

<< Perché non lo hai arrestato era lui idiota >>.

<< Che diavolo ne so io, ho controllato i documenti, mi aveva detto che veniva a nascondere la droga, aveva visto qualcosa per terra e lo aveva raccolto...mi è sembrata plausibile come spiegazione, l'ho lasciato andare, poi la sera, qui più avanti è pieno di prostitute e transessuali, mi ero ubriacato e l'ho ritrovato sulla strada a battere, mi ha offerto della cocaina e siamo andati in stanza...io non ricordo più nulla, sono sicuro, mi sembra di non aver avuto rapporti sessuali, solo droga... >>.

<< Allora Mister non ricordo più nulla, dato che forse ti sei scopato Pink, forse avrai anche un identikit ...lo puoi descrivere >>

<< Aveva un trucco pesante, sicuramente alto, 1.87, magro >>

<< Età? >>.

<< Sul vecchio…però poteva avere 45 anni come 55...non lo so >>.

<< Cerca di far andare il cervello >>

<< Non lo so Christine ero completamente ubriaco dalla testa ai piedi >>

<< Lascia stare la sera quando lo hai raccolto in strada, ma quando lo hai fermato per il pastello...lì avrai ricordo o eri ubriaco anche lì...? >>.

<< Troppo truccato, non saprei definire il viso, se lo incontrassi adesso in giro non più vestito da donna e non più truccato, non saprei riconoscerlo >>.

<< Incredibile, sei proprio un idiota totale, rimettiti a dormire mi fai schifo…se è salito sulla tua auto ci saranno impronte...forse >>.

L'indomani David fece analizzare l'auto, non c'erano impronte aveva i guanti, David ricontrollò la foto che aveva fatto al documento, era di un certo Vignolo che esiste veramente, è risultato però un passaporto rubato, la foto dell'individuo era troppo sgranata...nella stanza niente impronte, lenzuola e federe che potevano contenere tracce di dna erano già state lavate e cambiate dalla servitù dell'albergo. Anche i vestiti che David indossava quella sera erano già passati dalla lavanderia.

Eravamo ancora a zero, Pink ci era passato sotto il naso, Pink aveva calcolato tutto e stava ridendo di noi.

Madrid

Direzione generale della Guardia Civil

Laboratorio militare sezione analisi forense

Il dottor Idalgo Munoz, si levò gli occhiali gracili da vista, tossì con un velo di nervosismo.

Nicabar Ruiz capo dei reparti speciali del CuerpoNacional de Policia chiuse la telefonata con il magistrato.

<< Le ha spezzato il collo, prima però le ha spezzato le braccia e cavato gli occhi sia con dell'acido che in un secondo passaggio con del filo di ferro, quei raschi che si utilizzano in officina, li utilizzano i meccanici di auto, o quelli che utilizzano gli elettricisti per pulire i cavi di rame…nella vagina un pastello rosa…>> osservò il dotto Munoz

<< Il cadavere per ora rimarrà qui, per spostarlo servono due autorizzazioni, dal ministero ci fanno sapere che la Spagna non aderirà al protocollo km rosso, anche se con riserbo potremmo far analizzare il cadavere dall'Interpol o FBI, sicuramente romperanno i coglioni >>.

Un agente bussò alla porta già aperta

<< Dottor Ruiz la vogliono al secondo piano, c'è una telefonata per lei >>

<< Arrivo >>

<< Non c'è dubbio è Pink…>> disse il dottor Munoz

<< Che tipo di acido ha usato? >>

<< Acido fluoro antimonico $HSbF_6$, è una miscela di acido fluoridrico e penta fluoruro di antimonio, un rapporto molto distante dall'1:1 per nostra fortuna.

Un rapporto perfetto 1:1 è la soluzione d'acido più potente al mondo, venti miliardi di volte più potente di un acido solforico 100%...Il composto elaborato dal serial killer è comunque molto potente, un decimo di millilitro, meno di una goccia, ti sfonda il cranio fino alla gola, ha utilizzato una quantità molto più ridotta, un esperto sicuramente, maneggiare acidi così è di una pericolosità elevatissima, un professionista >>

Ruiz alzò il mento con una smorfia di dolore e disgusto.

<< Vado dottore la saluto, per il resto mi faccia sapere >>

<< Capitano…ci conti >>

Il viaggio in Francia fu in assoluto silenzio, Pink travestito da donna a letto con il detective che doveva catturarlo, la cosa morì lì, chiesi a David di non pensarci più, chiesi a David di dimenticare subito quanto accaduto, e che anch'io avrei fatto la stessa cosa, forza mentale al massimo, come se non fosse mai successo.

L'elicottero era da diverse ore che circolava sopra le campagne francesi, Io e David con i binocoli a caccia di qualcosa che indicasse la presenza di Di Gregorio, la sua baracca o un fuoco, tracce di un uomo solo che da 46 anni viveva solo, senza più contatti con il mondo esterno.

<< E se non ci vuole parlare? >> mi chiese David abbassando il binocolo, la vista stanca procurò un lieve formicolio al viso di David, che con un fazzoletto umido si tamponò il viso, acquisendo un po' di colorito.

<< E se non è qui...? e se invece è morto? >>

<< Piantala David, dobbiamo fare un tentativo, le possibilità di trovarlo sono scarse, se si mimetizza bene non lo scoviamo più...poi se non ci vuole parlare ...o se è morto mille anni fa…noi adesso cerchiamo…se tra due ore non troviamo nulla manda l'autista dell'elicottero al motel più vicino, noi accamperemo in quella baracca vuota là, domani continueremo le ricerche sull'altro lato. >>

<< Adoro il campeggio >>

Squillò il cellulare di David, era suo padre Jack.

<< Papà ciao...come stai? >>

<< Non fare lo stronzo, mi ha chiamato Hellen stai trascurando la famiglia, tua madre è molto preoccupata >>

<< Io non sono in pensione come te papà, lo sai della task force su Pink >>

<< Non fare il saputello con me, anch'io sgobbavo e mancavo tanto da casa, ma non in questa maniera come te, non ti fai più sentire da settimane, tua moglie ti chiama e non rispondi, ti manda messaggi e non rispondi >>,

<< In effetti...sì, avete ragione...sono stato molto preso, ma adesso la chiamo, poi settimana prossima mi ritaglio qualche giorno e torno a casa...>>

<< Bene...bene >> disse Jack soddisfatto

<< Come stai? >>

<< Adesso meglio, ma la chiami subito tua moglie o lo dici e basta? >>

<< La chiamo subito papà, prima di stasera la chiamo, stai tranquillo >>

<< Siamo fieri di te...hai superato il maestro >>

<< Non dire così papà sei tu il migliore...salutami la mamma...>>

<< Sarà fatto...ci conto >>

<< Ciao papà...>>

<< Ciao figliolo >>.

David si allontanò pensieroso dedicando una telefonata alla moglie trascurata.

David parlava al telefono con Hellen da circa quaranta minuti.

Decisi di lasciarlo solo, aveva diritto alla sua privacy, le lunghe assenze da casa pesavano a tutti quelli imbarcati in questa task force.

Camminai verso il rudere, presi posto all'interno per darci una rapida occhiata, senza soffitto, doveva essere la casa secoli fa di qualche cacciatore.

Mi sedetti in un angolino, cercai di rivedere nella testa tutte le immagini più importanti di questa storia, dall'inizio a oggi. Le analizzai nella testa una ad una, una ad una, il collegio, l'altalena le bambine, fino ad appisolarmi senza accorgermene.

Dei rumori mi svegliarono, avevo dormito circa due ore.

Uscii dal rudere, David era alle prese con una brace, il profumo del giorno e della natura era vivo, l'erba vispa sui prati e i suoi aromi, il sole che ci guardava senza farci del male, il vento pulito e splendido rimbalzava sui nostri vestiti.

David mentre si gustava una mela verde era intento nel sistemare la carne e controllare il fuoco, non alzava lo sguardo per paura di incrociarlo con il mio, non una delle situazioni migliori per dover fare un'indagine insieme.

Sapevo che era un ottimo sbirro David, ma l'errore non concordava perfettamente con le sue corde di capitano, l'amara sensazione della sconfitta gli graffiava l'anima fino alla bocca, lo sentiva quel sapore acido e sgradevole girargli nel palato, quel sapore si chiama sconfitta.

Mi allontanai per qualche decina di metri dall'accampamento nostro, vidi serpeggiare come onde dell'oceano uno spiazzo di fiori bellissimi.

Attraversai il tappeto fiori costeggiandolo dal lato erboso, diedi un'occhiata a 360 gradi con il binocolo...notai un piccolo spiazzo tra la boschiva, un tempo era frumento coltivato, ora un angolo nel nulla per camper o auto di passaggio.

Per nulla facile sarebbe stata l'impresa di trovare Di Gregorio...forse stavamo perdendo solo tempo...magari era morto da anni...ma se accendeva un fuoco per riscaldarsi o cucinare, da qui avrei avuto qualche possibilità di individuarlo.

Il vento calò dolce come la luce del sole, David rosicchiava un osso di bistecca, io divoravo un tegame di carote precotte.

<< Senti Christine, domani albergo...non credi sia meglio? >>.

<< Hai paura di mangiare poco? >>

<< Ho paura del caldo della notte, delle zanzare maledizione >>.

Per un paio d'ore io e David ci alternammo con i binocoli, speravamo contando su scarse possibilità di individuare Iacopo Di Gregorio. C'erano altri tre posti in Europa che Di

Gregorio utilizzava o ha utilizzato per vivere.

David li aveva già fatti controllare questi posti da uomini fidati di Holland Van Toolse e Keaton…ma nulla.

David aprì il pc…stava leggendo la posta in arrivo.

<< Sono arrivati gli esiti sulle lettere scritte da Pink, quattro perizie abbiamo fatto fare, dai più bravi al mondo, risultano tre persone differenti…incredibile! >>

<< Sta facendo apposta come Zodiac, è riuscito a fare quello che è impossibile, proprio l'impossibile che riuscì a fare Zodiac, vuole confonderci depistarci David, se avessero arrestato il vero Zodiac e avessero confrontato la sua scrittura nella vita quotidiana con quella delle lettere scritte in stampatello e quelle in codice, non sarebbe risultato comunque lui…quindi per catturare Zodiac e farlo arrestare le autorità potevano solo beccarlo durante un delitto, tipo quello del taxista, due agenti in auto non fermarono l'uomo che stava camminando perché la descrizione diceva uomo di colore, non l'hanno preso per un soffio…Zodiac aveva un asso potente nella manica, la sua calligrafia non sarebbe mai risultata compatibile con quelle lettere inviate al giornale che lui stesso scriveva cambiando stile… >>

<< Dell'uomo che hai indicato tu Christine ai Dramanov come Zodiac, infatti l'analisi della scrittura del defunto non corrisponde alla grafia di Zodiac, potresti avere ragione >>

<< Non potrei avere ragione, ho ragione >>

<< Per le impronte sul taxi poi spiegò in una lettera che aveva utilizzato la calce…molto astuto, quindi non esistevano sue impronte nel taxi, aveva strappato un lembo di camicia insanguinata al povero taxista morto, inviandone un piccolo pezzo in ogni lettera per far sì che fossero sue le lettere, sentiva il bisogno di autenticarsi da ciarlatani che scrivevano dicendo che erano Zodiac >>

<< Esattamente David, bravissimo, analisi perfetta, ti sei meravigliato che Zodiac era uno dell'FBI, uno che aveva avuto addestramento da guerra in marina >>

<< Sì…sono rimasto molto sorpreso quando lo hai svelato ai Dramanov >>

<< Una persona di un livello culturale alto, un vero serial killer di altissimo profilo >>

Calò la notte e la sua lieve sinfonia di dolci suoni che l'accompagnavano.

Pink mi spiava o io spiavo Pink?

Vedevo le bambine giocare felici nel parco, sugli scivoli, sulle altalene…

Pink era nascosto nella siepe, con un coltello in mano…

Presi la pistola…caricai e impugnai sicura l'arma.

Pink uscì dalla penombra e si avvicinava ad una bambina sull'altalena

Io iniziai a correre velocissima, dovevo uccidere Pink e salvare la bambina

Ero sempre più vicino a Pink, Pink era sempre più vicino all'altalena

Sparai tre colpi ma rimbalzarono, non riuscivo neanche a camminare, c'era un ostacolo, un'enorme cupola di vetro, cercai di avanzare sparando ancora alla cupola di vetro ma niente, Pink scoppiò a ridere, mi guardava e rideva, l'erba da verde diventò scura, il sole diventò di ghiaccio, la luce sgargiante mi accecava, il cielo diventò nero morte, Pink si avvicinò camminando alla Charlot, la bambina sull'altalena giocava felice e spensierata, Pink sorrise, le buttò dell'acido in faccia, gli occhi della bambina scomparvero, poi la prese per il collo...<< No, no nooooo!! >> urlai, frantumò il collo della bambina come un grissino, poi passò alle braccia, spezzò anche quelle, poi con il coltello raschiò sangue e materiale organico nelle cavità oculari, <<Nooooo! >>, sbattevo le mani sul vetro, la denudò strappandole i vestiti, li buttò schifato, le fece i bigodini con le dita, ricominciò a ridere, i suoi denti iniziarono a ingrandirsi, morsicò d'improvviso la vagina della bambina strappando della carne, nella sua bocca un pastello rosa...la rosa rossa...la setta satanica, una mano stava per sollevare il suo cappuccio e mostrare il suo viso...una mano stava per sollevare il suo cappuccio e mostrare il suo viso...

Sentii un forte caldo al petto mi alzai all'improvviso sudata e con il fiatone.

<< Per la miseria Christine un altro incubo, stai calma stai calma >> disse David appoggiandomi delicatamente le mani sul petto.

<< Sono io guardami Christine, sono io David...ora rilassati...è stato solo un brutto incubo >>

<< L'ho visto David >>

<< Chi hai visto? >>

<< Pink, stava massacrando un'altra bambina, io nel sogno non potevo fare nulla solo guardare...mio Dio. Eravamo in un parco giochi... >>

<< Stenditi e cerca di dormire, fai pulizia nella testa, non pensare più a Pink...>>

Mi sdraiai di nuovo

<< Vuoi un po' d'acqua? >>

<< Sì >>

David prese una bottiglietta dal thermos, mentre bevevo un po' di acqua tremavo, poi la passai sulla fronte.

<< Terribile, non ho mai fatto un incubo del genere...era tutto vestito da clown con la faccia pitturata di grigio, una parrucca riccia, un mostro indefinibile... >>

<< Dormi dai...adesso non parlare, rilassati chiudi gli occhi e ritrova il sonno >>

Mi girai di schiena su un lato, mi raggomitolai e scoppiai in un lungo pianto silenzioso.

Esmeralda Marlaschi aveva appena finito il corso serale di danza presso la palestra comunale di Origgio.

Il percorso a casa era breve, non più di sei sette minuti.

Ripose le scarpe nella sua borsa, qualche sua amica aveva appena finito di fare la doccia, Esmeralda si asciugò i capelli, non li avrebbe asciugati con il fon, ma tenuti anche umidi.

L'insegnante di ballo Agatha Minelli entrò negli spogliatoi,

<< Ragazze veloci...ho detto veloci Colombo e Dotti, siete sempre lente come due ochette...dai ci sono i vostri genitori sul parcheggio, non state come al solito a chiacchierare e perder tempo, tra dieci minuti Alfredo spegnerà la luce…avete capito? >>.

Esmeralda incrociò per un secondo lo sguardo austero dell'insegnante, mentre allacciava le stringhe.

Chiuse il borsone, uscì con il broncio dalla porta posteriore dell'antincendio, era arrabbiata per la scarsa prestazione e i punteggi bassi che le aveva dato la Minelli, rimproverandola di continuo anche con battutine, si sentiva umiliata.

Marlaschi prese una via laterale della palestra, si sentiva il chiasso dell'entrata principale, le sue compagne di corso e i genitori che parlavano...

La via era chiusa, ma tagliando per i prati sarebbe arrivata prima a casa. Una volta l'aveva fatta dopo un acquazzone con le scarpe nuove e pulite... tutte bagnate e sporche di fango, che sgridata.

Esmeralda prese il sentiero in mezzo al buio, si sistemò con fermezza il borsone sulla spalla destra.

Dopo una cinquantina di metri si trovò di fronte una sagoma immobile dinnanzi al prato.

Era buio, ma c'era sufficiente luce dei lampioni per capire che era una persona ferma...immobile, Esmeralda continuò a camminare per un po', ora quella persona era ad una ventina di metri da lei.

Fece due o tre passi in avanti, con cautela...

Esmeralda si bloccò di nuovo.

Accese la torcia del suo telefonino e illuminò lo spazio davanti a lei.

Era un pagliaccio, un clown, tutto vestito di bianco con dei quadrati scuri che dalla parte bassa dei pantaloni andavano fino al collo, il pagliaccio sorrise, aveva labbra enormi rosse finte, il viso truccato di bianco, una parrucca riccia verde, un naso finto rosso.

Il pagliaccio cominciò a camminare verso Esmeralda...

<< Devo andare in via d'Annunzio 4 ...sono il clown, devo recarmi a questo indirizzo per una festa >>

<< Ma via d'Annunzio 4 è il mio indirizzo >> replicò Esmeralda non ancora spaventata o intimorita.

<< Allora mi porti tu? >> chiese il clown avvicinandosi sempre di più alla bambina.

<< Non devo parlare con gli estranei...me l'hanno sempre detto i miei genitori >>

<< Li conosco i tuoi genitori, mi hanno invitato loro alla festa >>

<< Non c'è nessuna festa a casa mia >>

<< Oggi compie gli anni tuo fratello Nicholas, 12 anni >>

<< Lo so che compie gli anni mio fratello oggi, ma non c'è nessuna festa >>

<< Una festa a sorpresa, è più bella una festa se è con sorpresa, no...? mi ha chiamato tua mamma, la tua mamma me l'ha detto >>.

Esmeralda iniziò a riflettere sulla veridicità delle parole del clown...

<< Va bene allora ti ci porto...>> disse Esmeralda.

<< Grazie...sei molto gentile Esmeralda...vedrai sarà una festa stupenda, ci saranno dolcetti da mangiare e racconterò molte barzellette >>.

Esmeralda e il clown iniziarono a fare la strada insieme

<< Raccontami una barzelletta adesso...una veloce >>.

<< Mm...vediamo...a sì, allora c'è un clown che rapisce e uccide le bambine...ma non le mangia, le fa trovare su un'altalena…e sai perché? >>.

<< Perché non ha appetito >> rispose ridendo Esmeralda.

Pink cominciò a ridere, si fermò ridendo forte e torcendosi la schiena...

Esmeralda cominciò a ridere anche lei...

Pink era un fiume di risate...

<< Sei simpaticissima Esmy>>

<< Sei tu che devi far ridere noi, non io a te >> disse Esmeralda.

<< Esattamente...veramente non ci avevo mai pensato...è una battuta molto divertente, sei d'accordo? >>

<< Pressappoco la mia casa è lì in fondo >>

<< Esmeralda tu sei la bambina più simpatica del mondo, ed è per questo che non ti ucciderò >>

<< Grazie mille clown...hai un nome...come ti chiami? >>

<< Mi chiamo Pink...>>

<< Che nome strano...non è tanto bello...se vuoi te lo cambio >>

Pink scoppiò di nuovo a ridere, una risata ancora più forte, cadde a terra dallo squilibrio di forze dovute alla potentissima risata.

<< A mio fratello sicuramente piacerai, sei un pagliaccio divertente >>

<< Fammi riprendere fiato ragazzina... Pink comunque è il nome con cui mi chiamano >>

<< Chiamano? >> chiese Esmeralda

<< Tutti mi chiamano Pink, ma è un soprannome che mi hanno dato, io non mi chiamo Pink >>

Esmeralda diede una mano sotto l'ascella a Pink per rialzarsi, poi si toccò la mano muovendo tutte le dita, avvertì qualcosa di strano.

Le cadde la borsa della palestra a terra, illuminò con il telefonino la sua mano che aveva sfiorato il vestito del clown, era piena di sangue e lacerata, emanava un vapore di carne morta in putrefazione, sembrava un acido molto potente, Esmeralda cambiò viso in volto, i suoi occhi si spalancarono, il dolore acuto stava entrando in circolazione quasi stesse incendiandosi quella mano, l'acido che le stava lacerando la mano, scarnò la carne fino alle ossa, guardò meglio in faccia il clown puntando la torcia del telefonino sul suo viso, era una faccia da psicopatico assassino, i suoi occhi verdi spruzzavano lama incandescente arancione rossastra nel riflesso con i lampioni della notte, le sue labbra piegate sprezzanti come la morte d'innanzi al demonio, la faccia indefinibile, color grigio smaltato, Pink sorrise muto alla Chaplin mentre Esmeralda iniziò a correre, cercò le forze per scappare da quel maniaco, dopo qualche passo il suo corpo ostentò nei movimenti, più lenti, sempre più lenti, iniziò a vomitare, contorse le mani sulla pancia piegandosi, fece ancora un piccolo passo lento, ricominciò a vomitare con getti più intensi a intermittenza fino a sputare sangue dal naso, poi si afflosciò a terra sulle sue ginocchia, svenendo.

Due ore dopo

<< In effetti non ti farò trovare sull'altalena come le altre bambine...questa volta in pratica, credo che ti mangerò >> disse Pink fumando una sigaretta seduto su una sedia a pochi metri dalla piccola Esmeralda.

<< Non ho mai mangiato nessuno in vita mia, è ora di farlo, farò ritrovare le ossa però sull'altalena...avrai un trattamento esclusivo Esmeralda...sei contenta?.>>

Esmeralda era posizionata sull'altalena, in un luogo putrido, non una stanza o garage e nemmeno un capannone abbandonato.

<< Siamo sottoterra, siamo in questo angolo dove i tecnici dell'acqua controllano la diga, è semi chiuso >>.

Vi era profumo di acquitrino fresco, ma intorno alle valvole da compressione...enormi, una sagace umidità, l'aria sapeva di acqua pesante e intonaco.

Esmeralda era legata ben salda con manette d'acciaio, imbavagliata stretta alla bocca con un fazzoletto rosso, si accorse che non aveva più l'arto sinistro, per la precisione l'avambraccio.

Era imbavagliata, muoveva velocemente la testa e cercava di urlare, ma emanava soltanto qualche stridulo.

<< Ti ho dovuto amputare il braccino cara, appena sei svenuta, nel mio furgone lì vicino...hai toccato dell'acido velenoso e se ti devo mangiare, non devi avere veleno nel sangue, altrimenti vado anch'io all'altro mondo, l'operazione al braccio perfetta,

amputazione da dieci e lode, nessuna infezione o pericolo quindi.

Il tuo avambraccio sinistro l'ho buttato nel giardinetto della villetta così graziosa dei tuoi genitori…mi dispiace per tuo fratello che perderà per sempre la sua sorellina >>.

Pink poco distante accese una piastra a corrente, poi da uno dei suoi borsoni tirò fuori una grande pentola, la mise sulla piastra, poi con un secchio raccolse dell'acqua sgorgare da un'insenatura e la mise nel pentolone fino a riempirlo.

Ti devo comunque tagliare in due parti per farti stare dentro tutta nel pentolone, ti bollirò, e quando sarai ben cotta ti divorerò.

Esmeralda pianse immensamente…cercava di liberarsi, ma i suoi piedi e il suo braccio destro erano immobilizzati incatenati alla perfezione.

<< Risparmia le energie mia cara…>>.

Pink prese una confezione di sale da cucina e ne versò metà nella pentola…

<< Mai dimenticarsi il sale nell'acqua…>> disse Pink guardando la bambina e ridendo.

<< Ci vorrà un bel po' a scaldare tutta questa acqua…intanto faccio la tavola…>>, Pink da un altro borsone estrasse un tavolino di quelli pieghevoli, una mannaia…una forchetta e un coltello e un fazzoletto, apparecchiò così la tavola.

Poi prese una confezione di salsa…e la appoggiò vicino al piatto.

<< Pensi che sono pazzo…? .chissà quanto staranno impazzendo le autorità, carabinieri polizia per trovarti, chissà i tuoi genitori, vittime inconsapevoli del più grande serial killer della storia…il sottoscritto… Pink è un soprannome che mi hanno spiaccicato, più le autorità che la stampa te lo avevo detto prima…a me non piace, non l'ho scelto io, mi sarebbe piaciuto di più Superman…o oppure serial killer nemico pubblico numero uno…oppure anche Charlie, non lo so comunque, mi tengo Pink…ahhh…a proposito, senti adesso un forte fastidio nella tua figa, nella tua piccola figa…ti ho messo un pastello rosa…non ti preoccupare non lo mangio il pastello dopo lo tolgo.

So cosa stai pensando brutta stronzetta, speri che mi prendano, che un giorno mi catturino e che mi uccidano su una sedia elettrica o in galera…insomma che me la facciano pagare…

Ti tolgo ogni dubbio…

Non mi prenderanno mai…

Prima c'era una specie di squadra antimostro internazionale a darmi la caccia…

Adesso invece è la polizia di ogni stato che farà le indagini…

Un incredibile fortuna per me no?.

Non dici nulla?

Perché non mi parli Esmeralda…?

Vuoi che ti racconti una barzelletta…?

O vuoi raccontarmela tu…?

<< Ne ha rapita un'altra...in Italia, un paese vicino a Milano Origgio...Esmeralda Marlaschi...è arrivata una telefonata più di un'ora fa alla questura di Milano...Sono Pink ho preso Esmeralda...tra poco troverete la solita altalena...buona continuazione >> disse Fawell parlando al telefono con David.

<< Cristo santo >>, David mise il viva voce al telefono.

<< Hanno trovato l'avambraccio sinistro della bambina nel giardino della sua casa…questa sera doveva tornare dalla palestra per il corso di ballo... Pink l'ha sorpresa nel tragitto di ritorno a casa, ho parlato con Ostelli Dario polizia criminale di Como, mi ha detto che i polpastrelli della mano e parte dei tessuti e carne anche della mano stessa erano lacerati, bruciati da una specie di acido molto potente, ha lacerato tre millimetri di carne della mano...>>

David mi fece un segno con la mano e mi diede il cellulare

<< Ascolti Fawell, ho una domanda da farle, quale tipo di tuta o vestito può trattenere un acido così forte...>> chiesi

<< Può averglielo buttato sulla mano non deve avere necessariamente un vestito intrinseco di acido...>>

<< La bambina prima che si accorgesse del pericolo stava scherzando con Pink, e lo ha toccato…>> dissi

<< Ne è sicura...? >>

<< Più che sicura…è nella sua indole di serial killer...vuole inoltre mangiarla viva, il braccio nel giardino rievoca il maniaco che a Neersen il secolo scorso profanava le tombe, strappava un braccio al morto e mangiava…mangiava parti dei cadaveri e un braccio fu rinvenuto nel collegio...c'è tutto nei documenti negli archivi del comune >>.

<< Io posso aiutarvi fin che posso, provo a informarmi con gli specialisti, chiamo il laboratorio poi vi richiamo >>.

<< Ok Fawell grazie…io e David lo sappiamo...faccia il possibile...qualsiasi rapporto della polizia Italiana e spagnola se riesce a farceli avere...poi cerchi di snodarmi questo rebus nella testa...una tuta, un vestito imbevuto di acido ma che indossato non ne vieni a contatto…come è possibile fare un vestito del genere...come è possibile ciò >>

<< Va bene Stanners, una mano ve la do >>.

Chiusi la comunicazione con Fawell.

<< Dobbiamo andare in Italia >>.

Dopo tre ore di elicottero arrivammo a Saronno, prendemmo un albergo in città, vicino alla stazione dei treni.

Buttai le valigie alla rinfusa e dissi a David che ci saremmo visti tra due ore in una pizzeria kebab nei pressi della stazione dei treni per la cena…volevo stare un pochino da sola e fare una passeggiata per riflettere.Camminavo lungo il centro della città, guardavo le vetrine, poi osservavo la gente che incontravo.

Presi un caffè ad un bar.

Mi arrivò fulminea l'idea

tombe, quindi sottoterra…dove può averla nascosta…?

sotto terra, deve anche cucinarla e mangiarla, quindi gli serve corrente, e acqua…

presi il telefonino

<< Si dimmi >>

<< David ascolta ho capito dove tiene nascosta Esmeralda…>>

<< E dove…? >>

<< C'è qualche diga, qui nei paraggi…? .la tiene in qualche camera aperta, quelle nelle dighe, sotto terra… >>.

David pizzicò subito internet Google dal cellulare.

<< Montespluga…Barbellino…Panperduto… ce ne sono >>

<< La più vicina? >>

<<Panperduto>>

<<Panperduto, le altre sono troppo lontane…dai l'allarme David subito >>

<< Tra due ore faremo un'irruzione con una squadra dei Dramanov, li chiamo subito >>

<< No David, tra due ore la bambina sarà già morta probabilmente, chiama polizia e carabinieri, dobbiamo intervenire subito >>

<< Per la miseria Christine i soldi non ne becchiamo, noi siamo qui per catturarlo ma anche per guadagnare >>

<< Non c'è tempo maledizione David, chiama le autorità >>

La diga Panperduto era sulle rive del Ticino, a Somma lombardo, Pink teneva la bambina in una delle camere ad insenature accessibili solo ai tecnici.

David riattaccò e fece il numero della caserma dei carabinieri di Milano.

<< Sono David Lowell, priorità assoluta, la bambina Esmeralda Marlaschi è alla diga Panperduto…insenatura sotterranea vicino alla cabina centrale. Il serial killer Pink è presente sul posto, dovete mandare tutte le unità e chiuderlo a cerchio, priorità assoluta >>.

Corsi subito in albergo, David era già in auto, girammo fuori dalla stazione, in uno spiazzo d'erba su un parcheggio pubblico d'auto a trenta secondi ci aspettava già il nostro elicottero con i motori caldi.

Pink girò l'acqua ormai bollente nel pentolone, prese un mestolo e la assaggiò. Il pentolone fumava vapore acqueo in grande quantità.

<< L'acqua è perfetta...tocca a te adesso Esmeralda >>.

Pink prese la mannaia, la sfiorò con le dita sulla lama...poi si avvicinò sempre di più alla bambina.

<< Ti do un colpo secco alla pancia, le tue budella finiranno un po' in giro, poi ti slegherò, ti metterò sul tavolino e ti darò l'ultimo colpo sulla colonna vertebrale, così sarai divisa in due, le gambe e un po' di pancia dal resto del corpo...e poi con calma ti denuderò completamente e ti bollirò nel pentolone...e poi tra un paio d'ore ti mangerò con calma insieme alla salsa tonné qui. Ho anche un'altra salsa in borsa, ma non so se la aprirò...>>.

Da una delle borse di Pink scattò un allarme, come la suoneria a colpi di un cellulare, Pink rimise giù la mannaia e tirò fuori il suo telefonino, controllò le telecamere collegate al suo, c'erano carabinieri e poliziotti ovunque, sentì dei passi provenire dal fondo del corridoio.

Pink repentinamente si girò velocissimo, lasciò tutto lì e dietro di lui schiacciò un bottone sul muro, vicino ad una feritoia d'acciaio, simile a quelle botole presenti sulle navi, si aprì la botola e si buttò dentro, la botola si chiuse da sola.

Dopo venti secondi la polizia scorse nella penombra della camera Esmeralda, Pink salì a bordo di un piccolo sottomarino posizionato a riva, le autorità erano a pochi metri da lui, ma il buio giocava a suo favore, tre elicotteri molto vicino illuminavano le rive, Pink rapidissimo salì a bordo del sottomarino e scappò attraversando gli abissi dei fondali.

<< Viva, è ancora viva >> disse l'agente Antonio Scuderi

<< Elicottero subito ospedale >> disse il tenente colonnello dei carabinieri Mantovani Davide

Degli agenti liberarono dalle catene Esmeralda, tagliandole con facilità, un carabiniere prese in braccio la piccola Esmeralda ed uscì subito correndo c'era già tutto pronto per un primo soccorso sull'elicottero.

L'elicottero si alzò rapido verso l'ospedale.

<< Trovate quel figlio di puttana! non deve scapparci! >> disse Mantovani

Arrivarono altri cinque elicotteri per pattugliare la zona, decine di agenti a rastrellarla.

<< Signore ci sono tutti i suoi attrezzi, maschere, telefoni, pc, coltelli, parrucca da clown, strani aggeggi, tipo materiale da sala operatoria sembrerebbe, e poi vedo una fiamma ossidrica, guanti di ogni tipo, scarpe, scarponi, e scarpe da donna...vedo anche intimo da donna, un body, minigonna, un arricciacapelli, camicia da uomo camicine da donna e giacca in pelle sia da uomo che da donna...perimetro tutto per la scientifica >> disse Riccardo Troversi appuntato dei carabinieri.

<< Non toccare quel bidone, lo vedi in fondo? >> disse Mantovani

<< Non toccate quel bidone in fondo, che nessuno la tocchi o la apra >> urlò Troversi.

<< Potrebbero esserci dei materiali di acido, tossici >> replicò Mantovani a bassa voce.

C'era un via vai di agenti, un carabiniere aprì un'altra piccola borsetta di plastica chiusa alla buona con un fiocchetto, era piena di pastelli rosa...

Entrai dopo circa una ventina di minuti, David si mise a parlare con Mantovani io osservavo attentamente la scena del crimine.

Misi i guanti in lattice...

Osservai con cura ogni cosa di Pink presente sul luogo...tra i borsoni, quattro presenti, in uno c'era una protesi facciale, ancora fresca al tatto.

C'era la plastica di uno snack di cioccolato aperto, poi un taccuino piccolo vuoto...

Rovistando nella borsa, una borsa blu simile a quelle da palestra notai un telefono di quelli anni ottanta di colore a tre fasce blu bianco rosso.

Alzai lo sguardo i tecnici stavano aprendo un borsone mimetico, schermato...forse lì Pink teneva tutte le ampolle di acidi.

I tecnici si misero la maschera e indossarono tute protettive, con molta prudenza.

<< Signore ci sono quattro confezioni di acido cloridrico, trattate a vernice da tre colori...blu bianco rosso...poi ci sono tre vestiti, uno è sigillato...in pressione...gli altri sono in una custodia >>

<< Quello che è sigillato è quello che indossava quando ha rapito Esmeralda...>> dissi a tutti i presenti.

La camera antistante alla diga si illuminò, alcuni agenti avevano attivato il sistema di illuminazione,

Il pavimento era una pietra chiara color panna con sfumature nere e viola, e proprio il pavimento passò alla mia attenzione, passando poi con la torcia e raggomitolandomi quasi a gattoni notai qualcosa di strano che luccicava tra una pietra e l'altra...lo raccolsi e lo misi in un sacchettino di plastica, mi rialzai per guardarlo bene...sembrava un cip...un cip da computer.

<< Impronte digitali...? forse questa è la volta buona >> disse David toccandomi la spalla.

<< Non ti esaltare, non lascia impronte...>>

<< Magari siamo fortunati >>

<< La fortuna non basta contro un demone >>.

Passai a setaccio le altre cose di Pink che i carabinieri avevano trovato nelle altre borse...c'era di tutto, vestiti da uomo donna, maschere, parrucche, attrezzi da lavoro, coltelli di tutte le misure, manette chiodi, un vasto repertorio di utensili da chirurgo...non trovai nulla di particolarmente interessante, se non quel microchip e quel vecchio telefono.

<< Signore questa è una stampante 3d, tecnologia avanzatissima ...il killer la utilizzava per creare un guanto finissimo ed invisibile per le mani, al fine di non lasciare impronte >> disse un carabiniere del Ros, mentre accendendola la stava provando sulla sua mano.

Presi David sotto il braccio

<< Ascolta, dobbiamo sapere subito di questo cip e di quel telefono lì >> dissi puntando gli occhi su David con aria grave.

<< Ok >>

Tg

<< Notizia di poco fa, Esmeralda Marlaschi è stata trovata in un meandro nella diga di Panperduto, salvata dai carabinieri, la bambina a cui era stato asportato il braccio sinistro, è attualmente all'ospedale Maggiore di Como, la bambina è salva e non è in pericolo di vita.

Il serial killer Pink è riuscito a sfuggire per un soffio, è ora caccia massiccia all'uomo.

Le forze dell'ordine stanno impiegando un imponente task force.

Christine grazie a te Esmeralda è viva...

Il pentolone che pieno d'acqua gira...

Pink la mangerà...

ora non più...

l'hai salvata dalla morte certa.

Ora puoi prevedere ogni sua mossa...questo è quello che pensi che sei convinta mia cara...?

Pink è infuriato adesso...

perché ha fallito nel suo ultimo capolavoro...

Pink è molto arrabbiato con te Christine...

Pink è fuori da sé dalla rabbia, non pensa che a vendicarsi...

Pink deve ritrovare le sue forze e il suo genio...

Pink è imprendibile o non lo è...?

Che tu sia maledetta Christine Stanners...

adesso ucciderò a caso, prenderò una pistola domani e ucciderò persone a caso...

così impari,

così impari a giocare

Così sai che tu devi catturarmi e non impedirmi un delitto...perché non serve a nulla voglio che Christine Stanners rientri ufficialmente nelle indagini...

voglio che Christine Stanners abbia accesso a tutte le informazioni su di me in possesso di tutti gli inquirenti nel mondo, dove ho ucciso...

se non mi ascolterete procederò in una carneficina senza tempo, niente più altalena o cose del genere.

Ammazzerò cinque persone al giorno finché non farete quello che ho chiesto.

Stanners deve condurre lei le indagini su di me, voi poliziotti siete una nullità...

Quanta bavosa pubblicità ridicola vi siete fatti sulle televisioni di tutto il mondo e sulla carta stampata prendendovi i meriti di aver capito dove nascondevo Esmeralda...invece di dare il merito a Christine Stanners...quante foto e dichiarazioni alla stampa, quanta bella pubblicità gratuita vi siete fatti….

Non sfidatemi, non fatemi arrabbiare, non prendetevi gioco di me...fate tutto quello che vi ho chiesto o ammazzerò selvaggiamente cinque, almeno cinque persone tutti i giorni.

Pink...

Due giorni dopo

Il generale dei carabinieri Giacomo Gaggiani chiuse la porta del suo ufficio continuando a guardare me e David seduti...in silenzio.

<< Capisce la gravità di questa lettera dottoressa Stanners? >>

<< Sì...capisco...questo killer è più schizofrenico di quanto pensassi, oltre ad essere astuto e invisibile >>, continuai a guardare la lettera di Pink scritta a mano.

<< Sicuramente alla diga aveva una via di fuga programmata...non avevamo accesso al cartaceo delle tubature, se lo avessimo avuto lo avremmo catturato...>>

<< Ho agito male, non da sbirro, meglio Esmeralda morta ma Pink subito catturato…nel giro di due ore avreste avuto le cartine delle tubature complete e lo avremmo catturato, però con due ore di ritardo Esmeralda sarebbe morta, l'avrebbe uccisa e mangiata come un pranzetto della domenica...>> dissi chinando il capo affranta

<< Esattamente, però lei questo lo ha scartato...perché? ha pensato soltanto a salvare la vita di quella bambina...lei è una persona che ammiro molto signorina Stanners, ha fatto una scelta di cuore >>.

<< Grazie signore >>.

<< Lei legalmente non può avere a che fare con indagini di polizia, non è un pubblico ufficiale, ma data la sua pregressa partecipazione al chilometro rosso, la squadra speciale antimostro, da poco sciolta, e le richieste di Pink, che naturalmente non verranno divulgate alla stampa...lei signorina Stanners deve fare le indagini insieme a noi...categorico...lei è dentro...ma non posso far rientrare lei signor Lowell...mi dispiace...Henry, il suo capo mi ha detto che se non rientra negli Stati Uniti entro dopo domani, è licenziato e andrà anche sotto inchiesta >>.

David strinse la mascella come un segugio affamato lasciato solo, era affranto distrutto, demoralizzato, deluso da questa notizia…o rientrava o sarebbe stato licenziato e processato per giunta, chissà quante palate di merda gli avrebbero gettato in faccia. David abbassando la testa dispiaciuto e fortemente contrariato, cercò un barlume di speranza, lo conoscevo, era fatto così, non gli piaceva perdere anche quando aveva perso, il suo supporto era inutile per loro, la sam era stata sciolta da tempo, Balakov era tornato in Russia, Harqui e Fawell scaldavano la sedia di una bella scrivania a Washingtonn, anche se Fawell teneva un piede in due scarpe, era ancora nostro amico e ci passava informazioni sotto banco,ma ormai per loro Pink era solo un lontano ricordo, non era più affar loro, ma sapevo che David ci teneva alla sua reputazione e carriera all'FBI, come sapevo che i soldi dei Dramanov gli facevano molta gola.

David si avvicinò al mio orecchio bisbigliandomi

<< Ti seguirò passo passo, qui ci sarà Keaton se hai bisogno di un supporto tecnico e umano...ok? >>.

<< Se ho bisogno un po' di fumo me lo procura Keaton? >> dissi guardando David e stringendogli le mani. David sorrise...poi mi diede un bacio sulla guancia e uscì dall'ufficio.

<< Allora veniamo a noi signorina Stanners...>> disse il generale accendendosi una pipa e stravaccandosi sulla sua costosissima poltroncina in pelle.

<< Può chiamarmi Christine >>

<< Ok Christine, abbiamo le analisi del telefono e microchip...poi per il resto non ci sono impronte, né sul luogo del crimine né sui vestiti del maniaco né sulla sua attrezzatura...>>.

Il generale prese un piccolo fascicolino dalla cornice bianca e me lo lanciò davanti.

Lo presi e cominciai a leggere...passarono circa cinque minuti...mentre leggevo quelle sei paginette il generale Gaggiani mi osservava attentamente come se fossi una statuetta egizia antica da fissare a lungo.

Presi una sigaretta dalla mia borsetta, il generale mi lanciò il suo accendino a zippo d'oro.

Tirai una magnifica boccata, spostando lo sguardo fuori dalla finestra, scrollai un poco la cenere nel posacenere di marmo marrone sulla scrivania di Gaggiani, poi iniziai a guardare sulla parete alle spalle del generale, molti stemmi e premi dell'arma, foto con politici e magistrati...medagliette, e anche una laurea honoris causae...conseguita dieci anni fa, consegnata dalla Cattolica di Milano.

Si sentì bussare

<< Avanti >> disse il generale

Un appuntato giovane dei carabinieri aprì la porta

<< Signore annuncio il signor Giovanni Damodia e il signor Renato Ranieri...>>

Il generale si alzò in piedi, d'istinto mi alzai anch'io,

<< Signorina Stanners le presento il signor Damodia, direttore tecnico e responsabile avanzamento del Sisde, controspionaggio per dirla breve, e il signor Ranieri, Polizia di stato crimini efferati >>, ci stringemmo tutti la mano.

<< Allora signori, quel telefono è in realtà un ivcformer criptato, due codici uno numerico l'altro vocale, in parole povere, con il giusto pc attaccato e quel microchip che lei signorina Stanners ha rinvenuto in terra, mettendo i due codici di accesso è possibile fare una telefonata in qualsiasi parte del mondo senza essere localizzati...sono di fabbricazione Israeliana, ne sono stati costruiti tre, due appartengono alle due più alte cariche dello stato Israeliano, l'altra, cioè questa è stata rubata in Israele in un edificio di stato, una settimana prima che Pink facesse il suo primo omicidio in Russia >> disse Damodia.

<< Non è possibile risalire a nulla...>>

<< Assolutamente no, ci vogliono sessanta milioni di anni per decifrarlo e trovare informazioni, senza le password è inutile, anzi, non è solo una password, è una ego password, è criptato, sono due le password, una scritta e l'altra orale...è in definitiva una password di numeri da scrivere sulla tastiera legati a delle parole o una parola da

pronunciare però oralmente...>> rispose Damodia.

<< Cosa ne pensi Christine? >> chiese il generale con demotivazione conclamata.

<< Penso che Pink dovesse comunicare con qualcuno di molto in alto, un intoccabile, e che poi utilizzasse questo telefono per chiamare la polizia o a me nella mia stanza in albergo, lo utilizzasse per rimanere nella più assoluta ombra tra un delitto e l'altro, in poche parole per non essere intercettato e ascoltato >>.

<< Ottima osservazione >> disse Ranieri

<< Onestamente ora non sappiamo come muoverci...e se lei ha capito un suo nascondiglio, ci può aiutare nelle indagini per catturarlo >> disse Ranieri con un sorriso di plastica.

Ci fu un sottile silenzio.

<< Sa non è facile dottor Ranieri, le idee mi vengono all'improvviso, come quando scoppia una pioggia nel bel mezzo di una giornata di sole...il ragionamento mi arriva non ragionando, ma così, all'improvviso senza un perché >> risposi ai presenti.

Il generale Gaggiani si alzò andando verso la finestra e mettendosi le mani in tasca si appoggiò alla parete, come cercasse conforto, un barlume di speranza.

<< Cosa facciamo ora...? aspettiamo che uccida ancora...? qual è la prossima mossa Christine >>.

<< Si sente braccato, lascia apposta indizi per farsi prendere così per gioco...gli piace giocare...ma si è reso conto che forse ha azzardato troppo, non ci lascerà più indizi su di lui, inizia a temermi, sta iniziando ad avere paura di me, per questo tutta la collera sua è in quella lettera...lo percepisco >>

<< Di che indizi sta parlando signorina Stanners? >> chiese Ranieri levandosi gli occhiali

<< Esempio l'indicazione di un libro nel collegio dei Van Mayer...è un tassello ancora irrisolto...ce ne sono tanti altri, cose che prese singolarmente non hanno alcun significato >> risposi abbassando lo sguardo.

Ranieri si alzò e si chinò verso di me, prendendomi le mani.

<< Ho letto un suo rapporto dove Pink rievoca killer datati come Zodiac e il mostro di Firenze, e moltissime altre cose...la caccia alla decifrazione del meccanismo logico e psichico di un killer è possibile fino a quando si ha un volume di indizi limitati, ma qui è un oceano troppo complicato e tenebroso, mi capisce signorina Stanners, glielo dico da poliziotto, lei deve attenersi a cose reali concrete, come questo telefono che Pink utilizzava, il modo come uccide, le sue cose rinvenute alla diga e perfettamente catalogate, reperti importanti colti all'improvviso, lei deve scavare dove vi sono cose concrete reali, non deve cercare di capire il killer sfondandosi le meningi per collegare un demone un esorcismo o strane cose, o strani eventi, lei signorina Stanners si concentra troppo sull'aleatorio, deve stare di più con i piedi per terra, deve concentrarsi su quello...perché ha capito, con l'intuito che avrebbe portato Esmeralda in quella diga, perché ha collegato tomba, sotto terra arti strappati a Neersen, posto sotto terra ha collegato una diga, l'acqua, la pioggia...perché non ha pensato ad altri posti sotterra dove Pink poteva nascondersi, perché ha fatto un altro ragionamento reale, questa volta il killer non ha preparato in anticipo un suo nascondiglio sotto terra, non ne ha avuto il tempo, tanti omicidi in tanti posti nel mondo, questa volta non si era organizzato perfettamente come altre volte, ha fatto un ragionamento logico su fatti

reali, e ha azzardato...e i fatti le hanno dato ragione...mi capisce signorina Stanners, lei deve continuare su questa linea di indagine...più piedi per terra. >> disse Ranieri alzandosi e sorridendomi.

Mi alzai verso la porta, poi mi fermai e mi girai verso i presenti.

<< Ho una richiesta da farvi >>

<< Dica >> disse il generale

<< Chiamate per cortesia Sochin, mettetevi d'accordo, David Lowell non deve lasciare le indagini, deve stare sempre di fianco a me, o anch'io lascerò le indagini...buona giornata >>

Feci un cenno di saluto e uscii.

Como 25 aprile

Io e David andammo all'ospedale a trovare Esmeralda.

<< Le immagini della telecamera alla scuola di Rachel York non bastano? >> chiese David mentre facevamo le scale dell'ospedale.

<< Lì Pink sapeva di essere ripreso, oltre a pesanti protesi facciali sicuramente ha camuffato il suo aspetto, molto grasso molto goffo…non identificabile…ma qui Pink sicuramente aveva una protesi facciale, ma il suo aspetto fisico era naturale, nessun travisamento >>

<< Come fai a esserne sicura? >>

<< Perché non aveva calcolato di essere rintracciato, avrebbe divorato la bambina e fatto ritrovare dei resti da qualche parte, non si aspettava di essere localizzato, quindi Esmeralda è l'unica testimone ad averlo visto integro nel suo aspetto corporeo non travisato, testimone fondamentale essenziale, Pink non è riuscito ad ucciderla in tempo, è sfuggito per un soffio, altrimenti l'avrebbe fatta fuori prima di scappare, un testimone molto scomodo Esmeralda…non ne convieni? >>.

David non rispose, si chiuse le labbra pensoso.

Aprii la porta bussando.

La bambina appena mi vide sorrise, io la abbracciai dalla pancia, dopo quello che aveva sopportato era direi in buono stato.

<< Ciao Esmy>>

<< Ciao Christine, sono emozionata di conoscerti…veramente…mi hai salvato la vita >>

Abbassai lo sguardo, David mi mise una mano sulla mia spalla mentre era in ginocchio a fianco del letto di Esmeralda.

<< Mi dispiace per il tuo avambraccio, ma parlando con i dottori, nel breve tempo sono pronte protesi di alta tecnologia, non ci sarà più uno spazio vuoto, ma riavrai il tuo braccino amore…non si nota neanche che è una protesi >>

<< Esatto Esmeralda, costerà molto, ma i soldi li daremo noi ai tuoi genitori per questa operazione >> disse David sorridendo e con gli occhi lucidi dalla commozione.

<< Grazie, sono felice, grazie mille >> disse Esmeralda cercando con un movimento di alzarsi dal letto per abbracciarmi,

<< Non affaticarti >> dissi abbracciandola e baciandola sulla guancia, poi mi sedetti sul suo letto accarezzandole i capelli.

<< Lei lo catturerà quell'uomo cattivo che uccide le bambine? >> chiese Esmeralda piangendo.

<< Certo che lo prenderò, e poi lo ucciderò >>.

Entrò un uomo nella stanza, ben vestito, con una borsetta nera da avvocato.

<< Mi spiace signori ma dovete uscire >>

<< Lei chi è >> chiese David mettendogli una mano sul petto

<< Sono il legale della famiglia, mi chiamo Giovanni Tavola >>

<< Si tolga di mezzo, questa è un'indagine di polizia ed FBI >>

<< Non me ne frega un cazzo levatevi dalle scatole >>

David trascinò a spintoni fuori dalla stanza il signor Tavola che cercò invano di evitare il trascinamento.

<< Senta, noi dobbiamo interrogare la bambina, è l'unica che ha visto bene Pink...>>

<< I suoi genitori hanno chiesto questo, ho qui un'ingiunzione del tribunale >>

<< Senta tribunale o non tribunale, noi dobbiamo chiedere delle cose a Esmeralda, adesso chiamo io i suoi genitori...mi dia il numero di telefono per cortesia >>.

L'avvocato indugiò un attimo poi tirò fuori dal taschino un pezzo di carta con segnati due numeri.

<< Rimanga qui per cortesia >> disse Lowell a Tavola mentre tirava fuori dalla tasca un cellulare.

Compose il numero.

<< Pronto... parlo con la signora Marlaschi? Roberta Marlaschi? >>

<< Sì sono io >>

<< Signora sono David Lowell, FBI, mi ascolti attentamente signora, so che lei e suo marito di comune accordo volete escludere la bambina da qualsiasi interrogatorio, sa che non può reggere, verrà interrogata la bambina dalle autorità Italiane, verrà interrogata comunque, perché è molto importante >>

<< L'uomo era mascherato, Esmeralda non ricorda quasi nulla >> rispose la madre mentre il marito, Giacomo Marlaschi osservava la moglie preoccupato.

<< Questo lo faccia fare a noi, non deve preoccuparsi, lei crede che lo stato Italiano le darà un risarcimento...? crede che una protesi costi poco...? .io posso farla rientrare tra le vittime del chilometro rosso, ci sono fondi per le vittime, ma deve farci interrogare la bambina, altrimenti la escluderò da questo risarcimento >>

Roberta passò la cornetta a Giacomo.

<< Pronto? >> chiese David sentendo il silenzio

<< Sono Giacomo Marlaschi il papà di Esmeralda >>

<< Ha sentito quello che ho detto al telefono poco fa? >>

<< Sì ho sentito...la prego però, non la interrogate per ore di fila >>

<< Non si preoccupi signor Marlaschi, massimo venti minuti...chiami ora il suo avvocato e me lo levi dalle palle >>.

Giacomo guardò Roberta come a trovare definitivo consenso.

Roberta, da madre non vedeva l'ora che la figlia avesse un arto meccanico che comunque potesse in qualche modo dare una vita serena e normale alla figlia.

<< Va bene...lo chiamo subito >>.

David ritornò alla stanza, l'avvocato era già andato via. David bussò alla porta della stanza di Esmeralda rientrando.

<< Li faccio salire Christine? >> mi chiese David

<< Adesso Esmy ti faremo qualche domanda, verranno delle persone adesso nella tua stanza, persone che devi guardare bene...e poi ti faremo qualche domanda >>

<< La mia mamma e il mio papà mi hanno detto di non dire niente >>.

<< Non ti preoccupare tesoro, David quel belloccio qui di fianco a me, ha appena parlato con la tua mamma e il tuo papà, un minuto fa al telefono proprio, e hanno detto di stare tranquilla e di rispondere alle domande, così possiamo catturare quell'uomo cattivo e maligno...vuoi che lo catturiamo giusto? >>.

Esmeralda mosse la testa lentamente in segno affermativo.

<< Per catturarlo ci serve il tuo aiuto >>. David dal suo cellulare fece un paio di squilli.

<< Gioia ti chiedo se sei riuscita a vederlo in faccia…>> chiesi trattenendo il respiro

Esmeralda ci pensò un secondo

<< Era molto truccato, la pelle del viso grigia metallico, gli occhi dipinti di bianco, naso enorme, orecchie enormi, capelli finti ricci da clown >>

<< Sicuramente aveva una protesi facciale >> disse David

<< Non lo riconoscerei >> disse Esmeralda non lasciando alcun barlume di speranza.

<< Ok…>> disse David accarezzando la bambina sul viso.

<< Ora stai serena, rilassati Esmeralda, lascia perdere il volto di quell'uomo, adesso ti chiedo di concentrarti solo sulla sua corporatura...noi faremo veloce, non devi avere timore, adesso queste persone che entreranno saranno vestite più o meno come Pink, non farti prendere dalla paura, a noi non interessa il suo vestiario, quanto la sua corporatura... >>

Nella stanza entrarono una decina di persone, alte e di corporatura differenti tutte vestite da clown.

<< Ora concentrati un secondo Esmeralda, chi tra queste persone assomiglia di più a quell'uomo...? osserva bene, alcune sono più robuste, ma sembrano uguali alla persona che di fianco invece è magra, il vestito che indossava Pink può ingannare...sono un po' diverse vedi? >>.

Esmeralda osservò attentamente ogni persona presente. Poi dopo un minuto indicò uno di loro.

<< Quindi è alto sull'uno e novanta, corporatura robusta, 115 120 kg...>> dissi guardando Esmeralda.

<< Osserva ora l'uomo di fianco, togliti il vestito, fatelo entrambi, noti che sono alti uguali, ma quello di fianco è magro, direi 80 kg...ora la domanda è questa Esmeralda...dai tuoi ricordi, concentrati al massimo...diresti che è più quello di 120 kg o quello di 80 kg? >>.

<< Credo proprio quello più cicciotto...>>

<< Ok io non ho altre domande...ora ti farà altre domande David, il mio amico...io ti lascio con lui dieci minuti, poi ritorno...ti porto un succo di frutta...? va bene?, ti va? >>

<< Va bene...>> rispose Esmeralda.

Tutte le persone uscirono dalla stanza, io andai a farmi un caffè espresso alla macchinetta.

David si sedette di fianco ad Esmeralda sorridendo...

Tre mesi più tardi...luglio 2007

<< Signore ho l'ambasciatore di Scozia sul telefono due >> disse Noss a Geoffrey

<< Mettilo in linea, vado nella stanza tre >>

<< Sì signore >> rispose Noss passando la linea della comunicazione dal suo cellulare nell'altra stanza.

Geoffrey s'incamminò con passo frettoloso fuori dal salone, mentre i suoi figli Ernest e Luigi solcavano l'uscio d'ingresso.

<< Andate a cambiarvi il pranzo sarà pronto tra dieci minuti, dai che di pomeriggio andiamo a trovare la mamma >> disse Ernest ai suoi figli, poi guardò un membro della servitù

<< Ci pensi tu Jules? >>

<< Sì signore >>

<< Venite bambini vi accompagno >>

<< Già lo vedo di pessimo umore >> disse Ernest asciugandosi la fronte con un fazzoletto di seta bianco.

<< Non abbiamo ancora perso la partita, prima o poi Pink si farà vivo, colpirà di nuovo >> disse Noss

<< Prima o poi sbaglierà qualcosa >> ribadì Luigi con un sottile velo di tensione negli occhi.

<< Signori ah dimenticavo, vostra madre è a Singapore, tornerà la settimana prossima, si è trattenuta con alcune amiche di vecchia data >>

<< C'è il ricevimento giovedì prossimo, guai se manca il papà andrà su tutte le furie >> disse Ernest

<< La signora tornerà in tempo, i biglietti da visita ufficiali sono nel suo studio Luigi, li hanno portati qui stamattina sul presto >>

<< Chi li ha ritirati? >>

<< Le guardie al cancello signore >>

<< Bene…>>

<< Ma a Singapore ci sono quei sadici che sfondano i casinò di Las Vegas, ti ricordi Wang Ching? >> disse Ernest ridendo

<< Come potrei dimenticarlo, in una settimana perse più soldi di un qualsiasi paese sudamericano ne avesse a bilancio >> rispose Luigi

Arrivò un cameriere con tre bicchieri di bianco su un vassoio

<< Signori…prego >> disse il cameriere

Noss Ernest e Luigi sorseggiarono l'ottimo vino annusandolo prima, Ernest chiuse gli occhi.

<< Solitamente si brinda quando si ha successo o mi sbaglio? >> disse Geoffrey raggiungendo con passo calmo i tre.

<< Le porto il solito signore? >> chiese il cameriere a Geoffrey

<< Grazie Leo >>

<< Ha telefonato poco fa il signor Van Brudge, chiede se è ancora lì per la rivincita al golf sabato mattina…signore >> chiese Noss a Geoffrey

<< Lo chiami dopo, va bene confermo sabato…grazie Noss>>

<< Sarà fatto signore >>

<< Che musoni lunghi >> disse Geoffrey squadrando i figli. Passò un bel minuto abbondante di silenzio assoluto.

Arrivò il vino…

<< Prego signore >>

<< Grazie Leo >>.

<< Andiamo fuori, prendiamo una boccata d'aria >>.

Passò il giardiniere Pierre in compagnia di altri due manovali, tutti e tre sudati sporchi e affaticati.

<< Signore l'albero purtroppo dobbiamo toglierlo, è malato dalle radici…>> disse Pierre con il fiatone

<< Va bene Pierre grazie >> rispose Geoffrey aggiungendo ancora un pizzico di delusione

al suo ego, poi si appoggiò al cornicione di pietra secolare osservando il panorama.

<< Dovere signore >> rispose Pierre sfiorandosi il berretto verde.

<< Avanti…allora? >>

<<Stanners ha mollato tre giorni fa, è ritornata nella sua fattoria…Lowell tiene duro, in via non ufficiale, ma ha molto altro lavoro da fare, le indagini della polizia sono attive ma bloccate ad un punto morto >> disse Ernest prendendo un po' di vitalità e coraggio

<< Lo sapevo, quella strizzacervelli insieme a quel beccamorto dell'FBI, quel Lowell lì, lo sapevo che fallivano, quel Lowell insieme ai suoi tirapiedi incapaci Holland Van Toolse e Keaton, delle nullità assolute. Hai perso la scommessa figliolo >> disse Geoffrey guardando prima Luigi e poi Ernest

<<Noss? >>

<< Sono costernato signore, amareggiato >>

<< Amareggiato costernato…mmm >>

<< Abbiamo ancora del nostro personale sui luoghi dove uccise Zodiac >>

<< Ancora con questi pastelli e riprese video giorno e notte, è la più grossa scemenza abbia mai visto in vita mia, lo sapevo che era inadeguata quella Stanners per questo compito, ne ero fin dal principio convinto, e dai vostri volti sciupati vedo ora che ne siete convinti anche voi >>.

<< Cosa facciamo signore? >> chiese Noss.

Geoffrey fece qualche passetto si strinse nelle spalle e sbuffò, Ernest Luigi e Ubald aspettavano con ansia una risposta, un ordine.

<< Questa sì Ubald che è una bella domanda >>

<<Sochin dell'FBI e Harqui dell'Interpol non hanno in mano neanche loro nulla di nuovo >> disse Luigi

<< Ce l'aveva in pugno maledizione, alla diga, com'è potuto scappare…incompetenti >>

<< Ha avuto una strabiliante intuizione Christine, non l'hanno catturato per un soffio >> rispose Luigi

<< Allora mi prendi per il culo maledizione! perché hanno chiamato gli sbirri e non noi, lo avremmo preso non l'avrebbe fatta franca! >> urlò Geoffrey con il sangue che gli usciva dagli occhi

<< L'unica occasione in tutto questo tempo di catturare Pink, l'unica, una ne hanno avuta,

ghiotta, e hanno agito così, doveva chiamare una nostra unità lo avremmo catturato, perché hanno disonorato gli accordi? Voglio una spiegazione e la voglio subito >>.

Calò di nuovo il silenzio…

<< E adesso non sanno più come prenderlo, non sanno più come girarsi e lasciano tutto? >>

<< Avevamo due unità, una zona Firenze l'altra a Trezzo, Papà se chiamavano noi, la bambina sarebbe morta >> disse Ernest con sguardo basso

<< Non me ne frega un cazzo è così che ti ha detto Lowell? >>.

Geoffrey tirò fuori dal taschino una pipa, Noss pose un fiammifero.

Geoffrey scaricò la rabbia e il nervoso su ampie boccate di pipa.

Luigi lo seguì a ruota accendendosi una sigaretta.

Calò di nuovo un cinico silenzio.

<< Non voglio che rivedi più quella ragazza, va bene Luigi? >> disse il padre puntando il dito indice in faccia a Luigi. Tramortito nel cuore dalle parole del padre, Luigi soffocò il colpo, il suo volto rimase impassibile.

<< Mi sta sui coglioni quella Christine Stanners poteva catturarlo e invece come un'idiota se l'è fatto sfuggire di mano. Non capiterà più un'altra occasione così maledizione a voi. Anche se la bambina sarebbe morta come dite voi, avremmo Pink al fresco e non più in circolazione ad uccidere di nuovo >>

<< Sicuramente Pink aveva un piano di fuga micidiale e infallibile papà, non è sicuro che se intervenivamo noi, lo avremmo catturato >> disse Luigi a muso duro, occhi rigidi.

<< Togliete gli appostamenti e quant'altro >> disse Geoffrey facendo gli scalini e allontanandosi verso la fontana.

<< Signore è pronto tra poco il pranzo >> disse Noss

<< Non me ne frega niente, me ne vado, raggiungo mia moglie a Singapore, non voglio star qui a vedere le vostre facce di merda…le vostre scuse, fammi preparare il Jet >>

<< Sarà fatto signore >> rispose Noss

L'autista della Rolls Royce scattò sull'attenti e si precipitò ad aprire la portiera

<< Signore la partita di sabato con il signor Van Brudge? >> gridò Noss

<< Ci vada lei…>> gridò Dramanov salendo in auto e sbattendo la portiera con violenza.

<< Poteva andare peggio, agguerrito ma non troppo >> disse Ernest facendo un gesto al

fratello per una sigaretta

La Rolls sgommò a tutta velocità

<< Pensavo ci rinchiudesse nelle galere >> disse Luigi sorridendo

Uscì un cameriere, << L'antipasto è a tavola signori…>>

<< Io fumo la sigaretta…voi andate >> disse Ernest

Luigi mise un braccio sulla spalla di Noss.

Berwick...giorno seguente

Mi avvicinai alla porta, non sapevo se ero la prima ad arrivare, David aveva organizzato una cena, i suoi genitori Janette e Jack, lui la moglie Hellen ed io.

Dovevamo trovarci a casa dei suoi quella mezz'ora per un aperitivo, David aveva prenotato un grande ristorante.

Suonai il campanello...aprì la porta Janette

<< Oh mia cara Christine, quanti anni che non ci vediamo, vieni entra >>

<<Janette è un piacere rivederla >>

<< Dammi pure il cappotto >> disse Janette facendo gli onori di casa.

Jack Lowell scendeva le scale, era invecchiato parecchio, capelli zero e una pancia esorbitante, Janette invece era sì invecchiata ma li teneva bene. L'ultima volta che li incontrai molti anni fa, prima che mi trasferii a New York.

<< Signor Lowell >>

<< Christine, sei sempre bellissima >>

<< Sono molto contenta di rivedervi, vi vedo molto bene >>

<< A parte i gemelli che aspetta mio marito >>, Jack sbuffò fregandosene altamente.

<< La pancia è sostanza >>

<< Non va bene, gli ho detto di andare da un dietologo e fare degli esami ma non mi da retta...>>

<< Suvvia cos'è un po' di pancia...? David? >>

<< Lo sai che è sempre in ritardo, il solito >> disse Jack sedendosi sul divano in sala

<< Siediti Christine arriveranno a breve >> disse Janette con quel suo modo di fare un po' apprensivo. Si sentì il campanello e subito la porta aprirsi, sentendo gli schiamazzi era indubbiamente David con sua moglie Hellen.

<< Mamma papà...siamo arrivati >>

<< Vieni qui e fatti abbracciare, è mesi che non ti vediamo >>

David abbracciò la madre che poi ricevette un bacio sulla guancia da Hellen, si vedeva che tra le due non correva buon sangue.

<< Allora mascalzone >> disse Jack

<< Vieni qui e fatti abbracciare sbirro >>. Mi alzai anch'io dal divano, mi venne incontro Hellen

<< Christine Stanners che bello >>

<< Ciao Hellen, è un piacere rivederti >>

<< Allora cosa si dice di bello nell'ufficio di Sochin...? quello non lo schiodi manco morto >> chiese Jack

<< Fattelo dire George >>

David si degnò a malapena di uno sguardo su di me, ma non venne vicino a salutarmi, mi avvicinai io

<< Ciao...>> dissi a David

<< Ciao cara...passeremo una bellissima serata, il ristorante è favoloso...nuova apertura >>.

Annuii in silenzio

<< In che senso fattelo spiegare da George? chi è George? >> chiese Hellen

<< Non lo sa nessuno, stasera c'è anche in nostra compagnia George Fawell e la sua famiglia, è un mio collega amore >>

Jack batté le mani, << Quanto tempo, che piacere rivederlo, almeno avrò qualche argomento di conversazione con qualcuno a tavola >> disse Jack

<< E io chi sono un dilettante? >> disse David ridendo

David si avvicinò al mio orecchio sussurrandomi

<< Il vecchio Dramanov chiude i fondi, ho già avvisato Van Toolse Keaton e Holland, basta appostamenti a Firenze e al collegio...basta tutto chiuso, tutto finito il vecchio è stufo, Ernest mi ha detto di sbaraccare tutto, Pink non uccide da più di tre mesi >>

<< Pink ha vinto...>> risposi a David

David sbuffò, consumò fatica nel mantenersi sorridente davanti ai presenti

Poi ritornò vicino al mio orecchio

<< Io non mollo, vado avanti >>

<< In bocca al lupo >>, posi la mano a David che ricambiò con una stretta forte

<< Grazie Christine >>

Si sentì il campanello

<< Vado io non vi disturbate >> dissi

<< Allora ci sono bicchieri in più, vado a prendere altro vino >> disse Janette

Aprii la porta, George Fawell ebbe quasi un colpo

<<Stanners, che piacere, non sapevo ci fosse anche lei stasera >>

Insieme a Fawell anche sua moglie e i due figli piccoli.

<< Ora possiamo anche darci un abbraccio George no? non siamo in servizio >> dissi ridendo

<< Ma certo...>> rispose Fawell abbracciandomi

<< Ti presento Loren mia moglie, Sam e Brian i miei figli. Lei è una straordinaria detective, Christine Stanners>>.

Dopo i soliti convenevoli David ci guidò al ristorante.

La cena era ottima, la compagnia insomma, non mi sentivo molto a mio agio, solo George aveva attaccato bottone con me in un paio di chiacchierate, gli altri non mi calcolavano neanche.

<< Allora Christine e David, quand'è che facciamo un po' di figli come Fawell? su su è ora >> chiese Janette. David ed Hellen si guardarono sorridendo.

<< Arriviamo mamma ci arriviamo, non ti preoccupare >> rispose David sorseggiando il Chianti.

<< E tu Christine, cosa mi dici? >> chiese Janette pretendendo quasi la risposta

<< Ne voglio tanti di figli, ne farò a raffica uno dietro l'altro >> risposi,

David scoppiò a ridere, una risata potente e chiassosa, mi trafisse il cuore, mentre rideva ripetè la mia frase

<< Ne farò a raffica uno dietro l'altro sei troppo simpatica Christine...mio Dio sei troppo forte >>, la sua risata era pesante, beffarda, sgradevole cinica e maliziosa.

" Ma cosa devi fare a raffica, povera scema non riesci neanche a trovarti un fidanzato ".

Mi alzai sbattendo le posate nel piatto.

<< Ma che le è preso >> chiese Loren

<< Infatti >> disse Janette

<< Continua a mangiare, non è successo niente >> disse Fawell alla moglie nell'orecchio.

Sam e Brian sorrisero ma data la loro giovane età, sei sette anni, l'argomento e l'atmosfera non erano palpabili quanto ad un adulto.

Andai sul balcone, accesi una sigaretta.

Dopo un minuto sentii alle mie spalle i passi di David Lowell.

<< Bè che ti prende >>

Non risposi continuai a sfogarmi sulla sigaretta.

David tacque per qualche secondo.

Sentii di nuovo i suoi passi avvicinarsi a me. Appoggiai le mani sul cornicione.

<< Ho fatto una battuta >>, mi girai di scatto

<< Non è una battuta mi hai ferita, adesso capisco la vera opinione che hai di me, un caso umano, una povera trovatella che ha vita sociale zero, non ho un uomo e rimarrò una merda >> dissi piangendo

<< Non dire così, stai esagerando >>

<< Sei un pezzo di merda David vai in giro a ridere di me e parlare con gli altri dei miei problemi, giusto è così? >>

<< Hai bevuto troppo stai delirando >>

<< Bell'amico >>

<< Non tutto è scritto nella tua mente perfezionista, per questo hai più difficoltà nel vedere dove sbagli >>

<< Non mi vuoi più bene David me lo sento, me lo sento nel cuore, non mi vuoi più bene >>

<< Ti chiedo scusa ho fatto una battuta, solo una banale battuta, non dire che non ti voglio bene, grazie a me con i Dramanov hai riempito il conto corrente e salvato la fattoria >> << Mi hai usato perché ti servivo, non me lo avresti mai fatto gratuitamente quel favore lì se non ti servivo...godi nel vedermi soffrire ed essere umiliata, se sto male e sono infelice tu sei contento >>

<< Sei una falsa e stronza, non dire così, io ho pianto fiumi di lacrime quando eri in coma a Zingonia all'ospedale forse hai la memoria corta, e c'ero lì io e solo io tutti i giorni lì ore ed ore nella tua stanza a piangere e pregare che non morissi, c'ero lì io e solo io, non Luigi! sentirti parlare così di me mi ferisce...se sei convinta di quello che hai detto allora sei in errore, sei in errore Christine se credi veramente in queste oscenità che mi hai appena detto >>.

Buttai la sigaretta in terra, portai le mani in viso piangendo.

<< Scusami David, ti chiedo scusa...perdonami >>

David si avvicinò e mi abbracciò, io appoggiai la testa sul suo petto continuando a piangere.

<< Non è successo niente, tranquilla >>

<< Perdonami David >>

<< Vedrai che un giorno ti sposerai e avrai tanti figli, succederà, realizzerai tutti i tuoi sogni vedrai >>

<< Mi dispiace David io sono...>>

<< Non ti preoccupare, non è successo niente non pensarci. Adesso hai una bella fattoria da far riesplodere nella sua vitalità e nel suo splendore, devi riportarla grande e fiorente, poi, un passo alla volta, troverai l'anima gemella e avrai dei figli, realizzerai tutto vedrai...>>.

Alzai la testa guardandolo negli occhi, David mi asciugò le lacrime con il pollice poi mi fece un piccolo buffetto sul viso.

<< Verrai a trovarmi alla fattoria qualche volta? >>

<< Ma certo che verrò, contaci >>

David mi sorrise, << Dai andiamo a tavola, c'è il dolce >>, David mi mise il braccio sulla spalla, rientrammo abbracciati e felici, ero molto sollevata, la serata si chiuse bene con molti brindisi abbracci, e un po' di quel calore che cercavo, che mi mancava.

Nove mesi dopo...aprile 2008

Pink non colpiva più da parecchi mesi, e non si era più fatto sentire.

Le indagini delle varie polizie nel mondo erano ferme su binari morti.

Io ormai ero ritornata nella mia fattoria negli Usa, passavo le giornate a leggere e curare le bestie, avevo assunto del personale qualificato, l'attività dei miei genitori non era morta con loro, e proprio quell'attività di allevatore mi teneva forte e viva il ricordo di loro.

Avevo letto tutti i rapporti su Pink, anche tutti i memorandum di David sulle attività di appostamenti a Trezzo e sui luoghi nei dintorni di Firenze, Holland aveva scritto ogni cosa, punto dopo punto, lessi all'incirca 6000 pagine su Pink...avevo anche rivisto ogni filmato fatto da me a Trezzo, poi quelli di David sempre a Trezzo, e tutti i filmati registrati negli appostamenti di Holland a Firenze e Gregor a Neersen al collegio... ma non c'era nulla che indicasse la soluzione del caso.

Il serial killer più psicopatico e pericoloso della storia girava ancora a piedi libero...

Avevo preso una cagnetta, Aiko, le avevo dato questo nome perché da piccolissima aveva il taglio degli occhi un po' orientale anche se non lo era.

Eravamo indietro con il fieno da preparare per le mucche, entrai nella stalla sfiorando i possenti culi dei bovini,

<<Kelso...Kelso, vai al fieno, siamo indietro >>

<< Sì Christine...ci sono i cotechini da spostare, non vanno lì, meglio nell'altro fienile, lo scantinato, sotto terra stanno al fresco >>.

<< Li sposto io Kelso, vai al fieno...>>,

Kelso era un ragazzo giovane e volenteroso, viveva proprio in un piccolo appartamento da me costruito sopra le stalle...notai che c'era la pelle di trecento pesci norvegesi ad essiccare nel piccolo rudere che avevo aggiunto al casolare, lì trattavo il pesce e solo pesce.

Abagy il ragazzo indiano che lavorava tanti anni fa nella mia fattoria si era sposato con una ragazza indiana, gli chiesi di tornare ma mi disse che aveva un grosso problema alla schiena e doveva fare un lavoro leggero. Studiò poi prese un diploma, ora è un impiegato in una compagnia di assicurazione a Baton Rouge ed è papà di due splendidi bambini, sono veramente felice per lui.

Dal paese ogni mattina presto veniva un furgone a prendere il latte fresco...

L'attività stava andando molto bene, i soldi di Dramanov mi avevano riportato la fattoria, ma avevano portato anche molta fortuna, con gli investimenti giusti e soldi alla mano, qualche idea nuova fuori dai parametri di mio padre ed ecco che l'azienda non era più in perdita a livello economico...anzi stavo pensando con l'anno nuovo di raddoppiare gli animali e quindi la produzione di carne.

Mentre spostavo i cotechini mi venne quasi l'idea di costruire un altro capanno e farci un agriturismo, tutto in mattonelle un po' stile gotico, un bel portone in legno massiccio, un posto non lussuoso ma molto accogliente.

<< Christine c'è Sharon ... ti sta aspettando sulla veranda >> disse Kalamy, un'altra ragazza che lavorava per me.

Sharon era la mia contabile...

<< Christine allora come va...? ho visto i fatturati di questo mese sono triplicati, sono contenta...>>

<< Voglio allargarmi ancora di più >>

<< Non saranno contenti i tuoi vicini di casa...>>

<< Vanno ancora in giro in paese a chiedere dove ho trovato i soldi? >>

<< Questa è una domanda che mi faccio spesso anch'io >> disse Sharon con una punta venale.

<< Siediti siediti...>>

<< Ho saputo che vuoi fare anche un ristorante, agganciare lo stabile nuovo a casa tua...>>

<< Sì, sai ho un paio di appuntamenti con due architetti molto bravi >>

<< L'azienda va bene da quando sei tornata...ci hai messo passione energia, in tre mesi sei passata in positivo, ci hai messo anche un sacco di soldi, tra personale ristrutturazioni concessioni macchinari e nuovo bestiame, hai speso quasi due milioni...non credi di correre un po' troppo...? hai valutato i rischi di un ristorante...? >> chiese Sharon con pacatezza austera e un pizzico di malinconica.

Misi una mano sul ginocchio di Sharon...

<< Tranquilla, andrà tutto bene...male viene a chi male pensa o fa...sono su una scia meravigliosa e sento che è soltanto l'inizio >>

<< Tuo padre e tua madre sarebbero fieri di te...>> disse Sharon non nascondendo un poco di disappunto.

Squillò il telefonino

<< Un cliente Sharon scusami >>

Risposi con prontezza...

<< Signor Spini la spedizione parte stanotte non si preoccupi, 500 kg...siamo in ritardo di un giorno, ma abbiamo provveduto, la bolla gliela mando con il corriere...grazie...grazie a lei >>, chiusi la telefonata

<< Vuoi fermarti per cena? dai rimani, non dirmi che devi scappare in ufficio. I ragazzi mangiano anche loro qui da me stasera, poi mi è arrivato un barolo dall'Italia che te lo sogni >>.

Sharon sorrise con gratitudine...

<< Se insisti...>>

<< Ho un manzo favoloso e anche capretto sardo, poi faremo del sugo, non ti dico la ricetta, del capretto sulla brace si cucina e si mangia anche le cervella...la parte più gustosa, ho visto su internet ricette Italiane >>.

<< Fammi vedere una brace e io mi sento uno zero >> disse Sharon ridendo

<< Cucinano i ragazzi, sono bravi a fare la carne...intanto stoppo un rosso della cantina...è sempre un vino Italiano, te lo faccio assaggiare, intanto che ti rilassi ti porto anche del lardo di colonnata un po' di salame mio...che è buonissimo, vuoi anche qualche verdura? >>.

<< Non ti disturbare Christine, mi fai cadere in una delle tue trappole ti conosco, poi sarò ubriaca e dormirò qui a casa tua...lo so già come sono le tue festicciole >> disse Sharon visibilmente felice di rilassarsi un po' lontano dai conti e dall'ufficio.

<< Nessun disturbo stai qui e non muoverti, adoro la compagnia, soprattutto quella di un commercialista >> dissi quasi ridendo, Sharon scoppiò a ridere...

<< Che pazza che sei >>.

Dopo un'oretta di intense battute e calici di vino a nastro, sentii in sottofondo un rumore...poi un elicottero nel cielo...

L'elicottero di Luigi ed Ernest Dramanov atterrò poco distante dalla mia tenuta.

Il sole caldo secco, non pioveva da due mesi, gli animali si agitarono un poco al sentire dell'elicottero, i miei lavoratori smisero per qualche secondo di lavorare osservando in diretta l'elica sempre più tenue e meno veloce e il vento dell'elicottero più tenue ... e chi sarebbe sceso da quell'elicottero così lussuoso?Mi trovavo sulla veranda insieme a Sharon.

<< Se non è di troppo disturbo Sharon, ti chiedo di presentarti poi se ci lasci soli qualche minuto >>

<< Ma chi sono? >>

<< Amici in Europa...>>

<< Non c'è problema, ti dispiace se provo il tuo impianto stereo nuovo...?>>

<< Fai pure >>.

Ernest e Luigi si avvicinarono come se camminassero a casa loro.

<< Christine Stanners...>> disse Ernest sorridendo

Mi alzai forgiando tenerezza e benevolenza, ma mi stavo sforzando.

<< Che piacere, Luigi Ernest venite...accomodatevi...sedete...questa è Sharon, la mia amata commercialista >>

Sharon ripose delle strette di mano...

<< Sono miei carissimi amici...>>

<< Piacere Sharon >> dissero i due fratelli sorridendo di bieco.

<< Vi lascio soli...a dopo >> disse Sharon sgattaiolando via.

Ernest mi diede un lieve abbraccio e un bacino sulla guancia, Luigi due sulle guance, poi appoggiò la sua guancia alla mia guancia e chiudendo gli occhi...

Non disse ciao amore, ma lo percepii dai suoi candidi movimenti e dalla sua guancia sulla mia.

Perché non mi hai più telefonato, un messaggio, magari venirmi a trovare qui alla fattoria...è passato così tanto tempo...

Colsi nei suoi occhi lo stesso pensiero mio, perché non mi hai più chiamato, messaggiato...tutti questi mesi mi sono sembrati un'eternità

<< Passavamo in queste zone...e ci siamo detti perché non andarla a trovare? >> disse Luigi prendendo la bottiglia odorando il rosso...

<< Se siete qui per divertimento siete sempre i ben accolti...ma se siete qui per altre faccende...credo che non ci sia più nulla da dire...voglio subito mettere le cose in chiaro...>>

Ernest sorrise e girò il capo, poi abbassò pietosamente le labbra come a dire, nessuno è qui a trovarti per nessun altro motivo che se non una visita di amicizia e cortesia.

<< Svago è la nostra parola d'ordine...tranquilla Christine >> puntualizzò Ernest come uno svizzero neutrale.

<< Assolutamente Christine, puoi contare su di noi, puoi fidarti di noi...basta killer, basta Pink, a noi non ce ne frega più nulla, onestamente ci siamo stancati di nostro padre, quindi siamo sulla stessa sponda...questa passione così nevrotica di catturare serial killer, ce la siamo spazzolata di dosso...il giusto per non diventare paranoici...a me di Pink non me ne frega più niente...a te Ernest? >> chiese Luigi con occhi sfacciati

<< A me ben che meno…insomma nostro padre rimane nel suo brodo...se cattura o no Pink io dormo lo stesso la notte...anche se ora la taglia è di 300 milioni >>.

<< Trecento milioni...ho sentito bene? >>.

<< Sentito bene...>> rispose Ernest guardandomi con un certo velo di disgusto per aver gettato la spugna.

Feci finta di nulla, Ernest sapeva che mi vergognavo della sconfitta, che non l'avrei mai digerita...

<< Ottimo ragazzi...parole sagge...sono contenta...spero che vostro padre non sia infuriato con me, o offeso per il mio insuccesso nella cattura di Pink >>.

<< Quello è sempre incazzato con tutti, litiga anche con il giardiniere...stai tranquilla Christine nessun rancore, mio padre è un tipo troppo esigente, lo hai capito anche tu, non ama l'insuccesso...ma deve mettersi in pace, Pink è inafferrabile, è inutile che alza la taglia, non serve a niente >> disse Luigi servendosi del vino nel bicchiere.

Ernest mi sfiorò la mano, fece un cenno con il capo

<< Stai tranquilla Christine, tu hai fatto il possibile, nessuno deve niente a nessuno...>> disse Ernest facendo finta di non detestarmi.

<< Come sta il Pierre il giardiniere…?>>

<< Molto bene...ogni tanto chiede di te >> rispose Luigi

<< Pink ha rapito un'altra bambina, sempre in Italia, l'altro ieri, due ore fa hanno ritrovato il suo corpo su un'altalena in un manicomio criminale abbandonato, nei pressi di Vicenza

...sempre pastello rosa nella vagina della bambina, occhi sfregiati con acido, osso del collo spaccato...la notizia arriverà a breve sugli organi d'informazione >> disse Ernest con tono quasi sornione.

Mi lasciai andare sulla sedia, con il gomito urtai il mio bicchiere che cadde e si ruppe in mille pezzi.

Ernest e Luigi si sedettero mantenendo con garbo il silenzio che lacerava l'ambiente e il mio viso e la mia anima.

<< Questa è la lettera che ha scritto Pink, era sull'altalena >> disse Luigi aprendo dal suo cellulare la foto della lettera. Scritta a mano in stampatello

Cara mia piccola Christine...

Dopo un anno eccomi ritornato... sono contento, mi sono riposato, una meritata vacanza...spero che anch' io vi sia mancato.

Diciamocela francamente avete fallito tutti, anche tu Christine Stanners, che eri quella che doveva catturarmi... io continuerò indisturbato, ucciderò ancora la settimana prossima, può essere Grecia o Portogallo chi lo sa... ora ti saluto Christine...non essere demoralizzata, la vita va avanti...

Gettai uno sguardo di sconforto nel vuoto.

<< Io so che non puoi vivere in pace senza prima non averlo catturato, lo so, io e mio fratello siamo d'accordo che tu vuoi prenderlo perché non accetti in primis la sconfitta, e il pensiero che ti contorce le meningi...devi liberarti di un peso, non puoi vivere con questo fardello con questa responsabilità sulla coscienza... lo sai tu, come lo sappiamo noi >> disse Ernest scandendo bene le parole quasi ad ipnotizzarmi.

Luigi mi mise la mano sul viso, cercando una carezza un movimento del mio viso sulla sua mano, chiusi gli occhi e mossi la testa, la carezza fu per entrambi.

Scattai dalla sedia...

<< E va bene... mi rimetto sotto...ho bisogno di un supporto tecnico e umano >>

<< Ti diamo tutto quello che vuoi...basta solo che parli >> disse Luigi

<< David, avete sentito anche lui...? >>

<< David è da quattro mesi che ha una squadra ed è rientrato ad indagare su Pink...ha rivisto e analizzato tutti gli omicidi...vuoi lavorare ancora con lui? >> chiese Ernest mentre mandava un messaggio sul suo telefonino

<< Certamente...>>

<< Perfetto...grande Christine! >> disse Luigi alzando un po' la voce

<< Questa volta lo devi prendere quel figlio di puttana >> disse Ernest chiudendo il telefonino nella tasca.

<< Da domani mi rimetto sotto, anima e corpo, giorno e notte...>> dissi cogliendo quella sera come l'ultima di svago, anche se il pensiero di Pink cominciò a girarmi nella testa, gli ingranaggi arrugginiti della mia mente ripresero movimento, vitalità.

Sentii la musica della radio, Madonna a tutto volume.

<< Ma che è? >> chiese Luigi divertito

<< La mia commercialista sta provando il mio nuovo impianto stereo...>> risposi a Luigi mentre nell'istante presi la bottiglia di vino e la tracannai tutta fino al secco.

<< Accidenti...vacci piano >> disse Luigi

<< Mi aiuta a pensare il vino...>>.

Sharon, uscì dalla stanza stereo, abbassando un po' il volume, si accese una sigaretta gironzolando per la casa...in fondo al corridoio, c'era una stanza con tutti i video registrazioni e fascicoli su Pink...era chiusa a chiave da ormai quasi un anno, sulla porta un cartello...qui vietato entrare... c'era ancora la chiave nella toppa.

Sharon si fermò a fissare la chiave nella toppa e quel cartello appeso..., poi prese sfogo la sua invincibile curiosità di entrare e vedere cosa ci fosse in quella stanza.

Due monitor erano accesi ma bloccati a fermo immagine...

Altri sei monitor erano spenti.

C'era una lavagna con le foto di tutte le bambine uccise da Pink, molte foto, sull'altalena, primi piani, foto delle scene del crimine, poi un'altra lavagna con degli schizzi di appunti in gesso...

Particolari che non tornano che non mi quadrano nel serial killer.

Una valanga di fogli su quattro tavoli, pagine di carta...

Analisi psicologica del killer...lesse Sharon su uno dei blocchi di carta. Sharon prese in mano un fascicolo con scritto " Verbali polizia genitori delle vittime, nessun particolare e nessun collegamento con Pink ". Poi a caso aprì un altro faldone.

Le sette bambine uccise nel collegio furono uccise da Carla Vonnell, che tramite Oslo le ha attirate fuori dal collegio fino al passaggio segreto, poi Carla Vonnell le ha fatte entrare nel tunnel della morte, loro erano inconsapevoli del pericolo, si fidavano della maestra di scuola di Oslo, poi la stessa Vonnell le ha uccise a badilate in testa tutte e sette, poi ha buttato la calce sui corpi per contenere la puzza...Carla Vonnell era dominata dal demone madre, lo stesso demone del mostro di Firenze e Zodiac, Carla Vonnell partecipava a messe nere sataniche insieme alla signora Stuart e ai coniugi Van Mayer, le messe si tenevano nel medesimo posto sotto terra dove abbiamo rinvenuto i corpi delle bambine...dalla cucina si poteva accedere a questo misterioso passaggio segreto, ma anche dal giardino sull'esterno, il passaggio era ben nascosto da cespugli e piante rampicanti.

A Sharon le aumentò vertiginosamente il battito cardiaco, pensava di conoscere bene Christine Stanners, ma evidentemente le cose stavano ben oltre.

Sharon notò una targhetta scritta a pennarello, sopra un registratore.
REGISTRAZIONI AUDIO DI CARLA VONNELL... DOTTOR MERKS... CARDINALE DI GREGORIO...DON BYRON
Sharon schiacciò il tasto...dopo una piccola interferenza sonora dettata dal tempo dei nastri, partì inconfondibile la voce rauca gutturale e inquietante di Carla Vonnell

Ucciderò ancora...ucciderò ancora...dopo la mia morte continuerò ad uccidere, il demone ucciderà sempre, non può essere sconfitto.

Sharon spense schiacciando il tasto off poi la sua attenzione andò su una scatola piena di dvd con scritto a pennarello.
Riprese video troupeDramanov sui luoghi dove uccise Zodiac
Era stupita e mortificata...poi prese un fascicolo a caso, soffiò un po' per levare la polvere, lo aprì nel mezzo
Jack Lowell chiama Christine Stanners e le dice che Oslo Wagner non ha mai avuto un alibi in nessuno dei periodi delle scomparse delle bambine.
Fece scorrere ancora delle pagine...c'erano appunti a penna...era la scrittura di Christine

Pink è un folle senza meta, ma mi mancano dei tasselli e ho parecchi dubbi non ancora sciolti.

Sharon ripose il faldone in mezzo agli altri...con passo lento si fermò di fronte allo schermo del pc, agganciato ad un lettore dvd.
Accese lo schermo il pc e anche il lettore dvd.
Partirono delle immagini, era un video…già iniziato da un'ora circa... pieno giorno, inquadratura fissa su uno spiazzo di alberi...
Entrai nella stanza, Sharon si girò di scatto,
<< Perché sei entrata qui? non dovevi entrare, è vietato l'ingresso >>
<< Ma tu hai partecipato alle indagini sul serial killer Pink? >> ansimò Sharon incredula.
<< Esattamente e non sono affari tuoi, hai toccato qualcosa...? perché un video è in play? >>, Sharon uscì frettolosamente dalla stanza sconvolta, era follemente curiosa, aveva una mitragliata di domande da farmi, ma dalla finestra notai che il senso di vuoto la pervase, prese l'auto e sgommando lasciò la fattoria a forte velocità ...schiusi la tenda, l'avrei chiamata più tardi per rassicurarla, chissà che idee le frullavano ora nella testa...notai che di tutti i video ne aveva acceso uno, per il resto era decisamente tutto a posto, feci per spegnere, quando nell'inquadratura un grosso ragno passò proprio sull'obbiettivo della telecamera.
Mi bloccai, come elettrizzata, un milione d'informazioni e d'immagini mi sfrecciarono nella testa. Mi arrivò un violento flash back.

Il saio si leva il cappuccio, vedo il viso di Pink, vedo finalmente il suo viso

Mi accasciai mugugnando come donna dinnanzi alle lapidi dell'inferno.
<<No...no no no noooo...>>, passai le mani sul viso pieno di lacrime, una lama mi aveva

trafitto il cuore in mille pezzi. Il nodo alla gola era così forte che non riuscivo a parlare e neanche a respirare. Caddi a terra e a gattoni mi trascinai verso il bagno, vomitai come una bestia, brandelli di vomito ovunque, ero bianca cadavere, strisciai sul pavimento verso il lavandino, le forze erano quasi a zero, cercai di sollevarmi aggrappandomi al lavandino, riuscii dopo un minuto ad alzare il busto quasi in posizione eretta, accesi il rubinetto spalandomi acqua addosso, stavo cercando di riprendermi dallo shock.
In quel momento capii chi era Pink e come catturarlo...
Ritornai in stanza che ero uno straccio, alzai tremando la cornetta del telefono, in quel momento mi squillò il cellulare...era David.
Riposi la cornetta e risposi invece al cellulare
<< Tieniti forte Christine, lo abbiamo preso >>
<< Anch'io ho capito chi è… l'ho capito un minuto fa...>>
David rimase di stucco...
<< Di Gregorio? Esatto, lo abbiamo appena preso, si nascondeva in un casolare qui in Molise, a cento km dall'Aquila... >> disse David con frenesia
<< E dire che il profilo di Pink non corrisponde a Di Gregorio >>
<< Lo so, ma non ha importanza, lo collocherei in un caso più unico che raro, ha due personalità, una è il silenzio l'altra si chiama ebefrenesia, un po' un dottor Jekill e Mister Hyde, solo così lo giustifico >>
<< Come hai fatto ad individuare il nascondiglio? >>.
<< Hai presente l'anagramma di quello scrittore tedesco? Eucken>>
<< Sì >>
<< Bè, dagli incroci di dati, abbiamo saputo di un lontano parente proprietario di questo casolare... ho fatto un sopralluogo...ed eccolo qui, preso, c'è tutto dentro, armi vestiti, schemi di spostamenti, passaporti falsi, e un file su come ha compiuto i delitti e la scelta dei luoghi...>>
<< Bravissimo David ma non è solo Di Gregorio l'assassino...ti devo dare un'altra notizia, tieniti forte >>
David indietreggiò come colpito da una lancia...il suo viso, uno spauracchio deluso, mentre alle sue spalle un elicottero con a bordo Di Gregorio si stava alzando nel cielo.
<< C'è un livello superiore, non ha agito da solo...>>
<< Che vuoi dire? >>
<< I figli, Ernest e Luigi Dramanov, sono loro i mandanti, c'è un livello superiore, non poteva Di Gregorio fare tutto da solo, poi ci sono gli spostamenti in diversi stati, coperture, vagheggiava nell'aria un livello superiore, per forza, uno uccide è la mano, gli altri due sono la mente...menti malate e perverse...>>
<< Ma non dire scemenze Christine, su quali basi parli così, hai almeno le prove? >>
<< Ti ricordi il telefono trovato quando abbiamo salvato Esmeralda Marlaschi...? quel codificatore? >>
<< Sì...bè...allora? >>
<< Ce l'hai ancora? >>
<< Dovrebbe essere a Quantico al Bureau Thecnology, ma potrebbe essere ancora in questura a Milano insieme a tutti i reperti rinvenuti alla diga, non lo so non ricordo >>.
<< Ok, chiama la questura...prova, fallo...>>
David prese un altro telefono e fece il numero della questura,
<< Sono Lowell, mi passi chi c'è lì? >>
L'impiegata passò il telefono nelle mani dell'agente Foresti

<< Sono Foresti >>
<< Sì Foresti, una cortesia, sono Lowell FBI, mi va un attimo a prendere il codificatore Ivcformer, quel telefono attaccato ad un pc, il reperto numero 19 ritrovato nella diga appartenente a Pink...mi fa questa cortesia? lo avete ancora voi per caso? >>
<< Sì, ma serve un'autorizzazione dottor Lowell sono reperti per ora non disponibili salvo autorizzazioni >>
<< No mi faccia venire lì a romperle il culo a calci, ha capito? >> urlò David sfondando i timpani di Foresti che allontanò la cornetta dalla violenta sgridata.
<< Sì signore controllo >>
Passarono cinque minuti abbondanti
<< Ok...è qui di fronte a me >> disse Foresti sbirciando l'ora sul l'orologio.
<< Faccia tutti i collegamenti al pc, inserisca il microchip...>> disse David
<< Sto eseguendo >> rispose Foresti
<< Rimanga in linea per altre istruzioni >> disse David prendendo l'altro cellulare con in linea Christine.
<< Digli 23315591 da scrivere e più di pronunciare a voce, una volta acceso il microfono Rudolph Christoph Eucken Oslo Wagner, questa è la password vocale >>
<< Lo accenda e digiti questi numeri 23315591 e poi deve pronunciare Rudolph Christoph Eucken Oslo Wagner, accenda per cortesia prima il microfono >> disse David all'agente.
Foresti eseguì immediatamente il telefono dopo pochi secondi si accese e con lui ogni parte collegata.
<< Si è acceso dottore...incredibile, le password sono esatte >> concitò Foresti stupito ed eccitato.
<< Quei numeri sono i numeri d'accesso della camera blindata piena di ragni e serpenti...la camera preferita dai figli di Dramanov...>> dissi a David in confidenza
<< Grazie Foresti, lo riponga dov'era prima >> disse David
<< A disposizione >>
David chiuse la telefonata con Foresti
<< Cazzo sei un genio Christine...ma io non voglio casini...trecento milioni ci sono da riscuotere, te ne do venti Christine...>>
<< Se suo padre viene a sapere che è stata tutta una messa in scena da parte dei suoi figli non pagherà un dollaro >> dissi a David
<< Appunto Christine facciamoci furbi, andiamo, consegno Di Gregorio, prendiamo i soldi e ce ne andiamo ...chi se ne frega che Ernest e Luigi sono due sadici maniaci e che hanno fatto tutto questo in combutta con Di Gregorio, e poi dopo io e te felici ricchi e rilassati per il resto dei nostri giorni...basta lavoro, rotture di cazzo, mal di testa, killer serial killer indagini...via tutta questa immondizia, ce ne andiamo a fare i pensionati d'oro...non penserai mica di spifferare tutto a Geoffrey, Christine ci sei? ci sei? >>.
<< Ci sono David...è tutta una porcata questa faccenda...forse i suoi figli volevano sfidarmi...non so...chi lo avrebbe mai immaginato >>
<< Ascolta Christine l'assassino è uno solo, ovvero Iacopo Di Gregorio, è solo lui punto, stop, ci sono prove inconfutabili, in più corrisponde in pieno al travestito di Trezzo sull'Adda, stessa altezza, corporatura, è lui. Comunque a Geoffrey domani consegnerò tutto il materiale trovato nella baracca non ci sarà alcun dubbio, l'autore materiale è lui, non devi menzionare altri complici o cose del genere, poi se viene a sapere che gli ideatori sono proprio i suoi figli non usciamo vivi da quella reggia...ci fanno secchi e ci danno in pasto ai maiali...capisci dove voglio arrivare Christine? >>.

<< Ho capito...ci tengo alla pelle...ok dai, prendo il primo aereo...ci vediamo lì domani sera...per cena...va bene? >>

<< Perfetto ...ti amo >>

<< Anch'io ti amo >>. Buttai l'occhio fuori dalla finestra, Ernest e Luigi stavano scaldando i motori dell'elicottero...David li aveva appena avvisati della sensazionale e inaspettata notizia...aveva catturato Pink. Cercai tutte le lettere di Pink scritte a mano, le tenevo in un cassetto, poi presi una biro e un foglio bianco.

Corsi giù fino al pian terreno, Ernest era già sull'elicottero, Luigi mi corse incontro tutto sorridente

<< Hai sentito la notizia? Lowell ha catturato Pink >>

<< Lo so mi ha appena chiamato...>>

<< Vieni con noi? ritorniamo subito in Francia, non vedo l'ora di fare una sorpresa a mio padre...e poi ci devi essere, David ha detto che venti milioni li vuole dare a te...credo che sia giusto...>>

<< Sì...credo anch'io...voi andate, io mi preparo e prendo un volo per i fatti miei... ah una cortesia, riesci a farmi un favore? >>

<< Dimmi >> rispose Luigi

Cominciai a scrivere sul foglio bianco a gran velocità, dopo un minuto misi il foglio più le lettere scritte da Pink nelle mani di Luigi.

<< C'è scritto tutto, fallo, fai tutto quello che ti ho scritto, fallo e basta senza domande >> lo guardai con smodata potenza

<< Ok >>, Luigi mi abbracciò forte con un sorriso robusto e baldanzoso tra le labbra.

<< Ti amo Christine, sono felice, ti adoro, finalmente abbiamo preso quel figlio di puttana >>

Luigi notò un mancato entusiasmo nel mio modo di fare,

<< Ehi, sembra che devi andare ad un funerale...cos'hai? ti vedo strana assente, dovresti essere felice...>>

Il cielo diede annuncio di un tempaccio in arrivo, il cielo si stava trasformando in un acquitrino di bronzo, le nuvole nere ruggivano a distanza, il sole fu inghiottito nella melma più nera.

<< Sono felice...lo sono... adesso andate si sta facendo brutto il tempo...vai dai, ci vediamo domani, fa subito quello che c'è scritto in quel foglio lì e non dire nulla ad alcuno >>, Luigi mi sfiorò la mano e cercò un bacio in bocca, ebbi un senso di disgusto di nausea, lo evitai correndo subito via, lui rimase qualche secondo pensieroso ad osservarmi mentre correvo, e si chiese il perché di quel mio ingrato gesto, un bacio rifiutato...

Giorno seguente
Nel grande salone della famiglia Dramanov

<< Signori e signori...Ecco a voi Pink >> disse David come un presentatore nel suo talk show
Di Gregorio era in piedi, ben legato ad una specie di piccolo transpallet a due ruote con manette e una corda d'acciaio stretta a gambe e bacino, Gregor Van Toolse e Steve Holland spinsero il transpallet nel centro del salone, di fianco a David anche Sebastian Keaton. C'erano tutti i bracci destri di David che avevano lavorato dietro le quinte.
Geoffrey esplose di gioia
<< Finalmente, quanto tempo, il famoso e inafferrabile Pink, un lavoro straordinario dottor Lowell >>
<< Ve lo lascio è tutto vostro, per i pagamenti 20 milioni a Christine, 40 milioni ai miei tre bracci destri e 160 milioni a me...grazie >> disse David impaziente.
Ubald Noss aprì il pc per fare subito i bonifici, Luigi ed Ernest mi scrutarono per un attimo, presenti anche una dozzina di guardie armate dei Dramanov.
David si sfregava le mani, sentiva di aver fatto il colpaccio della vita, Keaton Van Toolse e Holland diedero la mano a Geoffrey Luigi ed Ernest, poi si complimentarono tra di loro abbracciandosi.
Una bottiglia enorme di quaranta litri di Champagne attraversò il salone, il cameriere salì su una scaletta e come uno spadaccino la stoppò, ci fu un lungo e caloroso applauso. Geoffrey abbracciò tutti come un bambino.
<< Un attimo di attenzione...vi chiedo >> dissi fissando David, tutti si girarono verso di me.
<< Sei stato bravo, pensavi di avercela fatta...>> dissi guardando con sguardo fisso e miserabile David
Geoffrey schiuse gli occhi come un falco, David fece un passo indietro, due camerieri nel frattempo riempivano i bicchieri di champagne.
<< Pink non è Di Gregorio, non è così David? >>
<< Che diavolo stai dicendo...sta scherzando le piace sempre scherzare >> rispose David imbarazzato.
<< Tutto architettato nella maniera più perfetta, salvo diversi errori >>
<< Di cosa sta parlando signorina Stanners? >> chiese sospettoso Geoffrey
<< Ce l'ha con me perché ho catturato io Pink e non lei, non datele retta signori...è un po' invidiosa la conosco >> rispose David.
<< Hai mescolato le carte, agganciando una storia plausibile come il collegio di Van Mayer e Oslo, questo per arrivare con sicurezza a Di Gregorio, il voto del silenzio avrebbe appunto garantito silenzio, la creazione quindi di un serial killer che non esiste, un serial killer costruito e pianificato a tavolino, tutto fatto per soldi, per la taglia dei Dramanov, i soldi sono un ottimo movente >>
<< Sta mentendo è una maledetta bugiarda signor Geoffrey, puoi scordarti i tuoi 20 milioni >> rispose David,
<< Il livello superiore, quel codificatore Ivc, buona mossa, pensavi che ci sarei cascata? >>

<< Ma che diavolo sta succedendo qualcuno mi può spiegare? >> chiese Ernest
<< Sta delirando Ernest >>
Iniziai a camminare con la testa china
<< Tutto troppo macchinoso, troppo, solo tu sapevi di Trezzo David >>
<< Posso sapere signorina Stanners che cosa sta dicendo? sia chiara >> disse Geoffrey
<< Pink è tutta un'invenzione creata da David Lowell e quei tre signori che gli stanno accanto, Holland Van Toolse e Keaton...loro hanno commesso materialmente gli omicidi, David era la mente >>
<< Sta bleffando signor Dramanov>> urlò David incandescente in volto.
<< Mandatela via subito >> disse Holland
<< Noi abbiamo le prove che è stato Di Gregorio, lei che prove ha contro di noi? >> urlò Keaton
<< Tanto per cominciare un rapporto è stato trafugato, non mi è mai giunto tra le mani, il dottor Connor, sostiene che dal tipo di presa sul collo, ce ne sono due diverse per molti motivi clinici, quindi gli assassini sono almeno due, poi gli spostamenti, non poteva una sola persona farcela, ma tre in gamba dei servizi segreti ed ex FBI la potevano sostenere, poi le descrizioni fisiche, Marlaschi la sopravvissuta è stata chiara, l'uomo era grosso, non combacia con il tuo travestito magro David, che casualmente combacia invece con Di Gregorio, l'hai pensata bene, la farsa che sei andato a letto con Pink, tutto per cercare d'imbrogliarmi e confondermi nella maniera più arcigna possibile >>
<< Sono tutte illazioni, non c'è alcuna prova >> disse David
<< Ti sei preso gioco di me fin dall'inizio, ma hai commesso impudenza dettata dal tuo ego smisurato >>
<< Prove Christine prove, non hai nulla, solo luride menzogne e chiacchiere folli. Non hai prove questo è il tuo problema >>
<< Ah no? >> allungai la mano verso Luigi che da una busta tirò fuori dei fogli e me li diede
<< Queste sono le lettere quelle scritte a mano da Pink, una non ci interessa in quanto scritta a macchina, le abbiamo fatte analizzare in giornata, corrispondono perfettamente alle calligrafie di Van Toolse Holland e Keaton...>>, Ernest e Geoffrey si girarono verso i quattro, David teneva ancora in mano il bicchiere imbevuto di champagne.
<< Arrestateli >> disse Geoffrey, le guardie piombarono addosso ai quattro, ci fu una specie di piccola baruffa, ma furono ammanettati con professionalità dalle dodici guardie armate presenti.
<< Maledetta rognosa! >> urlò David come un cane ferito mentre con la pancia a terra veniva ammanettato, una guardia lo teneva immobile con il peso del suo ginocchio sulla schiena di David, l'altra guardia era seduta sulle gambe di David, ammanettandolo.
<< Sei una grande delusione David…mi fai schifo >>
<< Cerchiamo un accordo, diciamo insomma non vorrete mica buttarci nelle segrete, insomma…io sono David Lowell >>
<< Ragli come un asino…avrai quello che ti meriti per le bambine che hai ucciso e le sofferenze dei loro famigliari >>
<< Maledetta maledetta>> urlò David
<< Pensavi di battermi? ne eri sicuro giusto? poi sareste andati in barca alle Bahamas tutti e quattro a ridere di me…? hai fatto molto male David, è giunta l'ora di pagare per il tuo diabolico piano criminale…riprenditi la tua foto da piccolo che ho trovato nella casa di riposo…non sarò mai tua, mai sarò tua! assassino e lurido verme! >>, lanciai la foto che

strisciò fino al viso di Lowell che era sdraiato sul pavimento a faccia a terra, due agenti sopra di lui, il viso spiacciato sul pavimento, uno degli agenti dei Dramanov aveva un ginocchio sulla testa di Lowell che inutilmente cercava di liberarsi.
<< La tua anima sarà per sempre incrostata negli inferi dell'inferno, è solo l'inizio dei suoi tormenti signor Lowell >> disse Luigi
<< No nooo, vi prego >> urlò David
<< Signori possiamo metterci d'accordo...vi prego pietà >> urlò Holland, Keaton era ormai rassegnato, Van Toolse piangeva come un bambino.
Geoffrey Dramanov aveva gli occhi follemente sgranati
<< Benissimo! di stanze libere l'albergo qui sotto ne ha tante! eccolo l'accordo signor Holland, le darò una bella suite! >> disse Geoffrey.
Luigi mise una mano sulla spalla a Iacopo Di Gregorio. Di Gregorio era sempre in completo silenzio e con lo sguardo nel vuoto.
<< Liberate quest'uomo e riportatelo dov'era, ci dispiace per questo malinteso signor Di Gregorio, una faccenda incresciosa >> disse Luigi guardando due guardie che liberarono Di Gregorio e lo accompagnarono all'uscita, l'uomo era provato pallido da questa situazione surreale.
<< Quelle quattro merde qui portatele nei sotterranei e rinchiudeteli per sempre >> urlò Geoffrey alle guardie.
<< Come hai fatto a capirlo? >> chiese Ernest venendomi incontro a stringermi la mano,
<< Ieri mattina quando siete arrivati voi a trovarmi, in un passaggio di un nastro ho visto un ragno enorme, mi era sfuggita quella sequenza, anche se ogni nastro l'avevo visto almeno tre volte, lì ho capito che c'erano troppe coincidenze, nel senso che David aveva tirato troppo la corda, sfidandomi eccessivamente, troppo sicuro di vincere, questa è stata la sua gogna, lì ho avuto una specie di flash, come un film riavvolto che ti appare veloce nella mente e totalmente diverso e con un altro finale
Poi tutto mi è apparso chiaro, era tutto un complotto, David la telefonata che aveva catturato Di Gregorio, dopo un anno per far salire di più la taglia, poi tutto mi è apparso chiaro, gli esecutori e chi meglio di loro tre, Holland Keaton e Van Toolse, che guarda caso sono qui stasera per incassare, il livello superiore, David sapeva che io fossi sicura di un mandante visto le coperture con cui Pink si spostava, e chi meglio di voi due Ernest e Luigi come ideatori di Pink, perché figuranti come ricchi annoiati, tutto macchinato apposta, a David serviva per completare il suo marchingegno, uno scaricabarile e chi meglio di voi due, e poi il collegio, Carla Vonnell, il demone, Oslo, tutta una macchinazione da agganciare a quei fatti lontani per trascinare qui oggi Iacopo Di Gregorio, avendo fatto voto di silenzio un alleato silenzioso, muto, dopo che siete andati via voi ho riguardato le esecuzioni dei delitti, mi venne un sospetto dato che la prima bambina di Pink non fu morta per il collo rotto ma per soffocamento, un errore non da poco, chiamai così Connor il dottore a Quantico, mi ha confermato che anche lui avesse il sospetto che non fosse uno solo il killer, poi è stato attento Lowell a imbastire le telefonate con Holland Toolse e Keaton, perché sapeva che era sotto controllo, voi lo ascoltavate giorno e notte e anche lo pedinavate come pedinavate anche me, quindi il telefono Israeliano, una macchina perfetta per non essere rintracciati, dopo il sequestro dell'apparecchio Lowell e la sua squadra di killer erano così in difficoltà con le comunicazioni che gli omicidi a raffica si interruppero, anche per questo Pink, ovvero loro tre, hanno smesso di uccidere per un anno...erano in difficoltà con le comunicazioni e gli spostamenti...poi un serial killer uccide e basta, non rapisce e poi uccide, molto anomalo, e se rapisce e poi uccide, le vittime non le fa volutamente ritrovare, ma i cadaveri li

conserva, li nasconde, li tiene a se come trofei, quindi anche questo particolare molto importante non mi quadrava fin dall'inizio, fin dall'inizio non riuscivo a spiegarmelo...e poi molte altre cose, il pastello nella vagina delle bambine, tutto troppo strano, l'assassino che rompe le braccia alle bambine, non ha senso, troppo complicato... Eucken lo scrittore rappresenta l'opposto di Hitler e del nazismo, quindi l'opposto di un serial killer, è un non serial killer, un indizio troppo spavaldo Lowell nell'antepormelo, perché troppo grossolano e grossolano fin troppo anche nel caso di un serial killer senza mandanti, questo mi ha fatto molto riflettere, poi molte altre cose strane, troppe, che non riuscivo ad inquadrare, ma non voglio annoiarvi Ernest >>
<< Annoiarmi? nient' affatto Christine, starei ore a sentirti...sei un genio >> elargì Ernest baciandomi sulla guancia
<< Congratulazioni dottoressa Stanners, senza di lei saremmo caduti nella trappola di Lowell e della sua banda, e avremmo arrestato così un povero innocente >> disse Geoffrey stringendomi la mano con entrambe le mani.

Il saio mise la mano sul cappuccio, stava per levarselo, vedevo quasi il suo viso, ...tolse del tutto il cappuccio, ora vedevo il suo volto...David Lowell

<< Le devo delle scuse dottoressa Stanners, ho dubitato di lei, tutti i presenti qui lo sanno, le devo delle scuse dal profondo del mio cuore >> disse Geoffrey stringendomi di nuovo le mani
<< Mi accontento dei 300 milioni senza le scuse >> tutti scoppiarono a ridere.
<<Noss proceda >> disse Geoffrey
UbaldNoss si avvicinò con il pc aperto,
<< Noi le dobbiamo 300 milioni, le faccio subito il bonifico >>
<< Li darò tutti in beneficenza, aiuterò in prima persona chi ne ha bisogno >>
<< Ne faccia l'uso che vuole, sono suoi se li merita >> disse Geoffrey che nel frattempo non aveva ancora staccato le sue mani dalle mie.
<< Champagne? >> disse Luigi porgendomi il bicchiere.
Lo guardai con voglia di stare con lui
<< Manca ancora quella cavalcata a cavallo...non hai ancora visto i miei splendidi cavalli >> disse Luigi sorridendo
...
<< E anche quella cena a lume di candela in costa Azzurra...>>
I nostri visi si avvicinarono, nel trambusto generale di una grande festa per la cattura di Pink, o meglio dei quattro Pink,

i nostri occhi iniziarono a parlarsi intensamente, intere giornate in un secondo, l'infinito in pochi attimi, c'era quella cosa tra noi due, scattò un meraviglioso sublime volersi amare e stare insieme, quel feeling da strozzarti lo stomaco e il fiato...
magari la festa sarà doppia, forse mi chiede di sposarlo,

<< Mi vuoi sposare Christine? >>
...

<< Mi vuoi sposare Christine? >>
<< Sì lo voglio >>

Printed in Great Britain
by Amazon